U0057096

【臺灣現當代作家
研究資料彙編】83

陳之藩

國立台灣文學館
出版

部長序

　　文學是時代和社會的產物，所反映的必然是「那個時代、那個地方、那些人」的面貌；倘若我們想要接近或理解某一特定時空的樣態，那麼誕生於那個現實語境下的作家及其作品往往是最好的媒介之一。認識臺灣文學、建構一部完整的臺灣文學史，意義也就在這裡，而這當然有賴於全面且詳實的作家及作品研究。臺灣現當代文學的誕生及發展，自 1920 年代以降，歷時將近百年；這片富饒繁茂的文學沃土，仰賴眾多文學前輩的細心澆灌、耐心耕耘，滋養出無數質量俱優的作品，成績有目共睹，是以我們更應該珍惜呵護，以維繫其繽紛盎然的榮景。

　　懷抱著這樣的心情，欣見《臺灣現當代作家研究資料彙編》以馬拉松的熱力和動能，將第六階段的編選成果呈現在讀者面前。這個計畫從 2010 年開展，推動至今，邁入第七年，已替 80 位臺灣現當代的重要作家完成研究資料的彙編纂輯。在這份長長的名單上，不乏許多讀者耳熟能詳的文學大家，但更重要也更有意義的地方在於，透過國立臺灣文學館、計畫執行單位以及專業顧問團隊的共同討論商議，將許多留下重要作品卻逐漸為讀者甚至是研究者遺忘的資深作家，再度推向文學舞臺，讓他們有重新被閱讀、被重視、被討論的機會，這或許是我們今日推展臺灣文學、希望讓更多人看見前輩的努力之價值所在。

　　本階段所出版的作家包括楊守愚、胡品清、陳之藩、林鍾隆、馬森、段彩華、李魁賢、鍾鐵民、三毛、李潼共十位，其出生年代從 20 世紀初期

到中葉，文類涵蓋小說、詩、散文、兒童文學、翻譯，具體而微地展現了
臺灣文學的豐富樣貌。延續前此數階段專業而詳實的風格，每冊圖書皆蒐
集、整理作家的影像、小傳、生平年表、作品評論，並由學有專精的主編
學者撰寫研究綜述，為讀者勾勒出一幅詳實精確的作家文學地圖，不僅是
文學研究者查找資料的重要依據，同時也能滿足一般讀者的基本需求，是
認識臺灣作家與臺灣文學發展的重要讀本。在此鄭重向讀者推介，也請海
內外關心及研究臺灣文學之各界方家不吝指正，以匯聚更多參與及持續前
行的能量。

文化部部長　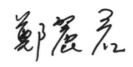

館長序

　　在漫漫的歷史長河中回望，文學作家及其作品總是時代風潮、社會脈動最好的攝影師，透過文字映照社會的面貌、人類靈魂的核心，引領讀者進入真實美善與醜陋墮落並存的世界。認識作家，有助於對其作品的欣賞，從而理解他所置身的時空環境及其作品風貌；這不僅關乎作家自身的創作經歷和文學表現，同時也是探究文學發展脈絡的根基，並據此深化人文思想的厚度。

　　臺灣文學發展至今，歷經千百年的綿延與沉澱，在蓄積豐沛能量的同時，亦呈現盎然的生機與蓬勃的朝氣。若欲以此為基礎，建構一部詳實完整的臺灣文學史，勢必有賴於詳實且審慎的作家和作品研究，故而全面梳理研究資源、提升資料查考與使用的便利性，也就顯得格外重要。國立臺灣文學館於 2010 年啟動《臺灣現當代作家研究資料彙編計畫》，就是以上述觀點為前提，組成精實的編輯與顧問團隊，詳盡蒐集、整理臺灣現當代重要作家的生平、年表與研究資料，選錄具有代表性的評論文章，編列成冊，以完整呈現作家的存在樣貌、歷史地位及影響。至 2016 年底，此一計畫已進入第六階段，總計完成 90 位作家的研究資料彙編。最新出版的十位作家為楊守愚、胡品清、陳之藩、林鍾隆、馬森、段彩華、李魁賢、鍾鐵民、三毛、李潼，兼顧作家的族群、性別、世代以及創作文類的差異，既體現了臺灣文學研究總體成果中最優質精緻的部分，同時也對未來的研究指向與路徑，提出了嶄新而適切的看法，必將有助於臺灣文學學科發展的

擴展與深化。

　　本計畫歷年所完成的出版成果，內容詳實嚴謹，獲得文學界人士和讀者的高度肯定，各界並期許持續推展，以使臺灣作家研究累積更為厚實的基礎。在此也要向承辦單位所組成的編輯團隊，以及長期參與支持本計畫的專家學者致上最深的謝意，也請海內外關心及研究臺灣文學各界方家不吝指正，以匯聚更多向前邁進的能量。

國立臺灣文學館館長　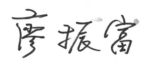

編序

◎封德屏

緣起

1995 年 10 月 25 日,在臺灣師範大學教育大樓的 201 室,一場以「面對臺灣文學」為題的座談會,在座諸位學者分別就臺灣文學的定義、發展、研究,以及文學史的寫法等,提出宏文高論,而時任國家圖書館編纂張錦郎的「臺灣文學需要什麼樣的工具書」,輕鬆幽默的言詞,鞭辟入裡的思維,更贏得在座者的共鳴。

張先生以一個圖書館工作人員自謙,認真專業地為臺灣這幾十年來究竟出版了多少有關臺灣文學的工具書,做地毯式的調查和多方面的訪問。同時條理分明地針對研究者、學生,列出了十項工具書的類型,哪些是現在亟需的,哪些是現在就可以做的,哪些是未來一步一步累積可以達成的,分別做了專業的建議及討論。

當時的文建會二處科長游淑靜,參與了整個座談會,會後她劍及履及的開始了文學工具書的委託工作,從 1996 年的《臺灣文學年鑑》起始,一年一本的編下去,一直到現在,保存延續了臺灣文學發展的基本樣貌。接著是《中華民國作家作品目錄》的新編,《臺灣文壇大事紀要》的續編,補助國家圖書館「當代文學史料影像全文系統」的建置,這些工具書、資料庫的接續完成,至少在當時對臺灣文學的研究,做到一些輔助的功能。

2003 年 10 月,籌備多年的「臺灣文學館」正式開幕運轉。同年五月《文訊》改隸「財團法人台灣文學發展基金會」,為了發揮更大的動能,開始更積極、更有效率地將過去累積至今持續在做的文學史料整理出來,讓

豐厚的文藝資源與更多人共享。

於是再次的請教張錦郎先生，張先生認為文學書目、作家作品目錄、文學年鑑、文學辭典皆已完成或正在進行，現在重點應該放在有關「臺灣現當代作家評論資料目錄」的編輯工作上。

很幸運的，這個計畫的發想得到當時臺灣文學館林瑞明館長的支持，於是緊鑼密鼓的展開一切準備工作：籌組編輯團隊、召開顧問會議、擬定工作手冊、撰寫計畫書等等。

張錦郎先生花了許多時間編訂工作手冊，每一位作家的評論資料目錄分為：

（一）生平資料：可分作者自述，旁人論述及訪談，文學獎的紀錄。

（二）作品評論資料：可分作品綜論，單行本作品評論，其他作品（包括單篇作品）評論，與其他作家比較等。

此外，對重要評論加以摘要解說，譬如專書、專輯、學術會議論文集或學位論文等，凡臺灣以外地區之報刊及出版社，於書名或報刊後加註，如中國大陸、香港、新加坡等。此外，資料蒐集範圍除臺灣外，也兼及中國大陸、香港、新加坡、日本、韓國及歐美等地資料，除利用國內蒐集管道外，同時委託當地學者或研究者，擔任資料蒐集工作。

清楚記得，時任顧問的學者專家們，都十分高興這個專案的啟動，但確定收錄哪些作家名單時，也有不同的思考及看法。經過充分的討論後，終於取得基本的共識：除以一般的「文學成就」為觀察及考量作家的標準外，並以研究的迫切性與資料獲得之難易度為綜合考量。譬如說，在第一階段時，作家的選擇除文學成就外，先考量迫切性及研究性，迫切性是指已故又是日治時期臺籍作家為優先，研究性是指作品已出土或已譯成中文為優先。若是作品不少而評論少，或作品評論皆少，可暫時不考慮。此外，還要稍微顧及文類的均衡等等。基本的共識達成後，顧問群共同挑選出 310 位作家，從鄭坤五、賴和、陳虛谷以降，一直到吳錦發、陳黎、蘇偉貞，共分三個階段進行。

　　「臺灣現當代作家評論資料目錄」專案計畫，自 2004 年 4 月開始，至
2009 年 10 月結束，分三個階段歷時五年六個月，共發現、搜尋、記錄了
十餘萬筆作家評論資料。共經歷了三位專職研究助理，近三十位兼任研究
助理。這些研究助理從開始熟悉體例，到學習如何尋找資料，是一條漫長
卻實用的學習過程。

接續

　　「臺灣現當代作家評論資料目錄」的專案完成，當代重要作家的研
究，更可以在這個基礎上，開出亮麗的花朵。於是就有了「臺灣現當代作
家研究資料彙編暨資料庫建置計畫」的誕生。為了便於查詢與應用，資料
庫的完成勢在必行，而除了資料庫的建置外，這個計畫再從 310 位作家中
精選 50 位，每人彙編一本研究資料，內容有作家圖片集，包括生平重要影
像、文學活動照片、手稿及文物，小傳、作品目錄及提要、文學年表。另
外每本書分別聘請一位最適當的學者或研究者負責編選，除了負責撰寫八
千至一萬字的作家研究綜述外，再從龐雜的評論資料中挑選具有代表性的
評論文章，平均 12～14 萬字，最後再附該作家的評論資料目錄，以期完整
呈現該作家的生平、創作、研究概況，其歷史地位與影響。

　　第一部分除資料庫的建置外，50 位作家 50 本資料彙編（平均頁數 400
～500 頁），分三個階段完成，自 2010 年 3 月開始至 2013 年 12 月，共費
時 3 年 9 個月。因為內容充實，體例完整，各界反應俱佳，第二部分的 50
位作家，接著在 2014 年元月展開，第一階段及第二階段共出版了 30 本，
此次第三階段計畫出版 10 本，預計在 2016 年 12 月完成。

成果

　　雖然過程是如此艱辛，如此一言難盡，可是終究看到豐美的成果。每
位編選者雖然忙碌，但面對自己負責的作家資料彙編，卻是一貫地認真堅
持。他們每人必須面對上千或數百筆作家評論資料，挑選重要或關鍵性的

評論文章，全面閱讀，然後依照編選原則，挑選評論文章。助理們此時不僅提供老師們所需要的支援，統計字數，最重要的是得找到各篇選文作者，取得同意轉載的授權。在起初進度流程初估時，我們錯估了此項工作的難度，因為許多評論文章，發表至今已有數十年的光景，部分作者行蹤難查，還得輾轉透過出版社、學校、服務單位，尋得蛛絲馬跡，再鍥而不捨地追蹤。有了前面的血淚教訓，日後關於授權方面，我們更是如臨深淵、如履薄冰，希望不要重蹈覆轍，在面對授權作業時更是戰戰兢兢，不敢懈怠。

除了挑選評論文章煞費苦心外，每個作家生平重要照片，我們也是採高標準的方式去蒐集，過世作家家屬、友人、研究者或是當初出版著作的出版社，都是我們徵詢的對象。認真誠懇而禮貌的態度，讓我們獲得許多從未出土的資料及照片，也贏得了許多珍貴的友誼。許多作家都協助提供照片手稿等相關資料，已不在世的作家，其家屬及友人在編輯過程中，也給予我們許多協助及鼓勵，藉由這個機會，與他們一起回憶、欣賞他們親人或父祖、前輩，可敬可愛的文學人生。此外，還有許多作家及研究者，熱心地幫忙我們尋找難以聯繫的授權者，辨識因年代久遠而難以記錄年代、地點、事件的作家照片，釐清文學年表資料及作家作品的版本問題，我們從他們身上學習到更多史料研究可貴的精神及經驗。

但如何在規定的時間內，完成每個階段資料彙編的編輯出版工作，對工作小組來說，確實是一大考驗。每一冊的主編老師，都是目前國內現當代臺灣文學教學及研究的重要人物，因此都十分忙碌。每一本的責任編輯，必須在這一年多的時間內，與他們所負責資料彙編的主角——傳主及主編老師，共生共榮。從作家作品的收集及整理開始，必須要掌握該作家所有出版的作品，以及盡量收集不同出版社的版本；整理作家年表，除了作家、研究者已撰述好的年表外，也必須再從訪談、自傳、評論目錄，從作品出版等線索，再作比對及增刪。再來就是緊盯每位把「研究綜述」放在所有進度最後一關的主編們，每隔一段時間提醒他們，或順便把新增的

評論目錄寄給他們（每隔一段時間就有新的相關論文或學位論文出現），讓他們隨時與他們所主編的這本書，產生聯想，希望有助於「研究綜述」撰寫的進度。

在每個艱辛漫長的歲月中，因等待、因其他人力無法抗拒的因素，衍伸出來的問題，層出不窮，更有許多是始料未及的。此次第二部分第三階段驟遇陳之藩卷主編陳信元教授溘逝，陳信元教授為兩岸現當代文學研究及出版之前驅者，精研之廣而深，直至逝世前仍心念其業，令人哀痛！此計畫專案執行至今，陳信元教授已擔任其中六本主編，對本計畫貢獻良多。此次他所主編的《臺灣現當代作家研究資料彙編・陳之藩》一卷亦費心盡力，然最後之「研究綜述」一文，撰述四千餘字後，因病體虛弱，無法繼續，幸賴鄭明娳教授慨然應允，接續完成。

再者，又如，每本書的選文，主編老師本來已經選好了，也經過授權了，為了抓緊時間，負責編輯的助理們甚至連順序、頁碼都排好了，就等主編老師的大作了，這時主編突然發現有新的文章、新的資料產生：再增加兩三篇選文吧！為了達到更好更完備的目標，工作小組當然全力以赴，聯絡，授權，打字，校對，重編順序等等工作，再度展開。

此次第二部分第三階段共需完成的 10 位作家研究資料彙編，年齡層較上兩個階段已年輕許多，因此到最後的疑難雜症，還有連主編或研究者都不太清楚的部分，譬如年表中的某一件事、某一個年代、某一篇文章、某一個得獎記錄，作家本人及家屬絕對是一個最好的諮詢對象，對解決某些問題來說，這是一個好的線索，但既然看了，關心了，參與了，就可能有不同的看法，選文、年表、照片，甚至是我們整本書的體例，於是又是一場翻天覆地的大更動，對整本書的品質來說，應該是好的，但對經過多次琢磨、修改已進入完稿階段的編輯團隊來說，這不啻是一大挑戰。

1990 年開始，各地縣市文化中心（文化局），對在地作家作品集的整理出版，以及臺灣文學館成立後對日治時期作家以迄當代重要作家全集的編纂，對臺灣文學之作家研究，也有了很好的促進作用。如《楊逵全

集》、《林亨泰全集》、《鍾肇政全集》、《張文環全集》、《呂赫若日記》、《張秀亞全集》、《葉石濤全集》、《龍瑛宗全集》、《葉笛全集》、《鍾理和全集》、《錦連全集》、《楊雲萍全集》、《鍾鐵民全集》等，如雨後春筍般持續展開。

　　經過近二十年的努力，臺灣文學的研究與出版，也到了可以驗收或檢討成果的階段。這個說法，當然不是要停下腳步，而是可以從「臺灣現當代作家評論資料目錄」所呈現的 310 位作家、10 萬筆資料中去檢視。檢視的標的，除了從作家作品的質量、時代意義及代表性去衡量外、也可以從作家的世代、性別、文類中，去挖掘有待開墾及努力之處。因此這套「臺灣現當代作家研究資料彙編」，大部分的編選者除了概述作家的研究面向外，均有些觀察與建議。希望就已然的研究成果中，去發現不足與缺憾，研究者可以在這些不足與缺憾之處下功夫，而盡量避免在相同議題上重複。當然這都需要經過一段時間去發現、去彌補、去重建，因此，有關臺灣文學的調查、研究與論述，就格外顯得重要了。

期待

　　感謝臺灣文學館持續推動這兩個專案的進行。「臺灣現當代作家評論資料目錄」的完成，呈現的是臺灣文學研究的總體成果；「臺灣現當代作家研究資料彙編」的出版，則是呈現成果中最精華最優質的一面，同時對未來臺灣文學的研究面向與路徑，作最好的建議。我們可以很清楚的體會，這是一條綿長優美的臺灣文學接力賽，我們十分榮幸能參與其中，更珍惜在傳承接力的過程，與我們相遇的每一個人，每一件讓我們真心感動的事。我們更期待這個接力賽，能有更多人加入。誠如張恆豪所說「從高音獨唱到多元交響」，這是每一個人所期待的。

編輯體例

一、本書編選之目的，為呈現陳之藩生平、著作及研究成果，以作為臺灣文學相關研究、教學之參考資料。

二、全書共五輯，各輯內容及體例說明如下：

輯一：圖片集。選刊作家各個時期的生活或參與文學活動的照片、著作書影、手稿（包括創作、日記、書信）、文物。

輯二：生平及作品，包括三部分：

1.小傳：主要內容包括作家本名、重要筆名，生卒年月日，籍貫，及創作風格、文學成就等。

2.作品目錄及提要：依照作品文類（論述、詩、散文、小說、劇本、報導文學、傳記、日記、書信、兒童文學、合集）及出版順序，並撰寫提要。不收錄作家翻譯或編選之作品。

3.文學年表：考訂作家生平所進行的文學創作、文學活動相關之記要，依年月順序繫之。

輯三：研究綜述。綜論作家作品研究概況，展現研究成果與價值的論文。

輯四：重要文章選刊。選收國內外具代表性的相關研究論文及報導。

輯五：研究評論資料目錄。收錄至 2016 年 11 月底止，有關研究、論述臺灣現當代作家生平和作品評論文獻。語文以中文為主，兼及日文和英文資料。所收文獻資料，以臺灣出版為主，酌收中國大陸、香港、日本和歐美國家的出版品。內容包含三部分：

1.「作家生平、作品評論專書與學位論文」下分為專書與學位論文。

2.「作家生平資料篇目」下分為自述、他述、訪談、年表、其他。

3.「作品評論篇目」下分為綜論、分論、作品評論目錄、索引、其他。

專書與學位論文每篇皆有摘要介紹；評論文章如有篇名不易確認文義、抑或相同文章後改篇名者，以按語補充說明；訪談部分，記錄所有對談者、與會人姓名；綜論部分，如有文長超過八千字者，概述內容並揭示章節名。

目次

【輯五】研究評論資料目錄

輯一◎圖片集

影像◎手稿◎文物

1945年，時年20歲的陳之藩。
（國立成功大學提供）

1948年，陳之藩的北洋大學畢業
照。（童元方提供）

1957年，取得賓州大學理學碩士的
陳之藩。（國家圖書館提供）

1955年，陳之藩赴美時，與毛子水（左）合影於松山機場。
（文訊文藝資料中心）

1960年代，陳之藩與夏烈（左）
合影。（文訊文藝資料中心）

1969～1972年，陳之藩以研究生（Fellow）的身分於劍橋大學進修。
（國立成功大學提供）

1969～1972年，第一任夫人王節
如攝於劍橋大學聖約翰學院。
（翻攝自《劍河倒影》，遠東圖
書公司）

1969～1972年，陳之藩攝於劍橋寓所。（國家圖書館提供）

1977年，陳之藩攝於香港中文大學校園。（國立成功大學提供）

1978年，陳之藩與文友於香港餐敘。前排右起：陳之藩、盧燕、胡金銓；後排右起：楊世彭、余光中、劉國松、胡菊人。（余光中數位文學館提供）

1987年，陳之藩與丘彥明（中）、梁實秋（右）餐敘，攝於臺北方家小館。（丘彥明提供）

1990年5月6日，陳之藩與童元方（左）手持愛因斯坦的海報，合影於波士頓。（童元方提供）

1991年4月，陳之藩與吳大猷（右）於新竹清華大學80週年校慶時合影。（國立成功大學提供）

1994年8月12日，陳之藩攝於成功大學成功湖畔。（國立成功大學提供）

1995年3月24日，陳之藩出席成功大學舉辦的「蘇雪林百齡華誕壽宴」，與文友合影。
右起：陳之藩、林海音、馬森、夏祖麗。（馬森提供）

2002年4月7日，新婚一週的陳之藩與童元方於波士頓查理河畔散步。
（文訊文藝資料中心；童元昭攝影）

2003年，陳之藩接受文訊雜誌社採訪時留影。（文訊文藝資料中心）

2006年，陳之藩攝於香港中文大學電子工程學系辦公室。（國立成功大學提供）

2007年，陳之藩作勢要為童元方拉人力車，於香港太平山。（國立成功大學提供）

2010年11月5日，陳之藩夫婦出席成功大學主辦之「陳之藩教授國際學術研討會暨文物特展」。（國立成功大學提供）

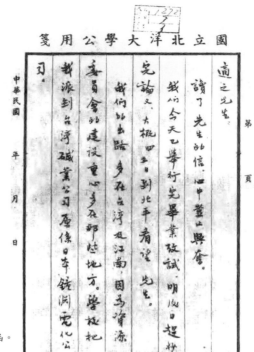

1948年7月1日，陳之藩致胡適信函。
（國立成功大學提供）

1957年9月，陳之藩代表賓州大學參加俄亥俄州國際學生會議，所拍攝的餐廳一隅照片及背後題字。
（國家圖書館提供）

Assignment #8   Due Nov 30, 1990

1. Use U(up) and D(down) to program the memory with the
   following data

   Address   Data
   0000   1000 1001
   0001   0111 1100
   0010   0011 0110
   0011   0010 0011
   0100   0001 0111
   0101   0101 1111
   0110   1110 1101
   0111   1111 1000

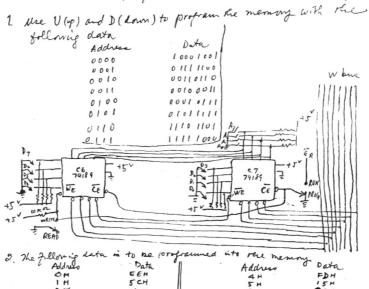

2. The following data is to be programmed into the memory.

Address	Data	Address	Data
0 H	EE H	4 H	FD H
1 H	5C H	5 H	15 H
2 H	26 H	6 H	94 H
3 H	6A H	7 H	C3 H

3. Write a program using mnemonics that will
   display the result of   5 + 4 - 6
   Use address DH, EH and FH for the data

4. Convert the assembly language of Prob #3 into the
   machine language. Show the answer in binary
   form and in hexdecimal form.

5. Write an assembly language program that
   performs this operation.
          8 + 4 - 3 + 5 - 2
   Use addresses BH to FH for the data

6. Convert the program and data of Prob #5 into
   machine language. Express the result in both
   binary and hexdecimal form.

1990年11月，陳之藩於波士頓大學電機工程學系為學生出的作業。
（童元方提供）

1990年前期，陳之藩寫給童元方的小箋，談論吳宓的
詩作。（童元方提供）

陳之藩邀請大家吃台塑小牛排

我曾去長庚醫工學院去演講，院方要請我吃台塑小牛排，卻沒能吃到，因為無論是誰，都要向長庚高球俱樂部的餐廳早一日去訂，才能吃到小牛排。所以當天來吃，小牛排是吃不到的。

於是，我更想吃小牛排了。

聽說台塑小牛排早已到了台南，而我現在才知道，我想請大家共同來品嚐一下。

邀者：陳之藩

日期：6月12日

時間：中午12:30

地點：大同路1段200號（五妃廟旁）王品台塑牛排

八十五年五月廿一日 收

1996年5月，陳之藩邀請成功大學
同仁宴饗台塑小牛排的邀請函。
（國立成功大學提供）

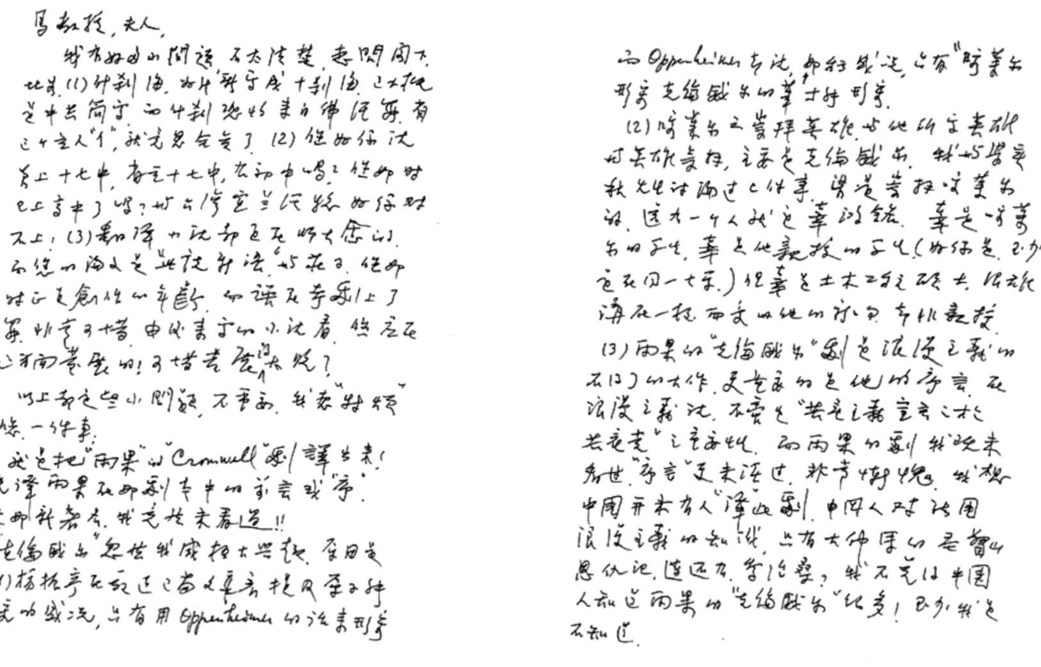

1997年7月15日，陳之藩致馬森信函，希望馬森翻譯雨果的《克倫威爾》序言。
（國立臺灣文學館提供）

湯老校

　大陸上海市華东师範大學一位
陳乙善教授等给他一致書稿.
是胡适为陳之藩冊的封信.

　此看心像你夢一樣. 這五
十一年前的信了. 寄给你一份
看一下. 五十年亭是为同一日.
人七己黃昏"矣.

　李義山诗. 夕陽無限好
　　　　　只是近黃昏.
　朱自清以為. 但們夕陽真無好
　　　　　　　何須惆怅近黃昏.
但. 又怎麽才不惆怅乐.
　專此祝
如. 求人不万
　　　　　　之藩 11月三日 1949

1999年11月3日，陳之藩寫給湯銘哲的信。
（國立成功大學提供）

rogress In Electromagnetics Research Symposium 2002　　　　663

Poetic and Scientific Representation of Infinity: A Wavelet Approach to the Impulse Function

C. F. Chen
Department of Electronic Engineering, The Chinese University of Hong Kong
Shatin, Hong Kong

Y. F. Tung
New Asia College, The Chinese University of Hong Kong
Shatin, Hong Kong

The quantity "infinity", when implemented on a computer, has been and should not be expressed by an rbitrarily chosen large number. Let us use Dirac's impulse function to illustrate the point. Dirac's unit impulse defined by a square pulse of width "a" and a height $1/a$ in the limit of $a \to 0$. When we realize $1/a$ on the omputer, one of various large numbers is chosen and therefore it never be unique. We would rather say that nis kind of approach is not scientific but poetic.

In her correspondence to Einstein, Mileva Marić discussed infinity in the following way:

> "I don't think the structure of the human skill is to be blamed for man's inability to understand the concept of infinity ...... If someone can conceive of infinite happiness, he should be able to comprehend the infinity of space—I should think it much easier."

ler statement shown above is qualitative or poetic; but scientist's arbitrarily chosen method for implementing nfinity is no better than Marić's.

Dirac, therefore, in his later years, tried to abolish "infinity" in formulas of physics which he had established arly in his life.

This paper will use the inverse Laplace formula via Haar's wavelet derived by the first author to perform ne inverse Laplace transform on "1", "s" "s^2" etc or a polynomial of s in general. Fig. 1 shows the inverse .aplace of "s" while Fig. 2 is that of "-4". It is noted that if we consider the original Dirac's delta function as particle, our new generalized Dirac's function corresponds to the wave version of the particle. This result is ew.

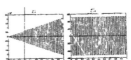

tEFERENCES

1. Wu, J. L., C. H. Chen and C. F. Chen, "Numerical inversion of Laplace transform using Haar Wavelet operational matrices," *IEEE Transactions on Circuits and Systems*, Vol. 148, No. 1, Jan. 2001

2002年，陳之藩與童元方共同發表於國際電磁波會
議（PIER）的"Poetic and Scientific Representation of
Infinity: A Wavelet Approach to the Impulse Function"
打字稿。（童元方提供）

旅美小簡
陳之藩著‧大林青年讀物 2

宗平校長：
我讀了你的遠慮感，實
在感動，我還要再細看
少年的心。

之藩
二〇〇六‧十二

大林書店出版

2006年12月，彭宗平高中起珍藏的《旅美小簡》，陳
之藩於其上所書之題字。（彭宗平提供）

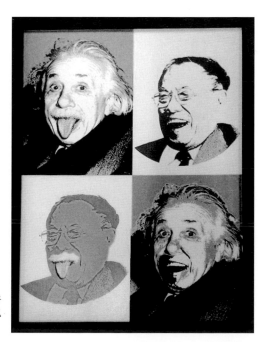

2011年，毛治平為成功大學「陳之藩文物特
展」而設計的波普藝術，毛治平為陳之藩成
大同仁毛齊武的公子。（國立成功大學提供）

蘭為王者香

初秋試筆

之藩

陳之藩應香港寓所附近的花店之邀，
於店內書寫的「蘭為王者香」墨寶。
（國立成功大學提供）

言順→Gibbon（1737－1794）
Samuel Johnson（1709－1784）

1863（清同治二年 癸亥）十一歲

1864（清同治三年 甲子）十二歲
　　　　天京陷落

一為大孝論異奇

大孝終身慕父母論

1868年──秦元坊生於浙江紹興

1890年（庚午）十六歲考後

┕　　今國藩為浙江候補

1875（乙亥）考後23歲

清政府命候補待御郎蕃惠為出使英國欽
差大臣

1876（丙子）考後24歲 出使英大使郭蕃惠

薨自上海啟程

陳之藩回溯中國近代史時所做的筆記。（童元方提供）

輯二◎生平及作品

小傳◎作品◎年表

小傳

陳之藩（1925～2012）

陳之藩，男，英文名 Chen Chih-Fan，籍貫河北霸縣，1925 年 6 月 19 日（農曆）生於河北霸縣，1948 年來臺工作，1955 年赴美留學後任教於美國，晚年定居香港，2012 年 2 月 25 日辭世，享壽 87 歲。

北洋大學電機學系畢業，美國賓州大學理學碩士，英國劍橋大學哲學博士。獲選為美國路易斯大學榮譽博士、英國電機工程學會院士、劍橋大學艾德學院院士。曾任臺灣碱業公司實習工程師、國立編譯館自然科學組編審、伯朗工程公司（Brown Engineering Inc.）高級工程師、中山科學研究院研究指導顧問。曾任教於美國孟斐斯基督兄弟學院、休士頓大學、波士頓大學、臺灣清華大學、臺灣大學、成功大學、香港中文大學。曾獲第一屆桂冠文學家獎。

陳之藩的創作文類以散文為主，兼及翻譯。散文的篇幅皆短，作品量不多，是其客居異鄉寂寞時寫下的作品，取材常由生活體驗出發，融入豐富的人生閱歷以及深刻的哲學思考。創作階段可依題材略分為兩期：前期為 1955 年至 1972 年，甫至美國與英國求學時，眼見中西差異而發出憂國懷鄉之思，筆鋒飽含情感，用字卻極簡，帶有一種沉鬱飄泊的悲涼，以《旅美小簡》、《劍河倒影》為代表，在 1960、1970 年代風行於臺灣的青年知識圈，多篇選入兩岸三地的中學教科書；其中，《在春風裡》與《大學時代寫給胡適的信》二書中，完整收錄陳之藩與胡適相交十餘載的信件、爭

辯新中國未來的精采對談，以及對亦師亦友的胡適的無盡追思。後期題材多從生活周遭信手拈來，從而啟動橫跨中外歷史、文學與科學的豐富聯想，如《散步》即是與妻子散步閒聊時的所得，充滿跳躍式的思考，輕盈灑脫，不拘一格。

　　陳之藩專研電機，為國立編譯館翻譯大量的科學書籍，如愛因斯坦的《相對論》、巴尼特（Lincoln Barnett）《宇宙與愛因斯坦》等，本身也著有《LISP 程式設計初階：人工智慧常用語言》、《基本自動控制：組織及分析 》（ *Elements of Control Systems Analysis: Classical and Modern Approaches*）。此外，亦翻譯 18、19 世紀的西洋詩作，並為每首詩寫下詩人評介與賞析，收錄於《蔚藍的天》。

　　陳之藩的散文兼具寫實與浪漫，文字簡潔雋永，長短句交錯，古典詩文夾雜，音律清晰明快，一面以自由民主的思想為圭臬，在海外憂心家國之前景，一面以科學家的眼睛，文學家的感悟與筆觸，借生活中的小事小物，進行文化性、民族性的深深思索。馬森贊其為「繼承了五四時代火種的重要人士」，將五四時代所崇尚之「感性的文學、藝術與理性的科學同時並進」。陳芳明在《臺灣新文學史》中將陳之藩與吳魯芹並列為同時代的「自由主義作家」，認為「他們的作品之受到歡迎，恰如其分地反映了臺灣社會對自由天地之想像與渴望」。

作品目錄及提要

【散文】

明華書局 1957

文星書店 1962

遠東圖書公司 1975

遠東圖書公司 2001

牛津大學 2003

旅美小簡

臺北：明華書局
1957 年 6 月，13×18cm，102 頁

臺北：文星書店
1962 年 9 月，32 開，100 頁

臺北：遠東圖書公司
1975 年 3 月，32 開，86 頁

臺北：遠東圖書公司
2001 年 5 月，32 開，117 頁

香港：牛津大學出版社
2003 年，14×19.5 公分，134 頁

本書集結作者於《自由中國》發表的文章，
為作者初到美國費城兩年的隨筆。全書收錄
〈月是故鄉明〉、〈哲人的微笑〉、〈出國與出
家〉等 23 篇。正文前有陳之藩〈前記〉。
1962 年文星版：正文與 1957 年明華版同。
正文前新增陳之藩〈《旅美小簡》重印前
記〉。
1975 年遠東版：正文與 1957 年明華版同。
正文前新增陳之藩〈陳之藩散文集〉序〉。
2001 年遠東版：內容與 1974 年版同。
2003 年牛津版：內容與 1957 年明華版同。

文星書店 1962　**遠東圖書公司 1975**

遠東圖書公司 1995　**牛津大學 2005**

在春風裡

臺北：文星書店
1962 年 9 月，32 開，116 頁

臺北：遠東圖書公司
1975 年 2 月，32 開，99 頁

臺北：遠東圖書公司
1995 年 8 月，25 開，133 頁

香港：牛津大學出版社
2005 年，14×19.5 公分，149 頁

本書集結作者在美國孟斐斯的生活隨筆，和紀念胡適逝世的追悼文章。全書收錄〈寂寞的畫廊〉、〈幾度夕陽紅〉、〈迷失的時代〉等 19 篇。
1975 年遠東版：正文與 1962 年文星版同。正文前新增陳之藩〈《陳之藩散文集》序〉。
1995 年遠東版：內容與 1974 年版同。
2005 年牛津版：正文新增〈叩寂寞以求知音〉。正文前新增陳之藩〈序〉。

遠東圖書公司 1972　**遠東圖書公司 2003**

牛津大學 2003

劍河倒影

臺北：遠東圖書公司
1972 年 10 月，32 開，65 頁

臺北：遠東圖書公司
2003 年 4 月，25 開，89 頁

香港：牛津大學出版社
2003 年，14×19.5 公分，95 頁

本書集結作者在《中央日報》發表的文章，為作者在英國劍橋大學擔任兩年研究生（Fellow）的見聞。全書收錄〈實用呢，還是好奇呢？〉、〈理智呢，還是感情呢？〉、〈明善呢，還是察理呢？〉等 13 篇。正文前有照片輯、陳之藩〈如夢的兩年──代序〉。
2003 年遠東版：內容與 1974 年遠東版同。
2003 年牛津版：正文與 1974 年遠東版同。正文前刪除照片輯。

陳之藩散文集

臺北：遠東圖書公司
1974 年 2 月，32 開，250 頁

臺北：遠東圖書公司
1983 年 8 月，32 開，274 頁

臺北：遠東圖書公司
1995 年 8 月，25 開，358 頁

遠東圖書公司 1974　　遠東圖書公司 1983

本書收錄遠東版《劍河倒影》、《在春風裡》、《旅美小簡》。全書收錄〈實用呢，還是好奇呢？〉、〈理智呢，還是感情呢？〉、〈明善呢，還是察理呢？〉、〈一夕與十年〉、〈王子的寂寞〉等 55 篇。正文前有陳之藩〈《陳之藩散文集》序〉。
1983 年遠東版：內容與 1974 年版同。
1995 年遠東版：正文新收錄遠東版《一星如月》。

遠東圖書公司 1995

蔚藍的天

臺北：遠景出版公司
1977 年 3 月，32 開，150 頁
遠景叢刊 68

香港：牛津大學出版社
2003 年，14×19.5 公分，123 頁

本書集結作者 1950 年代介紹西方詩人與詩作的短文。全書收錄〈生命的頌歌——朗費羅的詩〉、〈燕子——丁尼生的詩〉、〈一朵花裡的世界——布萊克〉等 19 篇。正文前有桂文亞〈細雨・白雲・綠楊——訪問記〉、陳之藩〈序〉。
2003 年牛津版：正文與 1977 年版同。正文前刪去桂文亞〈細雨・白雲・綠楊——訪問記〉，陳之藩〈序〉更名為〈序——何以譯起詩來〉。

遠景出版公司 1977

牛津大學 2003

遠東圖書公司 1985

牛津大學 2004

一星如月

臺北：遠東圖書公司
1985 年 1 月，25 開，116 頁

香港：牛津大學出版社
2004 年，14×19.5 公分，161 頁

本書集結作者 1960 至 1980 年代發表於各報章雜誌的散文。
全書收錄〈垂柳〉、〈熊〉、〈知識與智慧〉等 13 篇。正文前
有陳之藩〈序〉。
2004 年牛津版：內容與 1985 年版同。

時空之海

臺北：遠東圖書公司
1996 年 1 月，25 開，169 頁

本書集結作者於臺灣、香港創作的散文，創作時間橫跨 1950
至 1990 年代。全書分「思潮的起伏」、「寫給中學同學」、「漫
遊偶記」、「嘗試譯詩」四輯，收錄〈進步與保守——八十年
代講及魯迅〉、〈哀一位哲人——五十年代談馮友蘭〉、〈記一
位史家——五十年代談雷海宗〉等 29 篇。正文前有陳之藩
〈《時空之海》——序〉。

劍河倒影／陳子善編

杭州：浙江人民出版社
2000 年 8 月，25 開，413 頁
海外學者散文

本書收錄《旅美小簡》、《在春風裡》、《劍河倒影》、《一星如月》、《時空之海》、《蔚藍的天》等六書，篇幅略有刪減。全書收錄〈月是故鄉明〉、〈出國與出家〉、〈童子操刀〉、〈並不是悲觀〉、〈智慧的火花〉等 84 篇。正文前有陳之藩〈代序：日記一則〉，正文後有陳之藩〈《陳之藩散文集》序〉、陳之藩〈致胡適（一九四七年七月八日）〉、陳之藩〈司諾與劍橋——致《明報月刊》編者〉、陳子善〈我所知道的陳之藩先生——編後記〉。

散步

香港：牛津大學出版社
2003 年，14×19.5 公分，213 頁

臺北：天下遠見出版公司
2003 年 8 月，25 開，283 頁
風華館 020

牛津大學 2003

本書集結作者 1992～2003 年間，與妻子散步時發想而成的散文。全書分二輯，收錄〈愛因斯坦的散步及其他〉、〈橫看成嶺——一九二二那一年〉、〈雕不出來〉等 19 篇。正文前有陳之藩〈散步〉。
2003 年天下遠見版：正文新增〈大學時代給胡適的信〉。正文後新增陳之藩〈後記〉。

天下遠見 2003

時空之海

香港：牛津大學出版社
2004 年，14×19.5 公分，103 頁

本書集結作者 1990 年代創作的散文。全書收錄〈進步與保守〉、〈時間的究竟——序《愛因斯坦的夢》〉、〈三部自傳——哈代、溫納與戴森〉等 15 篇。正文前有陳之藩〈一百與一百二十五——談愛因斯坦致羅斯福的一封信〉。

寂寞的畫廊／童元方編
南京：江蘇文藝出版社
2007 年 6 月，25 開，309 頁

本書為作者的散文選集。全書分「詩與詩人」、「留學偶記」、「懷人」、「科學的聯想」、「觀感和記游」五部分，收錄〈一朵花裡的世界〉、〈蔚藍的湖・蔚藍的天〉、〈迷失了的靈魂〉、〈春天的雪花〉、〈一所荒園與一架書〉等 72 篇。正文後有童元方〈「我們都是看你的文章長大的」〉。

看雲聽雨
新加坡：八方文化創作室
2008 年 8 月，25 開，148 頁

本書集結作者 2004 至 2006 年間完成的散文。全書分「昨海今田」、「思與花開」二輯，收錄〈二十世紀的二十個人〉、〈保守的精神——雷根的「治大國若烹小鮮」〉、〈宋人及楚人平——由美國總統大選想起中國的老故事〉、〈陳省身與愛因斯坦——一九四三到一九四五年在普林斯頓〉等 33 篇。正文前有陳之藩〈序〉。

思與花開
香港：牛津大學出版社
2008 年，14×19.5 公分，300 頁

本書集結作者 2004 至 2008 年間完成的散文。全書分「昨海今田」、「思與花開」兩輯，收錄〈二十世紀的二十個人〉、〈保守的精神——列根的「治大國若烹小鮮」〉、〈宋人及楚人平——由美國總統大選想起中國的老故事〉、〈陳省身與愛因斯坦——一九四三到一九四五在普林斯頓〉、〈兩不立，則一不可見——從楊密方程式談到今年諾貝爾物理學獎〉等 64 篇。正文後有童元方〈我們都是看你的文章長大的〉。

萬古雲霄‧陳之藩集／童元方編選

香港：中華書局
2012 年 5 月，25 開，288 頁
香港散文典藏

本書為作者的散文選集。全書分「萬古雲霄」、「雲飛風起」、
「乾坤百年」、「風雨江山」四輯，收錄〈憔悴斯人〉、〈把酒
論詩〉、〈天堂與地獄〉、〈《一星如月》序〉等 41 篇。正文前
有《香港散文典藏》出版說明、杜甫〈白帝城最高樓〉、童
元方〈陳之藩散文的語言〉，正文後有童元方〈科學的語言、
人文的語言、生活的語言〉。

花近高樓──科學家的人文思索／童元方編選

臺北：天下遠見出版公司
2012 年 7 月，25 開，284 頁

本書為作者的散文選集。全書分「花近高樓」、「月色中天」、
「晴開萬樹」、「溫風如酒」四輯，收錄〈談希望〉、〈並不是
悲觀〉、〈鐘聲的召喚〉、〈迷失的時代──紀念海明威之死〉
等 45 篇。正文前有童元方〈前言：有斜陽處〉。

【書信】

大學時代給胡適的信

香港：牛津大學出版社
2005 年，14×19.5 公分，129 頁

本書集結作者大學時代寫給胡適的信束。全書共 13 篇。正文
前有陳之藩〈代序：世紀的苦悶與自我的徬徨──青年眼中的
世界與自己〉，正文後有陳之藩〈後記〉。

【合集】

陳之藩文集
臺北：天下遠見出版公司
2006 年 1 月，25 開

共三冊。

陳之藩文集 1──大學時代給胡適的信、蔚藍的天、旅美小簡
臺北：天下遠見出版公司
2006 年 1 月，25 開，370 頁
風華館 040

本書收錄牛津版《大學時代給胡適的信》、牛津版《蔚藍的天》、明華版《旅美小簡》，正文新增〈《尋夢草》讀後〉。

陳之藩文集 2──在春風裡、劍河倒影、一星如月
臺北：天下遠見出版公司
2006 年 1 月，25 開，381 頁
風華館 041

本書收錄牛津版《在春風裡》、牛津版《劍河倒影》、遠東版《一星如月》，正文〈叩寂寞以求知音〉更名為〈叩寂寞以求音〉。

陳之藩文集 3──時空之海、散步、看雲聽雨
臺北：天下遠見出版公司
2006 年 1 月，25 開，439 頁
風華館 042

本書收錄牛津版《時空之海》、牛津版《散步》、八方版《看雲聽雨》，正文刪去〈揮棒與司鼓〉、〈齊如山的著述〉、〈由看戲到看書〉、〈板門店記夢〉、〈儒者的氣象〉。

陳之藩作品

合肥：黃山書社
2009 年 6 月，32 開

共四冊；正文前有陳之藩〈大陸版序——蕭規曹隨與房謀杜斷〉。

蔚藍的天·旅美小簡

合肥：黃山書社
2009 年 6 月，32 開，186 頁
陳之藩作品系列（一）

本書收錄牛津版《蔚藍的天》、明華版《旅美小簡》，正文刪去〈記一位史家——五十年代記雷海宗〉、〈哲人的微笑〉、〈鐘聲的召喚〉、〈悠揚的山歌〉，新增《〈尋夢草〉讀後》。

在春風裡·劍河倒影

合肥：黃山書社
2009 年 6 月，32 開，177 頁
陳之藩作品系列（二）

本書收錄牛津版《在春風裡》、遠東版《劍河倒影》，正文刪去〈第一信——紀念適之先生之一〉。

一星如月·散步

合肥：黃山書社
2009 年 6 月，32 開，232 頁
陳之藩作品系列（三）

本書收錄遠東版《一星如月》、牛津版《散步》，正文刪去〈榷杌新評〉、〈簡單的事實〉、〈實驗與正名〉、〈三山五嶽〉、〈一時瑜亮〉。

時空之海‧看雲聽雨
合肥：黃山書社
2009 年 6 月，32 開，185 頁
陳之藩作品系列（四）

本書收錄牛津版《時空之海》、八方版《看雲聽雨》，正文刪去〈保守的精神──雷根的「治大國若烹小鮮」〉、〈民主的究竟〉、〈古巴危機這面鏡子──鏡中映出的臺海風雲〉、〈東風與西風──胡適向毛澤東論第二黨〉、〈老嫗能解？〉、〈揮棒與司鼓〉、〈齊如山的著述〉、〈由看戲到看書〉、〈板門店記夢〉、〈儒者的氣象〉。

陳之藩散文
香港：牛津大學大學出版社
2012 年，14×19.5 公分

共三冊。

陳之藩散文‧卷一
香港：牛津大學出版社
2012 年，14×19.5 公分，454 頁

本書收錄牛津版《大學時代給胡適的信》、《蔚藍的天》、《旅美小簡》、《在春風裡》，正文新增〈《尋夢草》讀後〉，〈叩寂寞以求知音〉更名為〈叩寂寞以求音〉。

陳之藩散文‧卷二
香港：牛津大學出版社
2012 年，14×19.5 公分，295 頁

本書收錄牛津版《劍河倒影》、《一星如月》、《時空之海》，正文新增〈憔悴人生〉。

陳之藩散文・卷三
香港：牛津大學出版社
2012 年，14×19.5 公分，432 頁

本書收錄牛津版《散步》、《思與花開》，正文新增〈取傷廉、
與傷惠、死傷勇〉、〈從地是平的到世界是平的〉。正文後有陳
之藩〈蕭規曹隨與房謀杜斷〉、童元方〈編後記〉。

文學年表

1925 年	6 月	19 日，生於河北霸縣。（農曆）
1932 年	本年	就讀東關小學。暑假、年假時向父親聘請的老童生修習國學。
1937 年	本年	因中日戰爭爆發，小學未能畢業，逃難至北京。就讀進德中學。
1944 年	本年	於陝西鳳翔接受軍事訓練半年。
1945 年	本年	就讀陝西西北工學院（後併入天津北洋大學）電機學系。
1946 年	本年	北洋大學（今天津大學）於天津復校。
1947 年	8 月	開始與胡適通信。
	本年	考上清華大學哲學系，但並未入學。
1948 年	6 月	13 日，〈世紀的苦悶與自我的徬徨——青年眼中的世界與自己〉發表於《周論》第 1 卷第 23 期。
	本年	畢業於北洋大學電機學系，被學校分配至高雄的臺灣碱業公司擔任實習工程師。因公司倒閉，改至臺北國立編譯館自然科學組擔任編審。
1950 年	本年	《雷達的發明》、《電力的利用》、《電話與電報的演進》、《電子學的進展》、《電影的奇蹟》（與祁和熙合著）、《閃電與避雷》由臺北正中書局出版。
1952 年	2 月	〈宇宙與愛因斯坦〉發表於《新思潮》第 10 期。
	9 月	〈原子能原理〉發表於《新思潮》第 17 期。
	12 月	〈太陽能源與氫原子彈〉發表於《新思潮》第 20 期。
	本年	翻譯唐喀佛萊（Don Caverly）《初等電子學》，由臺北臺灣商

務印書館出版。

1953 年　1 月　31 日、2 月 15 日，翻譯 George William Gray〈最大望遠鏡下
　　　　　　　　的宇宙〉，連載於《大陸雜誌》第 6 卷第 2〜3 期。

　　　　　本年　翻譯巴尼特（Lincoln Barnett）《宇宙與愛因斯坦》，由臺北中
　　　　　　　　華文化出版事業委員會出版。

　　　　　　　　編撰《光的原理》、翻譯帕孫茲（R. H. Parsons）《蒸汽渦輪的
　　　　　　　　發明者：帕孫茲傳》，由臺北正中書局出版。

1954 年　2 月　15、28 日，翻譯〈羅素論科學對於社會的衝擊〉，連載於《大
　　　　　　　　陸雜誌》第 8 卷第 3〜4 期。

　　　　　本年　翻譯盧森堡（Robert Rosenberg）《感應電動機的實際》由臺北
　　　　　　　　正中書局出版。

1955 年　年初　獲胡適資助美金 2400 元，赴美攻讀賓州大學理學碩士。

　　　　　3 月　1 日，〈月是故鄉明——旅美小簡之一〉發表於《自由中國》
　　　　　　　　第 12 卷第 5 期。

　　　　　　　　16 日，〈哲人的微笑——旅美小簡之二〉發表於《自由中國》
　　　　　　　　第 12 卷第 6 期。

　　　　　4 月　1 日，〈出國與出家——旅美小簡之三〉發表於《自由中國》
　　　　　　　　第 12 卷第 7 期。

　　　　　　　　16 日，〈童子操刀——旅美小簡之四〉發表於《自由中國》第
　　　　　　　　12 卷第 8 期。

　　　　　5 月　1 日，〈並不是悲觀——旅美小簡之五〉發表於《自由中國》
　　　　　　　　第 12 卷第 9 期。

　　　　　　　　15 日，〈愛因斯坦不朽〉發表於《中央日報》6 版。

　　　　　　　　16 日，〈智慧的火花——旅美小簡之六〉發表於《自由中國》
　　　　　　　　第 12 卷第 10 期。

　　　　　6 月　1 日，〈到什麼地方去？——旅美小簡之七〉發表於《自由中
　　　　　　　　國》第 12 卷第 11 期。

16 日，〈成功的哲學——旅美小簡之八〉發表於《自由中國》第 12 卷第 12 期。

7 月　1 日，〈失根的蘭花——旅美小簡之九〉發表於《自由中國》第 13 卷第 1 期。

16 日，〈愛因斯坦的苦悶——旅美小簡之十〉發表於《自由中國》第 13 卷第 2 期。

8 月　1 日，〈哲學家皇帝——旅美小簡之十一〉發表於《自由中國》第 13 卷第 3 期。

16 日，〈鐘聲的召喚——旅美小簡之十二〉發表於《自由中國》第 13 卷第 4 期。

9 月　1 日，〈祖宗的遺產——旅美小簡之十三〉發表於《自由中國》第 13 卷第 5 期。

10 月　16 日，〈釣勝於魚——旅美小簡之十四〉發表於《自由中國》第 13 卷第 8 期。

11 月　5 日，〈山水與人物——旅美小簡之十五〉發表於《自由中國》第 13 卷第 9 期。

16 日，〈覓回自己——旅美小簡之十六〉發表於《自由中國》第 13 卷第 10 期。

本年　翻譯溫德（Gerald Wendt）《原子能與氫原子彈》，由臺北中華文化出版事業委員會出版。

1956 年　1 月　16 日，〈泥土的芬芳——旅美小簡之十七〉發表於《自由中國》第 14 卷第 2 期。

3 月　1 日，〈印字小工二百五十年誕辰——旅美小簡之十八〉發表於《自由中國》第 14 卷第 5 期。

10 月　16 日，〈智者的旅棧——旅美小簡之十九〉發表於《自由中國》第 15 卷第 8 期。

12 月　16 日，〈惆悵的夕陽——旅美小簡之二十〉發表於《自由中

國》第 15 卷第 12 期。

1957 年　1 月　16 日，〈哈德遜劇院──旅美小簡之二十一〉發表於《自由中國》第 16 卷第 2 期。

2 月　1 日，〈河邊的故事──旅美小簡之二十二〉發表於《自由中國》第 16 卷第 3 期。

16 日，〈悠揚的山歌──旅美小簡之廿三〉發表於《自由中國》第 16 卷第 4 期。

6 月　第一本散文集《旅美小簡》由臺北明華書局出版。

本年　取得賓州大學理學碩士學位，赴田納西州孟菲斯基督兄弟學院任教。

歸還胡適借款。

1959 年　本年　翻譯愛因斯坦《相對論》，由臺北中華文化出版事業委員會出版。

1961 年　7 月　25 日，〈迷失的時代與海明威──紀念海明威之死〉發表於《聯合報》6 版。

8 月　26 日，〈願天早生聖人〉發表於《聯合報》6 版。

9 月　4 日，〈科學與詩〉發表於《聯合報》6 版。

10 月　5 日，〈永恆之城〉發表於《聯合報》6 版。

14 日，〈方舟與魚──答丁先生〉發表於《聯合報》6 版。

11 月　14 日，〈周末讀書記〉發表於《聯合報》6 版。

1962 年　1 月　6 日，〈種桃栽杏擬待花〉發表於《聯合報》6 版。

10 日，〈謝天〉發表於《聯合報》6 版。

2 月　應清華大學原子研究所、臺灣大學理學院之聘，回臺講學。

3 月　8 日，〈第一信──紀念適之先生之一〉發表於《聯合報》6 版。

9 日，〈第二信──紀念適之先生之二〉發表於《聯合報》6 版。

13 日，〈第三信——紀念適之先生之三〉發表於《聯合報》6 版。

14 日，〈儒林外史——紀念適之先生之四〉發表於《聯合報》6 版。

16 日，〈第四信——紀念適之先生之五〉發表於《聯合報》6 版。

18 日，〈丹諾自傳——紀念適之先生之六〉發表於《聯合報》6 版。

20 日，〈第五信——紀念適之先生之七〉發表於《聯合報》6 版。

22 日，〈在春風裡——紀念適之先生之八〉發表於《聯合報》6 版。

24 日，〈寄——紀念適之先生之九〉發表於《聯合報》6 版。

	9 月	《在春風裡》、《旅美小簡》由臺北文星書店出版。
	12 月	〈自動控制的過去與現在〉發表於《文星》第 62 期。
1963 年	2 月	〈哲學與困惑〉發表於《傳記文學》第 2 卷第 2 期。
1964 年	4 月	17 日，翻譯 Samuel Ullmman〈青春〉，發表於《中央日報》6 版。
1965 年	本年	與王節如結婚。 返美，於阿拉巴馬州伯朗工程公司（Brown Engineering Inc.）擔任高級工程師，從事美國國家航空暨太空總署的專案。 獲頒美國伊利諾州路易斯大學榮譽博士。
1966 年	本年	任教於美國德克薩斯州休士頓大學。
1967 年	1 月	〈垂柳〉發表於《純文學》第 1 期。
1968 年	6 月	與 I. John Haas 合著的 *Elements of Control Systems Analysis: Classical and Modern Approaches*，由美國 Upper Saddle River 的 Prentice-Hall Inc. 出版。

1969 年　10 月　9 日，〈實用呢？還是好奇呢？——劍河倒影之一〉發表於《中央日報》9 版。

11 日，〈理智呢？還是感情好？——劍河倒影之二〉發表於《中央日報》9 版。

23 日〈明善呢？還是察理好？——劍河倒影之三〉發表於《中央日報》9 版。

25 日，〈一夕呢，還是十年呢？——劍河倒影之四〉發表於《中央日報》13 版。

11 月　20 日，〈王子的寂寞——劍河倒影之五〉發表於《中央日報》9 版。

27 日，〈自己的路——劍河倒影之六〉發表於《中央日報》9 版。

12 月　9 日，〈圖畫式的與邏輯式的——劍河倒影之七〉發表於《中央日報》9 版。

本年　赴英國劍橋大學，擔任研究生（Fellow）。

1970 年　1 月　6 日，〈勇者的聲音——劍河倒影之八〉發表於《中央日報》9 版。

22 日，〈古瓶——劍河倒影之九〉發表於《中央日報》9 版。

2 月　16 日，〈羅素與服爾泰——兼答林語堂先生——劍河倒影之十〉發表於《中央日報》9 版。

12 月　13 日，〈寫作與出書——劍河倒影之十一〉發表於《中央日報》9 版。

15 日，〈風雨中談到深夜——劍河倒影之十二〉發表於《中央日報》9 版。

24 日，〈噴煙制度考——劍河倒影之十三〉發表於《中央日報》9 版。

本年　獲選為英國電機工程學會院士。

1971 年	7 月	18～19 日,〈不鑄大錯——劍河倒影之十四〉連載於《中央日報》9 版。
1972 年	10 月	《劍河倒影》由臺北遠東圖書公司出版。
	11 月	獲劍橋大學哲學博士學位,重返休士頓大學任教。
1973 年	本年	翻譯卡維里(Don Caberlay)與威爾曼(W. R. Wellman)合著的《初等電子學》,由臺北國立編譯館出版。
1974 年	1 月	22 日,〈叩寂寞以求音——寫在散文集前面〉發表於《中國時報》12 版。
	2 月	《陳之藩散文集》由臺北遠東圖書公司出版。
	7 月	24～29 日,翻譯索忍尼辛〈警告美國〉,連載於《中央日報》10 版。
	8 月	翻譯〈索忍尼辛的獅子吼〉,發表於《海外文摘》第 290 期。
1975 年	2 月	《在春風裡》由臺北遠東圖書公司出版。
	3 月	《旅美小簡》由臺北遠東圖書公司出版。
	9 月	9 日,〈《邊城散記》〉發表於《中國時報》12 版。
1976 年	8 月	8 日,〈談人名譯音〉發表於《聯合報》12 版。
		18 日,〈作家吃什麼〉發表於《聯合報》12 版。
	12 月	31 日,〈知識與智慧〉發表於《聯合報》12 版。
1977 年	3 月	4 日,〈《蔚藍的天》序〉發表於《中國時報》12 版。
		《蔚藍的天》由臺北遠景出版公司出版。
	本年	至美國麻省理工學院擔任客座科學家(Visiting Scientist),研究人工智慧。
		赴香港,擔任香港中文大學電子工程學系講座教授及系主任,至 1984 年止。
1978 年	12 月	18 日,〈他媽的共產主義——借用港報轉載天安門大字報的一句〉發表於《中國時報》12 版。
1980 年	本年	獲選為劍橋大學艾德學院院士。

1981 年	3 月	13 日，〈把酒論詩——懷念雷寶華先生〉發表於《中國時報》8 版。
	8 月	9 日，〈褒貶與恩仇——水邊談天之二〉發表於《中國時報》8 版。
1982 年	4 月	16 日，〈學生時期的小故事〉發表於《中國時報・人間副刊》8 版。
	5 月	6 日，〈煩惱與創作——答一位小朋友〉發表於《中國時報・人間副刊》8 版。
	9 月	2〜3 日，〈談風格〉連載於《中國時報・人間副刊》8 版。
	本年	*Elements of Control Systems Analysis: Classical and Modern Approaches* 中文本《基本自動控制：組織及分析》由臺南復漢出版社出版。
1983 年	1 月	27 日，〈實驗與正名〉發表於《中國時報・人間副刊》8 版。
	4 月	21 日，〈四月八日這一天〉發表於《聯合報》8 版。
	8 月	《陳之藩散文集》由臺北遠東圖書公司出版。
	11 月	10 日，〈數學與電子〉發表於《聯合報》8 版。
	12 月	2 日，〈科技時代的思想〉發表於《聯合報》8 版。
		31 日、1984 年 1 月 1 日，〈天堂與地獄——談歐威爾這個人和他的書〉連載於《聯合報》8 版。
1984 年	1 月	6 日，〈纖維叢〉發表於《聯合報》8 版。
	6 月	25 日，〈老形式與新內容〉發表於《聯合報》8 版。
	7 月	22 日，〈開會〉發表於《聯合報》8 版。
	12 月	8 日，〈一星如月〉發表於《聯合報》8 版。
1985 年	1 月	《一星如月》由臺北遠東圖書公司出版。
	7 月	27 日，〈閒雲與亂想——暑遊漫記之一〉發表於《聯合報》8 版。
	8 月	27 日，〈山色與花光——夏遊漫記之二〉發表於《聯合報》8

版。

本年　自香港返回美國，擔任波士頓大學研究教授。

1986 年　1 月　27 日，〈談科技與文藝〉發表於《青年日報》11 版。

1987 年　11 月　〈生活散記——莫須有與想當然〉發表於《幼獅少年》第 133
期。

1988 年　2 月　〈春聯〉發表於《光華》第 13 卷第 2 期。

6 月　12 日，在桃園中央大學演講「進步與保守——兼談中大與北
大的傳統」。

14 日，〈進步與保守——在中央大學畢業典禮上講〉發表於
《聯合報》21 版。

本年　於波士頓中風，緊急進行開腦手術，救治得宜。

1989 年　6 月　開始於暑假期間返回臺灣，於中山科學研究院擔任為期一個月
的研究指導顧問，至 1992 年止。

1990 年　2 月　22 日，〈將名字題在歷史之中〉發表於《中央日報・副刊》16
版。

3 月　19 日，〈培養「好奇」的笨人〉發表於《中央日報・副刊》18
版。

4 月　23 日，〈知識對人類行為的影響〉發表於《中央日報・副刊》
16 版。

5 月　30 日，〈只是為釣，不是為魚〉發表於《中央日報・副刊》16
版。

1992 年　7 月　12 日，〈黃金分割為什麼美〉發表於《聯合報・副刊》25 版。

本年　與李白男合著《LISP 程式設計初階：人工智慧常用語言》，由
臺北遠東圖書公司出版。

1993 年　3 月　9 日，〈今日朝廷須汲黯〉發表於《聯合報・副刊》25 版。

24 日，〈雪夜燈前，作書答問——有關汲黯、杜甫、朱熹與胡
適的典故〉發表於《聯合報・副刊》35 版。

9 月　　返臺，擔任成功大學電機學系客座教授，至 2002 年止。

11 月　　1 日，〈問道於盲——成功湖邊散記之一〉發表於《聯合報‧副刊》37 版。

10 日，〈三部自傳——成功湖邊散記之二〉發表於《聯合報‧副刊》37 版。

12 月　　〈攪擾宇宙興波瀾——成功湖邊散記〉發表於《遠見》第 90 期。

1994 年　1 月　　8 日，〈時空之海——成功湖邊散記之三〉發表於《聯合報‧副刊》37 版。

8 月　　30 日，〈時間的究竟——愛因斯坦的夢〉發表於《中央日報‧副刊》16 版。

1995 年　2 月　　〈再談黃金分割〉發表於《二十一世紀》第 27 期。

8 月　　《在春風裡》、《陳之藩散文集》由臺北遠東圖書公司出版。

1996 年　1 月　　23 日，〈鉛筆與釘子〉發表於《聯合報‧副刊》34 版。

《時空之海》由臺北遠東圖書公司出版。

1997 年　8 月　　6 日，〈現代的司馬遷——談今日的資料壓縮〉發表於《聯合報‧副刊》41 版。

1999 年　5 月　　4 日，於中央大學演講「從資訊時代看五四」。

2000 年　8 月　　陳子善編《劍河倒影》由杭州浙江人民出版社出版。

2001 年　5 月　　《旅美小簡》由臺北遠東圖書公司出版。

10 月　　8 日，〈約瑟夫的詩——統一場論〉發表於《聯合報‧副刊》37 版。

本年　　妻子王節如病逝。

2002 年　2 月　　5 日，〈桂冠詩人與桂冠學人〉發表於《聯合報‧副刊》37 版。

3 月　　7 日，應臺北市文化局邀請，於官邸藝文沙龍演講「愛因斯坦與散步」。

		22 日，〈愛因斯坦的散步及其他〉發表於《聯合報・副刊》39 版。
	4 月	1 日，與童元方於美國拉斯維加斯結婚。
	10 月	搬至香港，擔任香港中文大學電子工程學系榮譽教授。
2003 年	4 月	《劍河倒影》由臺北遠東圖書公司出版。
	5 月	19 日，〈橫看成嶺——一九二二那一年〉發表於《中央日報》17 版。

26～29 日，〈雕不出來〉連載於臺灣《蘋果日報》E7 版。

6 月　10 日，〈三山五嶽〉發表於《聯合報・副刊》E7 版。

7 月　8 日，〈紫氣東來〉發表於《聯合報・副刊》E7 版。

24～25 日，〈側看成峰〉連載於《聯合報・副刊》E7 版。

8 月　6 日，〈散步〉發表於《中國時報・人間副刊》E7 版。

《散步》、童元方《水流花靜——科學與詩的對話》由臺北天下遠見文化出版公司一齊出版。

〈作者與編者〉發表於《書與人》第 12 期。

9 月　〈闊別了劍河與春風——陳之藩《散步》出書〉發表於《遠見》第 207 期。

本年　《旅美小簡》、《劍河倒影》、《蔚藍的天》、《散步》由香港牛津大學出版社出版。

2004 年　7 月　1 日，〈保守的精神——雷根的「治大國若烹小鮮」〉發表於《聯合報・副刊》E7 版。

8 月　30 日，〈宋人及楚人平〉發表於《聯合報・副刊》E7 版。

9 月　25 日，〈陳省身與愛因斯坦——一九四三到一九四五在普林斯頓〉發表於《聯合報・副刊》E7 版。

10 月　3 日，〈池邊吟思與花開〉發表於香港《蘋果日報》。

11 月　4 日，〈兩不立，則一不可見——從楊密方程式談到今年諾貝爾物理學獎〉發表於《聯合報・副刊》E7 版。

7 日,〈保守與進步〉發表於香港《蘋果日報》。

12 月　5 日,〈笑與嘯〉發表於香港《蘋果日報》。

21 日,〈疇人的寂寞——談談陳省身的詩〉發表於《聯合報‧副刊》E7 版。

〈潮頭上的浪花:李國鼎與科學園區〉發表於香港《明報月刊》第 468 期。

本年　《一星如月》、《時空之海》由香港牛津大學出版社出版。

2005 年　1 月　24 日,〈民主的究竟——柏拉圖、馬克思、陳獨秀、胡適、趙紫陽怎麼看民主?〉發表於《聯合報‧副刊》E7 版。

3 月　24 日,〈古巴危機這面鏡子——鏡中映出的臺海風雲〉發表於《聯合報‧副刊》E7 版。

4 月　3 日,〈師生之間〉發表於香港《蘋果日報》。

5 月　15 日,〈別讓委屈再版〉(原〈莫須有與相當然〉)發表於杭州《語文新圃》2005 年 5 月號。

28 日,〈智慧與偏見——由福蘭克林的演講談到美國的憲法〉發表於《聯合報‧副刊》E7 版。

7 月　3 日,〈泰勒的回憶〉、〈叩寂寞以求知音——四十年後序《在春風裡》〉發表於香港《蘋果日報》。

9 月　11 日,〈奇蹟年的聯想〉發表於香港《蘋果日報》。

10 月　18 日,〈東風與西風——胡適論第二黨〉發表於《聯合報‧副刊》E7 版。

12 月　4 日,〈世界第八奇觀——胡適在美國時,對政黨政治的體認〉發表於《聯合報‧副刊》E7 版。

本年　《在春風裡》、書信《大學時代給胡適的信》由香港牛津大學出版社出版。

2006 年　1 月　1 日,〈忘不了的傳統〉發表於香港《蘋果日報》。

11 日,〈看雲聽雨〉發表於《聯合報‧副刊》E7 版。

28 日，〈取傷廉、與傷惠、死傷勇〉發表於《聯合報・副刊》E7 版。

《陳之藩文集》（共三冊）由臺北天下遠見出版公司出版。

3 月　5 日，〈節氣是陽曆〉發表於香港《蘋果日報》。

5 月　7 日，〈名言雋語〉發表於香港《蘋果日報》。

10 日，〈從地是平的到世界是平的〉發表於《聯合報・副刊》E7 版。

6 月　15 日，〈霍金在香港發表學術演講之日——漫談劍橋大學盧卡斯講座的故事〉發表於香港《蘋果日報》。

8 月　6 日，〈曾國藩與馬克思〉發表於香港《蘋果日報》。

14 日，〈榮寧二府〉發表於香港《蘋果日報》。

9 月　30 日，〈盾與劍〉發表於《聯合報・副刊》E7 版。

12 月　獲元智大學頒授第一屆桂冠文學家獎。

2007 年　1 月　7 日，〈齊如山的著述〉發表於香港《蘋果日報》。

3 月　4 日，〈宗教信仰與世界文化〉發表於香港《蘋果日報》。

5 月　6 日，〈幾人如我哭先生〉發表於香港《蘋果日報》。

6 月　《寂寞的畫廊》由南京江蘇文藝出版社出版。

7 月　1 日，〈龐卡萊其人其書〉發表於香港《蘋果日報》。

9 月　2 日，〈屬兔的故事〉發表於香港《蘋果日報》。

10 月　15 日，〈《雕不出來》後記〉發表於《聯合報・副刊》E7 版。

11 月　4 日，〈兩個「τ」的故事〉發表於香港《蘋果日報》。

2008 年　4 月　6 日，〈求真與求美〉發表於香港《蘋果日報》。

17 日，〈儒者的氣象——紀念邢慕寰教授〉發表於廣州《南方周刊》。

6 月　1 日，〈韋格納與維格納〉發表於香港《蘋果日報》。

於香港第二度中風。

7 月　〈難堪的挫折〉發表於遼寧《萬象》第 107 期。

　　　　　8 月　　《看雲聽雨》由新加坡八方文化創作室出版。

　　　　　本年　　《思與花開》由香港牛津大學出版社出版。

　　　　　　　　　《思與花開》獲香港書獎。

2009 年　6 月　　《陳之藩作品》（共四冊）由合肥黃山書社出版。

　　　　　　　　　臺南成功大學發起「陳之藩文獻搶救計畫」。

2010 年　11 月　5 日，臺南成功大學舉辦「陳之藩教授國際學術研討會暨文物特展」。

2012 年　2 月　　25 日，因肺炎病逝於香港威爾斯親王醫院，享年 87 歲。

　　　　　　　　　香港中文大學舉辦「陳之藩紀念文物展」。

　　　　　4 月　　6 日，天下文化出版公司舉辦「不滅記憶・陳之藩」紀念活動。

　　　　　　　　　7 日，臺南成功大學舉辦「散步成大——再見陳之藩教授懷念會」，獲馬英九總統到場頒發褒揚令。

　　　　　5 月　　童元方編選《萬古雲霄・陳之藩集》由香港中華書局出版。

　　　　　　　　　高雄義守大學舉辦「陳之藩文物展」。

　　　　　7 月　　童元方編選《花近高樓——科學家的人文思索》由臺北天下遠見出版公司出版。

　　　　　本年　　《陳之藩散文》（共三冊）由香港牛津大學出版社出版。

　　　　　　　　　童元方《閱讀陳之藩》由香港牛津大學出版社出版。

2014 年　2 月　　臺南市政府與成功大學合辦「兩個文學家的世界：陳之藩與葉石濤特展」。

參考資料：

・國家圖書館——臺灣期刊論文索引系統網站、中國文化研究論文目錄網站。

・公共圖書館數位資源入口網——報紙標題索引資料庫。

・陳之藩，《陳之藩文集》（共三冊），臺北：天下遠見出版公司，2006 年 1 月。

◎三輯

研究綜述

理性思辨與感性抒情

陳之藩散文研究綜述*

◎陳信元
◎鄭明娳**

一、前言：陳之藩散文的文學史意義

陳之藩（1925～2012）是科學家，精通數學、物理、電子等，但他也是位散文家，1950、1960 年代，與吳魯芹齊名。「1955 年 3 月 1 日起，陳之藩寄自海外的通訊散文，以『旅美小簡』為總題陸續刊出，每半年一簡，幾乎沒有間斷的寫了一年多，這是《自由中國》刊出最密集、抒情性最高，說理也最明晰雋永的散文系列。」[1]應鳳凰視之為臺灣「留學生文學」的先聲。藍建春肯定「留學生文學」是戰後文學歷史上值得一談的其中一部分。「大體上而言，戰後臺灣的『留學生文學』，主要集中在 1960 年代，向前可以追溯到 1950 年代，向後則延伸為 1980 年代以降的『旅外文學』。『留學生文學』顧名思義，指的乃是以學子身分在異鄉長期求學生涯的創作者，針對美國生活、異國文化種種遭遇所進行的創作。」[2]

評論者十分關心陳之藩散文在「臺灣文學史」或「臺灣散文史」的評價。應鳳凰提出：「文學史家一般有兩個標準——其一，文學性或藝術

---

*本文篇名、章節名、頁 61～66 皆由陳信元所作，因陳信元於撰稿期間過世，頁 66 以後由鄭明娳續寫。

**評論家、散文家。

[1]應鳳凰，《五〇年代臺灣文學論集——戰後第一個十年的臺灣文學生態》（高雄：春暉出版社，2004 年 6 月），頁 130。

[2]藍建春編著，《親近臺灣文學：歷史、作家、故事》（臺中：耕書園出版公司，2009 年 2 月），頁 282。

性。其二，社會性，或作品主題是描寫或代表了這塊土地與人民……文學
史家眼中，『陳之藩散文』雖然暢銷，其藝術性卻不一定受到史家肯定。
至於其與臺灣土地的關係：他的『失根的、離鄉的』，以及呈現孤獨的書
寫主題，更與臺灣本地民眾的心境相隔遙遠……難怪在本土文學史書寫
裡，只能占據很小或幾乎沒有篇幅。」[3]換個角度，我們或許不必這麼悲
觀，陳之藩本行是科學家，中外有多少科學家曾在文學史上留名。作品及
暢銷不代表文學史應給予較多的篇幅。藍建春解讀陳之藩的散文創作，就
臺灣文學歷史的意義來說，「一方面因其留學生，而旅外學者的身分變
化，見證了戰後臺灣從風雨飄搖中逐漸站穩腳步的歷史軌跡，同時也記錄
了留學生而旅外僑民的心路歷程。另一方面，陳之藩對於人文素養、文化
意義的系列思索及其寫作成果，不僅影響了好幾個世代的年輕學子，關於
國家、關於科學與人文，關於個人品格修養；與此同時，在一片科學至上
的當代主流文化構成之背景中，陳之藩文學裡頭的人文形象，更是彌足珍
貴。」[4]

　　林佩瑾從「自由主義文學書寫的特質與意涵」，論述自由主義在
1950 年代政治方面顯然是失敗，但是文學領域上卻是收穫連連。「1950 年
代中期的臺灣文學，由於有一群繼承五四自由主義傳統的作家，爭取自由
創作的路線，拓展文學發展的空間，文學命脈得以發展活絡起來。除了新
詩和小說的語言革新，散文方面的成就更是可觀。從散文的質量、獨特的
風格與經典文學的地位，足以證明吳魯芹與陳之藩的重要性。」[5]衡量吳、
陳兩位作家的文學史位置，林佩瑾與應鳳凰有不同的視野，應鳳凰強調應
具備文學性、藝術性、社會性，以及本土性。林佩瑾則強調兩位作家「以
自己熟悉的母土文化為根柢，汲取自由主義的精神元素，……不論吳魯
芹、陳之藩人身在中國，還有臺灣、美國、香港，筆下寫的是散文小品，

[3]應鳳凰，《文學史敘事與文學生態：戒嚴時期臺灣作家的文學史位置》（臺北：前衛出版社，2012
　　年 11 月），頁 162～163。
[4]藍建春編著，《親近臺灣文學：歷史、作家、故事》，頁 285～286。
[5]林佩瑾，〈吳魯芹、陳之藩散文研究〉，中興大學中國文學系碩士論文，2007 年 1 月，頁 166。

文學評論，還是科學研究，它們永遠以自由的創作思維和世界對話、和自己對談。」[6]

　　陳芳明《臺灣新文學史》將吳魯芹、陳之藩散文的評價放在第 13 章〈橫的移植與現代主義之濫觴〉第一節「聶華苓與《自由中國》文藝欄」。散文在《自由中國》的大量出現，是 1953 年聶華苓接編文藝欄後的主要特色。聶華苓堅決不接受「反共」八股文學，也不接受官方權力的支配，也無須受到反共文藝政策的影響。陳芳明對吳魯芹的散文總體評價是：「他的文字冷雋而透明，非常幽默，又非常自我節制，往往在恰當時候收筆，使得文字不致淪為刻薄輕佻。……他擅長描寫人情與人性，而且酷嗜以自我調侃的方式表達人間冷暖與世事炎涼。」[7]陳芳明認為吳魯芹其散文成就絕不稍讓於梁實秋。

　　陳芳明從接受的角度論及陳之藩散文在臺灣發表時，正是美援文化日益抬頭之際，留學生風氣也開始在島上吹拂，青年知識分子對於歐風美雨的迎接，日盛一日。陳之藩適時在文藝欄上連載系列的留美散文，正好滿足了當時許多年輕讀者的憧憬與崇拜。「他的筆調哀傷、寂寞、孤獨、苦悶，卻又暗中傳達一種意志、自信與昇華。」「他與吳魯芹都同樣是自由主義的作家，側重寫實與浪漫的雙重風格，他們的作品之受到歡迎，恰如其分地反映了臺灣社會對自由天地之想像與渴望。」[8]在一部文學史裡，論述作家創作的篇幅，應置放在時代大環境中，其文學成就及評價，需求精確扼要，如果未來有一部臺灣散文專史，兩人勢必在大陸來臺的男性知識文人中，與梁實秋並列，占用相當的篇幅。

二、動盪時局下的苦悶青年——陳之藩及其「精神導師」胡適

　　2011 年 11 月 5 日，成功大學舉辦陳之藩教授國際學術研討會暨文物特

---

[6]林佩瑾，〈吳魯芹、陳之藩散文研究〉，頁 170。
[7]陳芳明，《臺灣新文學史》（臺北：聯經出版公司，2011 年 10 月），頁 320。
[8]陳芳明，《臺灣新文學史》，頁 322～323。

展，開幕式邀請馬森擔任主題演講〈文學與科學——五四精神的繼承與傳遞〉，馬森闡釋：「五四的精神主要就是『理性的覺醒』，五四的時代也就是理性反省的時代。有了理性，才能有客觀的觀察，才能進行科學研究，不論是自然科學，還是人文科學，也才能認識民主政治的可貴……五四的精神在理性的覺醒之外，兼有對感性的釋放，所以除了提倡科學與民主，五四運動同時也是一個文學與藝術的革新運動……」[9]唯有感性的文學藝術與理性的科學同時並進，才是文化發展的平衡之道。在馬森心目中，只有陳之藩能夠同時繼承文學與科學，很不同尋常地集感性與理性於一身。

　　抗戰勝利後，胡適原本在美國從事外交工作，退職後暫時留在美國從事研究和教學工作。1946 年 7 月返抵國門，正式就任北京大學校長。8 月 1 日，與國民黨站在同一陣線的胡適更進一步反對蘇俄的專政，在北平中央電臺題為「眼前世界文化的趨勢」的電臺廣播中，「他以宏觀的角度闡釋世界文化已到了自由流動的境地，它是自由挑選和採納的。人類理想的共同目標是用科學的成果謀求人生的幸福，用社會化的經濟制度改善人類的生活水準，用民主制度解放人類的思想與才能……」[10]陳之藩當時是北洋大學電機系三年級，將升上四年級的學生，他聽過胡適的廣播後，有幾件疑問與一點感想，於是他首次寫信給胡適提出疑問。陳之藩回憶「這封信既無署名，亦無日期，看行文口氣並未結束，我好像是寫了一封萬言書，但細節記不清了，不論是什麼原因，總之是丟了，根據下面一封信，此信大概是 1947 年 8 月間聽胡先生講「眼前文化的動向」[11]，從 1947 年 8 月初

---

[9]馬森，〈文學與科學：五四精神的繼承與傳遞——陳之藩教授學術研討會開幕式主題演講〉，收入陳昌明主編《花開的樹——陳之藩先生學術研討會論文集》（臺北：里仁書局，2012 年 3 月），頁 14。以下簡稱《花開的樹》。

[10]胡適，〈眼前世界文化的趨向〉，《胡適之先生年譜長編初稿（第六冊）》，頁 1981～1987。

[11]〈眼前世界文化的趨勢〉後有感而寫的。見陳之藩，〈信一〉，《陳之藩文集 1・大學時代給胡適的信》（臺北：天下遠見出版公司，2006 年 1 月），頁 40，注釋一。以下皆採用天下遠見三卷本《陳之藩文集》。

　按，張復在〈向古典借力〉（《聯合報》，2003 年 10 月 5 日，B5 版）說「〔輯三〕是陳先生大學時代寫給胡適之先生的十三封信，反映著大學生所常見的習氣：你主張東，我就告訴你，西邊其

到 1948 年 11 月 25 日，陳之藩一共寫給胡適 13 封信，2005 年由香港牛津大學出版社出版。這本書信體時論散文集，見證了「風雨飄搖中自由主義者的呼喊」（何光誠語，見下文）。

1947 年，國共內戰的危機日益加劇，美蘇為爭奪各自在全世界的戰略利益而挑起冷戰。當時的北大學生對國家前途感到絕望，苦悶的心情又無處宣洩，於是寫信給胡適校長訴苦。

> 胡適強調，青年人的苦悶和失望主因是先前國人過度樂觀，以為和平來臨之後便可以過好日子了。但事實上人民「不會想到戰爭是比較容易的事，而和平善後也是最困難的事」……青年人不要悲觀失望，可借鑑易卜生的說法作指導，即「你要想有益於社會，最好的法子莫如把自己這塊材料鑄造成器」，如果每一個青年人都能照著做的話，他們才能有資格服務國家和社會。[12]

陳之藩對胡適的電臺廣播「眼前世界文化的趨向」感到疑惑，他在給胡適的信中，認為科學的進步不是一點一滴的改良可以達致，而是取決於飛躍的玄想。陳之藩強調不可以忽略哲學思維，各式各樣的科技發明實有賴於此，他的結論是「一個哲學的思考要比科學的劬力重要得多，人類的文明在於不斷的互相交流，倒不在一點一滴的工作下去會有多少進步。」[13]陳之藩不同意胡適對自由民主是歷史潮流的見解，也不同意這個歷史潮流必定獲勝的看法，認為胡適的意見是過分樂觀和簡單。胡適十分重視陳之藩的看法，1947 年 8 月 24 日很快便做出「我們必須選擇我們的方向」的另一次電臺演講，重申他作為自由守護人的三大信念。陳之藩在給胡適的信中，從閱讀小說、論文，對時局的分析等，逐漸了解胡適講話的深遠與

實也有不少東西。」身為北京大學校長的胡適面對言論扞格的他校大學生仍然充滿熱誠，且繼續書信往返。陳之藩在大學時代就受到胡適的包容／指導／激勵，其影響深遠可想而知。
[12]何光誠，〈胡適與陳之藩：風雨飄搖中自由主義者的呼喊〉，《花開的樹》，頁 241。
[13]陳之藩，《陳之藩文集 1．大學時代給胡適的信》，頁 39。

沉重，也真正體會到胡適所有對自由主義的偏袒。胡適在一張便條紙上，
寫上對陳之藩的期待：「也許『善未易明，理未易察』是我近年不大談話
的大原因，也許發現一個英年的陳之藩可以打掉一點暮氣。誰曉得？」[14]

胡適返國接任北大校長後，對國內外情勢的逆轉令他感到灰心失望。
經陳之藩在書信中的多方鼓動甚至催促之下，胡適在思想言論方面轉趨積
極。何光誠在「結論」對兩人的思想互動有深入地評價：

> 在不忍目睹自由民主將被專制吞噬的危機之中，陳之藩以一個關心時政
> 的青年大學生虛心地向胡適尋求指導。陳抱有強烈的愛國心，對國共雙
> 方的看法也較為持平，不盡為常見所蔽，有其獨立的思考和判斷，他所
> 維護的自由民主不是效忠於任何黨派。陳之藩欽佩胡適高尚的道德人
> 格，以及深深被胡適捍衛國民自由，支持民主憲政而發出的呼聲所打
> 動；胡適亦賞識陳之藩的英銳和識見，有別於受意識形態所左右的一般
> 學生。[15]

胡適的來信，陳之藩深受感動，在 1948 年 3 月 6 日致胡適〈第三信〉
寫道：「當羅曼羅蘭讀到了托翁的信後，而決定了他畢生的路程，而甘地
讀過了托翁的信因而發揚了曠古未有的道德的力量。」（頁 47）以此比喻
胡適對他的影響之深刻。3 月 17 日在致胡適的信中形容「在生命中流」的
胡適是「一個深沉的智者」，「一個謙虛的靈魂烘托著一個聖潔的軀
體」，讓他耳邊不禁浮現「高深仰止，景行行止」的聲音。陳之藩於 1948
年到臺灣後，繼續跟胡適通信，在這些書信裡，陳之藩的感應是：「在那
個懸崖上反轉回來，一年多，把我的心地澄清，傷痕補上，鼓起無限的歡
欣與不撓的勇氣，對著這淡漠的天空苦笑，冷眼看歷史的倒流。」、「這

---

[14] 何光誠指出：在國共內戰時期，胡適致陳之藩的信，只收有這一封信，寫於 1948 年 3 月 3 日。
見《胡適全集（第 25 卷）》（合肥：安徽教育出版社，2003 年），頁 323～324。
[15] 胡適，〈眼前世界文化的趨向〉，《胡適之先生年譜長編初稿（第六冊）》，頁 261。

個征服我的力量是先生的聲音的賜與，是先生清明的心地與堅忍的笑容。」[16]

　　1955 年胡適資助陳之藩美金赴美攻讀碩士學位，陳之藩到美國後，跟胡適有更多面對面親近的機會，他寫道：「從 1955 年我去美國到 1960 他到臺灣，正是胡適之先生在紐約最是冷清、最無聊賴的歲月，我才有可能有與他聊天、談心、說短、道長的幸運。」、「所談的天是天南地北，我所受之教常出我意外，零碎複雜得不易收拾。」[17]

　　陳之藩碩士畢業就歸還胡適的錢，胡適卻說他不應該這樣急於還錢：「我借出的錢，從來不盼望收回，因為我知道我借出的錢總是『一本萬利』，永遠有利息在人間的。」[18]這位具有偉大人格與胸襟的窮書生／教授／院長（胡適逝世時，晚輩整理他的遺物，找出許多胡適自己縫縫補補的衣襪）除了支持陳之藩去美國留學，還兩次金援林語堂到美國／歐洲留學、金援許德珩留學回國機票錢，支持過李敖生活費，他經常主動奉送，對方如果有求也是必應。晚年自己在中研院院長任內生病住院，怕醫藥費不夠，每次都急著提前出院，可是為了一位賣燒餅的小販罹癌，他寫信給臺大醫院院長說此人是他朋友，醫藥費由他負擔……胡適在金錢上做散財童子的事情不勝枚舉，都是受惠者自己講出來的。

　　胡適一生幾乎善待所有的人，幫助過無數的人，不論是以金錢還是以溫情，不論是知識分子，還是賣燒餅的老人，都一樣地誠懇相待。但在一切眾生中，他仍然有知音與朋友的分際。陳之藩筆下談到 1957 年 4 月 19 日胡適談寫作《丁文江的傳記》經過的事。陳之藩讀此傳記，看到胡、丁兩人的交往、讀到丁文江之死說：「胡先生不止是失去友朋的哀痛，而是真正觸到人世的荒涼。他無以自釋，又無以自遣。……他變成一個熱鬧場中最寂寞的人。」[19]讀到這裡，我們覺得陳之藩也是胡適的知音。

---

[16]陳之藩，〈信十三〉，《陳之藩文集 1・大學時代給胡適的信》，頁 113。
[17]陳之藩，〈序〉，《陳之藩文集 2・在春風裡》，頁 9
[18]陳之藩，〈第四信——紀念適之先生之五〉，《陳之藩文集 2・在春風裡》，頁 112～113。
[19]陳之藩，〈第二信——紀念適之先生之二〉，《陳之藩文集 2・在春風裡》，頁 92。

　　有一次，陳之藩到紐約看胡適，胡適指著正在閱讀的朱熹說：「之藩，記住這幾句了不得的話：寧近勿遠，寧下勿高，寧淺勿深，寧小勿大。」陳之藩說：「這幾句話對我的震撼力，較威士忌還凶，至今使我暈眩！使我震盪！」[20]

　　陳之藩從大學時代就跟胡適長期交往，亦師亦友，無所不談，由於陳之藩用相當多的篇章，並輔以胡適本人的原始書信，使得讀者可以看出胡適溫和的善性、高尚的人格、深遠的思想、愛國的操守、沉潛的情感與宏偉的胸襟，有關胡適的書寫，成為陳之藩散文中最為珍貴與高貴的部分。

　　雖然胡適、陳之藩都是憂國憂民的愛國者，但陳之藩從一開始就不完全同意胡適的想法與做法；陳之藩固然受到胡適影響，但也有很多自己堅持的看法，可以參看本書中〈胡適與陳之藩〉一文。

三、寂寞旅人、家國之思與鄉愁情結

　　1955 年 3 月 1 日陳之藩在《自由中國》發表第一篇散文創作〈月是故鄉明——旅美小簡之一〉，開始了他系列寂寞的旅人書寫。就在第一篇〈月是故鄉明〉中，他說明自己曾經因時代風氣想過要出國，但是他看到拿著庚子賠款去美國留學回來的人，大部分都無法做出報效國家的事情，大部分反而成為各種敗類，這使他看淡了出國這碼事。

　　不出國，就在國內讀書，但學術環境太差；到社會做事，發現國內社會的腳步遠遠比別人慢太多。「環境無助，許多努力都變為徒然。慢慢會感覺自己在無措，在落伍。我向來不怪環境的，最後還是向環境拜服。」他最後「我還是應該留學的，不看看人家，永遠不明白自己」，仍然選擇出國。

　　陳之藩曾經稱胡適是「一個不可救藥的樂觀者」，而自己卻是一個「不可救藥的悲觀者」。的確，對於一個年輕人，登上飛機留學正可以猛

---

[20]陳之藩，〈第四信——紀念適之先生之五〉，《陳之藩文集 2・在春風裡》，頁 116。

志逸四海時，陳之藩的心情竟然是「一提起筆來寫旅美小簡，似乎就落在憂鬱的影子裡，即使是笑聲也是寂寞的，即使是笑容也是蒼白的。」只是離開自己不滿意的家鄉而已，就如此憂鬱，證實他自我評斷確實是個悲觀者。

收入《旅美小簡》的 23 篇散文，從陳之藩抵達美國即寫的第一篇開始，就在《自由中國》發表，之後，每期發表一篇，持續 23 篇未曾間斷，真可說是一氣呵成——這個氣，應該說是憂鬱之氣。所以，陳之藩自己稱自己這些散文是「一個寂寞旅人在荒村靜夜中的歎息聲」。

寂寞，是《旅美小簡》揮之不去的基調，〈哲人的微笑〉寫胡適送陳之藩上車後寂寞的身影；〈出國與出家〉想起美國哲人所說的「人之常情，是在高山或海濱，在森林或沙漠裡感到寂寞，而我，卻在人聲鼎沸的十字街頭，感覺不可抑止的孤獨。」

德國哲學家赫德曾說：移居者（流亡者）的鄉愁是「最高貴的痛苦」，民族的想像與個人無可選擇的事物如出生地、膚色、母語等密不可分。飄零海外的境遇並未改變他們的家國認同，異己的環境反而強化了他們的鄉愁情感。在美國，他首先感受到「飛離祖國越遠，思緒越起伏，月光越黯淡，我模糊中還看到一群朋友微笑的影子與祝福的淚光」。家國之思，親友之念，油然而起，想起杜甫的「月是故鄉明」。在陌生的國度，陌生的學習環境，難免回首殘破的國家，讓他「感覺自己像一片落葉似的這個時代飄零。不僅生活的環境，是國破家亡，舉目有河山之異，就是思想的園地，也是枯枝敗葉，無處非凋殘之秋。」[21]

從《旅美小簡》、《在春風裡》到《劍河倒影》，共收錄 56 篇作品，陳之藩指出它們有一個共同的地方，「那就是在寂寞的環境裡，寂寞地寫成的。」可真是一以貫之。

閱讀 1940 年代以後陳之藩跟胡適的通信，就知道兩位同樣憂國憂民的

---

[21]陳之藩，〈到什麼地方去〉，《陳之藩文集 1・旅美小簡》，頁 291。

知識分子，樂觀的胡適從不氣餒，而離開家園倍感寂寞的陳之藩，同時背負著如國破家亡般而感時憂國的愁緒，他筆下的傷感就不單純只是鄉愁，同時糾結著對祖國恨鐵不成鋼又無能為力的落寞情結。

陳之藩自述創作的動機，三句不離對時局的憂慮，時代的落寞。他時常覺得對不起祖國的萬里河山，對不起祖宗的千年魂魄，更對不起「經千錘，歷百煉，有金石聲的中國文字」，所以，「屢次荒唐的，可笑又可憫地，像唐吉訶德不甘心地提起他的矛，我不甘心地提起我的筆來。」[22]

陳之藩曾經極力慫恿胡適放棄學術著作，從事國家民族的救亡圖存，他可能無法理解：一者政客根本不會接受胡適的理念；二者胡適對政治從來就只想做不涉入政務的建言者，胡適個人在這方面分寸拿捏得恰到好處。而陳之藩只能「提起他的矛」，想像魯迅一樣成為鋒利的「匕首」。

本書〈論陳之藩《劍河倒影》〉裡說陳之藩羨慕英國有「智者的搖籃」培養精英、敬仰索忍尼辛「以雷霆萬鈞的氣魄，寫出天風海雨的詩篇」，他痛苦地質疑我們生處和索忍尼辛相同的生態中「為什麼卻作不出一樣像樣的東西來？」，作者在全文結尾說：「陳之藩散文中所反映的那個年代，逐漸的隨風飄逝。」陳之藩應該也覺悟到救國救民的理想，胡適無法敦促政客達成改革，而陳之藩自己也沒有索忍尼辛的境界，屬於他的時代卻隨風飄逝，其心中鬱卒可想而知。

四、結語

陳之藩學工程，一生的職業都在大學講授工程，他被視為以理工為專業而又能創作散文的跨領域作家。

本書〈日色中亦冷亦暖的青松〉一文首先提出陳之藩的特色是「繼承中國歷代文人從事藝術創作時的『非職業』傳統」。其實，中國從古至今，並沒有以文學創作為職業的作家。曹雪芹在最潦倒時寫了十年《紅樓夢》，

---

[22]陳之藩，〈叩寂寞以求音〉，《陳之藩文集2‧在春風裡》，頁148。

並沒有得到一毛錢稿費。至於現代作家，不論臺灣、港澳乃至海外作家，有誰能以創作當職業還能活得下去呢？極少數如林語堂在美國用英文寫作，天時地利又人和（例如賽珍珠大力引介），作品恰恰投合美國一般人民口味才成為職業作家。其他寫作者，除非出版通俗讀物、擅長經營人際關係、甚至招搖撞騙，做很多跟文學創作無關的工作，才能養家活口。所以陳之藩也得養活自己，行有餘力才能創作文學。本書另篇〈文學與科學〉說陳之藩「一手寫感人的散文，一手做理性的科學研究，都能得心應手。」其實並不希奇。

　　本書多篇論文非常強調陳之藩理工和文學的跨領域成就。童元方〈科學與人文〉是典型之一。這使人想起莊裕安評介陳健邦《挑燈人海外》敘述作者陳健邦和陳之藩有許多神似的地方。例如兩人都出身電機與物理學界。其次，陳之藩喜愛中國古典詩，陳健邦書名典出龔自珍的名句「挑燈人海外，拔劍夢魂中」，都有科學人愛讀古體詩的況味。而陳健邦畢業臺大、清華物理系，後任台積電最年輕的副總經理，是炙手可熱半導體電子新貴。兩人都有憂國憂民的情操。

　　　　陳健邦這個馳騁網際網路的「挑油燈」人，別具舊派書生氣味。他喜愛篆刻、墨寶、對聯、氣功、格律詩、山水畫……
　　　　這本書成冊橫亙十年，剛好是十倍速時代狂飆期，但卻沒有昨日黃花的淘汰感，這多少得力於作者的古典涵養提供耐嚼回味。
　　　　《挑》書共分七輯，篇章略顯長短蕪雜，因為並非蓄意計畫寫作。不過這樣的蕪雜，反而能兼容一個科技人的文史哲多重面向，也比較符合傳統對知識分子的期待。這本書最多的議題都在指涉兩岸關係，作者一方面「挑燈於人海之外」，復又「不做神州袖手人」……表現出典型憂國淑世但無能為力知識分子的操心。陳健邦因此有「中微子」這樣的筆名……
　　　　作者解釋物理專有名詞，當然有意在言外的明志作用。「中微子」象徵

一個「淨空」過的科學人，只要肩負微渺的能量，也可能投身解開歷史之謎。[23]

　　陳之藩與陳健邦已是難得的跨越科學／文學的作家。20 世紀還有一些作家不是引經據典、左右逢源式的跨領域，他們把科學或商學等各種專業內涵為素材，使用文學技法渾然一體融合在作品中，一生都教授電腦的張系國所創作的科幻小說就是典型例子。

　　本書收錄的文章，幾乎全部都全面性肯定陳之藩的散文創作。比較異議的聲音，則要讀者自行去尋找。這裡，我們提供一點線索，讓讀者有機會多角度地檢視陳之藩的散文。

　　在陳之藩去世時，聯合報記者周美慧採訪稿〈我們都是讀陳之藩長大的〉訪問多位作家，其中余光中說：

> 陳之藩是「當代一流的散文家」，但他不是文體家，也非散文大家。他的散文著作不算多，大多是二千字以下的小品。他的散文不是要追求散文的藝術，而是用散文來表達思想，「比較像思想家」。[24]

林海音在〈剪影話文壇說不盡之二〉中說：

> 他〔陳之藩〕只出過三本散文集：《旅美小簡》、《在春風裡》、《劍河倒影》，三本合起來也不到三百頁，行銷至今不衰，若干年來海內外被人盜印的就不知道有多少。[25]

在當前這個世代，要成為一位大家，陳之藩只創作單一文類：散文，被林

---

[23]莊裕安，〈冷眼佇肩熱腸頂腹〉，《聯合報》，2001 年 9 月 10 日，30 版。
[24]周美慧採訪，〈我們都是讀陳之藩長大的〉，《聯合報》，2012 年 2 月 27 日，A2 版。
[25]林海音，〈剪影話文壇說不盡之二〉，《聯合報》，1983 年 12 月 16 日，8 版。

海音認定的作品總共只有三百頁，只因被重複編排再三更換出版社再版，甚至變換書名。從年表中詳細列出每一篇散文的原始發表時間地點，即知因創作篇數／出版書籍都不夠多之故。

　　至於外在原因，陳之藩的〈謝天〉、〈失根的蘭花〉、和〈寂寞的畫廊〉等文，長期收錄於臺灣國中、高中國文教科書，在學生倍感枯燥的教科書選文中，陳之藩小品的文字簡短、淺顯易懂、情感貼心、文字優美，在在得到學生／讀者的喜愛，《旅美小簡》、《在春風裡》初版都只有一百頁左右，《劍河倒影》只有 65 頁，短短的文章、薄薄的集子會給一般讀者在很短時間內就閱讀完一本書的成就感。總總原因，使他最初的三本散文集成為長銷的暢銷書。

　　1977 年陳之藩出版第四本散文集《蔚藍的天》，已經不是散文創作，裡面是他譯介西方的詩人詩作。1985 年出版第五本《一星如月》，只有前兩篇是散文，之後所收內容龐雜：有演講記錄稿、有時效性的時事感言、隨筆或雜文、有追悼文章、有談小說《一九八四》等等……。

　　2003 年出版的《散步》，張復評介此書說：「這本書分成三部分。耐看的還是文學的部分（輯一）。第二部分（輯二）討論的是黃金分割和費曼怪數，就像陳先生自己所說的，『是與小學生所做的研究』。第三部分（輯三）是陳先生大學時代寫給胡適之先生的 13 封信……。」[26]而最後一本《思與花開》則是雜文集。

　　本書收有高大威〈我讀陳之藩的《散步》〉，全篇共六段，約有一千字，比較奇怪的是，最後一段才正式談到《散步》一書，且先介紹全書三輯的內容，說只有第一輯仍是「陳氏風度」，後兩輯則不在文學範疇內。

　　按，《散步》在 2003 年初版時有 283 頁，在 2005 年把第三輯寫給胡適的 13 封信抽出單獨出版，有 129 頁。如果單用這本書來計算，《散步》刪去給胡適的信，就只剩下 84 頁，可真單薄了點──雖然可以用較大的字

---

[26]張復，〈向古典借力〉，《聯合報》，2003 年 10 月 5 日，B5 版。

體、寬鬆的排版來讓頁碼增加。

　　第六本《時空之海》收錄內容幾乎和第五本相同（只有輯三的遊記算是散文，輯四是翻譯詩作，其他各輯仍然屬於雜文）。

　　綜合起來看，陳之藩長久享譽於華人世界，主要還是他最初出版的三本小書，且三本都各有主題。之後出版的文集，寫作時間早期晚期錯雜收錄，內容也多為生活中信手拈來之作。本書收錄的評論文章，較集中於早期作品的討論，對後期作品看似多有偏失，概因原欲收錄的思果〈《一星如月》讀多時〉[27]與王基倫〈靈魂的掙扎與起伏——陳之藩《時空之海》讀後〉[28]二篇文章，由於授權方面的因素，而不得使用，實為本書之憾。

　　目前，討論陳之藩散文藝術層面時，大部分人都注意他散文的修辭技巧。最典型的是本書收錄〈陳之藩散文的修辭藝術〉專文替陳之藩散文做修辭格的分類。其實，一篇散文不論使用了多少修辭格，都無法確定那是一篇好散文。必須是修辭格在文本中如何地巧妙使用，才讓文本增光。一般修辭學專書中所著錄的修辭格，都止於「格」的辨識，而非技巧的運用與分辨，對文學的藝術性並沒有積極意義。

　　甚至其他評論者，例如〈終極的對稱〉、〈陳之藩散文與創造性思維〉的類比推論等等，仍然跳不出排偶、對比等修辭學範疇。

　　整體看來，陳之藩面世的散文集實在很多，如果要研究他，可以把篇名重新按發表或創作時間排列，並把前期小品文和後期雜文一起探討，可以觀察他思想／價值觀的內涵與轉變；並同時尋找小品／雜文／隨筆甚至演講稿裡的文學素質。目前，正缺乏這樣一篇通盤歸納／分析／評價陳之藩文章的專著。

　　林燿德在評介《陳之藩散文集》[29]時，先舉出李豐楙對陳之藩散文正面的評價：「在這些散文中，以簡潔而流暢的筆調，生動地寫出諸般觀察的

---

[27]思果，〈《一星如月》讀多時〉，《文訊》第 18 期（1985 年 6 月），頁 156～160。

[28]王基倫，〈靈魂的掙扎與起伏——陳之藩《時空之海》讀後〉，《文訊》第 132 期（1996 年 10 月），頁 17～18。

[29]林燿德，《錦囊開卷》（臺北：國家文藝基金會，1993 年 6 月），頁 259～261。

所思所得，而形成陳之藩獨有的風格、意趣。由於他常能小中見大，透過尋常事件思索一些問題，並不嚴肅的說理卻又能傳達理趣，然而又能似淺而深地啟發讀者，讓人讀完之後有種若有所感、所悟之趣，這是陳之藩散文擁有相當廣層面讀者的主因。」

接著是林燿德提出反面的批評：「陳之藩的名篇〈失根的蘭花〉被選入臺灣的中學國文課本，也是他被廣泛熟知的重要原因。其實，陳之藩的散文在組織結構上並不嚴謹，例如同樣號稱名篇的〈寂寞的畫廊〉就可刪裁一半以上的篇幅；再如〈古瓶〉，文中問答枯澀無趣，全係造作。」、「以哲理小品的標準來看陳之藩散文，基本上他的哲思多半偏向於浮光掠影的現象感悟，淺出而不見得深入，而且很明顯可以看出他企圖說理的目的。比較簡單的公式是寫出一段生活中的小故事，然後導入一段語重心長的『哲思』，末了再加一段文藝腔的結語──比如說『讓我們用雪萊的詩來祝禱這個柳暗花明的新村之早日到來⋯⋯』（〈迷失的時代〉）、『我願引證一句我國的老話⋯⋯』（〈願天早生聖人〉）、『不，我還是接受湯恩比那一句令人強打精神的話⋯⋯』（〈到什麼地方去〉）」

林燿德還以「量少不足以成家」批評陳之藩的弱項。此外，陳之藩的創作，刪去前述演講記錄等等非文藝創作部分，他的創作幾乎都是文字不長的小品文；小品文和篇幅較大的散文相比：在結構上無法繁複變化、技巧上不能多方施展、內容上無法蘊涵多層面且深厚的主題。這本來就是小品文做為次文類先天的弱點。

許多人喜歡在作家一去世或者離世不久，就急著替他在文學史上蓋棺論定，這似乎是一個危險的動作。蓋作家生前在社會上活動能量的大小、人緣的好壞、名聲的高低、作品流傳的幅度、以及讀者群的層次、甚至政治的氛圍⋯⋯等等非關文學史地位的因素時常牽引著評價者的尺度。也許想在文學史裡替作家定位，還是留給百年後的學者，擁有更超然於當時社會現實的立場，才能全面重新檢視。

所以，不論是頌揚作者散文優點的論文，還是訾議作者散文缺陷之

作，都是「僅供參考」，每一個時代的讀者，都要用超然而清明的心態來
閱讀文本。

輯四◎
重要評論文章選刊

細雨・白雲・綠楊
陳之藩先生訪問記

◎桂文亞[*]

細雨在飄，寒風在吹，臺北市街頭灰暗而冷。車子疾馳著，兩旁的列列高樓也彷彿蒙上一層灰霧，在眼前飛掠而逝。

晨間十時，大廈內悄無人聲，電梯一樓一樓的徐徐上升，出了電梯，迎面是一條鋪著綠毯的長廊，兩旁房門依序緊閉，靠右手邊，是陳之藩先生的臺北寓所。

陳先生是旅美電工學家，卻以《在春風裡》、《劍河倒影》和《旅美小簡》三本散文集享有文名。雖然他每年都回國，但知道他回國的人並不多，這次回來，偶然的在臺中作了一場演溝，講稿整理後公開發表時，立即引得關心的讀者們紛紛探詢，什麼時候能夠再讀到陳先生那一筆典雅脫俗的散文？

陳先生的回答卻是輕描淡寫：「生活沒有什麼變化啊！盡是教書。我好像總是換一個新地方時才寫點新東西，地方不改，就寫不出來。」

「現在還有人提這些舊作，已經超過我的期望了。當時寫是很偶然，只是沒敢馬虎而已，不敢馬虎是一種習慣——也許不是什麼好習慣，不馬虎，就寫得少嘛。」

陳先生在國外前後作了 18 年教授，單是目前任教的休士頓大學，也有十年之久了。20 年教書生涯，有些什麼樂趣？

「教書是傷心的事業！」陳先生笑著說：「等於演戲，不但要演，而且

---

[*]發表文章時為《聯合報》採訪組記者，現為思想貓兒童文學研究室負責人、浙江師範大學兒童文化研究院客座教授。

還要編，一面編一面演；有時候心情不好，演得就不好，下課回來，覺得難過得不得了。其實那堂課既不是講錯了，也不能算講壞了，就是沒把觀眾的興趣提起來。至於報酬是談不上的；戲演完了，學生忘了，自己也忘了。」

人多陌生的場合裡，陳先生給人的印象總是沉默的，不過，沉默歸沉默，卻很仔細的聽著大夥說話，微微傾著頭，笑起來透著幾分憨厚。

單獨與陳先生閒聊，一旦能進入情況，調子就輕快多了。

在書桌旁，陳先生一手握筆，一手習慣地，不時枕在腦後沉思。

「我學的這行，乍看和文學毫不相干，可也不盡然；所以，你要是問，讓我再回到 18 歲，究竟要學文學呢？還是科學，我恐怕還是學科學，我從不覺得自己學錯了行，真是不覺得。」

陳先生認為，一個人的生活裡多少要有些嗜好，文學，就算是他生活裡的嗜好吧！有一次在「瞬間反應」的課堂上，竟然講了一堂王國維的詞：「已落芙蓉並葉凋，半枯蕭艾過牆高，日斜孤館易魂消。坐覺清秋歸蕩蕩，眼看白日去昭昭，人間爭度漸長宵。」

「學生們在開始時總是莫名其妙，不知道哪裡來的話。可是過一下，就想通了。」陳先生笑得好開心：「外國學生特別歡迎這種教法，他們很少聽到這樣的講法，起初完全不懂或者毫不相干，但講到最後就扣到本題上來了。科學上的模擬法就是文學上的比興。文學上的烘雲托月就是科學上的方法。」

豐富的聯想力是陳先生很引為自豪的，和他談話，也常會遇到東一句西一句，參禪式的跳躍，當然悟出來時，也有參禪中的喜悅了。

陳先生說，他對中國傳統文學的認識是父親逼出來的：他還記得駱賓王的〈討武氏檄〉、賈誼的〈過秦論〉、庾信的〈哀江南賦〉……老是逼著背。

「父親管得我太嚴了，不論喜不喜歡，都要背，而我喜歡的，才背得過來，不喜歡的就硬是背不過來。」

陳先生強調，中國人的背書方法不能小看它。年紀愈小愈容易訓練，大了反而不容易，他從小作文就通暢，也許與背書有關係吧。

國文基礎好，又有興趣，怎麼會選擇科學呢？

「說來很有意思，不過要從頭說起。」陳先生的談話進入了情況。

「12 歲那年，父親從鄉下帶著我到北平考中學，那時還搞不清什麼是算術。鄉下的學校功課只分兩種：一種是洋功課，算術、音樂、體育屬之；一種是土功課，國文、歷史、常識等屬之。教洋功課的老師是很差的。我的算術老師同時教算術兼教音樂與體育。理由如下：因為算術要用「1、2、3、4、5、6、7、8、9、10」，而音樂用「1、2、3、4、5、6、7」，體育用「1、2、3、4」，你就知道我的算術程度、音樂修養與體育訓練了。到了北平，投考中學，算術題目出的是「雞兔同籠」，我心想，算術不就是阿拉伯數字加加減減嗎？怎麼搞成這一大堆中國字呀？於是我就把算術題當成了國文題，想想，就寫了一篇『雞兔同籠論』，回家後表哥才告訴我這是數學題，不是國文，作起文來怎麼成！」

說到這裡，哈哈！二人相顧大笑。

「初中畢業以後，數學已經很不錯了，不過，我還是喜歡國文不太喜歡數學，可是數學老師喜歡我，總是誇我，說陳之藩不僅國文好，數學也好，他一誇我，就不好意思不做題呀！」

高中時期，正值抗戰中途，畢業後陳先生瞞著家人，和幾個同學結伴一塊從北平奔向大後方，抗戰。

17、18 歲的年輕人，攜著簡單行囊，徒步從徐州走到商邱，再由界首折向洛陽，一直到西安，當時政府在西安招收失學青年，陳先生和同學便加入軍隊到了鳳翔。大約半年，看看時局沒有什麼大變動，便赴西安考大學。教育當局當時有一個規定，學理工的給公費，文法科則很少。「不給公費不能活嘛，就這麼選擇了工程。」

他用鉛筆在紙上畫圓圈：「我還記得那時考幾何沒有圓規，就拿著一個大銅幣作出來的，結果考上了西北工學院。」就是抗戰以後的北洋大學。

　　《旅美小簡》收集了陳先生民國 44 年在費城所寫的 23 篇小品，其中有一篇〈科學家的苦悶〉是為紀念愛因斯坦而作的。具有科學家、文學家雙重氣質的陳先生，在這兩方面是否分別遭遇到什麼苦悶？

　　「愛因斯坦是對他所發生的影響產生苦悶，就是害怕自己的工作對這個世界影響太大了，沒法控制，也控制不了。當然，現在有這種覺悟的人越來越多了，像研究生物科學、生物工程的科學家，隨便就把人性給改了，這多可驚，又多可怕！」

　　「至於文學家嘛，」陳先生笑了：「我也不是，我想對文學家們而論沒得可寫恐怕是一種苦悶，寫作變成一種職業以後，整天找材料又有什麼意思。材料要去找，就有了勉強的意味，事情一勉強就沒有意思了。」

　　陳先生是主張「文以言志」的，對「文以載道」很不以當然，他借用周作人的解釋：「『言志』，就是載自己之道，『載道』，就是言他人之志。」他人之志，何勞我代言？

　　他哈哈一笑：「你看我的文筆，沒有一篇是替別人說話的，寫科學文章，也是有創見才寫。寫文章沒有自己就沒有意思了。」

　　他喝了口茶，繼續下去：「別人已經說過的話，你還說什麼呢？既然是自己說嘛，就得表現得美一點；文章裡沒有自己，根本是報告嘛！見解也就談不到了。」

　　讀者們都懷念陳先生的散文，似乎也很想知道他是否因為多年來的思想、心境和環境的蛻變，已經產生「情懷不復」的感覺了。

　　「很可能。」陳先生沉吟半晌：「我很相信創作的年齡在 18 歲至 25 歲之間，這是美國一種統計，30 歲以後沒有好作品，就不容易再有了。」

　　陳先生說，他是 30 歲以後才寫得多一些，已經很晚了。

　　譬如《旅美小簡》，是剛到美國，想臺灣，又忙，又無聊，又沒有朋友的情況下動筆的。寫完以後，大家都愛看，他說，這如戲臺底下的叫好聲對演員是很重要的，在叫好聲中才一篇接連一篇在《自由中國》月刊發表，《自由中國》停刊了，也就不寫，算是很偶然。

陳先生接著強調：「好多作家最具創作性的作品都是在年輕時期完成的，以後就沒有什麼了。尤其是寫詩，更是年輕人的事，那些浪漫詩人，是我所喜歡的，幾乎沒有一個不是年輕的。」

他最愛托馬斯・吳爾夫的小說，唸吳爾夫的小說有聽音樂般的舒服；所以別人翻譯不了他的小說，也不希望有人亂翻。

說到翻譯作品，他也有點意見，如臺北近來有些英譯的中國散文小說及詩等問世：「也不知道為什麼，看了就是不舒服。其實理由想來也很簡單。比如一位外國人學中文學得很好，於是把英文名作譯成中文。我們一看這種譯作，就知道它不對勁，（你如能舉出一本外國人譯的中國書是像樣子的，我就輸你一百元。）但也說不出錯在哪裡。」

陳先生的看法是，把英文翻譯成中文，中文的底子比英文的底子還要重要。同樣的，中翻英，最好是假手於了解中文而英文很好的外國人。

「其實，我在臺北時，翻譯過不少詩也寫過不少散文，很多人不知道而已，自己也不敢說出來，恐怕說了以後，又給人盜印起來了。」想起《劍河倒影》曾經有過最少八種盜印版的先例，陳先生苦笑了。

是用筆名？（笑著點頭。）

出版界對盜印已經有了制裁法，能不能稍作透露，當年您在哪家報紙或雜誌發表的？

「還是不說好。主要我也不很滿意那時期的作品，所謂悔其少作。」

陳先生轉移了話題，談起真正喜歡的：「詩」。

民國 37 年，他剛到臺灣，在高雄鹼廠〔編按：臺灣碱業公司，屬資源委員會〕工作，後來轉到國立編譯館工作，在這一段時期，翻譯了些雪萊、華茲華斯的詩，他至今還記得好多。

陳先生說，他最得意的一首是翻譯華茲華斯的〈兩個四月的早晨〉，詩中描寫作者三十年前看見的一片雲和三十年後看同樣的一片雲時的心境：

天邊的一朵白雲，

鑲著一線紫色的條紋，

它喚醒我沉睡的記憶，

這記憶已沉睡了三十年光陰。

三十年前

雲影也是掠過這樣的麥田，

雲形也是這樣的舒卷，

雲色也是這樣新鮮，

也是這樣四月的日子，

也是這樣蔚藍的天。

「噯，那時候，翻得可真得意。」陳先生愈想愈高興，又說起華茲華斯和朋友在湖邊散步的情境，其中有：

聽溪水琤琮

看溪水漪漣

我們竟日遨遊

出了林叢

穿入山巒

接著，他的詩匣忽然全打開，不禁清清楚楚的吟誦起來。

陳先生一口標準國語，吟誦時字句間抑揚頓挫，聲音在空氣中婉轉迴盪，陳先生眼鏡後面的眸子似乎也濛上一層淡而美的悵惘。

這是他翻譯的雪萊的小夜曲：

我從夢見你的夢裡醒來，

在一沁涼如水的晚上。

地面拂過微風，
天際閃著星光。

我從夢見你的夢裡醒來，
一個幽靈出現在我腳旁，
（他領著我，如何領我誰知道呢？）
走進你屋前小窗。

溫柔的風，沉醉在幽黯的溪邊
花木的芬芳如夢裡的思緒。
飄然遠逝，如一縷輕烟。
夜鶯未唱盡牠傷心的歌曲
即死於哀怨的狂瀾
我未說完對你的愛慕
而死在你的胸前

我如死，如癡，如狂
把我的熱吻化為雨珠
打在你的眼簾，你的唇上
我的雙頰蒼白而冰冷
我的心跳急劇而昂揚
再禁不住外來的風雨
這塊坍塌的心房。

「我自覺翻得很得意，可是不真實，一高興，乾脆自己作起來了，原文也不看了。後幾句的文責由譯者負之，與雪萊不太相干了。」

陳先生說，他特別喜愛唸詩，在中國的詩人中最欣賞馮至與何其芳早期的詩，像何其芳的句子：

上帝既然創造了夜令人安息
就不該再創造令人無眠的月光

這句詩，「不是普通的好，而是好得讓人眼前一亮，好得讓人忘不了。」

他又提及自己在《純文學》發表過的一首詩，當然是自己作的：

我送你一枝筆，
是用柳枝做成。
把它放在你的桌上，
桌，那樣的明淨。
筆旁是一瓶澄藍的墨水，
瓶旁是一盞綠色的燈。

這枝筆啊，
用它在天上點滿星星，
在湖中塗上雲影，
在綠楊搖曳的春天
畫上一隻癡心的燕子，
在你美麗的年華中
描上夢。
最後不要忘了啊，
展開銀色的小簡
寫上友情。

他說，其中最好的兩句是：「在綠楊搖曳的春天／畫上一隻癡心的燕子。」——是他抄了何其芳的！「我不是有意抄何其芳，而是自然而然想

到，因為太美了不能不借用一下。」

「然而，遺憾的是，馮至與何其芳晚期的作品，如馮至的〈十年詩草〉、何其芳的〈文學藝術的春天〉，都壞得離譜，壞得不能看！」

「所以我就恨，從這些地方恨共產黨！」他幾乎咬牙切齒：「要不是處在那種環境下，他們的文字絕不至於壞到那種程度！」

談詩，不免要提古詩。

陳先生說，他喜歡「不大明白」的詩，如李商隱的。「好比天上懸著一個清楚的大月亮，就不覺得有味兒，而要模糊一點才好。」他從小就背《唐詩三百首》、《唐詩別裁》。父親逼著的，背不出，就不讓吃飯。

白話詩呢？陳先生的《在春風裡》，有一半篇幅收集了紀念胡適之先生的文章，深覺他對胡先生有特殊的懷念。

「胡先生的白話詩我不喜歡。」陳先生答得乾脆：「但是看他 17 歲時所寫的七言律詩『人物江山皆入畫，萬花叢裡見群賢』確實是能寫，他是不折不扣的詩人。」

陳先生說，強把文言與白話加以區別是無謂的。文字主要的要求在於一個「簡」字，「簡即是乾淨，能夠乾淨，文言白話均可以。寫詩作文不到這個階段，可以說還沒有開始。有人常以為文言簡單，其實未必；比如胡先生接到教育部長要他作清華大學校長的電報，他回電即用白話：「不幹。」

陳先生對胡先生的感情，出自內心，他一再說，不見胡先生，想像不出他是怎麼樣的人，但是見到他，就想和他親近。

「我到劍橋以後，有好多觀念，心裡頭想，要是胡先生還活著，我就要跟他吹吹了，看他是怎麼個想法。」

當年吳稚暉先生初見國父，他說國父是「自然的偉大」。吳先生的意思也許是說「山高水長」那種自然的偉大，胡先生給人的印象則如「和風煦日」。和他在一起，愛說什麼就說什麼，所以胡先生能交朋友，大家更願意與他交朋友。

陳先生在紐約的時候，有一個暑假和胡先生住得很近。

「胡先生經常找我去吃飯，他愛吃獅子頭、炒龍蝦等，我也愛吃，他老是用各種理由付帳，總是他付帳，我好像只付過一次。」

不少人知道，陳先生在國立編譯館工作時，想出國留學，缺少旅費和保證金，胡先生當時在美國知道後給陳先生匯來 2400 美元。民國 44 年，陳先生赴美，兩年後，分期清還了借款。

胡先生的一封信裡說：「其實你不應該這樣急於還此 400 元，我借出的錢，從來不盼望收回，因為我知道我借出的錢永遠有利息在人間的。」

《在春風裡》，陳先生公開了胡先生的信，陳先生寫道：「我每讀此信時，並不落淚，而是自己想洗個澡，我感覺自己汙濁，因為我從來沒有過這樣澄明的見解與這樣廣闊的心胸。」

談到這裡，門鈴響了，原來朋友們造訪，陳先生親切招呼去了，著淺花襯衫、粉紅長背心，文雅大方的陳太太一旁張羅著茶水。

趁著空檔，不免四下張望：陳先生住的公寓，很有點旅館套房的樣子，客廳與書房相通，呈短靴形。靠門的一面，整整齊齊列著沙發茶几，牆上掛著一幅字畫，面窗的一邊，有個小書架，上下排列成套的叢書，想必是出版社贈送的，右面靠牆，是一張雪白的書桌，上面擱著電話，靠邊是一花瓶與一法國的小鐘，談話當中，陳先生不時要起身接電話。

回國一個月，不斷有朋友、學生們來電話、來訪晤，所以顯得格外忙碌。這兩個禮拜，又應科學院之邀，天天去石門講課。

陳先生和友人暢談時，捲起米色長袖襯衫的袖子，雙手抱著膝，一條灰紅斜紋領帶，微微傾擺，一派輕快。

因為陳先生陪剛進來的客人在另一角，陳太太走近書桌，同我聊起天來，我又問起陳先生近年來少有作品的原因。

「這些年來學校工作太忙，一擱也就擱下來了。」陳太太笑著說。

「他寫東西和別人不一樣，眼睛發直了，話也不說，鋪床的時候發現床單上有許多脫落的細頭髮，就知道他在寫東西了。」

　　她表示，陳先生是在「充滿東西」的情況下自然的流露，從不曾刻意去作文章。專研究普希金與雷蒙托夫的陳太太又說，陳先生的寫作基礎，得自傳統文學的薰陶，她認為，古文學是濃縮的，新文學多少「兌了水」；可惜，陳先生不大愛看小說，陳先生遠不如陳太太看的小說多。約莫半個鐘頭，走馬換將，陳先生回到原位，輪到太太和朋友談話。

　　「說到哪兒啦？」

　　是否接著談談您在劍橋的生活？

　　「就是整天聽呀，講呀，聽旁人的與講自己的研究心得。」

　　陳先生說：「劍橋不像美國或中國，不是考多少次考試再給你個博士，無所謂的；你只要在那兒住過就很好了。當然劍橋的學位很難獲得，但並不是無數的考試來判斷；而只是一次，他們注重你在國際上發表的論文。」

　　1969 年初去的頭一兩個月，都是在讀書閒聊中度過，看了好多新奇有趣，一口氣便寫了十篇〈劍河倒影〉寄回國內發表，引起很大的反應。

　　「劍橋之所以為劍橋，就在各人想各人的，各人幹各人的，從無一人過問你的事。」

　　劍橋的學風，在陳先生筆下顯得如此浪漫、自由而又獨特，讀書人多為劍橋著迷了。

　　「劍橋最特殊的一點：是許多人都到那兒去。比如我在美國常通信而未見到的學術界的朋友，好多都在劍橋碰到了。大夥聚在一起，一面談，一面問，吵著、鬧著、喝著，喝完以後再接著討論，東西就這樣出來了。」

　　陳先生說，劍橋是上課的時間短，放假的時間長，許多重要的研究卻都是在放假的時候做出來的。因為一開學，就整天忙著聽演講，與人交往，孕育新觀念，等到假期時才慢慢做實驗或求證明，劍橋人回憶劍橋生活，真是別有一番甜蜜。

　　《劍河倒影》中〈實用呢？還是好奇呢？〉一文，陳先生以學理工的

角度對中國的科學前途，有過一段看法：「我們所謂的科學，還是抄襲的、短見的、實用的，也就是說，真正的科學是不會產生的。」他引用李約瑟的結論：「中國科學在整個發展過程中，主要是為了『實用』！」

八年後的今天，陳先生對同樣一個問題的看法是這樣的：「做一件研究而不熱中目的，是件很奢侈的事，普通人做不起呀！比方說李約瑟，現在也被劍橋給擠出來了，幸虧因為出了幾本書，劍橋大學出版部因他而賺了些錢，才給他一間房子，好讓他把研究中文的書有地方放啊！他自己還解嘲的說：『迷你』研究室，你看，劍橋都存不下身，何況別處？」

「不熱中於目的，並不是不能達到目的，往往是因不熱中反而容易達到，熱中目的的壞處是往往把問題切爛，並沒有真正的解決。」

我問他，青年都急切於成功，成功有什麼祕訣嗎？

他揮揮筆：「哥德最成功的地方，就是知道如何割捨，割捨是多難的一件事？哥德是很出色的物理學家，更是出色的詩人，但魚與熊掌，二者無時間得兼，總得割捨一樣，才可以有所成就。結果還是捨物理而寫起《浮士德》來。懂得割捨是成功的一大祕訣吧。你向一個不求成功的人問成功祕訣，真是問道於盲啊！」

過了兩小時了，為什麼這麼快？如沐時雨如坐春風，就是這種感覺嗎？

可惜陳先生中午還有約會，不能久留。臨行前不禁向他表示：「無論您再怎麼推說創作的年齡已過，我還是不願相信。我由衷地希望在不久的未來再見到您的作品，這不只是我一個人的希冀，是多少年輕人的心聲。」

歸途中，細雨仍在飄，寒風仍在吹。我卻夢似的想像著陳先生所說的4月的白雲與藍天；春日時綠楊與燕子。

——選自《聯合報》，1977 年 1 月 20 日，12 版

散步在波士頓的春風裡
專訪陳之藩教授

◎宋雅姿*

　　週末上午 9 點 45 分，臺北亞都飯店一樓咖啡廳裡還有許多悠哉吃著早餐的客人。往裡尋覓，好不容易發現一兩張空桌，本想坐定等候約好十點鐘見面的陳之藩教授，繼而一想，自己「淹沒」在人群裡，讓對方進來東張西望似乎不妥。轉至大廳沙發，正想撥電話通知安排陳之藩伉儷行程的天下遠見企畫專員林麗紅，自己的手機倒先響了，原來麗紅也察覺當時的咖啡廳不是理想的訪談地點，臨時向飯店借用了一個小型會議室。

　　陳之藩教授和童元方教授已含笑在座。來臺聯手發表新書之前，兩人才從波士頓度假回港。波士頓是陳之藩十分鍾愛的城市，美麗的查理河尤其令他心醉；在波士頓的日子，每天早晚兩次沿河漫步已成生活必需。1977 至 1984 年他在香港中文大學電子系當講座教授，每到暑假，就像候鳥似地飛到波士頓。「我到波士頓的當天，即使已到黃昏，我也是先向查理河報到。臨走的那天，必也是依依不捨看一眼再走。」

散步的小徑詩情畫意

　　1985 年，他從香港轉到波士頓大學當研究教授，學校在查理河快到出海口的地方，上游是哈佛大學，因為常常去哈佛的燕京圖書館而認識了正在哈佛修博士學位的童元方。「我邀她到查理河邊散步。這條散步的小徑很長。」兩人一路散步一路聊天；聊天的題目俯拾即是，範圍則漫無邊際。

---

*自由撰稿人。

「最痛快是一邊散步，一邊談詩。我有時背誦兩三句不全的律詩，元方就給補上。她有時說一些清詩，我則忽覺新意盎然。」嘴裡談著詩，沿途美景也是詩情畫意：「從朗法羅橋開始，走波士頓這邊，我忽然覺得走到杜甫的詩裡，那不是『柳陰路曲』嗎？可是你往右一看，水與岸平，河水輕拍岸旁小石的聲音，清晰可聞，我又好像走到蘇軾的賦中，這不是『水波不興』嗎？世界上哪有一個都市現在還能保存這麼多柳樹。有時我握一握柔和的柳枝，想起滿城春色，想起曉風殘月。」

陳之藩在新書《散步》前序中提及，愛因斯坦與第二個太太艾爾撒的定情，就是在柏林郊區森林的散步上，由此對照他和童元方的情形，實有異曲同工之妙，忍不住問一句：「兩位的姻緣是否也因河濱散步而水到渠成？」他也幽我一默：「那不就走到水裡去了？」隨後又補充一句：「愛因斯坦與第一位太太米列娃的感情破裂，可能始於不散步上。」

童元方看我們談「散步」談得起勁，忽然說想回七樓房間拿張照片讓我瞧瞧，「雖然是一張小照片，可我很喜歡，這次來臺北還從未讓人看過。」等我接過一看，「哇！」隨即感受到它的力道——一切盡在不言中，「簡直可以當《散步》的封面呢！」陳之藩笑了：「那又太具象！」（《散步》封面選用了童元方母親耿欽謝的國畫〈春韻〉）照片裡，兩人挽手在初春的查理河畔散步，雖是背影，但可感覺這對新婚夫妻步伐的一致和堅定；還有河邊那一大片尚未轉綠的柳樹，「真是春風楊柳萬千條」。

在背後偷偷按下快門的是童元方的妹妹童元昭。「她是研究人類學的，整天拿個相機東拍西拍。」那是 2002 年 4 月 7 日，妹妹在他們婚後一週特來波士頓探視，一起到查理河邊散步時，趁他們不注意拍下這「刹那間的永恆」。

童元方說：「我們是去年（2002 年）4 月 1 日在拉斯維加斯結婚的，主要是挑個復活節假期，碰巧遇上愚人節，選在拉斯維加斯，是因為手續簡便。」我說：「真巧！那天是我生日。」陳教授馬上表現科學家求證的精神，歪著頭問：「真的？有沒有身分證？」可惜當天真是忘了帶，童元方被

他逗笑了，撫著他的手說：「不用看了，我相信！」隨即抖出陳之藩「忘了帶」新郎鞋的笑話。「到拉斯維加斯之前，他特地買了一雙新皮鞋，結婚當天卻發現忘了帶，當伴郎的學生趕緊臨時幫他買了一雙。可見這個新郎還是有點緊張。」

對寫作「沒敢馬虎」

當我談起：「第一次聽到陳教授的大名，是三十年前在『採訪學』課堂上，于衡老師開出的書單，頭三本就是您的《旅美小簡》、《在春風裡》、《劍河倒影》。」他馬上打趣：「是強迫讀的！」我趕緊聲明：「不是啦！很感謝老師的推薦，真值得一讀再讀，難怪這幾本書能歷久不衰，到現在還讓人津津樂道。」

每聽到有人誇獎他那幾本「經典之作」，陳之藩就表示：「到現在還有人提這些舊作，真讓我惶恐。那三本散文集都是在寂寞的環境裡寂寞地寫成的，當時寫是偶然，只是沒敢馬虎而已。不敢馬虎是一種習慣——也許不是好習慣，不馬虎就寫得少嘛！」

難怪在《散步》新書發表會上，天下遠見文化事業群總裁高希均笑稱陳之藩是「以散步的步伐出書」，從 1955 年赴美留學寫下《旅美小簡》開始，到了 21 世紀初，近半世紀他只出了七本散文集。當朋友鼓勵他多寫，或善意地責備他寫得太少時，他的回答是：「我如果寫不出文章來，是忙我的本行去了！」

陳之藩的本行是電機工程，他開玩笑說自己念科學是「混飯吃」，但這麼多年來在國際重要科學刊物發表百餘篇論文，也讓他覺得「無愧於本業」。

他忽然想起一個笑話（陳教授的思考及言語多半是跳躍式的）。1955年留學前，到美國領事館申辦簽證，領事以中文呼喚他的名字：「陳吃飯！」哄堂大笑。臨走，他還轉身向旁邊的人說：「我並不以吃飯見長！」我邊笑邊安慰說：「還好領事沒叫你『純吃飯』。」

永遠有利息在人間

　　談到留學，就不能不提及他和胡適的忘年之交及「永遠有利息在人間」的一段佳話。1947 年 8 月間，他還在北洋大學電機系就讀三年級，從廣播裡聽到當時北京大學校胡適談「眼前世界文化的趨向」，有些疑問和感想，立刻寫信給胡適，胡先生很快回覆，彼此的通信就此開始。陳之藩說：「我很愛給他寫信，總是有話可說，因為與我的同班幾乎無話可談。」胡適幾乎每信都覆他，有的很短，有時也相當長，他還曾到北平東廠胡同一號胡適的書齋拜訪。

　　1948 年 7 月大學畢業後，陳之藩因學校函催，匆忙上船到高雄港臺灣鹼業公司報到，臨行來不及再去拜訪胡適。再見面，是他由高雄轉至臺北工作，胡適第二次由美返臺演講，陳之藩去見他。胡適開口便問：「你幾時回來的？」陳之藩詫異：「我從哪兒回來？」胡先生說：「美國。」殊不知當時陳之藩窮得「連買張縱貫線的火車票都有困難」，於是回答：「我作夢也沒作到那兒去。」胡適回美後，即刻匯來一張 2400 美元的支票，使他得以赴美國費城賓州大學深造，並在兩年內分期還清借款。1957 年 10 月，胡適收到最後一筆借款時回信給他：「其實你不應該這樣急於還此 400 元。我借出的錢，從來不盼望收回，因為我知道我借出的錢總是一本萬利，永遠有利息在人間的。」

　　他回想從臺灣搭機抵達紐約當天早晨，馬上到胡適家中談天。「他為我弄一壺茶、一個大橘子，要我解一解旅途的勞頓。」聊了一上午，胡適送他去火車站，一路為他介紹紐約城，臨別還買一本 *Time* 給他，體貼地說：「看兩篇文章就到費城了。」從此他就愛上這本雜誌。

　　在費城那兩年，通信之外，他有時也跑到紐約和胡先生談天、爭辯。「跟適之先生談天是一大享受，可是他跟我卻常常談不來。同一本書，比如《荀子》，我喜歡前面的，他卻喜歡後面的。他愛歐陽修、司馬光、趙明誠等科學考據那一面，我卻喜歡歐陽修的語文、司馬光的文章、李清照的

詞風。兩人雖是談不來，還是談一晚上，很愉快的分別。」

1958 年，胡適回到臺北中央研究院擔任院長，1962 年 2 月，胡先生在臺北逝世的噩耗傳到美國，陳之藩哭了，顧不得講課，回到住處打開箱子，一邊擦著眼淚一邊看胡先生的信，「好像他的談笑就在眼前。」

事隔 41 年，陳之藩至今仍常想起胡適，尤其思考問題時更是「不知適之先生怎麼想？」他與胡適的故事很多，零零散散寫在散文裡。至於兩人的關係，他說：「算是朋友嗎？又不是太談得來；不是朋友嗎？他實際上改變了我的命運。」

臺灣的語文教育與工業

正談著胡適，他忽然冒出一句：「你會不會問楊李之爭？」我知道他對楊振寧、李政道得了諾貝爾獎後反而鬧翻的事很遺憾，認為他倆如能合作至今，也許不知為人類解決了多少有價值的問題。於是把手邊擬好的問題拿給他看：「本來是想稍後有時間再請教的，如果您有興趣不妨先談。」他笑了一笑說：「我還是談談對臺灣的衷心觀感。我覺得臺灣推行國語和保留繁體字，是很了不起的貢獻，這一點真要感謝兩位蔣總統的堅持。我現在住香港，香港人認為臺灣小姐講國語音調比北京人好聽。香港人到大陸，常常言語不通；臺商到大陸作生意，卻可以和當地人稱兄道弟。」他認為保留繁體字才能保留傳統文化，一提到大陸的簡體字就有氣：「簡體字一點也不省事，反而擾亂文化，害很多人連古書、李白杜甫的詩都看不懂。」他拿起手邊的紙筆，舉例寫道：楊振寧的「寧」簡體為「宁」，「這個字音唸ㄓㄨ ˋ，那還是楊振寧嗎？」還有「蕭」簡寫成「肖」，「難道我不姓蕭，就是不肖嗎？」更離譜的是湖南的地名零陵簡寫成「○○」，「這是什麼玩意兒？」

他接著以自己的本行來看臺灣電子工業的成就。「臺灣的電子工業為什麼能在世界立足，而且數一數二？」邊說邊拿筆在紙上仿起豐子愷的一幅漫畫：一家（畫個房子）四兄弟，按高矮為老大、老二、老三、老四，「做

父母的一年只買一件衣服，老大穿舊了給老二，老二穿舊了給老三，老三再傳老四。」正聽得一頭霧水，他即時解惑：「這種穿衣哲學，就是臺灣電子業在硬體方面降低成本而能占有廣大市場的原因：最好的材料組裝精密的電腦；次好的作醫療儀器；第三等的作較粗糙的儀器，如計步器，差一步沒什麼關係；最差的也可作電動玩具，這個成本最低，市場卻很大。既利用了剩餘物質，也最環保。美國人不懂中國的穿衣哲學，所以二、三、四等的硬體裝配都讓臺灣人賺走了。」但他也遺憾臺灣在軟體方面的抄襲之風，引來各國的防制、反擊。

談到今日政治亂象，他直言老蔣總統犯了一個錯誤，就是在《中國之命運》中鼓勵青年當飛行員、工程師，不鼓勵作官，「所以現在政府裡有專業人才，卻沒有政治人才。」

什麼是人才？這是他從年輕時就十分關心的問題。「能解決問題的才是人才。文憑不是人才的代表，不能解決問題就不是人才。美國的杜魯門總統沒什麼學歷，以前還是賣領帶的呢！」他對李遠哲提倡教改很不以為然。「教育主要是為社會培養不同的人才，這是專家的事，諾貝爾獎得主不見得是教育專家。」

簡潔生動，言必有物

陳之藩的散文能歷久彌新，除了文字簡潔生動，主要是言必有物，對不同時代的青年學子都有啟發，他的作品〈謝天〉、〈失根的蘭花〉、〈哲學家皇帝〉更入選國中、高中的國文課本。

「香港也把〈寂寞的畫廊〉選入中六國文課本。我問原因，他們說文章很清雅，這和我下筆時的心情剛好相反，那時我研究所剛畢業，到密西西比河畔的曼菲斯大學準備開始教書生涯。開學前夕，躺在床上輾轉不安，不知第一次上臺，英文說得通不通？教材夠不夠好？越擔心越睡不著，簡直心急如焚，後來乾脆起床寫稿，竟然一下子就完成了這篇文章。而且第二天上臺講課也很成功。」

　　大家都知道陳之藩散文寫得好，卻少有人知道他的書法也了得，看了他和童元方新書封面的題字，令人眼睛一亮。「您這筆字是不是以前寫春聯練出來的？」他微微一笑。十幾歲時，年關一到就坐在北風刺骨的街頭寫春聯賣錢，人皆不堪其憂，他獨不減其樂；數十年東遷西徙，不論在世界哪個城市，他都愛回憶這段時光。「因為賣春聯時，來不及覺得家庭衰落之苦楚。」

　　他是河北省霸縣人，民國 14 年生。祖父在山東當過縣長，也曾在京師大學堂教書。父親是北京大學畢業，回桑梓服務，作過東關小學校長。家裡本來很有錢，蘆溝橋事變後則窮到底。「家中的貧困，可以由母親的沉默看出來；生活的艱辛，也可由父親的面紋上認識清楚。」當時也不知父親為什麼欠了那麼多債，一到年關，債主一個個逼上門來。大人不敢在家，只留小孩去搪帳。他是大哥，責無旁貸，就帶著大妹到熱鬧的街口擺春聯攤，弟弟和小妹在家搪帳，「人越小越容易搪些。」家中要債的緊鑼密鼓之日，正是春聯攤兒生意興隆之時，賣一些錢，大妹就先拿回去搪一些債。年尾晚上收攤後，一家終於可以過年吃餃子了。

　　中學六年正值抗戰。高中畢業後，他一腔熱血，瞞著家人和同學結伴從北平奔向大後方，參加抗戰活動。大約半年，時局沒什麼大變動，便赴西安考大學。當時政府有個規定，學理工才能申請公費，「不給公費不能活嘛！所以我選擇了工程。」結果考上西北聯大工學院電機系，也就是抗戰後的北洋大學。

　　大陸淪陷前，1948 年大學一畢業，他就被學校分派到高雄的臺灣碱業公司服務，後來公司因減產而關門。人生地不熟，只好寫信給他所敬慕卻素不相識的梁實秋先生，表示想到臺北找工作。當時梁實秋任國立編譯館館長，便安排他到館裡工作。在編譯館四、五年，編審工作之餘，因為喜好文學，也翻譯了外國著名詩人朗費羅、丁尼生、雪萊、華茲華斯的詩，並敘述詩人生平，在《學生》雜誌上逐期發表。1977 年，遠景出版社用心找出這些作品，輯印成《蔚藍的天》。

科學的頭腦，浪漫的情懷

　　許是小時候常被父親逼著背古文、唐詩，他有極深厚的國學根柢，寫起文章自然「妙手可得」，套句童元方的形容「文筆贍富華麗，感情充沛」。他有科學的頭腦，更有浪漫的情懷，欽佩科學家的成就，更愛科學家的文學作品。記得有一年看到一本世界名家書信集，居然有電學始祖法拉第的一篇散文，那是寫給瑟拉的求婚信，大意是：今天任何事都做不了，給你寫了一天的信，由白天寫到深夜，又從深夜寫到快天明……。現在我累極了。當我默想你的同時，好像機油、氯氣、鋼球、水銀幾十種東西在我頭腦裡亂轉。這種不可收拾的局面，我再也支持不下去了。這樣辦吧：你如肯嫁給我呢，我們就結婚；不然，就算了。

　　讀了這篇誠懇得至於可憐，坦白得至於好笑的散文，陳之藩覺得自己好像把法拉第的千古偉業認為平常，而對他的一紙情書視如拱璧了。他常在研究某位大師的科學理論時，半途又拿起他們的語錄或散文集、詩集來讀。他說：「回溯起來，羅素上千頁的數學原理的成百定理，不是由 1960 年代的電腦五分鐘就解決了嗎？可是羅素的散文還是清澈如水，在人類迷惑的叢林的一角，閃著一片幽光。又如哥德捨物理而寫起《浮士德》、《少年維特的煩惱》，不也都是膾炙人口，影響深遠？」

　　知道他讀過很多科學家的傳記，不禁問：「有沒有打算寫自傳？」他笑著搖頭。此時麗紅在旁提醒，陳教授的下一位訪客已在樓下等候。在大廳握別後，望著童元方挽著他雙雙離去的背影，我忽然又想到了那張他倆在波士頓查理河畔散步的照片。

——選自《文訊》第 216 期，2003 年 10 月

日色中亦冷亦暖的青松

評陳之藩的散文

◎張曉風*

楔子

　　民國 80 年《國文天地》以弘道國中初三和建國高中高三（自然組）的學生為對象，調查他們對國文課本中「印象最深刻的」、「最富啟迪性的」和「最不喜歡的」課文。這兩所學校的學生公認是較優秀的，較有獨立見解的（可惜調查時每校各以一班為代表，人數不夠多，也不夠多樣性）。所得的結果，在初中部分，陳之藩的散文〈失根的蘭花〉，居「富啟迪性的第二名」。而在高中，陳先生的〈哲學家皇帝〉得到「印象最深刻的第四名」和「富啟迪性的第三名」。

　　各以 15 歲和 18 歲之間年輕學生的意見來肯定陳之藩先生在散文方面的成就未必是「言之成理」的事。但如果我們了解一般學生多半有「厭書症」，而竟獨鍾陳文，陳文在臺灣受歡迎的程度也就可想而知了。

　　1930 年代的小說家張愛玲女士曾以故作豁達的語調說過，讀者是仁慈的，可以為了你一點好處，把你記上五年十年。此話如果移到陳氏身上又更令人驚奇，他平生有關散文的著作皆收到遠東出版公司出版的《陳之藩散文集》中（其中又包括《旅美小簡》、《在春風裡》、《劍河倒影》、《一星如月》四個集子）。合計約三百八十頁，不足二十萬字。一個作者能經常停筆那麼久，而又寫得這麼少，卻又能如此令人始終難忘，在近代文學史

*作家、文化評論家。發表文章時為陽明大學通識中心副教授，現已退休。

上，恐怕除了小說家魯迅外，很難找到類似的例子——但魯迅不同，他不寫小說之後，畢竟仍源源不絕地寫了許多雜文。何況魯迅又早逝，只有 20 年的寫作齡。

陳氏的散文創作始自民國 44 年，在此之前，他其實已經是 16 本書的作者了[1]。那些或者可以名之為「科學小手冊」類的書籍，至今已完全絕版。我向當年負責發行此類書籍的正中書局洽購這批老書的時候，社中小姐以十分吃驚的口吻說：「什麼？民國 39 年出版的書？我們不可能再出版這麼早以前的科學方面的書啊！」

如此看來，陳氏將來能傳世的作品除了他自己頗引為自豪的電學方面的以英文寫成的論文外，應該便是這冊散文集了。

陳氏的散文在新文學運動至今的七十餘年的散文史上有其十分特殊的地位，下面僅從七個論點來分析評述：

陳氏繼承中國歷代文人從事文學藝術創作時的「非職業」傳統
陳文承襲了近世流行的「學院文學」和「留學生文學」的傳統
陳氏善用其堅實的舊學根柢
陳氏和五四時期文人相較，文字較為雅馴靈動，足以承先啟後
在文章內容和意識方面，陳氏頗能擺脫 1950 年代的散文窠臼
在文章節奏方面，陳氏有其獨特的安排方式
陳文能發科學與道德倫理之美學

由於陳氏的散文以《旅美小簡》和《在春風裡》二書影響力最大——這並不指作者本身前期較後期寫得更好，而是指外在環境中，民國 44 年陳氏推出的文章尤其顯得鶴立雞群。而其影響力至今已達 36 年，整整是五四至今（72 年）的一半歲月，故本文將集中在前二部書舉其例證。

---

[1]陳氏民國 37 年初至臺灣，任職於高雄碱廠，旋轉職臺北國立編譯館自然組，這段時期他譯寫了不少屬於職務上的科學小冊子，其中包括對電學、原子和科學人物的介紹。

陳氏繼承中國歷代文人從事藝術創作時的「非職業」傳統

如果我們用「職業」（Professional）作家的概念來討論中國的作家，倒是可以引發不少有趣的問題。

第一，Professional 這字就英文而言，是一個含有「褒意」的字眼，指的是和玩票性質不同的極專門的素養或技術，略等於我們說的「科班出身」。而中文的「職業化」卻反而含有「貶意」，指的是倦怠的，既無創意也不見誠懇的日復一日重複的慣性行為。近年來有人把它改譯成「專業化」，始比較接近 Professional 的原意。

在中國歷史上，在這個以士大夫為重的文化環境裡，職業畫匠的畫便不及文人畫的地位（連「匠」這個字本身也形成語意曖昧。如「匠心」、「大匠」含褒意，「匠氣」則係貶意）。職業演員也不及非職業演員，元雜劇時代，前者指為「戾家子弟」，後者稱「良家子弟」，褒貶之意已自明。職業樂工如果敏於音律也仍是一「工」。文人稱羨的仍是「曲有誤，周郎顧」那種敏銳精緻的音樂素養，甚至發展到醫者以「儒醫」為高明，將軍亦以「儒將」為可貴的傾向。

古代中國，幾乎沒有人肯以「職業作家」自居，大詩人杜甫居然會說「名豈文章著，官應老病休」（翻譯出來就是，由於失去健康和青春，我的官運大概到此為止了。令人不甘的是，難道有一天有人提起我杜甫之名的時候竟會說：「詩人杜甫」嗎？那多令人氣短啊？），韓愈也隱隱以孟子之後的儒家傳人自期，他是不甘於只做一個「唐宋八大家」的。司馬相如以長門一賦得過極高的稿酬，但他仍然以求仕進為正途。「洛陽紙貴」的典故裡，告訴我們靠文學發財的是紙商，至於作者曹雪芹則註定要貧病而死的。

能養活「職業作家」已是清末民初的時代了。報章雜誌和出版社多少保障了作家的生活——但如果我們細數這些作家，幾乎全屬「小說界」的，原因很可能是由於他們可以寫出較多的字數，詩人和散文家便沒有如

此幸運了。

詩人徐志摩和散文家周作人皆是教授，能以寫作為主要收入而生存的則是張恨水、張愛玲或沈從文。而他們的主要作品皆是小說。（包括翻譯小說的林琴南亦收入頗豐。）徐志摩感到入不敷出的時候他採取的方法是兼課而不是「多寫一首詩」，朱自清也以教書為收入來源。

民初的主流文人大部分繼承了傳統文人觀念而立身於學院。古代文人或託身仕途，或為世家子，靠田產度日，但現代文人，多半不擬入仕途，亦不太可能再具有世家子弟的身分。學院乃成為文人可以自由施展的「自由業」。

這些立身學院的文人授些什麼課呢？這當然牽涉到他們所習的專長。其實如果從此點追索下去，毫無疑問的，則無論在北洋政府時代，在國民政府時代，在香港、在臺灣、在美國、在中國大陸，大部分作家都寄身於文學院。老一輩的魯迅、蘇雪林、謝冰心、謝冰瑩、沈從文、梁實秋如此，後起的余光中、鄭愁予、白先勇、王文興、楊牧亦無不如此。陳氏卻是極端的例外，他是工學院的教授。時至今日我們也許還可以舉出其他類似的例子如詩人陳克華是眼科醫師，劇作家姚一葦先生未退休前就職於臺灣銀行。

這種不依創作為生的模式，其優點是可以維持高度的創作尊嚴，保障了作品的品質。缺點則是在職業忙碌不暇分身時便不免減少了作品的數量。陳氏亦不例外，他的散文創作因為他是電機學者並非職業作家而擁有更高更遠的視野，有更超然的境界，有能力討論更嚴肅的問題，然而一個平均年產量只達五千字的優秀作家[2]畢竟也是讀者的損失吧！思果先生曾為

---

[2]陳氏第一本《旅美小簡》從篇末所註日期看，興致高時，如〈月是故鄉明〉與〈哲人的微笑〉各寫在 44 年 2 月 9 日和 44 年 2 月 12 日，相隔只三天。〈在春風裡〉紀念胡適的文字中〈第一信〉和〈第二信〉各寫於 51 年 2 月 28 日和 51 年 3 月 2 日，相隔兩天。〈第三信〉寫於 51 年 3 月 3 日，相隔一天。〈儒林外史〉寫於 51 年 3 月 5 日，相隔二天。〈第四信〉寫於 51 年 3 月 6 日，相隔一日。〈丹諾自傳〉寫於 51 年 3 月 8 日，隔二日。到了 51 年 3 月 9 日，在同一天裡，他寫了〈第五信〉和〈在春風裡〉，下一篇〈寄〉則是 51 年 3 月 11 日寫的，相隔二天，可謂極密集。但《一星如月》一書中〈把酒論詩〉是 71 年 3 月的作品，〈四月八日這一天〉卻是 72 年 4 月 10 日

文戲稱國家應對優秀而又經常停筆的作家課以罰金，也是因為期望太切之故。

陳文承襲了近世流行的「學院文學」和「留學生文學」的傳統

　　廣義言之，一部新文學運動史也幾乎等於「留學生文學史」，歐陽予倩、弘一等人在日本春柳社的活動，是中國近代話劇的濫觴。魯迅的文學啟動也始自在日本留學習醫期間。胡適真心思考白話文運動是始於康乃爾大學湖上迎新（特別是新女生）會後，划船時一場驟起的風暴。

　　狹義的留學生文學則指「留學生生活」的記錄（包括成家立業以後的問題），此類文學在民國 70 年以前對國內讀者一直保有某種程度的吸引力。[3]

　　至於「學院文學」是專指類似鹿橋的《未央歌》之類的作品。奇怪的是，此類作品在社會上一直極富吸引力。由於學院並不是人人可得而入的，所以在小說和戲劇中以「西南聯大」、「北大」或「金陵女大」為背景的小說便一直是觀眾注目的焦點。（美國流行小說《愛的故事》中男女主角亦分屬「哈佛」與「克利夫蘭女子學院」。）「學院」恰如《紅樓夢》中獨立於「榮國府」、「寧國府」成人世界之內卻又擁有治外權的「大觀園」。那裡有徜徉自得的才子佳人，那裡是不涉世事的天真世界、青春王國。在大觀園這等領域裡，吟詩可以是盛事，賞月可以是大業。民國以後，大觀園不再，清淨世界乃改成「學院」。

　　一方面而言，留學生文學特有的異國異鄉，流浪感傷且又激奮昂揚的魅力，在民國 44 年留學生不多的時代，當然具有其特殊的風華。二方面，由於陳氏一直未離學院生活，不管是求學時代的賓大，或任教時的田納西州的「基督兄弟」學院、德州休士頓大學、進修時的劍橋，或回到有「吐

的作品，相隔已有 13 個月，我們似乎只好用業餘文人的率性來論此事。

[3]關於「留學生文學」，可參閱齊邦媛教授《千年之淚》（臺北：爾雅出版社，1990 年），頁 149～177，但齊文中未包括早期赴美留學的陳之藩在內。

露港」之勝的香港中文大學，以及今日任教的波士頓大學，他一直擁有澄明美麗的學院環境，他的四本散文多以學院為背景（《劍河倒影》則更非常明顯地可自書名看出）。

陳氏的本意當然不在炫耀學院生涯，但對廣大的讀者群而言，能在徐志摩之後半個世紀，又見到一位中國才子徘徊在詩一般的劍橋，並且只用三、四個月的時間，只經一小時的口頭考問就取得了博士學位，這種真人真事的傳奇當然要比〈康橋的早晨〉更為吸引人。

一般而言，散文讀者中，女性比例不少。但陳氏藉學院題材帶來的清明理性的思考，把逐日流失的男性讀者重行拉回，「文以稀為貴」，散文能不濫情而能深思高舉者實為難得。

陳氏善用其堅實的舊學根柢

陳氏出生於民國 14 年，當時新文學運動已醞釀近十年。這一代的人舊學根柢普遍要比五年前或十年前出生的差很多。陳氏卻因為家庭的關係，背誦了不少經史子集，令人驚訝的是他不但能和胡適之先生相對背誦荀子，甚至連周作人、魯迅、老舍的白話文，也能一一背出。這種記憶力今人中之錢鍾書先生亦擅長，但錢氏筆走偏鋒，引述舊學時也多半只希望達到嘲諷的效果。陳氏的文字比較莊矜，時時引用舊詩舊文，且每可引伸出新意。

例如飛機升空之際，忽然想起「鶴以青松為世界，鷗將白水作家鄉」的句子，又如有人問他何以會在中文大學逗留七年，他想到的回答也是白樂天的詩：

> 松排山面千重翠
> 月點波心一顆珠
> 未能拋得杭州去
> 一半勾留在此湖

　　陳氏又雅好舊戲，在〈願天早生聖人〉一文中，他一開頭便引戲文中郭子儀的唱詞：「恨釣魚人去，射虎人遙，屠狗人無」這句子包括姜太公、李廣（亦有謂係他人典者）、樊噲等三人，還未必是一般讀者能解的！

　　陳氏其實頗務雜學，所幸大約讀書「目數行下」，讀丹諾自傳大約九小時，讀丁文江傳記也是一夜而竟。從他作品中徵引的例子看來其人對西方哲學、科學、神學、文學皆一一涉獵。他的整個思考方式無形中也是一部「中西價值比較論」，但文中若非經常出現中國舊詩中的澄明清虛，可能便如貨棧堆疊相架，其間便缺少了迴旋的餘地了。

陳氏和五四時期文人相較，文字較為雅馴靈動，足以承先啟後

　　「文言文」的時代，曾有過極為燦爛的文學成就，但如果以《新青年》創刊並討論白話文開始算起，「白話文」開頭的前 30 年，在語文方面成功的比例實在不高。連陳獨秀竭力提倡白話文的那些文章，以今日眼光視之，亦皆是用文言文寫成的。換言之，那一代的人口中提倡白話文的人雖不少，筆下真會寫白話文的人卻極罕見。即使名家出手，亦往往怪句層出不窮，下句的例句或可說明一斑：

　　因了我的吩咐，一棵不結果子的無花果樹在一大群人的面前枯萎。

　　這樣的句子竟是名作家巴金所譯的王爾德的詩，這句子如果改成如下的方式豈不好些：由於我的吩咐，那棵不結果子的無花果樹當眾枯萎了。

　　我的學會了煮飯，就在這時候。

　　此句是魯迅在〈傷逝〉中寫出來的，令人驚異的是他為何不能簡簡單單寫成「我就是在這個時候學會煮飯的」。

　　但是就撞過的經驗來說，總沒有很好吃的點心買到過。

　　這是民國 13 年散文大家周作人在〈北京的茶食〉中的句子，真想為他改成「撞來撞去，也沒有撞上哪家的點心是好吃的。」當時文人又每濫用「的」字，周氏〈愛羅先珂君〉中有一句「我的兄弟的四歲的男孩是一個很頑皮的孩子。」我看不出有什麼理由不可以寫成「我那小姪方四歲，極頑皮。」一個「的」字都不需要。

　　他是一個畫家，住在一條老聞著魚腥的小街底頭，一所老屋子的頂上一
　　個 A 字式的尖閣裡。

　　這是名詩人徐志摩的句子，出自〈巴黎的鱗爪〉，我非常希望把這樣的句子重新整頓成：「他是個畫家，住在一個尖尖的閣樓裡，閣樓在一棟老屋的頂上，老屋座落在一條小街尾，而那條街終年飄著魚腥味。」
　　以上舉例，並非有意唐突前賢，初初改用白話文寫作，人人都顯得措手不及，現在如果把當年名家不得體的句子集中起來，不免令人大吃一驚。
　　臺灣約有三十年之久，由於政治上的考慮，把當年不少書列為禁書，其實撇開政治不談，不讀那時代的作品而另起爐竈對臺灣文壇而言，未嘗不是一件幸運的事。
　　讀了以上的句子再來看陳之藩的文句，便格外能體會到陳氏文辭的明麗曉暢，典雅醇正。
　　陳氏曾提到胡適之先生送他一部《儒林外史》，陳氏並不喜歡《儒林外史》，便只好自我解嘲，謂胡氏或者是為了糾正他那「不文不白」的文字成純粹的白話。[4]其實，陳氏文學之好，反而在於善用文言文的簡明了直，下

---

[4]見《在春風裡》第七篇〈方舟與魚〉。

面一例或可說明：

> 我記得小時候，我們村裡唱戲，搭上蓆棚，鑼鼓喧天，四鄰村的人都來
> 了，於是蓆棚臺前擠成人粥，京戲開幕。為了謝雨感天其名，為了欣賞
> 娛樂其實……

陳氏敢於用「其名」、「其實」的句子，正如余光中敢於用「大哉胡
適」一樣，表面上看起來是對於提倡「白話文學」的一種叛逆行為，其實
反而是採文言以為白話之用，擴充了白話的規模氣象。

陳氏在〈永恆之城〉一文中且大膽沿用戲詞中特別愛用的「頂針格」
修辭法[5]，以下句的第一字承上句的尾字：

> ……遠處是藍色的天，褐色的山，山下的城廓，城廓中的廣場，廣場上
> 的廢柱，廢柱旁的人馬，人馬旁的樹，樹旁的樓，樓下的殘垣，殘垣下
> 的地道。這些由遠而近，由小而大。

陳氏且不理會胡適「八不主義」中不用典的想法，而順手把想放的典
故即行放入，如〈鐘聲的召喚〉中：「對竹靜思不知多少年，才能達到不愧
屋漏的境界。」前句用格竹之典，後句屋漏典則語出《詩經‧大雅》。〈到
甚麼地方去〉一文中有如下的句子：「在歷史上悲哀到底的時代，總還有新
亭對泣的哭聲。」典出《世說新語》。

中國近代白話文在民國 6 年以後的二十年間可謂探索期，26 年至 38
年之間由於抗戰和內戰，形成萎縮期。38 年之後始行再出發。陳氏於 37
年踏上臺灣，從知性文學開始寫起，可謂是「一空依傍」的新旅程，這件
事不但是他個人的成功，對 1950 年代的文壇也產生良好的影響。

---

[5] 馬致遠《漢宮秋》第三折「梅花酒」、「收江南」兩曲牌中用頂針格修辭，極為成功。

在文章內容和意識方面，陳氏頗能擺脫 1950 年代的散文窠臼

民國 38 年除了在政治上造成奇怪的隔離之外，文學自此也形成各自的發展方向，恰如歷史上晚唐五代時期，西蜀方面的文學亦自成局面。但文學從某方面而言，是件頗奢侈的事，當時渡海東來的人中有成就的文學家不多，本地作家中有些人還得重新學習語文（通漢文者未必等於通白話），當時報刊雜誌上經常看到的常是些懷鄉之作，或憶人憶事，甚至回憶各種吃食，結尾處當然是希望有日能重啖此美味。這種風氣斷斷續續少說也有二十年之久，其中懷鄉懷得尤其理直氣壯的便是在北平生活過的人——而陳氏從未在文中誇張這類回顧的情感。

愛國原非壞事，但文學二字是不容在前面加上範圍性的字眼的，文學一旦變成「戰鬥文學」或「愛國文學」便已不足觀了。君子不器，文學亦然，陳氏顯然是深明此理的。

陳氏高中畢業時亦曾一度從軍，37 年來臺，亦是一番報效心意，如果要簡單地把他劃屬為「愛國青年」亦無不可。但陳氏從來沒有寫過膚淺的愛國文學，他去國離家之際雖有沉痛的家國之思，但卻每從千古的文化的角度來思索這 20 世紀最大的悲劇——中國。

陳氏不落窠臼的表達方式為已成習套的「戰鬥文學」畫上了問號，並且，立刻為讀者所接受。

此外民國 38 年至 44 年之間，閨秀文字亦極盛行，柴米油鹽雖未必一定是壞題材，風花雪月雖未必絕對是俗風格，但陳氏獨能在散文中談 T. S. 艾略特的《荒原》（陳氏譯作「荒地」），談歐本海默、愛因斯坦和湯恩比，對當時臺灣的文壇而言，讀者極不容易獲得這種知性的滿足和喜悅。

陳氏的散文能出現在民國 44 年的文壇上，的確有如明礬入水，令人從戰爭匱乏和惶惑不安中回到生命的淵沉，重思自己如何安身立命——而這種時機既不是民國 34、35 年臺灣初光復時可以有的，也不是民國 38 年國軍撤退臺灣時可以成其功的。民國 44 年恰好是臺灣和陳氏共同開始從惶惶

不安的環境中重找出路的轉機，這當然不能視作陳氏的運氣好，只能說他如舊約故事中摩西舉杖擊石，竟得湧泉，使當時沙漠枯旱得解——其實甘泉裂荒磧而出固然很幸運，但那一擊之力，以及石中的確有水才是最重要的關鍵。

在文章節奏方面，陳氏有其獨特的安排方式

本段中所說的「節奏」包括二重含義，其一是指音樂性的外在板眼，其一是指內在性的敘事進展速度。五四以來，文學風氣自「崇古」挪向「崇洋」，許多作者的文句每每造得極長且極不合乎中文常態，下面且舉三例：

1 他對她的愛是這樣的大，所以他不肯把她埋在墳墓裡讓他見不到她的面。

2 我告訴你，真能下雨底雲是一聲也不響底，不掉點兒底密雲，雷電反發射得彌滿天地。所以人家底話，不一定就是事實，請你放心。

3 京津車是照例的擁擠，愛羅君和同行的二個友人因為遲到了一點——其實還在開車 50 分前，已經得不到一個座位了。幸而前面有一輛教育改進社赴濟南的包車，其中有一位尹君，我們有點認識，便去和他商量，承他答應，於是愛羅君有了安坐的地方，得以安抵天津……

上面三例第一例出自巴金譯王爾德〈西班牙公主〉的例子，它的問題是因為不合乎中文文法，所以在唸誦的節奏上便也有些麻煩。第二例見許地山的〈給懷霄〉，唸起來，也不免與唇舌齟齬。第三例是周作人的〈愛羅先珂君〉，文字倒還順，但敘事的節奏未免太緩太贅。

相較之下，如果我們再看下面三例：

1 每到星期天早晨，整個美國學校改換了樣子。喧嘩市街，安靜的不見一

人。人呢？都到教堂去了，美國人如果聽到鐘聲而不去教堂，他們會
不安，好像作了虧心事。到教堂作什麼去呢？聽罵。

2　這是個學校呢，還是寺院？我正在一邊問自己時，已經坐在校長的面前
了。

我面前是一個紅紅的面龐，掛著寂寞的微笑；是一襲黑黑的衫影，掛著
寂寞的白領。我在路上即想出了第一個問他的問題，怎麼知道我，聘我
來教書；他已先我而說了。

「去年在此是一位杜博士，我們很喜歡他。他走了。所以請你來。」

「他不喜歡此地嗎？」

「他也喜歡此地，但他走的原因是因為這裡寂寞。」校長低下了頭。

「寂寞！」我心裡想：「好像這個世界上還有地方不寂寞呢！」

3　在鏡光中，她很清楚的看到如霧的金髮，漸漸變成銀色的了。如蘋果似
的面龐，漸漸變成不敢一視了。從樓梯上跑下來的孩子，是叫媽咪，從
門外走來的孩子叫起祖母來了。而逐漸，孩子的語聲也消失了。

　　第一例出於陳氏〈鐘聲的召喚〉，其中包含七個句子，句子可以短至二
個字，而全部七句只有 71 個字，平均每句約十個字，等於二句五言詩的長
度，這種斬利痛快的節奏，對 1950 年代的讀者而言，亦略等於慣聽遲緩的
紅牙板之餘，乍聽關西大漢執鐵綽板而放聲的驚喜。陳氏頗能掌握平津一
帶語言高亢短截的音樂性。

　　第二例和第三例皆出自〈寂寞的畫廊〉，除了慣見的短句外，敘事速度
如下行之船，方才落墨，即已收筆，反見文氣充沛淋漓。

　　陳氏又慣用兩種手法來推移前進，其一是對比手法，有點像律詩中的
對偶，使前後兩意各得申述。其二是在結尾處採戛然而止的節奏，如銅鈸
一聲，眾聲寂然。這對 1950 年代猶留戀於用刪節號「……」表達有餘不盡
之情的作者群而言，也是一記不可思議的新招。

　　下面各舉一例：

1「從來沒有見過像你這樣留學的，箱子裡只有一套西裝，到了美國不嫌
　寒傖嗎？」……「這套西裝確實穿不出去，並非因為它太壞，而是因
　為它太好。」

2 我們要以印刷小工的勇敢，再版我們個人的小書，再版我們國家的大
　書。

　　類似手法，陳氏用得極多，可視為來自中國傳統的廣義的對偶手法。

　　總之，陳氏散文無論就外在的句子長短或內在的進行的速度，或因互
相映帶而有的跌宕生姿，或由猛然剎止，欸乃一聲不復落痕的空靈，在在
都經營出其特殊的節奏美感。

陳文能發科學與道德倫理之美學

　　一般而言，文學藝術家可輕易尋出山水之美學，或自人情、愛情或親
情獲致美學。《詩經‧小雅》能在君臣之義中演繹出美學已為難得，《世說
新語》中則以「名教中自有樂地」欲探尋任誕之外的屬於儒家理想的美
學。邊塞詩甚至觸及戰爭美學。但「科學」由於是太新的事物，倫理道德
卻又是太舊的故物──兩者似乎各自隸屬於大自然和人為規矩，陳氏卻能
於這兩種規矩中見秩序見天機，故而可演繹出屬於科學的以及倫理道德的
美學，茲各舉二例：

一甲、愛因斯坦說：我們所能經驗的，最快意的事情是神祕。這是產生真
　　　正藝術與真正科學的基本情感。我認為宇宙宗教情操，是純粹科學
　　　研究的最有力的鼓勵，克波頓、牛頓，能夠於孤獨寂寞之中努力建
　　　造天體力學，是基於對萬象森然的宇宙之湛深的信念與理解的渴
　　　望。

一乙、懷第海德說：自有人類以來，不知有過多少落日時光，忽然有一
　　　天，看著西天的落霞，而「呀」了一聲，人類的文明自此開始。換

句話說，人類的文明產生於對落日殘霞的讚嘆。

二甲、魔鬼是什麼？是以生也有涯，知也無涯的慨嘆，來掩飾自己的懶惰；是以天地逆旅，百代過客的詮釋，來解嘲自己的苟安。是以淡泊明志，作為學優則仕的準備；是以滔滔皆是，作為自甘沉淪的遁辭。

二乙、有一次，我到紐約去看他，他正在看朱熹。他說：「之藩，記住這幾句了不得的話，寧近勿遠，寧下勿高，寧淺勿深，寧小勿大。」他說完這四句，到房裡給我倒了一杯酒，要我乾杯！

這幾句話對我的震撼力，較威士忌還凶，至今使我暈眩，使我震盪！

前二例令人知道新科學中亦自有詩情，後兩例說明，舊道德倫理中亦自有深意，是皆難得處，其他當代散文家很難企及。

陳氏於 1975 年曾於紐英倫中華專業人員協會的學術研討會中以 "Symmetry in Engineering Analysis and Design" 為題作演講，陳氏的企圖是欲在科學的對稱觀念之外亦談文學之對稱。換言之，陳氏擬將「對稱」視為科學和文學的共用的一種美學基礎。演講中陳氏所引的詩亦皆有趣，如袁枚的「臨水種花知有意，一枝花作兩枝看」或楊萬里的「村北村南水響齊，巷頭巷尾樹陰低。」唯這論題是大題目，可惜後來未見陳氏將之整理成文。

陳氏文章之出現，有其時代上的意義，陳氏平生極嘆服胡適之，然於適之先生放棄自己的「詩人角色」頗不以為然。其實胡適因謹於治學，又希望能在非常之時代，為國家民族參與救亡圖存之事，現世的使命感和永世的詩情不能兼顧應是意料中事。陳氏在〈四月八日這一天〉中，對錢穆、唐君毅只努力於儒士事業而不能詩，亦跌足而嘆。陳氏的個人為文為學則是「詩方式」的，每每乘興而來興盡而返。如果要討論陳氏的缺點似乎恰恰與他所不以為然的胡適相反，胡氏謹嚴，陳氏則時而不免相疏。

下列各例或可窺見陳氏的某些荒疏之處：

甲、在〈河邊的故事〉一文中，陳氏將國內慣譯作史懷哲的名字譯作許懷瑟，但到了〈在春風裡〉，卻又譯成「舒懷瑟」。中文譯名本來不甚統一，但同一作者自己本人譯名不統一則至少在校對時是可以更正的。

乙、〈春聯〉一文中，陳氏擬寫幾幅對子，其中如：

不論海角與天涯
大抵安心即是家

忠州且作三年計
種杏栽桃擬待花

這樣的句子，無論就文法就平仄言都絕不能是對偶句，陳氏應該不至於不懂，但跌宕自喜之餘也就不免認為「詩法豈為我輩設哉？」

丙、〈風雨中談到深夜〉一文中，《一九八四》一書竟寫成「一九四八」（當然，也可能「排成」一九四八）這類錯誤不能糾正，也實在很令人不解。（其他校對上的錯誤亦多，但至少比較可以原諒，如「檣杭」誤作「檣机」（〈第一信〉）。「源頭活水」誤作「活頭源水」（〈第二信〉）。

丁、少數地方仍然未脫五四時期文字之陋習，如〈智慧的火花〉中有兩例：

A、一切都在努力中，而希望仍在渺茫中。
B、就是在學術界裡，美國的學者們也都是跟著牛津來的、由維也納來的學者們奔走。美國的先知們在焦灼於文化的生根工作。

如果 A 例可改作「一切都正在努力，而希望仍屬渺茫」，而 B 例的三個「們」字皆刪去的話，則可擺脫掉一些五四風味。

戊、許多該用「得」字的地方，陳氏每以「的」字帶過，如：

A 我窮的像乞丐。（〈失根的蘭花〉）
B 他的小說寫的令人興奮，令人張狂，令人產生力量。（〈哈德遜劇場〉）
C 南方人的面型也似乎安詳寧靜的多。（〈寂寞的畫廊〉）

白話文不得已用「的」字扮演了「所有格」、「形容詞尾」等多重任務，如果該用「得」的時候也用「的」，則「的」字未免太過責任沉重且面目模糊了。

己、1980 年以後，陳氏散文寫得之少，已是「惜墨如金」所不足形容的了。少數幾篇中又包含一些演講的記錄，而陳氏文字精緻處當然不是演講稿能盡括的。

古人雖有五色筆之說，但那只指華采斑斕的文字而言。那類文字畢竟只宜於少年不宜於老成。陳氏則開始寫作時已 30 歲，風格方面則如日色中亦冷亦暖的青松，不該是輕易可以摧折的浮花浪蕊。

以上諸病當然是「求全之毀」，一般而言，創作者對批評者的毀譽唯視作「兩岸猿聲」，其本人卻是輕掠萬山的飛舟，不暇及此。

其實身為作者，真正不可恕的失德行為只有二處：

其一是當寫而未寫。

其二是不當寫而猶寫。

陳氏屬第一類。

陳氏每浩嘆當今乃「無詩」之時代。廣義言之，散文亦詩，如果陳氏自己恢復散文寫作，則這貌似熱鬧實則沉寂的時代或者不致那麼冷落薄涼。

——選自《中央日報》，1991 年 11 月 20～22 日，16 版

陳之藩散文的修辭藝術

◎何永清[*]

緒論

　　陳之藩先生（1925～2012）是一位物理科學家，也是知名的散文作家。他的文學作品影響廣遠，諸如：〈謝天〉、〈失根的蘭花〉、〈哲學家皇帝〉、〈釣勝於魚〉、〈寂寞的畫廊〉等篇，歷年來被選作國文課本的範文，膾炙人口，傳誦四方。從修辭的角度來看，陳之藩先生的散文富有理趣，是極佳的修辭典範。

　　本論文條分縷析，將陳之藩先生的散文作品[1]，以辭格為經，敘論其修辭藝術。黃師慶萱教授說過：「我們欣賞一篇文章，如能探究出它的修辭妙處，了解作者的行文要旨，才算是真正會欣賞文章。」[2]又鄭明娳教授在《現代散文》亦提到「散文修辭學是修辭學的基礎」[3]，探究現代散文作家作品中的修辭藝術，亦可謂修辭研究的內涵。

本論

一、從單格修辭來探討

（一）摹寫

---

[*]臺北市立大學中國語文學系副教授。
[1]《蔚藍的天》、《時空之海》兩書中重見的七篇譯詩〈生命的頌歌〉（朗費羅的詩）、〈燕子〉（丁尼生的詩）、〈一棵毒樹〉（布來克的詩）、〈兩個四月的早晨〉（華茲華斯的詩）、〈小夜曲〉（雪萊的詩）、〈無情的美婦〉（濟慈的詩）、〈青春〉（伍立曼的詩），因為是譯文，而不是陳之藩的散文作品，不研究此七篇中語句的修辭技巧。
[2]見陳正治教授著《修辭學》書前的黃慶萱教授序。
[3]鄭明娳，《現代散文》（臺北：三民書局，1999年3月），頁293。

摹寫是將人事物的顏色、聲音、大小、情狀真實加以描繪的修辭方法。陳之藩先生散文的摹寫，有三種方式：

1.　摹色──這是將所看到景物的顏色加以描摹。

> 遠遠望見一排淺藍路燈的盡頭，有紅的霓虹燈廣告，「滑稽戲」。(〈哈德遜劇院〉)

「淺藍」描摹路燈燈光的顏色，「紅」描摹霓虹燈的顏色。

> 遠處是藍色的天，褐色的山。(〈永恆之城〉)

「藍色」描摹畫家布蘭姆〈永恆之城〉這幅名畫中天空的顏色，「褐色」描摹這幅名畫中山的顏色。

2.　摹聲──這是將所聽到的聲音加以描摹。

> 我自己在辦公廳裡乒乒乓乓打字直到深夜。(〈春聯〉)

「乒乒乓乓」描摹打字的聲音。

> 霹靂一聲，他[4]把書狠狠的摔在桌上。(〈垂柳〉)

「霹靂」描摹將書本摔到桌上聲音。

> 當你走進這個樓裡，當然是門支呀一響，隨後是吧達一關，跟著是寂無人聲。(〈理智呢，還是感情呢？〉)

---

[4]陳之藩先生讀高小時教國文的陳老師。

「支呀」描摹門打開的聲音,「吧達」描摹門關上的聲音。

3.　摹狀──這是將所看到人事物的情狀加以描摹。

> 我走入第一層,見兩位數學家正在破皮沙發上下棋。牆上掛著一幅中國
> 人物畫,桌上有一堆報紙雜誌,面積不會大於三十個榻榻米。(〈智者的
> 旅棧〉)

「破皮」描摹沙發的情狀。

> 那是在一個暑假中,我到水木清幽的北平城郊的清華園,去訪一位哲者[5]。
> (〈並不是悲觀〉)

「水木清幽」是描摹北平清華大學校園環境的清雅與靜幽。

(二)譬喻

　　譬喻是藉著某事物的情境來描述跟它相似事物的「借彼喻此」修辭方
法。陳之藩先生散文運用的譬喻有五種方式:

1.　明喻──這是喻體、喻詞、喻依三者兼備的譬喻。

(1)以明喻造成一個準判斷句

> 她的小臉紅潤得像晚霞。(〈垂柳〉)
> 我很像個木頭人,什麼都感覺不出。(〈月是故鄉明〉)

上述用「像」作喻詞。

> 美國人如果聽到鐘聲而不去教堂。他們會不安,好像作了虧心事。(〈鐘

---

[5]金岳霖教授(1895〜1984)。

聲的召喚〉〉

富蘭克林好像一粒種子，他含蘊著一個未來。(〈印刷小工誕辰〉)

哲人的話，好像樹上熟透的果實，僅需要的是用行動來摘取，摘取不下來，果實就腐爛了。(〈哀一位哲人〉)

上述用「好像」作喻詞。

這位朋友的話如古廟磬聲，讓人深思，讓人警醒。(〈出國與出家〉)

這部長詩，自出版以來好評如潮，自是意料中的事。(〈時間的究竟〉)

上述用「如」作喻詞。

人從什麼地方來，到什麼地方去，這個問題之沒有答案，正如硬要在一個圓環上找兩端，在一個沒有貓的黑屋裡找貓。(〈到什麼地方去〉)

上述用「正如」作喻詞。

這整幅天氣給人的印象，正似英國人的言談與神色：低沉又暗淡。(〈自己的路〉)

本例用「正似」作喻詞。

初相識的談話，猶如昨日。(〈把酒論詩〉)

本例用「猶如」作為喻詞。

（2）以明喻構成敘事句中的狀語

科學像秋風一樣，漫天蓋地而來；人類像殘葉似的在秋風中戰慄。(〈童子操刀〉)

於是我像一朵雲似的，飄到南方來。(〈寂寞的畫廊〉)

這樣，一個半小時，像五分鐘似的過去了。(〈四月八日這一天〉)

上述運用「……像……似的」這樣明喻的短語作為句中的狀語，來修飾句中的謂語。

黃金的年月如流水一樣逝去，人類走入二十世紀了。(〈覓回自己〉)

本例運用「……如……一樣」這樣明喻的短語來作為句中的狀語，來修飾句中的謂語。

（3）以明喻構成主從結構的定語

只有五六小時的航程，有這樣橄欖似的詩句，是夠咀嚼，這一路，是不會覺得寂寞了。(〈閒雲與亂想〉)

本例運用「……似的」這樣的明喻來作為「橄欖似的詩句」這個主從結構中具有形容性質的定語。

2.　　隱喻——這種譬喻也具備了喻體、喻詞、喻依，但它運用「是」、「成了」作喻詞，而這個「是」、「成了」在意涵上為「像是」、「好像是」。

歐幾里德可以說是空中大力士。(〈數學與電子〉)

本例用「是」作喻詞。

當時的劍橋成了大觀園的末期，賈母堂上是一臺戲；而鳳姐房中

是另外一臺戲。(〈噴煙制度考〉)

本例用「成了」作為隱喻的喻詞。

3. 倒喻——這是喻體與喻依次序顛倒的譬喻。

蜻蜓飛機不會飛得很高。(〈閒雲與亂想〉)

本例的喻體「飛機」顛倒在喻依「蜻蜓」之後,用蜻蜓來形容飛機,十分傳神。

4. 借喻——這是沒有喻體、喻詞,而僅使用喻依的譬喻。

劉姥姥巡視了大觀園一遍,即上了來費城的火車。(〈哲人的微笑〉)

陳之藩先生以劉姥姥借喻對於費城的新鮮,意即「(我)(如)劉姥姥巡視了大觀園一遍」。

5. 博喻——這是同時用幾個不同的喻依來說明同一個喻體的譬喻。

校園美得像首詩,也像幅畫。(〈失根的蘭花〉)

本例同時用兩個喻依「詩」、「畫」來譬喻「費城郊區的一所大學校園」的美。

這麼細得如絲,柔得如絨的綠草,看來令人出神。(〈明善呢,還是察理呢?〉)

本例同時用兩個喻依「絲」、「絨」來形容「草坪」的細與柔。

二十年像水一樣的流走，像雲一樣的飄過去了。(〈春聯〉)

本例同時用了兩個喻依「水」、「雲」來描述二十年光陰消逝得非常迅速。

（三）映襯

映襯是將兩種相反、相關的人事物，或對列比較，或以賓襯主，使語氣更增強、意義更明顯的修辭方法。陳之藩先生散文運用的映襯有三種方式：

1. 反襯——這是將同一種人事物作與它本質相反的對比描述。

在熱鬧中感到孤獨，是這個時代的病。(〈出國與出家〉)

「熱鬧中」與「感到孤獨」造成反襯。

早晨看報時，並未注意到；喝上午茶時，再翻翻時報的裡頁，才知道布瑞格昨天逝世了。(〈不鑄大錯〉)

「並未注意」與「注意報紙刊登布瑞格逝世」造成反襯。

這個想法[6]往好處說，可以說天真；往壞處說，可以說幼稚。(〈月是故鄉明〉)

「往好處說」、「往壞處說」造成反襯。

2. 雙襯——這是將同一的人事物作兩種不同觀點的對比描述。

小舟的影子越來越遠，槳聲的起落越來越輕。(〈釣勝於魚〉)

---

[6]指「在國內多念書，多作事」。

「越來越遠」與「越來越輕」造成反襯。

3.　對襯——這是將兩種不同的人事物作兩種不同觀點的對比描述。

> 這兩個大學，似乎把學生當成生物，讓生物成長；別的大學，似乎把學
> 生當成礦物，讓礦物定型。(〈古瓶〉)
> 唯物論者，把人看成數，人道論者，把人當作人。(〈願天早生聖人〉)
> 年老的樂觀者去遠了，年輕的悲觀者在車廂裡發呆……(〈哲人的微
> 笑〉)
> 創業的人，都會自然而然的想到上天，而敗家的人卻無時無刻不想到自
> 己。(〈謝天〉)

上述皆將兩種事物分別作不同的對比描述。

(四) 轉化

　　轉化將文章中的人事物根據感情或語境需要，轉變其本質來描述的修辭方法。陳之藩先生散文運用的轉化有三種方式：

1.　人性化——這是將事物轉化為人的修辭，或稱「擬人」。

> 他[7]為垂死的人道主義，輸進了血液。(〈河邊的故事〉)

本例將「人道主義」轉化成「人」。

> 雪萊的一生，在英國文學史上寫出最悲痛的一頁。(〈迷失了的靈魂〉)

本例將「雪萊的一生」這個時間轉化成可以寫字的「人」。

2.　物象化——這是將人轉化為物的修辭，或稱「擬物」。

---

[7]甘地（1869～1948）。

　　　　在人生的大戲中，所有的人不僅是觀眾催生劑。(〈三部自傳〉)

本例將「人」轉化成「催生劑」，係運用擬物的手法。

　　　　就拿李約瑟為例，他以半生時間跑遍了中國，又淹在劍橋的書海裡，去
　　　　發掘中國科學史。(〈實用呢，還是好奇呢？〉)

本例將「人」轉化為「淹在劍橋的書海裡」的物，係運用擬物的手法。

3. 形象化

　　這是將抽象的事物轉化成具體的事物來描寫的修辭方法。

　　　　這部《美麗新世界》自然成了《一九八四》的催生劑。(〈天堂與地獄〉)

本例將抽象的「讀書的功效」轉化成具象的「催生劑」來描述。

　　　　人生的路又為什麼如此泥濘，如此狹窄。(〈煩惱與創作〉)

本例將抽象的「人生」轉化成具象的「路」來描述。

　　　　這是實際理想主義的活頭源水所灌溉出來的圓紅果實。(〈印刷小工誕
　　　　辰〉)

本例將抽象的「理想主義」轉化成具象的「水」來描述。

（五）誇飾

　　誇飾是一種超過客觀事實的誇張鋪寫的修辭方法。陳之藩先生散文運
用的誇飾表現在兩方面：

1. 物象的誇飾

「一九三二年的一天，盧蒜弗德走出開溫第士實驗室說了幾個字：『原子已分裂了。』那聲音比墨西哥沙漠上空的原子爆炸還要洪亮。」(〈不鑄大錯〉)

這幾句話[8]對我的震撼力，較威士忌還凶，至今使我暈眩，使我震盪。(〈第四信〉)

2. 時間的誇飾

那聲音震憾得我至今仍感耳鳴。(〈垂柳〉)

（六）示現

示現是將不在眼前，或已經過去的事物想像得活靈活現的修辭方法。陳之藩先生散文運用的示現有下列兩種方式：

1. 追述的示現──這是將過去的事物寫得如在目前的手法。

我記得小時候，我們村裡唱戲，搭上蓆棚，鑼鼓喧天，四鄰村的人都來了，於是蓆棚臺前擠成人粥，京戲開幕。(〈惆悵的夕陽〉)

我總忘不了「高速計算機」的一課。那是我剛到美國初進賓夕法尼亞大學，因為這個學校以計算機出名，我好奇的選了這麼一課。在第一點鐘上課時，教授遲到了幾分鐘，……。他讓全班傳觀這個算盤。(〈祖宗的遺產〉)

十年前，我在陝西鳳翔當兵，那裡有個東湖，有不少蘇東坡的遺跡。(〈山水與人物〉)

我昏沉的再回到北洋大學。(〈哲學與困惑〉)

---

[8]謂「寧近勿遠，寧下勿高，寧淺勿深，寧小勿大」。

2.　懸想的示現——這是運用想像力將不存在的事物予以具體的栩栩如生描繪出來。

> 浮士德坐在書齋裡，面對著浩如煙海的書籍，猛然覺得自己的年齡早已嗅到泥土的芬芳，以有涯追無涯的把戲，業已逐漸悟及。「生命是什麼？我們來到世間幹什麼？知識是什麼？我們有知識又為什麼？」……此時，魔鬼的召喚響起，浮士德墮落了。(〈泥土的芬芳〉)

陳之藩在文句中將自己懸想為浮士德。

（七）感歎

　　感歎是一種運用歎詞或強烈的語氣詞來表露情感的修辭方法。陳之藩先生散文運用的感歎有兩種方式：

1.　運用歎詞

> 喔，我明白了，今天可能是又一次，又一種的新混合。(〈一夕與十年〉)

「喔」表了解的一個歎詞。

> 唉呀，我連一個字也不必改，就可以說成邱吉爾。(〈自己的路〉)

「唉呀」表示驚歎。

2.　在句末運用語氣詞

> 母親此時正在一個中學教畫呢。(〈童子操刀〉)

「呢」是加重說話情態的語氣詞。侯學超編《現代漢語虛詞詞典》闡釋此種「呢」的語法功能云：「用在句尾，表示行為或狀態的持續。句中常有

『正』、『在』、『正在』、『著』等。」[9]

　　我想劍橋的邱吉爾學院，與其說紀念他的蓋世功勳與瀰天文采，不如說
　　掬全國之至誠向這位自己開路的人致由衷之感激與無上的崇敬罷！（〈自
　　己的路〉）

「罷」是表限止的語氣詞。

（八）設問

　　這是一種故設懷疑的發問，或自問自答的修辭方法。陳之藩先生散文
運用的設問有兩種方式：

1.　疑問

　　我怎麼會想到語言與文字上去了？（〈河邊古屋〉）

本例藉疑問副詞「怎會」來造成疑問。

　　難道是湯恩比的循環論，註定了的命運是衰亡？（〈到什麼地方去〉）

本例也是藉疑問副詞「難道」來造成設問。

　　我有些疑惑了。究竟是人家在發揚我們的文化，還是我們自己在發揚
　　呢？（〈祖宗的遺產〉）

本例藉句末的疑問語氣詞「呢」來造成疑問。

---

[9]侯學超編，《現代漢語虛詞詞典》（北京：北京大學出版社，1998 年 5 月），頁 441。

　　　　我們中國的山水，千年來是否太寂寞了？（〈山水與人物〉）

本例藉然否副詞「是否」來造成疑問。

2.　提問

　　　　你猜我這時想起誰的詩句？陸放翁的：三十萬年如電掣，斷魂幽夢事茫
　　　　茫。（〈時空之海〉）
　　　　這位數理學家[10]的特色是什麼呢？就是科學要與價值掛鉤。（〈三部自
　　　　傳〉）
　　　　人世有許多問題，是有史以來從未得過解決的，這個解決，在未來也不
　　　　見得有希望。什麼問題呢，就是吵嚷已久的那兩個：上帝存在與靈魂不
　　　　滅。（〈鐘聲的召喚〉）
　　　　我們要進一步問，什麼是成功？用一個哲人給成功所下的定義：成功即
　　　　是把某件事情做得告一段落。（〈成功的哲學〉）

上述都是「一問一答」方式的提問。

　　　　什麼是伊立亞德呢？是戰爭的故事，是英雄的禮讚。（〈知識與智慧〉）

本例是「一問二答」方式的提問。

（九）借代

　　　這是以其他名稱來代替本名的修辭方法。陳之藩先生散文運用的借代
有五種方式：

1.　以人事物的特徵來借代人事物

---

[10]戴森（1923～）。

最近美國大選出了一匹黑馬，卡特。(〈知識與智慧〉)

本例以「黑馬」借代「出乎意料之外的勝利者」。

但是這位陳大眼老師的下落，我卻很清楚。(〈垂柳〉)

本例以綽號借代本名。

2. 以事物的品牌借代事物

論用的，很難見到用「派克」，差不多每人全是一支破原子筆，或鉛筆。(〈成功的哲學〉)

本例以「派克」借代「名牌鋼筆」。

3. 以部分來借代全體

再給官兒送月餅。(〈月是故鄉明〉)

本例以「月餅」借代「禮品」。

4. 特定和普通相代

雷海宗可以說是中國的湯恩比。(〈四月八日這一天〉)

本例以「湯恩比」借代「偉大的史學家」。

這時，山城沉重的爆炸聲，因而遙遠。(〈哀一位哲人〉)

本例以「山城」借代「重慶」這個地名。

5. 抽象和具體相代

　　我站在草坪前，凝望著那一片綠煙。(〈明善呢，還是察理呢？〉)

本例以「綠煙」借代「草坪」。

（十）諱飾

　　諱飾是不直接說出觸諱的事物，而以另外的說法來迴避的修辭方式。夏丏尊、葉聖陶〈修辭一夕話〉云：「在病房裡說陳屍入殮處要說甚麼『太平房』這種說法在修辭上叫做『諱飾格』，是在難言或不便明言的情境中自然發現的一種修辭方式。」[11]陳之藩散文的諱飾修辭都用來諱言「死」。

　　時光帶走了逝者如斯的河水，也帶走沉痾不起的丈夫。(〈寂寞的畫廊〉)

本例以「時間帶走沉痾不起的丈夫」諱飾說「死」。

　　當然這個人在熊的垂愛下就一命嗚呼了。(〈熊〉)

本例以「一命嗚呼」諱言死。

　　今年，農曆初三，接到臺北朋友的電話，說雷先生初一睡下去，初二沒有醒來，去世了。(〈把酒論詩〉)

此例以「去世」諱言死。

（十一）象徵

　　象徵是運用某種意象來表達真摯情感或寓寄深刻含意的修辭方法。

---

[11]《文心》，頁 228。

　　春風就這樣輕輕的來，又輕輕的去了。(〈在春風裡〉)

陳之藩先生以「春風」象徵「胡適先生良師風範」。

　　我們在不夜的紐約的冷清街頭轉了許多路，回到費城時，天已微亮，教
　　堂的鐘聲都幽揚的響了。(〈哈德遜劇院〉)
　　有一種需要甚於麵包者，即是那幽揚的鐘聲。(〈鐘聲的召喚〉)

此兩個實例均以「幽揚的鐘聲」來象徵「人類精神的食糧──宗教信仰」。

　　花搬到美國來，我們看著不順眼；人搬到美國來，也是同樣不安心。這
　　時候才憶起，家鄉土地之芬芳，與故土花草的豔麗。……宋朝畫家鄭思
　　肖，畫蘭，連根帶葉，均飄於空中。人問其故，他說：『國土淪亡，根著
　　何處？』國就是土，沒有國的人，是沒有根的草，不待風雨折磨，即形
　　枯萎了。(〈失根的蘭花〉)

此例的花象徵「家鄉土地之芬芳，與故土花草的豔」；而「失根的蘭花」這
個意象象徵了飄流海外的中國人有鄉歸不得的心聲，誠如沈謙教授所說：
「陳之藩〈失根的蘭花〉，以「失根的蘭花」象徵流浪在海外的中國人的飄
泊無根。」[12]

（十二）雙關

　　雙關是利用字詞的多義，造成雙重皆通妙趣的修辭方法。陳之藩散文
運用的雙關，係「諧音雙關」。

　　曾經有人把麻瑟諸塞譯成了「滿山秋色」的。(〈褒貶與恩仇〉)

---

[12]《文學概論》第七章「比興與象徵」，頁184。

麻瑟諸塞為美國地名 Massachusetts 的音譯，翻成「滿山秋色」，語音相近，意義上也說得通，因此構成「諧音雙關」。名作家趙寧博士在〈漫畫幽默〉一文中提到：「玩弄同音異義字或詞以達到趣味的效果謂之一字或一語雙關。洋人所謂之 Puns 庶幾近之。」[13]除了英文的雙關富有趣味之外，在中國現代作家的散文中所運用的雙關亦饒富修辭的諧趣。

（十三）轉品

　　轉品是一種「詞性活用」的修辭方法，將字、詞由常用的詞性轉類來靈活運用，表現出中國語文的鮮活特質。

　　我轉過身來，木在那裡。（〈鉛筆與釘子〉）

本例中的「木」字，由名詞活用為形容詞表語。

　　我默禱美國的思潮注意到這個方向，因為美國的趨向不僅關係一國的興亡，實際左右著整個人類的前途。（〈成功的哲學〉）

本例中的「左右」一詞，由名詞活用成動詞述語。

（十四）倒反

　　倒反是運用表面看起來跟本意相反的詞語來表達本意，而含有嘲諷或讚賞意味的修辭方法。

　　我掩面凝思了半天，我想在中國目前還找不出這樣一個「笨」人來。
　　（〈實用呢，還是好奇呢？〉）

本例中所謂的「笨」，是嘲諷人不能吃苦耐勞的「愚笨」。

---

[13]收錄於《談笑風生趙茶房》（臺北：九歌出版社，2003 年 2 月），頁 260。

> 他的徒弟甘地，奉行他的主義，繼續他的傻行，曬鹽，織布，赤足行於
> 沙漠。枵腹臥於病床，都是不能用數目計算出利潤的愚行，他全一一做
> 出來了。（〈河邊的故事〉）

本例中所謂的甘地「傻行」、「愚行」，其實都是高尚可貴的「智者行動」。黃師麗貞教授說：「『傻行』、『愚行』，是指甘地對人道主義的犧牲奉獻。但是就是因為他的『傻』、他的『愚』，使得世人能重視人道主義，表面的貶，實際是表達無限的敬意。」其意甚是。

（十五）藏詞

　　藏詞是將某些詞語隱藏，令讀者產生謎想，達到諧趣效果的修辭方法。

> 昨天，文文靜靜的一個披頭坐在我座旁，說話非常清晰有力。（〈理智
> 呢，還是感情呢？〉）

「披頭」之後歇藏了「學者」一詞。

> 他正在看朱熹。（〈第四信〉）

「朱熹」之後歇藏了「語錄」一詞。

（十六）引用

　　引用是在說話或寫作時援引古今中外名言，以增強語文說服力的修辭方法。

　　陳之藩散文運用的引用有三種方式：

1.　明引──這是說明出處和來源的引用修辭。

> 古人說：人生如萍，在水上亂流。（〈失根的蘭花〉）

我就引用了禪宗裡的一段話：「老僧三十年前見山是山，見水是水，後來，見山不是山，見水不是水，而今，見山又是山，見水又是水。」（〈方舟與魚〉）

如果借用王勃的話說，我對中央大學的印象是物華天寶人傑地靈。（〈進步與保守〉）

案：「物華天寶」、「人傑地靈」兩個詞語均引用自王勃的〈滕王閣序〉。

文天祥有句話我讀後不能忘的：「父母之病，縱不可醫，亦無不用藥之理。」（〈月是故鄉明〉）

我現在想的是袁枚的詩：「臨水種花知有意，一花化作兩枝看！」（〈談風格〉）

林語堂先生引證說：牛津劍橋的學生所以好，是導師坐在那裡噴煙，噴得你天才冒火。（〈噴煙制度考〉）

我說巴金最近說的一句話很有意思，他說，文藝是應在「情理之中，意料之外」。（〈橋杋新評〉）

大家一邊走，我背了幾句雷先生的五言古詩：「殘鳥入崦嵫，倦鳥歸林薄」。（〈把酒論詩〉）

我們仔細聽這天外飄來的聲音：「一粒砂裡有一個世界，一朵花裡有一個天堂，把無窮無盡握於手掌，永恆寧非是剎那時光。」如果說只許用詩來說明愛因斯坦的時空觀，也很難找出比布雷克這幾句話再神似的了。（〈時空之海〉）

愛因斯坦說：「專家還不是訓練有素的狗？」（〈哲學家皇帝〉）

現代的文化學者，比如，哈佛大學的布瑞頓（C. Brinton）也愛把知識一分為二，一種是累積性的知識，一種是非累積性的知識。（〈知識與智慧〉）

普渡大學校長郝德說：「知識的無限疆界，展現在人類面前。」（〈釣勝於

魚〉〉

湯恩比認為一個文化之免於死亡，只有自我的覺醒與努力。(〈河邊的故事〉〉

知識就是力量，是三百年來的口頭禪。這句話源於培根。(〈時代的困惑〉〉

巴斯葛說：「信仰，倫理，以及藝術，是根本不可能由數學來導引，用實驗來證明的。」(〈時代的困惑〉〉

卡夫卡說：「人類的祖先是猴子，不必再辯了，而人類的未來呢？是機器人！」……機器人又叫做「人工智慧」。我們所需要的除了人工智慧而外，還有一點真正的智慧——也可以說是風格，也可以說是味道。(〈談風格〉〉

關於本例，黃師慶萱教授說得好：「陳之藩引用卡夫卡的話，說到人工智慧，而結句於『風格』、『味道』，很能引人深思。」[14]

　　從上述的實例來看，陳之藩散文引用他人的名言或詩句在敘述的形態上做到靈活變化形式，不拘一格。

2. 暗用——這是不說明出處和來源的引用修辭。

　　呆視著蔚藍的天，想起「涼風起天末」來。(〈何以譯起詩來〉〉

本例暗用唐代杜甫〈天末懷李白〉詩中的一個句子：「涼風起天末」。

　　韶光容易把人拋，紅了櫻桃，綠了芭蕉。(〈三部自傳〉〉

本例暗用宋代蔣捷〈一剪梅〉詞中的句子：「紅了櫻桃，綠了芭蕉。」

---

[14] 《修辭學》第二篇第五章，頁164。

3.　化用——這是暗用前人名言後，再加以衍變其句式的引用修辭，技巧高妙。

　　這裡面，沒有利，沒有名，沒有開萬世之太平，沒有繼往聖之絕學。（〈科學與詩〉）

本例化用《張載語錄》的名言：「為往聖繼絕學，為萬世開太平」以變化行文，流利暢順，毫無鑿痕。

　　「與君一夕話，勝讀十年書」，我以為只是說說而已，而在劍橋竟真有其事。（〈一夕與十年〉）

本例化用《朱子語類》：「共君一面話，勝讀十年書」的話變化行文。

　　當然「十年寒窗苦」，應該以「題名天下知」為標的。（〈月是故鄉明〉）

本例化用《昔時賢文》：「十年寒窗無人問，一舉成名天下知」對聯，將它散句話行文，更見新意。

（十七）夾雜

　　黃民裕先生《辭格匯編》云：「在說話和寫文章的時候，將中文和外文夾在一起使用，這種修辭方式叫夾雜。」[15]這是五四以後許多作家喜用的修辭方法之一。

　　在臺灣大學，找小泉八雲的東西最容易，很快的就找到 Hearn 的 *Interpretation of Literature*，回到家就念起來了。

---

[15]黃民裕，《辭格匯編》，頁118。

上次來牛津時，認識了一個牛津的 Don。（〈古瓶〉）

上述例子，陳之藩先生在中文的句子中直接夾雜外文來行文，為了便捷，不復使用翻譯的詞語。

（十八）仿擬

仿擬是有意摹仿前人現成的語句而「推陳出新」的修辭方法。陳之藩先生散文運用的仿擬分成兩個方式：

1.　仿詞

數百年來，牛頓之後，尚無馬頓。（〈噴煙制度考〉）

本例陳之藩先生仿擬「牛頓」一詞創造出「馬頓」一詞，非常幽默。

2.　仿句

四海之內莫非王土的時代過去了。（〈惆悵的夕陽〉）

本例「四海之內莫非王土」仿擬自《詩經・小雅・北山》：「溥天之下，莫非王土。」

不是有人說，「頭可斷，血可流，身不可辱嗎？」我覺得應該是，「身可辱，家可破，國不可亡。」（〈失根的蘭花〉）

易實甫有兩句詩：「春風吹花花怒開，春風吹人人老矣。」在美國時，我常常一邊推草，一邊哼著這兩句詩。後來索性杜撰了四句：「春風吹草草怒生，春風吹髮髮怒長，幾時才得綠滿窗前草不除，且留白髮三千丈。」（〈明善呢，還是察理呢？〉）

「未知生，焉知橋與燭」，不問，算了。（〈一夕與十年〉）

本例「未知生，焉知橋與燭」仿擬自《論語・先進》：「未知生，焉知死。」

　　我又接著說：「我看小熊多嫵媚，小熊看我應如是。」(〈熊〉)

本例「我看小熊多嫵媚，小熊看我應如是」仿擬自宋代辛棄疾〈賀新郎〉：「我見青山多嫵媚，料青山見我應如是」。

（十九）押韻

　　《文心雕龍・聲律》云：「同聲相應謂之韻。」押韻是在句末使用韻尾相同的字，以造成聲音和諧的修詞方式。押韻雖是韻文必然的修辭方式，散文中也可以加以運用，讓句子讀起來更鏗鏘有力。陳之藩散文運用押韻的實例如下：

　　我想如果在一場暴雨之夜，天邊還有幾道如劍的閃光，照著樓前一排沖天的柏楊在狂風中搖蕩，再加些雨聲與風聲的「效果」，正好是一部神祕或恐怖片的開始，不必另加布景，就可變成好萊塢的影場。(〈理智呢，還是感情呢？〉)

「光」、「蕩」、「場」三字押國音的ㄤ（ang）韻。

　　找到一個有點正式的書的書店，更難。(〈實用呢，還是好奇呢？〉)

「店」、「難」二字押國音的ㄢ(an)韻。

（二十）呼告

　　呼告是文章中作者對著人物直接呼喚，並且跟他直接說起話來的修辭方法。

適之先生，天上好玩嗎？(〈寄〉)

朋友，在人生中，我希望你有一相知甚深的摯友，熱烈地愛她；在事業
中我希望你選一興趣洋溢的課題，堅決地做去。(〈興趣與成就〉)

陳之藩先生散文的呼告修辭都是「呼人」，表現出濃郁的人情味。

（二十一）警策

　　警策是用簡潔的語句，表現出深刻哲理的修辭方式。晉代的文論家陸
機在〈文賦〉曾說：「立片言以居要，乃一篇之警策。」因此，警策修辭可
以使文章富有理趣。陳之藩先生散文的幾個警策修辭實例如下：

人頭是可殺的，人性是不可辱的。(〈悠揚的山歌〉)

這句話闡揚人性的尊嚴，發人深省。

防止錯誤，需要遠見；改正錯誤，需要勇氣。(〈不鑄大錯〉)

這句話告訴人們防錯的先見之明與改過的道德勇氣。

凡事退一步想，總是好的。(〈出國與出家〉)

這句話提醒人們謙遜退讓的智慧。

（二十二）對偶

　　對偶是運用字數相同的兩個語句，文法結構相似，以造成對仗的修辭
方法。陳之藩先生散文運用的對偶有兩種方式：

1. 短語對

劍橋的傳統，一天三頓飯，兩次茶，大家正襟危坐穿著黑袍一塊吃。

　　（〈理智呢，還是感情呢？〉）

本例中，「三頓飯」、「兩次茶」這兩個數量結構（或稱「短語」）造成對偶。

2.　單句對

　　那時剛有電報，正興火車。（〈談風格〉）

本例中，「剛有電報」和「正興火車」兩個單句造成對偶。

　　夕陽的黃昏，是令人感慨的；英雄末路，是千古同愁的。（〈惆悵的夕陽〉）

本例中，前後的兩個判斷句造成對偶。

（二十三）頂真

　　頂真是用前一句的結尾，作後一句的開頭，以造成蟬聯效果的修辭方法。陳之藩先生散文中的頂真分成三種方式：

1.　字的頂真

　　我最後只有守在信筒旁，等到郵差取信時再問，問清了地址。（〈智者的旅棧〉）

本例「問」字頂真。

　　去年年尾，我在臺南一個自助餐廳去拿最後的一些點心時，……我大概是略驚。（〈鉛筆與釘子〉）

本例「年」字頂真。

> 「春風吹草草怒生，春風吹髮髮怒長。」(〈明善呢，還是察理呢？〉)

本例「草」字、「髮」字均頂真。

> 喧嘩市街，安靜的不見一人，人呢，都到教堂去了。(〈鐘聲的召喚〉)

本例「人」字頂真。

2. 詞的頂真

> 是的，這就是人生。人生的寂寞是不分東西的，人世的荒涼是不分古今的。(〈幾度夕陽紅〉)

本例「人生」一詞頂真。

> 我母親的這種幫著兒子自告奮勇的聲辯，總是引來一片嘩笑，嘩笑過後，大家均在說：「你不懂什麼叫哲學！」(〈事實與困惑〉)

本例「嘩笑」一詞頂真。

> 沒有地方停車，觀眾就不去了，就在家看電視了。電視上有非洲的雄獅，有北極的白熊，可以盡情欣賞。(〈惆悵的夕陽〉)

本例「電視」一詞頂真，而且在前句與後句頂真的詞之間夾用語氣詞「了」。

他們說北京的地下鐵路是從前的護城河，護城河就是圍繞著北京城掘出的一條河。(〈談風格〉)

本例「護城河」一詞頂真。

胡適之先生在他的早年，提出了一種不朽主義，不朽主義即是一個人的任何行為都會不朽。(〈鐘聲的召喚〉)

本例「不朽主義」一詞頂真。

3. 專名頂真

因此，第二任教授選芮黎，芮黎的精力充沛過人。(〈不鑄大錯〉)

本例「芮黎」這個人名頂真。

那就是主人翁伽利略了。伽利略像每個人一樣，同樣起過對人生的厭煩，泛起自殺的念頭，可是這念頭一轉成就了驚天地泣鬼神的科學事業。(〈煩惱與創作〉)

本例「伽利略」這個人名頂真。

（二十四）層遞

　　層遞是將語句按順序安排，而造成不同層次的修辭方法。陳之藩先生散文運用的層遞有兩種方式：

1. 由先而後的層遞

我對每一位教授總是道明來意，再說明我的悲觀，再說明我的愛國，再說明我的家庭背景與未來抱負。(〈哲學與困惑〉)

本例的層遞，前後分別運用「先」、「再」這些副詞表現其語意內涵的不同層次。

2.　數目由大而小的層遞

> 往前走，一片純藍從萬草、千花、百樹的背後掠過來，這就是露卡諾湖了。（〈山色與花光〉）

本例的層遞，數字的安排「萬」、「千」、「百」，由大而小。

（二十五）類疊

類疊是將字詞句重複或間隔反覆使用的修辭方法。陳之藩先生散文運用的類疊有兩個方式：

1.　疊字──這是將句中某個字或詞重疊使用。

> 我很想下禮拜三的快快到來，好聽聽一位畫家的看法。（〈風雨中談到深夜〉）

本例將「快」這個副詞重疊成「快快」來運用。

> 胡適之先生即是純純粹粹十九世紀的樂觀主義者。（〈並不是悲觀〉）
> 很少時間正正經經的讀書。（〈智者的旅棧〉）

上述將「正經」、「純粹」重字複疊成「正正經經」、「純純粹粹」來使用。

> 在這一片遠遠近近此起彼落的呻吟中，有一人的最為亢烈，這就是歐威爾的「一九八四」。（〈天堂與地獄〉）

本例將「遠近」一詞重字複疊成「遠遠近近」來使用。

朝朝代代的帝帝王王，在莎氏中的臺詞，他連背帶表演，整整鬧了一天。(〈噴煙制度考〉)

本例「朝朝代代」、「帝帝王王」，跟上述兩例一樣，都是雙音節「ＡＢ」重疊後成為四音節「ＡＡＢＢ」的疊字詞來使用。

2. 類字──這是前後句子當中有些重複字的類句疊複使用。

我是欲哭無淚，欲語無詩。(〈談風格〉)

兩個「欲……無……」的類句疊複使用。

頭感覺暈，思想也感覺暈。(〈月是故鄉明〉)

兩個「……感覺暈」的單句疊複使用。

劍河的水是很澄清的，橋邊的柳是很嫵媚的。(〈明善呢，還是察理呢？〉)

本例中兩個「……是很嫵媚的」的單句疊複使用。

既然是老同學，他就開懷暢飲，我就開懷暢談罷！(〈把酒論詩〉)

兩個「開懷暢……」類句疊複使用。

你不知你在做什麼；你也不知你在講什麼。(〈簡單的事實〉)

本例將兩個「你不知你在……什麼」類句疊複使用。

家裡的一群朋友正在等著我，問長問短的，問東問西的。(〈橋杌新評〉)

兩個「問……問……的」類句疊複使用。

有人主張以美育代宗教，有人主張以科學代宗教。(〈鐘聲的召喚〉)

兩個兼語句「有人主張以……代宗教」疊複使用。

我們縱有苦痛，然而無理由悲觀，我們縱然哀傷，然而無須乎絕望。
(〈河邊的故事〉)

兩個擒縱複句「我們縱……然而無……」疊複使用。

（二十六）排比

崔紹范《修辭學概要》云：「把三個或三個以上結構相同或相似、語氣
一致、意思密切關聯的句子或句子成分排列起來運用，這種修辭方式就叫
做排比。」[16]黃師慶萱教授在《修辭學》（增訂三版）第三篇第四章也說：
「用三個或三個以上結構相似、語氣一致、字數大致相等的語句，表達出
同範圍同性質的意象，叫做『排比』。」[17]是知排比是一種增強語句氣勢，
並能夠彰顯中心主題的修辭方法。

1.　短語的排比

廣闊的院落，崢嶸的樓頂，石板的甬路，古色古香。(〈智慧的火花〉)

本例排比了三個主從結構，作為句子的主語，比單一語句作主語來得氣勢
凌厲。

---

[16]見該書第四章「辭格運用」第六節，頁123。
[17]黃慶萱，《修辭學》，頁651。

元方譯筆的灑脫，造句的清麗，節奏的明快，對仗的自然，使人一旦開卷，就無法釋手。(〈時間的究竟〉)

那篇文字，歷史的眼光非常銳利；徵引的智識格外豐富，決斷的口氣更是深沉。(〈記一位史家——五十年代談雷海宗〉)

上述兩例，排比了三個主謂式造句結構來作為句子的謂語，氣勢強勁。

2.　句子的排比

有遠見的哲學家們，在深思；有遠見的教育家們，在探索；有遠見的宗教家們，在呼號。(〈童子操刀〉)

本例排比了三個結構相同的敘事句，來凸顯少年殺人事件的可怕與堪憂。

百年來，科技把地縮小，把河填滿，把山填平。(〈時代的困惑〉)

本例排比了三個把字式來強調百年來科技改變地球生態的力量。

同是巧克力，瑞士製吃起來就特別柔細；同是網紗，瑞士製的看起來就格外柔和；同是鐘錶，瑞士製的幾乎是柔媚了。(〈閒雲與亂想〉)

本例排比了三個補充關係複句，來強調瑞士這個國家的可愛之處。

（二十七）回文

回文是運用語序回環反覆的修辭方式。

1.　嚴整的回文——這類的回文，句式整齊。

窗外，不是煙，就是柳，不是柳，就是煙。(〈垂柳〉)

「煙」、「柳」兩詞前後回環。

2. 寬泛的回文──這類的回文，句式較寬泛。

　　既是忠誠，何來危險？既是危險，又怎麼會忠誠？（〈科學家的苦悶〉）

「忠誠」、「危險」兩詞前後回環。

　　我反駁他說：「那你的意思是把藝術當成哲學，或者說，把哲學看成藝術。」（〈理智呢，還是感情呢？〉）

「藝術」、「哲學」兩詞前後回環。

（二十八）錯綜

　　錯綜是故意變化形式整齊的句式，使其形式參差，詞彙別異的修辭方法；陳之藩散文運用錯綜，主要為前後詞彙別異的「權重出」手法。

　　同一本書，讀者的觀感，當然不相同，同一問題，各人的看法也不會一樣。（〈在春風裡〉）

本例將前後句子裡兩個主從結構的中心語變化，分別使用「觀感」、「看法」，以權衡其重複出現，避免單調，造成新奇的修辭效果。

（二十九）鑲嵌

　　鑲嵌是在語句中插入特定的字的修辭方法。陳之藩先生散文的鑲嵌只有兩種方式：

1. 鑲字──這是將虛字插入有實際意義的文字之間以拉長詞語音節的修辭。

　　香港的中文大學是在吐露港。山之明水之秀很像這個詩意的名字。（〈橋

杌新評〉）

本例將「山明水秀」這個熟語插入結構助詞「之」，成為「山之明水之秀」。

2. 配字——這是用一個平列而異義的字作陪襯，造成偏義複詞的修辭。

> 「相逢一笑泯恩仇」，當然是泯「仇」。「恩」為什麼要泯它呢。可見恩仇兩個相反的字，卻只作一個負性的解釋。即恩仇者仇也，並沒有恩的意思；正如褒貶者貶也，並沒有褒的意思。（〈褒貶與恩仇〉）

陳之藩本篇散文的標題「褒貶與恩仇」，即運用了鑲嵌中的「配字法」，陳之藩在該篇文章中雖曾加以解釋，但淺嚐即止，並未深入發揮。而沈謙教授在〈論偏義複詞〉一文裡說得很好：「從梁實秋、魯迅，到陳之藩等文壇名家都感迷惑的問題，在修辭學的觀點來看，可謂茅塞頓開，渙然冰釋，那就是『鑲嵌』中的『配字』，褒、恩，是配字，無取其義。若從表達方式而言，則是『偏義複詞』——並列相反的異義字，只偏取其中一義。」[18]此說可以補充陳之藩先生所未言之處。

（三十）倒裝

　　倒裝是為了表達上「強調」的需要，而將一般語序變為特殊語序的修辭方法，與漢語語法學上固定的「倒序句」[19]不同。陳之藩散文的倒裝都是「賓語前置在主語和述語之前」的方式。

> 「楊振寧先生這篇文章，你有嗎？」（〈鉛筆與釘子〉）

本例將賓語「楊振寧先生這篇文章」提到述語「有」的前面，正常的語序

---

[18]《修辭方法析論》，頁 294。
[19]例如「唯利是圖」、「吾孰與歸」、「子恃何而往」等古漢語語法規律的固定變序句型。

為「你（主語）有（述語）楊振寧先生這篇文章（賓語）嗎？」

> 這個故事，我永遠不能忘記。（〈印刷小工誕辰〉）

本例賓語「這個故事」提到述語「忘記」之前，正常的語序為「我（主語）永遠不能（副語）忘記（述語）這個故事（賓語）。」

（三十一）節縮

節縮是中文裡將長串的詞語縮短，使句子簡潔的修辭方法。[20]陳之藩先生散文運用的節縮有兩種方式：

1. 詞的節縮

> 他說：「一洗哀怨，把哀怨化為和樂的，自元白始。元微之白樂天以前從無那麼開朗的詩境。」（〈把酒論詩〉）

「元」、「白」係「元微之」、「白樂天」二詞的節縮，整個姓名只敘述姓氏而已。

> 去年楊振寧也七十歲了。去年在臺灣的好多人為楊過生日。（〈三部自傳〉）

「楊」係「楊振寧」一詞的節縮，將姓名只敘述姓氏。

> 廚川在「出了象牙之塔」中曾提及日本對布萊克反應之越來越熱烈那是20世紀初葉了。（〈時空之海〉）

---

[20]語法學裡稱為「簡稱」，劉月華、潘文娛、故韡合著《實用現代漢語語法》第一編第四節「漢語的構詞法」云：「還有用減縮法構成的簡稱：北京大學→北大、政治協商會議→政協」，頁9。

「廚川」係「廚川白村」一詞的縮節，整個日文的姓名陳之藩先生在此處只敘述其姓氏。

> 我坐在富蘭克林中心，凝望著愛因斯坦的塑像，愛氏之所以成為愛氏，不僅是因為他是數學家、物理學家，而且也是哲學家。再看一看馬克士威爾的掛像，馬氏之所以成為馬氏，不僅因他是電學家，也因為他是電學家，也因為他是詩人。(〈智慧的火花〉)

「愛」係「愛因斯坦」的節縮，「馬」係「馬克士威爾」的節縮，分別將四音節的音譯詞節略成一個音節，並且用該音譯詞的首字代表整個詞。

> 翌日清晨，我去清華。(〈哲學與困惑〉)

「清華」係「清華大學」的節縮。

> 中午，與系裡同事到聯合書院餐廳去吃飯。聯合的飯真是不錯。(〈四月八日這一天〉)

「聯合」係「聯合書院餐廳」的節縮。

> 這位老教授在哥倫比亞教書，他是賓夕法尼亞大學畢業的。因為我也在賓大上學，所以他每天總好奇的與我談幾句，好像在與我談話中，還可以尋覓到他的青春。他在哥大已教書三十年了，這幾年的暑假常到這湖邊來。(〈釣勝於魚〉)

「賓大」係「賓州大學」的節縮，「哥大」係「哥倫比亞大學」的節縮。

> 我讀過歷史，知道有所謂庚款，那是我國老百姓每人要負擔白銀一兩，賠給侵侮我們的外國的。(〈月是故鄉明〉)

「庚款」係「庚子賠款」一詞的節縮。

> 所以我就乾脆坐二等。二等車上常出現穿著藍制服，頭髮短而亂，面有菜色兼土色的一些人。(〈橋杌新評〉)

「二等」係「二等車」的節縮。

2. 短語的節縮

> 借了艾略特的，又借布雷克的，以宣洩胸中鬱悶於萬一。(〈時空之海〉)

「萬一」係「萬分之一」這個表示分數的主從結構縮語。

二、從兼格修辭來探討

> 連用在一段語句中，接連使用兩個以上的修辭方法。實例如下：

> 晚風襲來，湖水清澈如鏡，青山恬淡如詩，我的思想也逐漸澄明而寧靜。(哲學家皇帝)

拙作〈〈哲學家皇帝〉修辭賞析〉云：「藉著兩個明喻：『湖水清澈如鏡，青山恬淡如詩』來寫景，藉著寫景抒情，『晚風襲來，……我的思想也逐漸澄明而寧靜。』這是情景交融的佳句；無論寫散文或作詩，『情景交融』是最高境界。」[21]

---

[21]拙著《修辭漫談》，頁170～171。

加油時問一問汽車工，車工作了個鬼臉，借火時又問了一個酒鬼，酒鬼則報以白眼。(〈哈德遜劇院〉)

前後接連用了兩個頂真來修辭。

他之領銜，是因為姓氏的「Ｄ」呢？還是他發起的或他起草的？(〈三部自傳〉)

前後接連用了兩個疑問的語氣設問來修辭。

祖父每年在風裡雨裡的咬牙，祖母每年在茶裡飯裡的自苦，他們明明知道要滴下眉毛上的汗珠，才能撿起田中的麥穗，而為什麼要謝天？我明明是個小孩子，混吃混玩，而我為什麼卻不感謝老天爺？(〈謝天〉)

前後接連用了兩個設問修辭，前一個設問使用疑問的語氣，而後一個設問則用反詰的語氣。

那麼，怎樣才能辦出一個劍橋來？校旁挖一條河？多買些茶碗茶壺？教授自掏腰包？學生辯到深夜？(〈勇者的聲音〉)

一連使用了五個設問修辭。

羅素的底牌是直接承受了洛克的教訓，即是「容忍」。或者用他自己的話說：「咱們各說各的偏見！」或者用服爾泰的話說：「我不同意你，但拚命維護你說話的權利。」(〈羅素與服爾泰〉)

接連「明引」羅素和服爾泰這兩位名人的話來修辭。

> 哈代（G. H. Hardy）是為數學而數學，為藝術而藝術。(〈三部自傳〉)

接連用了兩個轉品修辭，實例中的第二個「數學」、「藝術」都是由名詞活用為形容詞性質的表語。

> 他〔金岳霖〕的每一句話都像半空中起了風暴，我心目中所架起的樓閣，所建造的亭臺，四面八方的塌下來。(〈哲學與困惑〉)

先運用明喻式的譬喻法，再運用擬物法的轉化來修辭。

> 學生不許走草地，草地只能由院士走。這能說不離奇嗎？(〈風雨中談到深夜〉)

先用「草地」一詞造成頂真修辭，再運用反詰造成設問修辭。

> 峥嶸的樓頂，我們可以建；如茵的草地，我們可以鋪。(〈實用呢，還是好奇呢？〉)

連用了兩個賓語提在主語和述語前的「倒裝」修辭。這兩個連續的敘事句基式的語序應為：「我們（主語）可以（副語）建（述語）峥嶸的樓頂（賓語），我們（主語）可以（副語）鋪（述語）如茵的草地（賓語）。」

> 今年的大題目是「進步」。進步兩個字由這麼多人討論一年，寧非怪事？(〈風雨中談到深夜〉)

先用「進步」一詞造成頂真修辭，再用一個反詰造成設問修辭。

「唉呀，磨坊都走過了。再見，彼此。」（〈王子的寂寞〉）

先用感歎修辭，再用倒裝修辭，「磨坊都走過了」一句係「都走過了磨坊」的倒裝。

黃昏了，我的朋友在黃昏來時，也許披經卷，喝苦茶；在貝葉中尋覓智慧。（〈出國與出家〉）

先用「披經卷，喝苦茶」造成「單句對」的對偶，再用「貝葉」借代佛經。

神的聲音，天使的聲音，幽靈的聲音，化成幾顆星點落入人間寂寞的湖心，那即是布萊克的歌唱。（〈一朵花裡的世界〉）

先用排比修辭，再用擬物的轉化修辭手法。

兼用在句中不分主從同時兼用了兩個以上的修辭法。

漢文這匹馬並不太野。（〈談忠藎〉）

這個例子兼用了節縮與轉化中擬物的手法修辭；「漢文」係「漢文帝」的縮語，同時將漢文帝轉化成野馬來描述，是為擬物法。

興趣是一個女人，她所愛者是百折不撓的戰士。（〈興趣與成就〉）

本例「興趣是一個女人」同時兼用擬人法與隱喻式的譬喻。

我曾說，送行的人是道旁的石碑與清晨含淚的草。（〈月是故鄉明〉）

本例兼用「明引」的引用修辭和「擬人」的轉化修辭，陳之藩引用自己說過的話，而在這句話中又同時將石碑與草兩種外在景物轉化成「送行的人」。

「套用」在一段語句裡以某種修辭法為主軸，而在其中包孕著其他為輔的修辭方式。

沒有詩人的國度是沒有星光的夜。沒有星光的夜，只是沒有夢的黑暗而已。(〈第三信〉)

本例在以層遞修辭為主的架構裡，套用了兩個隱喻的譬喻修辭。

莎士比亞說：死是
    ——枝頭的霜，把花凍落，
    ——樹旁的斧，把根砍斷，
    ——突然熄滅了的火把，
    ——竟日奔忙後的睡眠。(〈羅素與服爾泰〉)

本例在引用修辭為主的架構裡，套用了排比的修辭的方式。

綜之，無論是連用、兼用或套用，陳之藩散文在兼格修辭的表現，運用有法，靈動精巧。

參、結論

綜合本文所述，陳之藩先生散文的修辭手法相當繁多，不僅有效做到設計文句的優美形式，更積極調整表意方法，讓文句呈現多樣的美感，因此富有條理，充分表現良好的科學訓練。修辭學名家陳望道先生在〈修辭學在中國之使命〉說過：「修辭學是研究文章的美地，發表思想情感的學

問。」[22]可見修辭學能夠幫助吾人探討散文中表達思想情感所投射出的文學美感。

　　總體來說，陳之藩先生散文的修辭手法下列幾項具體的特色：

　　第一、在消極修辭上能夠做到文句練達，文章通順，引人閱讀。

　　第二、在表意方法的調整方面，運用了 21 種修辭手法；而在優美形式的形式設計方面，運用了十種修辭手法。[23]

　　第三、除了「摹寫」、「譬喻」、「排比」……等等單格修辭的之外，陳之藩先生的散文也綜合運用「連用」、「兼用」、「套用」等兼格修辭，可謂手法多元，變化多端。

　　第四、除了內文多修辭手法外，陳之藩先生散文的標題也多擅用修辭手法。舉如：〈惆悵的夕陽〉、〈迷失的時代〉均運用擬人的轉化修辭，〈出國與出家〉兼用類疊與映襯修辭，〈到什麼地方去〉、〈實用呢，還是好奇呢？〉運用設問修辭，〈天堂與地獄〉、〈知識與智慧〉、〈進步與保守〉、〈興趣與成就〉運用映襯修辭。

主要參考書目

・何永清，《修辭漫談》，臺北：臺灣商務印書館，2000 年 4 月。

・沈謙，《文學概論》，臺北：五南圖書出版公司，2002 年 3 月。

・沈謙，《修辭方法析論》，臺北：宏翰文化事業公司，1992 年 3 月。

・夏丏尊、葉聖陶，《文心》，臺中：曾文出版社，1984 年 8 月。

・陳之藩，《一星如月》，臺北：遠東圖書公司，1985 年 4 月。

・陳之藩，《在春風裡》，臺北：遠東圖書公司，1990 年 6 月。

---

[22] 見《陳望道語文論集》（上海：上海教育出版社，1997 年 12 月），頁 153。這是 1924 年望道先生在浙江四中師範部的演講。

[23] 在表意方法的調整方面，運用了摹寫、譬喻、映襯、轉化、示現、感歎、設問、借代、諱飾、象徵、雙關、轉品、倒反、藏詞、引用、夾雜、仿擬、押韻、呼告、警策等 21 種修辭手法；而在優美形式的形式設計方面，共運用了對偶、頂真、層遞、類疊、排比、回文、錯綜、鑲嵌、倒裝、節縮等十種修辭手法。

‧陳之藩，《旅美小簡》，臺北：遠東圖書公司，1995 年 8 月。

‧陳之藩，《時空之海》，臺北：遠東圖書公司，1996 年 1 月。

‧陳之藩，《蔚藍的天》，臺北：遠景出版社，1977 年 3 月。

‧陳之藩，《劍河倒影》，臺北：遠東圖書公司，1995 年 8 月。

‧陳正治，《修辭學》，臺北：五南圖書出版公司，2001 年 9 月。

‧崔紹范，《修辭學概要》，呼和浩特：內蒙古大學出版社，1993 年 8 月。

‧黃民裕，《辭格匯編》，長沙：湖南出版社，2002 年 6 月。

‧黃慶萱，《修辭學》，臺北：三民書局，1992 年 10 月。

‧鄭明娳，《現代散文》，臺北：三民書局，2001 年 8 月。

‧劉月華、潘文娛、故韡，《實用現代漢語語法》，臺北：師大書苑，1996　年 8
　月。

——選自《修辭論叢‧第五輯》

臺北：臺灣師範大學國文學系、臺灣師範大學文學院，2003 年 11 月

文學與科學
五四精神的繼承與傳遞

◎馬森[*]

　　今天「陳之藩教授學術研討會」的主題是「文學與科學的對話」，文學
與科學是不同的學門，在大學中分屬不同的學院，前者重感性，後者重理
性，二者有建立起對話的可能嗎？我想應該有這種可能。文學的創作固然
以感性為主，文學的研究，像文學批評、文學理論和文學史也要依賴理
性；另一方面，科學的研究固然非以理性為基礎不可，可是科學的創造、
發明也具有感性的因素在內。這個題目對陳教授而言，再恰當不過了，因
為陳教授不但是電機和物理卓有成就的名教授，而且是散文大家，可以說
是集理性與感性於一身，他個人就是文學與科學對話的具體象徵，因此我
也就此主題談一談陳教授在這兩方值得吾人推崇的地方。

　　陳教授生於 1925 年，長我七歲，我們可以說是同代人，都是五四以後
出生長大的。他於 1948 年來到臺灣，早我一年，然後又出國到歐美遊學，
我也有類似的經歷。我們這一代，可以說都是沐浴著五四一代人的精神成
長的。對親身參與五四文化運動的文人、學者，像胡適先生、魯迅先生、
梁實秋先生、蘇雪林先生、傅斯年先生、羅家倫先生、謝冰瑩先生等，我
們不是親炙教誨，就是內心私淑。特別是陳教授，年輕的時候更與胡適先
生有一段特殊的情誼，曾經一度經常有書信往還。在五四精神籠罩的氛圍
中長大的我們這一代，不受他們的影響也難。

　　談到五四精神，什麼是五四精神呢？或者說五四精神何在呢？我想大

---

[*]小說家、劇作家、戲劇學者、文學評論家。

家都會同意五四人高喊出來的口號「科學與民主」，是借鑑西方的人文科學
和自然科學的成就，重新檢討評估我國沉睡了數千年的傳統文化和積習而
後的結果，怎麼會想到去檢討呢？當然是看到西方國家進步的情況，反觀
我們的社會，不能不感到蔽陋與落伍，在比較之下，才發現我們種種不如
人之處。那又怎麼樣去檢討呢？當然是以「客觀理性」的方式來檢討了，
只有用「理性」才能破解長久積澱的歷史「慣性」，因此我們也可以說：五
四的精神主要就是「理性的覺醒」，五四的時代也就是理性反省的時代。有
了理性，才能有客觀的觀察，才能進行科學研究，不論是自然科學，還是
人文科學；也才能認識民主政治的可貴。其實，被後人稱作「封建主義」
的中國歷史積澱，在長久缺乏外來新因素的刺激下和習而不察的過程中，
逐漸壓抑了理性，而且也窒息了人們的感性，不但使科學無能順暢發展，
使文學與藝術也受到牽連，無法獲得出色的創造。五四運動正逢西方文化
衝擊的高潮，在亡國滅種的威脅下，使中國人不得不睜開眼睛，也不得不
承認西方進步的因素，才突破了故步自封的僵局。五四的精神在理性的覺
醒以外，兼有對感性的釋放，所以除了提倡科學與民主，五四運動同時也
是一個文學與藝術的革新運動，諸凡新戲劇、新小說、新散文、新詩，以
及新事物的西方的繪畫和音樂，都是從那時刻開始在中國的土地上發揚光
大的。我們可以說五四運動是中國擺脫舊社會走向現代化的分水嶺。

　　如果我們檢查西方的歷史，就會發現西方人所走過的道路其實也是一
樣的。從希臘、羅馬文化以後，歐洲大陸在中世紀長久陷入封閉無知的暗
夜中，生活在教會勢力的箝制下，障蔽了理性的理展，生產落後，民智不
開，致使庶民生活艱苦，階級分化嚴重，文化發展停滯不前，西方歷史學
家稱之謂「黑暗的時代」。一直到 14 世紀以後，因為歐洲占有海運交通的
便利，各國之間溝通頻繁，於是從對義大利的翡冷翠（Firenze）開始，展
開重新認識希臘古文化的「文藝復興」運動，重溫了古希臘的民主政治、
哲學、科學、悲劇、喜劇以及人文精神，從那時候開始才逐漸改變了歐洲
的文化面貌。接下來到了 17 世紀後的「啟蒙運動」，也就是西方的一次重

大的「理性的覺醒」。那時代出現了眾多富於才情的思想家、科學家，像英國的郝布斯（Thomas Hobbes, 1588-1679）、洛克（John Locke, 1632-1704）、牛頓（Isaac Newton, 1643-1727）、法國的狄斯卡特（René Descartes, 1596-1650）、孟德斯鳩（Boron de Montesquieu, 1689-1755）、服爾泰（Voltaire, 1694-1778）、瑞士的盧騷（Jean-Jacques Rousseau, 1712-1778）等等，都是推崇理性的人，不論對人權、法律、社會結構、政治制度、科學研究都有所議論，有所建言，所以才能破解中世紀的迷障，抵禦住黑暗時代遺留的慣性，使歐陸的文化發展一日千里。法國於 1666 年率先成立了國家科學院，張揚科學的價值，其他各國一一跟進，於是大大提高了科學家的社會地位。科學與工業相得益彰，民主的觀念與自由學術共同起飛，終於誘導出法國的大革命、英國的工業革命，使自由、平等、博愛漸成為普世公認的價值，此後歐洲人民的生活獲得大幅度的改善。我們同樣可以說西方的「啟蒙運動」也是歐洲大陸擺脫黑暗時代走向現代化的分水嶺。啟蒙時代的理性主義因此一直影響到現代的西方世界，以致今日的歐美各國仍然占有優勢的文化地位，執世界科技之牛耳，成為世界文化的傳播中心，世界上的其他地區無不受其影響，追蹤他們的足跡。也正因為如此，五四運動那一代中國的思想家，不能不努力接引西方理性主義的火種，以便點燃我們自己的火把，這也是全世界的大勢所趨使然。

然而不幸的是，五四時代急欲西化的人士太過急切，高呼「打倒孔家店」，徹底否認中國的固有文化，像陳序經等更提出「全盤西化」的口號，追隨者眾。這一切過激的行動，未免引起當日保守派和愛國情切的人士的反彈，反倒誤導了一般群眾對五四精神的認知。譬如四十年前錢穆先生就曾在這裡，在成大的演溝說過：「我們要把中國歷史大流堵塞，另開新流，此事艱鉅且不論，其是非得失亦該有討論。」（見錢穆《史學導言》）再加上 1920 年代後，俄國大革命的影響逐漸滲入中國社會，中國的社會革命家以及急進的人士，為了鼓動革命的熱情，號召民眾起來參與無產階級革命運動，於是竭力倡導民粹主義、提倡文藝大眾化、為工農兵服務，向工人

農民的認識水平看齊等等，以民族主義的名義來抗拒五四以來所張揚的理性主義，於是在反對中國的封建主義以外，也反對西方的資本主義，否定西方的民主制度，不承認人權與自由的普世價值，甚至貶抑人道主義，進而壓抑文學、藝術的自由創作與正常發展。從抗日戰爭開始所浮現的這種傾向，到 1949 年共產黨當政後變本加厲，更為後來的文化大革命帶到空前慘烈與荒謬的地步。從抗日戰爭到毛澤東死亡長達四十餘年，中國大陸走上了一條背離五四精神的道路。雖然科學在國防的需要下稍有成績，但政治不講民主，言論沒有自由，文人、藝術家更不能暢所欲言，隨意創作，這樣一條背離世界趨勢的歧途，使大陸人民多受了四十多年的苦難，經濟與政治長期陷入停滯不前的狀態。但是，幸而有一批五四精神的繼承者流亡到臺灣和海外，使五四時代所追來自由與民主的理性火種能夠在大陸以外的地區繼續燃燒，華人進步的命脈才得以保存，最後又返回影響到今天的中國大陸。今天在中國大陸所發生的變革，其快速的經濟起飛與社會變化，顯然仍舊回歸到五四一代所開創的道路上來。這一條迂迴的彎路，使中國大陸白白地蹉跎了數十年正常發展的光陰。這種情況我們都身經目睹了。

　　陳之藩教授，正是繼承了五四時代火種的重要人士之一。陳教授，字範生，原籍河北省霸縣，早年畢業於天津的北洋大學電機系，來臺灣以後曾經一度在國立編譯館工作，後來在美國賓州大學和英國的劍橋大學繼續進修、深造，獲得碩士、博士學位，並且曾經當選為英國電機工程學會的院士。他的學習歷程，說明了他具備有傳遞五四精神的資格。

　　前面已經過五四運動的學人、作家，也並不純然一味強調理性，對感性的釋放同樣重視，過度的理性也會造成文化發展的偏頗。感性的文學、藝術與理性的科學同時並進，才是文化發展的平衡之道。在我們這一輩的人中間，有的人繼承了五四所開創的新文學，有的人繼承了五四所提倡的科學，但是同能夠繼承文學與科學這兩個方面的，在我所認識的人士之中只有陳之藩教授一人而已。陳教授很不同尋常地集感性與理性於一身，一

手寫感人的散文，一手做理性的科學研究，都能得心應手。他的散文作品，像〈失根的蘭花〉、〈謝天〉等早就選在中學的課本裡面，他的文筆清澈如寒泉，澄明如秋月，而極富節奏之美，在座的諸位大概都能耳熟能詳，研討會中會有專家予以詳細的分析、討論，我自己在正在撰寫的現當代中國文學史中也會大大記上一筆。他的散文集《旅美小簡》、《在春風裡》、《劍河倒影》、《一星如月》、《散步》、《時空之海》等等也都膾炙人口，暢銷海內外。至於科學方面，他更是桃李滿天下，歐美、香港、臺灣都有他教過的學生，成大電機系就有他不少門生故舊。陳教授不但有豐厚的創作成績，他對文學的繼承與傳播也十分注意。在此我提一個小插曲，過去陳教授曾鼓勵與寄望我翻譯法國大作家雨果在《克倫威爾》一劇中的序言，因為這篇序等於西方浪漫主義運動的宣言，非常重要。可惜我始終沒有著手作這份工作，倒是翻譯了我自己更感興趣的聖德士修百里的《小王子》和尤乃斯庫的荒謬劇集。對此，我實在感到愧對老朋友的厚望，希望在未來的日子裡，可以把這件工作完成，但是陳教授自己已經以他豐厚的科學與文學兩方面的著作、身教與言教，盡到了他對五四精神繼承與傳遞的責任。今天我們為陳教授舉行研討會的意義所以益發顯得重大，正鑑於將近一個世紀的歷史教訓，使我們了解到五四運動的精神實在攸關國族文化發展的命運，因此這次的研討會，不但是表揚陳教授一個人在文學創作和科學研究兩方面的成就，同時也藉以緬懷五四一代先賢的貢獻，以及肯定陳教授在我國文化傳遞中承先啟後的地位。

──選自陳昌明主編《花開的樹──陳之藩先生學術研討會論文集》
臺北：里仁書局，2012 年 3 月

胡適與陳之藩
風雨飄搖中自由主義者的呼喊*

◎何光誠**

　　胡適是現代中國自由主義的領袖人物，抗戰初起即接受政府的邀請前往美國進行國民外交一年，之後擔任駐美大使四年，為戰時對美外交作出貢獻。1942 年 9 月他退職後打算專注於學術工作，暫時留在美國從事研究和教學的工作。他也曾出席有關戰後安排的一些盟國會議，抗戰勝利後接受政府的委任出掌復員後的北京大學。國人在艱苦抗戰八年之後，重建國家的期盼並未因日本的戰敗投降而實現，雖有「雙十協定」的簽訂，政協的召開，以及馬歇爾使華調停國共軍事衝突等各種努力，但到 1946 年 6 月國共雙方軍事對抗的形勢特別在東北地區已甚明顯，停戰令已沒有實施的可能，大規模內戰的危機越趨嚴重。胡適於是年 7 月返抵國門，正式就任北京大學校長，那時候他所面對的是一個國共雙方「談談打打，打打談談」的混亂局面。12 月他參加國民黨主導的制憲國民大會，擔任大會主席，共產黨則極力反對這個由國民黨自行召開的大會，拒絕參加。

　　翌年 1 月，美國杜魯門總統派往中國調解國共衝突的馬歇爾特使，宣步他的使命失敗並離開中國返美，國共始終未能達致和平共處，艱鉅的戰後重建工作一籌莫展，反而是局面分崩離析，全面內戰不久便正式爆發。3 月駐南京的中國共產黨談判人員撤走返回延安，南京政府亦改組行政院，由政學系的張羣接任院長，取代因經濟崩潰和金融風潮而下臺的宋子文。4

---

*本文作者十分感謝童元方教授所給的修改意見。文章中如有錯漏，這是作者的責任。

**嶺南大學高級項目研究主任。

月國民政府委員會改組，任期只有一年，作為過渡到憲政下的總統制的安
排，蔣介石邀請胡適擔任國民政府委員，但最終他沒有接受。7 月 4 日國
民政府下達動員令勘亂，次日胡適對報界發表他支持該動員令，並同時攻
擊共產黨的談話，這時候他決定站到中共的對立面。[1]國共內戰的危機日益
加劇，這時候陳之藩以一個關心國運的大學生身分向胡適請教，二人的往
返討論及互動，正好反映在大動亂時代中，自由主義者對時局的擔憂和反
覆思量，以及捍衛自由民主的努力。

自由民主的大方向

內政紛亂不已，國際大環境也波譎雲詭，美蘇這兩個戰時盟友，開始
為爭奪各自在全世界的戰略利益而挑起冷戰。在國際冷戰的氛圍之下，胡
適不認為美蘇對抗將會導致第三次世界大戰，一方面蘇聯擴張勢力範圍以
謀畫自身的國家安全，另一方面美國政府與國會達成共識，調整對蘇政
策，改為採取強硬的態度，用「堅定和耐心」的外交政策維護它的戰略利
益。兩強有了這般明朗化的外交政策，以及通過新的國際機構即聯合國的
集議和爭辯，令胡適覺得美蘇對峙的「兩個世界」不會成為另一場世界大
戰的因素，他還是對國際形勢作出較為樂觀的預測。[2]但國內局勢似乎不容
許採取和平手段達致穩定，國共兵戎相見的不幸局面是大多數中國人所不
願見到的，一個北大一年級學生極感痛心，對國家前途感到絕望，他的苦
悶心情卻又無處宣洩，於是寫信給胡適校長訴苦。胡適強調，青年人的苦
悶和失望，主因是先前國人過度樂觀，以為和平來臨之後便可以過好日
子，但事實上人民「不會想到戰爭是比較容易的事，而和平善後是最困難
的事。」所以胡適勸勉國人要努力工作，肯吃苦頭，以求十年二十年之內
謀得國家的復興。青年人不要悲觀失望，可借鑑易卜生的說法作指導，即

---

[1]耿雲志，《胡適年譜》，香港：中華書局香港分局，1986 年版，頁 193。
[2]胡適，〈眼前「兩個世界」的明朗化〉，《胡適之先生年譜長編初稿（第六冊）》（臺北：聯經出版公司，1984 年），頁 1970～1972。關於內戰時期胡適對國共衝突的看法和分析，可同時參看張忠棟，〈在動亂中堅持民主〉，《胡適五論》（臺北：允晨文化公司，1987 年），頁 234～257。

「你要想有益於社會，最好的法子莫如把自己這塊材料鑄造成器」，如果每一個青年人都能夠照著做的話，他們才能有資格服務國家和社會。[3]可以說胡適不因時局不靖而影響他一向抱持的「不可救藥的樂觀主義」，但未幾國民政府宣布動員戡共產黨叛亂，胡適不得不更深入地思考國共相斫的本質。

　　胡適留學美國七年，他的青年時期深受美國文化影響，哲學思想受他的老師實用主義哲學家杜威薰陶。政治思想方面，青年胡適服膺《獨立宣言》起草人傑佛遜所強調的自然權利和天賦人權，這是胡適日後政治理念演變的一個源頭。此外，胡適認為中國可以借鑑美國革命的成功經驗，在流血的獨立戰爭結束即美英政府在巴黎簽訂和約之後，美國又經歷一場不流血的憲政革命，制憲會議最終通過一部成文憲法，為維持聯邦的長治久安打下堅實基礎，同時間傑佛遜組成在野的民主黨，具有重大政治意義的美式兩黨制正式確立。制定憲法和推行多黨政治，是胡適的基本政治信念，他曾數次向蔣介石甚至是毛澤東推動民主憲政，以和平方式轉移政權，可惜蔣毛二人都別有所圖，沒有接受胡適的書生之見。[4]

　　就有關民主憲政、國共對決、國民黨結束訓政、美蘇對峙等諸般問題的討論，胡適發表題為〈兩種根本不同的政黨〉的時論，指出政黨可分為兩大類型：甲式政黨以英美為主，黨員投票是無記名的、祕密的；政黨的競爭是以爭取人民的選票的方式進行，多數黨要容忍少數黨，前者要尊重後者的權利；政黨輪替是和平進行的，競選失利的黨派日後可有捲土重來的機會。乙式政黨包括蘇共或德國意大利的法西斯，組織嚴密，黨紀嚴屬，以一黨專政為目的，執政後絕不容許反對黨的存在。胡適盼望國民黨結束訓政，推行民主憲政，落實孫中山的政治藍圖，由帶有過渡性質的乙式政黨轉化為以長治久安為目標的甲式政黨，樹立鍾愛自由、容忍異己的

---

[3]胡適，〈青年人的苦悶〉，《胡適之先生年譜長編初稿（第六冊）》，頁 1973～1977。
[4]參看盛嘉，〈胡適與美國政治文化，《獨立宣言》對青年胡適的影響〉，《廈門史學・第二輯》（廈門：廈門大學出版社，2006 年），頁 37、54。

政治新作風。[5]從胡適對政黨分為兩大類型的說明，在在顯示他對國民黨轉型成功和落實憲政抱有頗大信心，願觀其成；同時亦暗示他不再對共產黨有任何期望，因為沒有跡象可看到共產黨會更改其路線，它還是走乙式政黨的反自由民主之路。1945 年抗日戰爭勝利後不久，胡適曾打電報給毛澤東，勸說中共諸位領袖放棄使用武力，以第二大政黨的身分，採取和平方式去爭取將來多數黨地位執政治國。[6]九年後胡適回憶，他自嘲說致電給毛澤東這個做法非常天真，沒有掌握好國內外政治形勢，犯了以理想主義的取態向中共進言的毛病，而毛澤東亦沒有回覆。[7]如今胡適不作此想，不相信共產黨會有由乙式政黨轉為甲式政黨的可能，他對國共雙方的態度也明朗化起來，毫不含糊地與國民黨守住同一陣線，應付共產黨奪取全國政權的嚴重威脅。

　　未幾胡適更進一步公開反對蘇俄的專政，在題為〈眼前世界文化的趨向〉的電臺廣播中，他以宏觀的角度闡釋世界文化已到了自由流通的境地，它是可以自由挑選和採納的。人類理想的共同目標是用科學的成果謀求人生的幸福，用社會化的經濟制度改善人類的生活水平，用民主制度解放人類的思想與才能。胡適特別看重自由民主的時代意義，指出這是數百年來世界文化的趨向，國人不要因為反自由、反民主的蘇俄專制集團的存在而懼怕，在三四百年來的自由民主大潮流之中，蘇俄的三十年專政只是小小的波折、小小的逆流而已，專制的蘇俄最後必定會倒下來。胡適鼓勵國人邁步向前，建立自由民主的制度，成就自由獨立的人格。[8]

---

[5] 胡適，〈兩種根本不同的政黨〉，《胡適之先生年譜長編初稿（第六冊）》，頁 1978～1981。

[6] 胡適致毛澤東電，1945 年 8 月 24 日，收入陳之藩《思與花開》（香港：牛津大學出版社，2008 年），頁 75～76。電文曾在戰時陪都重慶的各大報章公開發表。另外，陳之藩認為，胡適在美國留學期間，對被稱為世界第八奇觀的美國政黨政治深有體會，胡適尤其佩服他親身經歷的美國總統選戰，了解到政權的更替可以是和平的及理性的，以及在選舉當中從政者可以發揮運動員精神，參看同書，頁 80～85。

[7] 胡適，〈《司徒雷登回憶錄》序〉，《司徒雷登回憶錄（上冊）》（臺北：文友書店，1958 年），頁 10。

[8] 胡適，〈眼前世界文化的趨向〉，《胡適之先生年譜長編初稿（第六冊）》，頁 1981～1987。另外，1948 年年初胡適與武漢大學校長周鯁生對當時的國際局勢持有不同的看法，胡適特別憂慮奉行極權主義的蘇聯嚴重威脅中國的國家安全，他夢想中蘇兩國有如擁有悠長邊界的美國與加拿大般和

　　當時正待升上北洋大學電機系四年級的陳之藩，在聽了胡適的廣播之後感到相當失望，因為他認為「潮流」及「迴波」等詞語只是造成紛擾的政治口號，於是他首次寫信給胡適提出疑問。[9]陳之藩認為科學的進步不是一點一滴的改良可以達致，而是取決於飛躍的玄想，工程師的貢獻只能是一點點的局部改良，他就用當時的科技成果，如噴氣式飛機和原子能的發明為例子來支持他的看法。陳之藩強調不可以忽略哲學思維，各式各樣的科技發明實有賴於此，因此他的結論是「一個哲學的思考要比科學的劬力重要得多，人類的文化在於不斷的互相交流，倒不在一點一滴的工作下去會有多少進步。」[10]胡適一向抱持的以一點一滴的改革為指針的漸進主義，面對陳之藩的質疑，他的確不能不作反思。那時候陳之藩對哲學思考十分著迷，竟然去投考清華大學哲學系一年級並獲得取錄，他不顧父親及友人的大力反對堅持要轉校轉系。但當他徵求了金岳霖的意見之後，只好無奈地打消改念哲學的衝動，因為金對他說哲學不能帶來救國的力量，它只是一門學問而已；哲學要變為宗教才有力量，但哲學如此變質，它亦不會成為一門學問。陳之藩恰如大夢初醒，發覺原來念哲學與救國事業是兩碼子的事，他只好落寞地返回北洋大學，完成最後一年的電機系課程。[11]

　　另外，陳之藩不同意胡適對自由民主是歷史潮流的見解，也不同意這個歷史潮流必定獲勝的看法，認為胡適的意見是過分樂觀和簡單。胡適很快便作出題為〈我們必須選擇我們的方向〉的另一次電臺廣播，不厭其煩地重申他作為自由主義守護人的三大信念：第一，他深信思想自由和言論自由是社會改革和進步的基本條件。第二，他深信民主政治最有包容性，

平共處，但二戰後蘇聯的不友善行徑令胡適感到心寒，其他學人亦參與胡周兩人這場爭論，參看智效民，〈一九四八年的爭論與胡適的蘇聯的認識過程〉，《思與言》第 47 卷第 2 期，頁 157～189。

[9]陳之藩，《在春風裡》（香港：牛津大學出版社，2005 年），頁 77～78。在回憶胡適的文章中，陳之藩忘記了胡適的廣播題目，據胡頌平編，《胡適之先生年譜長編初稿（第六冊）》，頁 1981，胡適於 1947 年 8 月 1 日在北平中央電臺作〈眼前世界文化的趨向〉的廣播。

[10]陳之藩，《大學時代給胡適的信》（香港：牛津大學出版社，2005 年），頁 31～37。

[11]陳之藩，《蔚藍的天》（香港：牛津大學出版社，2003 年），頁 93～99。

最可以代表全民利益，能夠執行社會化的經濟政策。第三，他深信民主政治雖有缺陷，但它帶來容忍異見、尊重自由的文化，有助文明社會的確立。由於有英美在兩次大戰的勝利，自由民主的潮流可以抵擋各個專制集團的進攻，必定得到最後勝利；胡適更不點名指出蘇聯的專制只是大潮流中的一個小小的逆流，一個小小的反動而已，因此他希望國人要認清楚世界文化的大趨勢，要選取應走的大方向，即順著自由民主的歷史大潮流前進。[12]這般對自由民主是歷史大潮流的肯定，令陳之藩打消了原先的質疑和失望；而這篇讓他「擠兌」胡適發表出來的廣播稿，有如金石良言，令到這位關注時局的工科大學生「覺得也是中國幾十年來不得了的一篇文獻。」[13]從 5 月到 8 月之間，胡適就國內外局勢及自由民主的前途發表的政論，顯示他在大規模內戰爆發的歷史轉捩點，毫不含糊地支持國民政府針對共產黨的戡亂行動。

動亂中站出來說話

半年之後的 1948 年 2 月，共產黨已迅速從戰略防守躍進到戰略進攻的階段，國民政府在戰場上明顯地處於下風。在這個時局日趨惡化的形勢之下，陳之藩審視國際環境對自由民主的種種不利變化，逐漸了解胡適的自由民主論述何等深刻，於是再次寫信給他，指出「中共鬥爭得愈來愈瘋狂，已經無法以一種溫和的思想去理解他。」陳之藩的悲觀情緒在大動亂中很感壓抑，透露曾經去信給金岳霖請教，金的回答正中陳的心靈深處，就是陳的悲觀，是由於不忍見到某套價值沒法子保存下去而要行將消滅，這套價值應是胡適和陳之藩兩人共同擁抱的自由民主信念。陳之藩說他要為外界及內心的慘變作呼救，要發揮一點力量挽救末世的狂流，因此懇求胡適解答他心中的疑問。[14]1950 年代中期陳之藩回憶，在知識層面他本人

---

[12]胡適，〈我們必須選擇我們的方向〉，《胡適之先生年譜長編初稿（第六冊）》，頁 1987～1990。
[13]陳之藩，《在春風裡》，頁 78。
[14]陳之藩，《大學時代給胡適的信》，頁 38～44。

雖然不感覺悲觀，但情緒上難免不彈起悲涼的調子。[15]胡適很快便首次發出回信，他認為雖然時局大壞，把自己鑄造成才是一件任重道遠的事，陳之藩不可小覷自己，別說緩不濟事、緩不應急的洩氣話。此外，胡適解釋南宋理學家呂祖謙所說的「善未易明，理未易察」，是用來醫治武斷及幼稚的病態思想，亦由於胡適認同呂祖謙這兩句話，他也不想發表太多政見，覺得「也許發現一個英年的陳之藩可以打掉一點暮氣。」[16]十一年後胡適在臺灣回憶當他擔任北大校長期間，一般青年都思想左傾，但陳之藩卻是一名與眾不同的反共青年，從俄國小說認識俄國革命前後的變化，因此胡適推許陳之藩這樣一個青年大學生，能從小說養成反共思想是一件了不得的事。[17]

陳之藩收到胡適回信後又再發信，除了向胡適表達收到回信的感激和興奮之外，同時亦指出頹勢已成，國家像是患了瘟疫般使青年無所適從，但他覺得還有一個解決方法，就是大學教授需要針對問題癥結說出由衷之言，要像梁啟超和魯迅二人的言論那般影響大眾。陳之藩希望胡適百尺竿頭，更進一步，「在思想黃流的氾濫已快成災」的形勢下，緊守言論陣地，發表更多穩定國人特別是青年信心的言論；陳鼓勵他要作中流砥柱，只有獻身捍衛自由民主的歷史使命，發揮捨我其誰的大無畏精神，方能挽救末世變天的劫運。[18]陳之藩在另一封信更催促胡適莫再遲疑，指出除了胡適本人之外，國內已無人可以與亂世狂流匹敵，非要他出來把道理講清楚不

---

[15]陳之藩，《陳之藩散文集》（臺北：遠東圖書公司，1985 年），頁 19～22。陳之藩那既不悲觀卻又茫然的矛盾心情，在於他「認定有一套價值，這套價值即是知識，我認為由求知可以得到智慧，可以解決這些萬千問題；信仰知識，而又可以設法追求知識，自然不會產生悲觀的。不過，一種茫然的感覺卻是有的，因整個人類邁入二十世紀以來，日漸感覺自己之無知，日漸感覺處境之茫然。」

[16]胡適致陳之藩信，1948 年 3 月 3 日，《胡適全集（第 25 卷）》（合肥：安徽教育出版社，2003 年），頁 323～324。在國共內戰期間，全集只收有這一封胡寫給陳的信件。呂祖謙的話，胡適在 1946 年 10 月 10 日的北大開學禮曾引用，他勸導學生不要盲從和不受欺騙，參看耿雲志，《胡適年譜》，頁 187。

[17]胡頌平著，《胡適之先生晚年談話錄》（臺北：聯經出版公司，1984 年），頁 20，1959 年 4 月 29 日條。

[18]陳之藩，《大學時代給胡適的信》，頁 45～52。

可，好讓某些教授所說的風涼話得到修正。亦由於仗愈打愈急，陳請求胡立即行動，負起言論救國的重任。陳之藩認為，王陽明、曾國藩、韓愈和文天祥等人克難自勵，最後亦能達致精誠所至、金石為開的局面；以這些氣魄宏大的古代人物作例子，陳相信胡適還是可以挽狂瀾於既倒。[19]很清楚看到陳之藩對胡適確有很深切的期望，但以胡適一人之力去抵禦共產革命的燎原大火，似乎是期望過高，甚至是不切實際的想法。

　　陳之藩不單只鼓勵胡適出來捍衛民主，他本人亦跟對手打過筆仗，北洋大學罷了三天課之後便停止，左傾分子想要鼓動風潮也力不從心。但陳亦不滿意國民政府的某些錯誤做法，例如政府不分青紅皂白便把學生全部標籤為共產黨，他認為事實上是教授們所說的風涼話才是掀動學潮的原因。另外，國民黨的教育政策也大有問題，用外行人如陳立夫和朱家驊當部長辦教育，他們反對共產黨卻又運用共產黨的辦法壓制學生運動。抗戰後期的 1944 年陳之藩中學畢業剛過一年，事前沒有告訴父母便離開北平的家跑到後方去，在國立西北工學院上大學，在校期間他親身感受到國民黨實行的黨化教育，具體的操作是「高度的思想統治、失踪、紀念週、三民主義等」。陳批評黨化教育的效力等於零，只能以失敗作收場，即是說胡適所批評的乙式政黨的作風，亦同樣顯現在國民黨多年來的專制統治之中。[20]陳之藩雖然反對共產黨，但他對國民黨的看法還是實事求是的，不為黨見所蔽，有獨立的見解。至於一般學生對國民黨的態度，也不是一面倒的反對或一面倒的支持，據在 1948 年進行的兩個意見調查，對象分別是上海大學的師生和正在美國留學的中國學生，這兩個調查的回應者，大部分傾向

---

[19]陳之藩，《大學時代給胡適的信》，頁 53～66。

[20]陳之藩，《大學時代給胡適的信》，頁 61～62、67～68、81～82。關於抗戰後期的國民黨的黨化教育，可參看秋貞理（另一個為人熟悉的筆名是司馬長風，他的本名是胡靈雨），《北國的春天》（香港：友聯出版社，1959 年），頁 111～116、120。秋貞理回憶他於 1942 年春天入讀西北大學（原名為西北聯合大學），在校目睹國民黨的種種弊政，包括：由學與德俱有不足的黨員負責學生訓導工作，令到學生對學校反感，以及促使教授放棄誘導的責任；強逼學生接受軍訓，破壞了學府寧靜氣氛，不倫不類；校內的黨支部和三民主義青年團支部的黨團分子胡作非為，未出學校已經沾染了小官僚小政客的習氣。

選擇由國共兩黨組織聯合政府，他們似乎沒有偏袒任何一方；可惜國民政府立場僵硬，採取非黑即白的粗糙手法處理日益澎湃的學生運動，日漸失掉人心。[21]胡適面對動搖國民黨統治根基的學潮，為了維護國民黨他盡力把學生拉出共產黨的軌道；可是他又篤信自由主義，北大校長的角色要求他愛護學生，所以他亦不以國民黨鎮壓學生運動為然。兩種矛盾的交煎，實際上令胡適違背自己支持國民黨的初衷，這是因為他以疏導學潮為宗旨，無形中發揮了保護學生以至支持學生運動的主要作用。[22]

　　1948 年 6 月陳之藩在雷海宗主編的《周論》上發表長篇論文，審視過去一年的時局變化，分析青年人苦悶是如何產生的，此文或許是回應一年前胡適對這個問題的看法。正當新民主主義在捷克遭到共產勢力摧毀，民主的包容性可能被專制者利用去達到奪政的目的，和平理性不能抑制暴力反被其淹沒，中國知識分子日趨左傾等等，都是陳之藩所指出的導致苦悶的各個理由。他嘗試探求當時中國的病因，無論是法治精神的缺乏，國土統一的複雜，抑或是眾多民族的學習和平共存等等，都是不容易有明確簡易的說明和宣傳，就算有的話，也難保有開倒車的風險，更嚴重的是走向專橫與野蠻。陳之藩的感受確是比一年前更為悲觀，但他仍主張在思想戰線上繼續戰鬥下去，認為國人「不能在未上戰場以前即行投降，那將是真正的敗仗。」[23]對動亂環境的痛苦體驗，陳之藩向胡適建議，為了向共產主義進行堅決的鬥爭，可以運用象徵手法去宣揚自由民主，跟論敵周旋，不要介意把一句話重複說多遍，陳更以他成功說服一名左傾同學作例子，說明採用象徵方法是克敵制勝之道。由於陳之藩工科畢業在即，他也告知胡適，那時候北洋大學的畢業生，大多數被派去資源委員會在臺灣所辦的企業裡工作。雖然陳之藩說他本人的出路沒有問題，但他時時刻刻為了當時

---

[21]參看 Suzanne Pepper, *Civil War in China: The Political Struggle,1945-1949.* Berkeley and Los Angeles: University of California Press, 1980, pp.89-93.

[22]張德旺，〈論胡適在解放戰爭時期學生運動中的雙重角色〉，《胡適研究論叢》（哈爾濱：黑龍江教育出版社，2009 年），頁 79～90。

[23]陳之藩，《大學時代給胡適的信》，頁 1～28。

中國思想界的頹風感到憂心忡忡。[24]

　　暑假中陳之藩有機會到位於東廠胡同的北大校長住宅探訪胡適，這是兩人第一次見面，但是由於胡適要與賀麟訓導長商量學生遊行的事，陳只可以與胡作簡短談話，他勸胡適「此時不能再沉默，應該說出自己想說的話！」[25] 8 月初已順利畢業的陳之藩乘搭輪船經上海轉往高雄，預計月中可到達資源委員會轄下的臺灣碱業公司上班。臨上船前陳還寫信勸胡適，指出對比領導思想界的使命，考證《水經注》只是一件不很重要的個人研究工作，陳請胡站出來向青年及社會人士說話，將人心穩定下來，如果胡適能夠有所承擔，他應該較其他人做得容易，以及會有成功的可能。陳之藩指出，因為「街談巷議，很少不提到先生的，他們不但景仰著先生的人格，而且期望著先生的思想。」這時候陳之藩已到懇切要求胡適放下身段，走上鬥爭前線的地步了。[26]

　　胡適未幾寫出〈自由主義是什麼？〉一文，強調自由主義是必定要有自由價值為內涵，實質上否認自由價值，自稱為自由主義者的有關人士只是弄虛作假，比喻這些偽冒者有如在「長坂坡」看不到趙子龍，在「空城計」 諸葛亮沒有登場。他重申自由主義大運動是人類歷史的一大串解縛的過程，民主制度是它所衍生的自然產物，所以只有民主國家才能夠彰顯自由主義，它們容許反對黨存在，尊重少數人權利。自由主義是主張和平地增進國民福祉，採用不流血的和平方式去革新政治，因此胡適認為和平改革的大路是民主國家的象徵，作為自由主義的領軍人物，胡適排除共產黨所採取的暴力革命方式的必要。[27]陳之藩抵達高雄後，寫信給胡適再次指斥國民黨的黨治教育完全失敗，使青年學生走向敵方陣營，陳寫道：

---

[24]陳之藩，《大學時代給胡適的信》，頁 89～91。另參看陳之藩，《在春風裡》，頁 10。陳之藩回憶他畢業時北洋大學沒有舉行畢業典禮，學校外圍的城防工事「到處是鐵絲網，是堡壘，是彈痕……我畢業的那天前夕，還聽到校牆外，人海浪潮的捲地滔天與子夜裡愴痛的呼聲之此起彼伏……我在傳達室裡領了個文憑，肩著我的行李，邁過鐵絲網，走出校門，四顧茫然。」
[25]陳之藩，《大學時代給胡適的信》，頁 127～128；陳之藩，《在春風裡》，頁 79。
[26]陳之藩，《大學時代給胡適的信》，頁 105～109。
[27]胡適，〈自由主義是什麼？〉，《胡適之先生年譜長編初稿（第六冊）》，頁 2044～2047。

學生中，不會有幾十幾百的共產黨。但老師們沒有盡了能盡了〔的〕責任，使他們走入泥途，現在又大批的殺戮，這是太殘忍的。教育的人師，應該導之以德，齊之以禮；然後才能施上導之以政，齊之以刑的。

陳之藩似乎有點埋怨胡適未盡全力負擔領導青年的重任，因此王芸生、郭沫若、香港的小報及報館編輯便把這個責任負起來，思想言論陣地已沒有自由主義者的位置，青年人不得不因為精神貧乏而鋌而走險。陳之藩還是期望胡適以他的號召力，拿起筆桿用全力寫文章抵抗那個反民主、反自由的專政集團，北大的校政以至他的《水經注》研究應該為當前國難而放下。陳認為胡要立刻行動，克盡言責，因為世變方亟，已到了不容許延宕，不可以再提緩不濟急的說法的地步了。陳更引用胡適本人的社會不朽論，批判一意孤行的陳立夫、瘋狂搶刮的宋子文、信口雌黃的大學教授和盲動的學生，這些人的「小我」已造成國家這個「大我」陷於淪亡的田地；胡適本人則只是做到「不屈服，不盲從，未辜負過去、遺害未來。但是，在這個歷史的大決中，在積極方面顯然先生的力量不僅為不遺害而已。」[28]在胡適最後在北平收到陳之藩給他的信裡面，陳說收到並閱讀了胡適寄來的《胡適的時論》一集，集內文章使陳回憶及聯想過去一年多的時間他所經歷的思想煎熬與轉變。陳之藩訴說在時局日趨逆轉的日子裡，他尚可保持澄清的心境，還能鼓起歡欣和勇氣，去面對紛亂時代中的歷史倒流。[29]看來陳之藩還是清楚認識到，胡適所申述的歷史上小小的專制逆流，在中國的土地上卻是將會勝出的一方，自由民主將被共產勢力所踏倒。

---

[28]陳之藩，《大學時代給胡適的信》，頁 110～122。胡適似乎沒有完全聽從陳之藩請他不要再搞那《水經注》案的勸告，如下文所述，胡適乘搭政府專機倉皇逃出被中共軍隊包圍的北平，他還是要為他的《水經注》個人研究做善後工作，詳細經過可看陳以愛，〈胡適的《水經注》藏本的播遷流散（上）〉，《九州學林》第 4 卷第 4 期（2006 年冬季），頁 149～182；陳以愛，〈胡適的《水經注》藏本的播遷流散（下）〉，《九州學林》第 5 卷第 1 期（2007 年春季），頁 105～158。另外，胡適於 1949 年初從南京轉往上海暫居，他亦處理一些有關《水經注》案的文稿及致顧廷龍的函件，它們的寫作時間為 1948 年及 1949 年春季，參看胡適遺稿，〈《水經注》校本的研究〉，《中華文史論叢（第二輯）》（上海：上海古籍出版社，1979 年），頁 145～220。
[29]陳之藩，《大學時代給胡適的信》，頁 123～125。

盡言論救國的責任

　　對陳之藩的多番勸說甚至是鞭策的話，胡適似不為所動，他有個人的顧慮，因為他與國民黨的關係算不上榮辱與共，他可算是社會賢達中的一位親政府人士，或是國民黨的同路人。行憲後在 3 月舉行的總統選舉他已不為國民黨員所接受，蔣介石還是當選第一任總統。到 11 月及 12 月初國民黨派陶希聖前往北平勸胡適出山擔任行政院長，全權組閣，代替已因金圓券改革失敗而聲名狼藉的行憲後第一任的翁文灝內閣。但胡適以患心臟病多年的理由拒絕蔣介石的任命，他亦不打算收拾書籍，決意不先走，說如果他本人一旦離開北平，北大的人心就會渙散。12 月中旬他在北平被中共軍隊重重包圍的危急形勢之下，決定改變初衷，與陳寅恪、袁同禮等人匆匆乘搭南京派來的飛機撤離。[30]胡適倉皇南下，主因是他認為「共產黨來了，決無自由。」[31]胡適亦曾向葉公超指出，自由人士如他本人及好些知識分子在危難當中仍然與國民黨政權站在一起，是由於最低限度他們可以享受到「沉默的自由」。[32]陳之藩在〈哲人的微笑〉那篇描述胡適這位溫厚長者的文章中，指出胡適和梁實秋不為中共的聯合戰線即通稱的統一戰線所迷惑，兩人的自由思想不曾動搖過，所以在圍城之中逃離北平。[33]雖然中共認為胡適與蔣介石沆瀣一氣，但也曾嘗試爭取胡適留下，開出的條件是可以讓他改當北平圖書館館長，中共這番招手卻得不到胡適的應允。[34]胡適南飛的日子是 12 月 15 日，兩天後便是他的 57 歲生日，這天亦是北大的 50

---

[30]今聖嘆（程靖宇），《新文學家回想錄：儒林清話》（香港：文化・生活出版社，1977 年），頁 199
　　～200。

[31]陳垣致胡適信，1949 年 4 月 29 日，收入陳垣著；陳智超主編，《陳垣全集（第 23 冊）》（合肥：
　　安徽大學出版社，2009 年），頁 61～66。胡適這個見解，在他與陳垣數次關於北平及中國的將來
　　的談話中道出來，胡適並且舉出克蘭欽可的著作《我選擇自由》一書為證。但陳垣在這封信裡反
　　駁：「難道大批青年走到解放區，酷愛自由的青年們都不知道那裡是『絕無自由』的嗎？」陳垣
　　是其中一個決定留在北平靜待解放、拒絕乘搭南京政府專機南下的的高級知識分子。

[32]Suzanne Pepper, *Civil War in China: The Political Struggle, 1945-1949*, p.227.

[33]陳之藩，《旅美小簡》，頁 8。據毛澤東說法，統一戰線是中國共產黨戰勝敵人的三大法寶之一。

[34]曹建坤，〈1945～1949 年間中國共產黨與自由主義勢力的關係研究〉（中共中央黨校博士論文，
　　2007 年），頁 177～180。

週年校慶日，胡適作為北大校長，已不能親自主持在北平的慶祝活動，只能主持南京中央研究院內的北大校慶紀念會，他在講話時泣說：「我是一個棄職的逃兵，實在沒有面子在這裡說話。」[35]

飛抵南京後，胡適對他任中國公學校長時的學生，當時在教育部工作的胡頌平表示，他不願意擔當再到外國尋求援助的差事，因為他對國家和政府失去了信心，抬不起頭向外人說話。到大除夕那天，胡適和傅斯年相對淒然，仿如新亭對泣，一同背誦陶淵明的〈擬古〉第九首，他倆已深深體會到距離「枝條始欲茂，忽值山河改」的黯淡日子不遠了。[36]就在胡適生日當天，他與美國駐華大使司徒雷登會面，強調他對蔣介石政府忠誠不移，如果蔣真的被迫下野，中央政府便會瓦解，共產黨就能按照它的想法取得政權。當胡適問司徒大使他應該向蔣介石說什麼，以及他能夠做些什麼的時候，他眼泛淚光，說已決定放棄學術志業，為國家貢獻力量。司徒大使認為，胡適可以為自由民主再領導另一場新思潮運動或文學革命，胡適則說他在戰勝日本之後的日子裡，並沒有為自由民主盡力，只是埋首氣味相投的學術活動，此時他感到痛心懊悔不已。[37]在國民黨軍節節敗退，以及國統區經濟面臨崩潰的形勢下，胡適沒法子繼續埋首書齋搞他的《水經注》研究，而要將個人的學術興趣放在一旁，為挽救自由民主而決定積極介入對抗共產黨的鬥爭。在山河變色、無力回天的嚴重時刻，胡適似乎要暫時放棄自新文化運動以來，他最愛引用出自易卜生的「真正的個人主義」。[38]

---

[35]耿雲志，《胡適年譜》，頁 203。

[36]參看胡頌平編，《胡適之先生年譜長編初稿（第六冊）》，頁 2064～2066。

[37]The Ambassador in China (Stuart) to Secretary Marshall, 21 December 1948, *The China White Paper*, Vol. II. Stanford, California: Stanford University Press, 1970, pp.897-899.

[38]參看胡適，〈愛國運動與求學〉，《胡適文存（第三集）》（臺北：遠東圖書公司，1953 年），頁 720～725。胡適於 1925 年的五卅運動時期發表此文，勸導學生不要受國家的紛擾和外間的刺激所影響，最重要的是事情是先要救出自己，把自己這塊材料鑄造成有才能的東西，這是易卜生所說的「真正的個人主義」。胡適特別引用兩個外國故事做例子：德國大文豪歌德在國家動盪的時候，用心研究與時局絕不相關的學問；德國大哲學家費希特在敵國駐兵柏林時堅持繼續講學，他的《告德意志民族》講稿是 19 世紀國家主義的經典著作之一。

踏入 1949 年，國民黨軍在遼瀋、淮海和平津三大戰役兵敗如山倒，東北及華北被解放軍占領，軍事上蔣介石面對不可挽回的敗局，1 月 21 日他在中外壓力之下宣布下野，由副總統李宗仁根據憲法規定代行總統職權，李立即開展與中共的和平談判。4 月初胡適應蔣的要求再去美國，但這一次出國並未負有特殊使命。留在上海的一段日子，胡適約同雷震等一班自由主義者，打算開辦日報或雜誌，開展他們所稱的「自由中國運動」，為對抗共產黨盡一分力。在太平洋行駛的輪船上，他寫就〈《自由中國》的宗旨〉短文，強調不能坐視國際共產主義的鐵幕遮遍全國各地，因為在鐵幕之下，新聞自由、言論自由和其他的人民基本自由都會失去，自由陣營人士的「最後目標是要使整個中華民國成為自由的中國。」那時候胡適估計國民黨還可以守得住長江以南的半壁江山，但這個隔江而治的偏安局面只能是空中樓閣，當他抵達舊金山接受記者訪問的時候，才知道國共和談已經破裂，中共軍隊開始渡江攻入首都南京了。其後胡適對美國朋友申明，不論局勢如何艱難，他對蔣介石的道義支持是堅定不移的，並且說他的文章〈我們必須選擇我們的方向〉已清楚宣示他的立場。[39]從胡適的表態可以看到，陳之藩與胡適二人的對話，決定了胡適在國共對決時刻所採取的政治立場。4 月 20 日國民黨拒絕中共所提的國內和平協定後，毛澤東和朱德立即發布〈向全國進軍的命令〉，駐守蕪湖、南京、鎮江地區的國民黨軍隊全線潰敗撤退，23 日晚人民解放軍攻占南京。[40]自 1949 年起胡適從未對中共政權有過幻想，因為他清楚認識到一旦共產黨當權以後，絕無自由民主存在的空間。胡適的反共思想有其哲學基礎，自 1919 年他與李大釗的「問題與主義」論爭已見端倪，共產黨主張用暴力革命手段去推翻國民黨現政權，這與胡適一向主張的自由民主，以及一點一滴的漸進式改革南轅北轍，到內戰時期胡適更絕不認同共產黨的理念和手段，毫不妥協，針鋒相

---

[39]參看胡頌平編，《胡適之先生年譜長編初稿（第六冊）》，頁 2082～2083、2092～2093。胡適草擬的宗旨有四條，後來作為 1949 年 11 月 20 日創刊的《自由中國》半月刊的宣言，他名義上擔任雜誌的發行人。

[40]丁永隆、孫宅巍，《南京政府的覆亡》（開封：河南人民出版社，1987 年），頁 258～259。

對，可是他也犯了低估共產勢力直捲全國的錯誤。[41]

　　自從輸掉三大戰役之後，南京政府日薄西山，手上已沒有多少籌碼可與共產黨較量，正是「槍桿子裡出政權」的現實寫照，由李宗仁代總統主動提出的新一輪國共和談，是在強弱懸殊的形勢下召開，其結果不言而喻。國民黨無法簽訂城下之盟，南京和上海先後不守，其政權危如累卵。政府內閣更動頻繁，自去年 11 月翁文灝因推行幣制政革嚴重受挫而去職，半年之間行政院長由孫科而何應欽而閻錫山。撤退至廣州辦公的行政院自 6 月 13 日起由閻錫山任院長，組閣名單包括胡適，在沒有事先徵求胡適同意的情況下，閻錫山單方面宣布由身在美國的胡適擔任外交部長。抗戰時胡適曾任駐美大使四年，期間得到美國政界及人民的推崇，這時候國民黨要依仗胡適在美國的人脈和民望重拾聲譽，以及重新打通美援的門路。據資料顯示，自從胡適三年前返回中國之後，蔣介石曾經多次嘗試延攬胡適加入政府，擔任國民政府委員、考試院長、駐美大使、行政院長甚至是行憲後第一任總統候選人等等，可是胡適都一一推辭，他只能以在野的黨外人士身分替政府說話，做政府的諍友。

　　面臨國民黨政權土崩瓦解的局面，胡適又要面對同樣艱難的選擇，這一次他亦沒有例外，仍是婉拒蔣介石和閻錫山的邀請。胡適發電報與蔣介石，指出他本人「愛國反共，公所深知，但做官治事，則絕無能力。」胡適更以翁文灝內閣中的師友推行金圓券新貨幣政策失敗為教訓，結果導致政府失掉中產階級的人心，使他覺悟到無能的書生不應該擔任國事職位；上一年冬天胡適已不接受蔣介石的邀請任閣揆，這次閻錫山院長特任他為外長，他仍然以無能力勝任為理由堅卻請辭，並且聲稱宋子文和蔣廷黻勸他接受外長任命是一種幻想。[42]胡適亦發電報與閻錫山，說經過七八日的考

[41]參看周質平，《胡適的反共思想》，收在周質平、Willard J. Peterson 主編，《國史浮海開新錄：余英時教授榮退論文集》（臺北：聯經出版公司，2002 年），頁 507～536。

[42]胡適致蔣介石電，1949 年 7 月 2 日，〈革命文獻──蔣總統引退與後方布置〉，《蔣中正總統文物》（國史館藏，典藏號：002-020400-00029-006）。金圓券政策的主要制定者是財政部長王雲五，他便是胡適在中國公學上學的英文老師。

慮之後決定辭去外長一職，理由是他自覺無能力擔當重任，以及不久前心臟病復發也不利於執行職務，他留在美國可為「國家辯冤白謗，私人地位，實更有力量……今日懇辭，非為私也。」[43]對這個極不情願的任命，胡適曾向他的好友趙元任夫婦訴苦：「六月中，閻內閣發表了我的外交部長，後來他們用種種法子，力勸我不要向外發表我不就外長的話，因此，我從六月到十月初，什麼報館記者都不見！」[44]在這個任命拉鋸期間，外交部政務次長葉公超暫代外長一職，直到 10 月 1 日方由葉氏替代胡適升任外長。[45]

在不負實際政治責任的情況下，胡適可以做到的，只是以在野人士身分克盡言責，在美國進行另一次國民外交活動，如陳之藩多番勸告他應要站出來說話，捍衛已萬分危急的自由民主，因此胡適積極參與「呼籲各方面領袖發表宣言：在共黨統治之下，國家絕不能獨立，個人更難有自由……決定與共黨奮鬥到底。」[46]就在 7 月 7 日當天，蔣介石領銜與各黨派領袖共同發表《反共救國宣言》，團結國內外反共力量繼續與中共抗爭，務求擺脫中國陷入鐵幕、人民失去政治人權及經濟人權的危機。[47] 可是自 8 月 5 日美國國務院發表題為《美國與中國的關係》的白皮書後，胡適頓感失落苦惱，通知駐美使館取消一切約會，整整五個月他沒有去華盛頓與美國政府及國會領袖會面，理由是中美雙方的成見太深，局勢也不是私人談話所能轉移，他所能貢獻的是替國家保留一些尊嚴、人格、體面。[48]胡適這

---

[43] 胡頌平編，《胡適之先生年譜長編初稿（第六冊）》，頁 2095。又胡適的「辯冤白謗」用詞，很明顯是受到他的《水經注》研究影響，因為他要為戴東原竊取全祖望和趙一清的研究成果這疑案替戴氏辯冤白謗。胡適此時身在美國，要為國民黨政府所受到的誤解和冤屈辯護。另看同書，頁 2099〜2010，在胡適致杭立武的電文中，他對政府不容許他向外界聲明未曾就任外長職位表達不滿，並指出他剛剛「得見新佈之千葉白皮書，更覺我前所謂辯冤白謗，實有需要。」

[44] 胡頌平編，《胡適之先生年譜長編初稿（第六冊）》，頁 2108〜2109。

[45] 張朋園、沈懷玉編，《國民政府職官年表（1925〜1949）》第一冊（臺北：中央研究院近代史研究所，1987 年），頁 77、106。

[46] 胡適、蔣廷黻、宋子文致蔣介石電，1949 年 6 月 18 日，〈對美關係（五）〉，《蔣中正總統文物》（國史館藏，典藏號：002〜090103〜00006〜155）。

[47] 參看秦孝儀編纂，《總統蔣公大事長編初稿》（卷七・下冊）（臺北：出版單位缺，1978 年），頁 323〜324，1949 年 7 月 7 日條。

[48] 參看胡頌平編，《胡適之先生年譜長編初稿（第六冊）》，頁 2134；自由中國社編，《胡適言論集（乙編）》（臺北：華國出版社，1953 年），頁 60。關於胡適對美國政府對華政策所作的批評，參看胡適，〈《司徒雷登回憶錄》序〉，《司徒雷登回憶錄（上冊）》，頁 10〜11。胡適認為美國在雅

個消極做法，或許是體現他也所主張的「沉默的自由」。白皮書的公布，亦促使毛澤東發表多篇文章反駁美國政府對中共的指控，在〈丟掉幻想，準備鬥爭〉一文，他指出帝國主義及其走狗即反動的國民黨政府，到了後來只能夠控制極少數的新式的大小知識分子，毛澤東特別列出胡適、傅斯年、錢穆三人為例子，其他的絕大多數人先後走上反對國民黨，擁護共產黨的道路。[49]在國民黨軍敗退華南及西南一帶，共產黨宣布新中國成立的關鍵時刻，胡適不能不滯留美國，並懷著沉重心情度過苦悶的日子。

　　胡適自這次出國後便沒有再踏足中國大陸土地，在美國居住九年後返回臺灣定居，擔任中央研究院院長。在美期間他曾返回臺灣兩次，第一次在 1951 年 11 月至翌年 1 月，留臺期間發表了多次演講，內容分為學術和時政兩大類，講話後來輯為《胡適言論集》甲、乙兩編。在有關時事問題的乙編中，有兩篇文章即〈國際形勢與中國前途〉和〈今日世界〉，可作為那段冷戰日子的個人觀察，這時候胡適已對共產集團擺出毫不妥協的對抗姿態，主張自由世界務必恢復被國際共產集團所統治的地域。[50]1954 年胡適第二次返臺，出席第一屆國民大會第二次會議，在 3 月 22 日的第二次總統選舉大會上蔣介石連任總統。翌年年初陳之藩得到胡適的資助留學美國，入讀賓州大學電機碩士課程，於是兩人的通信又繼續，兩年半後陳之藩畢業後到紐約短期居住，期間曾拜訪過胡適，二人多有來往。留學期間陳之藩給《自由中國》半月刊投稿，文章後來輯為《旅美小簡》，當中較少涉及議論時政的內容，主要是記述留學生活見聞、抒發個人情懷的的散文。1958 年即內戰時期胡陳兩人頻繁討論國內局勢約十年之後，胡寫了一信給陳，分析中共勝利的主因是：

　　我竟不知道那正是蘇聯獨霸世界的一年，正是西方國家毫無武裝力量可

爾達出賣了中國，在內戰緊急關頭扣下援助，如果美國要為國民黨的失敗贖罪，它可以做的事情就是拒絕承認中共政府，並且反對中共進入聯合國。

[49]毛澤東，《毛澤東選集（第四卷）》（北京：人民出版社，1960 年），頁 1489。
[50]自由中國社編，《胡適言論集（乙編）》，頁 1～20。

以抵抗蘇聯集團的時期，那正是毛澤東（Dec. 1947）自誇紅軍打垮了蔣的攻勢，從此紅軍占取攻勢的一年……但那一年美國的軍力只有「一個師和三分之一個師」可以作戰（據 Marshall 四年後的報告）……美國早已自己解除武裝，沒有實力可說了。所以無力量可以阻止東歐各國的淪陷，也無力量可以阻止中國大陸的淪陷。

　　但胡適說他對十年來的局勢發展不感悲觀，還是持樂觀的看法，理由是雖然 1947 年是自由世界最危險的一年，但它卻很快便重新武裝起來，蘇聯獨大的局面於是中止，十年後國際形勢又返回美蘇兩強對立的平衡點上，因此胡適說他自己對保衛自由民主大運動的力量恢復信心。[51]是年 11 月初，胡適返抵臺北正式開展中央研究院院長的工作，直至他於 1962 年 2 月心臟病發逝世的三年多的日子裡，當局的威權統治偏離自由民主軌道，《自由中國》雜誌受到連番打壓，蔣介石的總統三連任風波，國民黨威嚇正在籌備當中的反對黨，特別是 1960 年 9 月初政府逮捕雷震等人並判處雷震十年監禁等等，對他的晚年生活做成極大的精神困擾，導致他的健康嚴重受損而要經常進出醫院。就在胡適逝世前數天，法新社駐臺記者訪問他，在發表了中西文化的看法而被圍剿的氛圍之中，胡被問及自由主義在中國的命運將會如何，他還是樂觀地堅持他的信念：自由主義在中國沒有死！[52]

---

[51]陳之藩，《在春風裡》，頁 74～75。另外，胡適在韓戰爆發後不久曾發表英文論文"China in Stalin's Grand Strategy"，對中共獲勝的原因作深入探討，此文刊在美國 *Foreign Affairs* 1950 年 10 月號，《中央日報》及《自由中國》半月刊有中譯文。胡適認為史達林推行他的欺騙策略和陰謀詭計，導致國民黨自第一次國共合作直至退出大陸期間的一連串不幸後果，參看胡頌平編，《胡適之先生年譜長編初稿（第六冊）》，頁 2141～2148。可以看到胡適特別著重這個蘇聯因素，但他似乎忽略了其他也很重要的因素，例如國民黨的經濟政策嚴重失誤引致惡性通貨膨脹肆虐，亦是公認的國民黨潰敗的原因之一。

[52]司馬長風（胡靈雨），《中國近代史輯要》（香港：創作書社，1978 年），頁 184～185。

結論

　　二戰結束後胡適返回北大後打算辦好大學，並發展個人的學術興趣，繼續寫自 1942 年 9 月卸任駐美大使後重新開始的考據文章，特別是對《水經注》一案的研判。政治方面，他只想打算通過參與國民大會協助實施民主憲政，以求國家政治的長期穩定；國民黨如果能夠放棄一黨專政改行憲政，他多年來的憲政夢想便可落實。但國內外形勢的急速逆轉，用和平手段解決國共兩黨的重大分歧已不可行，武裝衝突越演越烈，胡適心裡少不免感到有點灰心失望。經陳之藩的多番鼓動甚至是催促之下，胡適在思想言論方面的取態轉趨積極，以更堅定的立場發出支持自由民主的聲音，與國民黨及其他自由主義者站在一起，決心為保衛自由民主的生活方式而戰。胡適自逃離北平前後，眼看共產黨在重大戰役中節節勝利，他的愁悶可想而知，但形勢已到了不容許他低調下去和退避，在不做官的前提下，以無黨派在野人士的身分與共產黨抗爭到底。另外，由於內戰的嚴重干擾，胡適對國內高等教育的長遠發展的理想，亦因此而付諸東流，他曾發表〈爭取學術獨立的十年計劃〉一文，建議用國家的力量在十年之內建設五至十個第一流大學，使它們成為學術獨立的基地，從而提升中國大學的整體學術水平。[53]

　　在不忍目睹自由民主將被專制吞噬的危機之中，陳之藩以一個關心時政的青年大學生虛心地向胡適尋求指導。陳抱有強烈的愛國心，對國共雙方的看法也較為持平，不盡為黨見所蔽，有其獨立的思考和判斷，他所維護的是自由民主而不是效忠於任何黨派。陳之藩欽佩胡適高尚的道德人格，以及深深被胡適為捍衛國民自由，支持民主憲政而發出的呼聲所打動；胡適亦賞識陳之藩的英銳和識見，有別於受意識形態所左右的一般學生。由於陳之藩感念胡適的知遇之恩，如沐春風，所以在胡適突然病逝之

---

[53] 胡頌平編，《胡適之先生年譜長編初稿（第六冊）》，頁 1992～1996。

後，他含著淚寫出多篇深情的懷念文章，收入《在春風裡》散文集裡面。[54]
此書的香港版單行本編輯邀請陳之藩補寫序言，但這欠了兩年的序，他卻
不能連續寫下去，因為一想到要寫他「就沉浸在與胡先生的各種回憶裡，
頭也歪了，眼也直了，坐著發呆。」在一邊寫一邊流淚的情況下這篇補序
終於完成。[55]在紀念胡適的一篇文章中，陳之藩祈求：「適之先生，天上好
玩嗎？希望您在那兒多演講，多解釋解釋，讓老天爺保佑我們這個可憐的
國家，我們這群茫然的孤兒。」[56]胡適與陳之藩二人之間的感情，就是這般
純粹深厚；他倆在國共內戰時期的多番交流，見證了這兩位堅定的自由主
義者的共同呼喊，在歷史關頭為保衛自由民主發出時代的聲音。

──選自陳昌明主編《花開的樹──陳之藩先生學術研討會論文集》
臺北：里仁書局，2012 年 3 月

---

[54]此集所收的九篇追念文章，錄有胡適於 1957 年 4 月至翌年 3 月寫給陳之藩的五封信，陳憶念胡
的煦煦師教和關顧，如抗戰時一同與胡適爭取美國借款的陳光甫所稱：「這些景仰適之先生的意
識，在他生時，都潛藏在心底深處，等到他死後，都發洩出來了。」參看陳光甫，〈適之先生哀
詞〉，《自由談》第 13 卷第 4 期（1962 年 4 月），頁 11。

[55]童元方，〈我們都是看你的文章長大的〉，《思與花開》（香港：牛津大學出版社，2008 年），頁
300。序文的完成日期是 2005 年 6 月 12 日於香港，已是胡適逝世 43 年之後。

[56]陳之藩，《在春風裡》，頁 144。

有女同行
陳之藩與童元方的「夢」與「遊」*

◎李欣倫**

前言：私語與詩話

> 最痛快的是一邊散步，一邊說詩。我有時背誦兩三句不全的律詩，元方就給補上。她有時說一些清詩，我則忽覺新意盎然。可是又記不住，過了明天就忘了。常常這樣散步，但不覺得是散步；倒是像在作夢，而在夢中說詩。
>
> ──《散步》，頁 5

　　陳之藩在〈散步〉中如是說。這段與童元方在查理河畔邊散步邊說詩的風景對陳之藩來說「倒像在作夢」，「在夢中說詩」。事實上，「在夢中說詩」不僅將兩人的散步談詩形象化，亦讓筆者聯想至童元方的第一本譯作《愛因斯坦的夢》。作為譯者與讀者，童元方以為這本以「夢」為題之書，實乃「散文的詩」或「詩的小說」（《愛因斯坦的夢》，頁 133），因而，「在夢中說詩」似也切合《愛因斯坦的夢》之基調。此書的序文出自陳之藩之手，同時作為萊特曼與童元方的讀者，陳以為無論原著與譯作「皆詩心與詩筆」，不寫詩但懂詩與科學的陳之藩，最喜歡聽研究詩、譯詩也懂詩的童

* 本論文的題目與要旨由康來新教授所發想、提供，非常感謝。其次，感謝童元方教授在筆者撰寫論文的過程中，多次予以協助。另外，也感謝兩位匿名審查委員所提供之建議，不僅有助於本論文之修訂，對筆者亦有諸多啟發。
** 發表文章時為靜宜大學臺灣文學系助理教授，現為靜宜大學臺灣文學系副教授。

元方講書；尤其是講詩（《遊與藝──東西南北總天涯》，頁 231），而在兩
人的散文中，不時可見兩人談詩與科學的生活情景，由是，研究陳之藩，
不可忽視閱讀童元方的重要性，尤其是 2008 年出版的《思與花開》不時可
見童元方的身影穿梭其間；同樣地，閱讀童元方，亦需留意她與陳之藩對
話之軌跡，然在目前的研究中，這部分猶有進一步探索的空間。[1]基於上述
陳之藩與童元方散步說詩之片段，以及兩人在《愛因斯坦的夢》中以譯
文、序文之形式「對話」，筆者欲從「夢」與「遊」兩個角度──前者隱含
時間，後者隱含空間與詩──切入，來看陳之藩與童元方在夢中說詩的生
活場景，進而析理兩人的關注焦點及散文之內涵。

　　無論話題圍繞著詩、文學、科學或生活，筆者以為童元方和陳之藩示
範了日常與學術合流的「方法學」，如同童從個人經驗中提到的「生動的方
法」。[2]相較於學術論文要求的「精確的方法」，筆者欲以此「生動的方法」
來看陳之藩與童元方的生活對話及散文特色，探看兩人之「夢」與「遊」，
私語及詩話。

一、夢與時間

　　　　萊特曼不是以藝術塗抹童話，也不是以藝術諷刺成人。他是以藝術來說

---

[1]目前的資料中同時談及陳之藩與童元方的作品，以採訪並介紹書籍的形式為主，例如宋雅姿〈散
步在波士頓的春風裡──專訪陳之藩教授〉（《文訊》第 216 期，2003 年 10 月，頁 75～79）、蘇惠
昭〈攜手漫步共餘生──陳之藩與童元方〉（《出版情報》第 185 期，2003 年 9 月，頁 12～15），
兩篇文章分別從兩人的互動和結婚談起，進而介紹《散步》與《水流花靜》。若以研究來看，僅有
陳敏婷在〈陳之藩散文藝術特色研究〉中，以其中一節來處理，據她表示，陳之藩與童元方結婚
後，「陳之藩的寫作似乎重新注入了動力，短短五年間便出版了三本新作。」 由此可見童元方對
陳之藩實有重要之影響。此外，童元方也透露，因為有了交流的對象，婚後的陳之藩比以前快
樂。（陳敏婷，〈陳之藩散文藝術特色研究〉，頁 18）
[2]童元方曾表示在哈佛大學念書、在香港中文大學教書以及到英國劍橋大學兩個暑假的經驗，使她悟
出兩大傳達及接受知識的方法，即「精確的方法」（Rigorous Method）與「生動的方法」（Vigorous
Method），其中「生動的方法多不是在教室中，反是在飯桌上講的，穿袍不穿袍，點燭或不點燭；有
時作主，有時作客，各系串門；本行外行，天南地北；你講我聽，或我講他聽，總之是七嘴八舌的
亂說。」又說「生動的方法卻多是以書院為施行場所，只有很少的大學有此制度。不用數學，沒有
實驗，只是吃飯或聊天。」而童以為自己很幸運，有機會參與哈佛大學、中文大學及劍橋大學的書
院晚餐，「可以說書院是實施生動教學的所在。」（《為彼此的鄉愁》，頁 110）

科學，來說科學中最捉摸難定，最具關鍵地位的概念──時間。

──《愛因斯坦的夢》，頁 VI

　　陳之藩在《愛因斯坦的夢》的序中如是說，雖以「夢」為名，所談的仍是「時間」：愛因斯坦的時間論從根本改變人類對時間的看法，具有劃時代的意義，萊特曼則以詩筆替愛因斯坦作了三十個夢，讓「譯夢」的童元方暫時擱置了博士論文，沉醉在愛因斯坦的夢境裡。童元方喜歡所有與夢相關的主題，因為「夢境常常反映出現實見不到或說不清的地方」（《愛因斯坦的夢》，頁 131），並從愛因斯坦的夢境召喚出中國詩歌之相類意境──如李白、陳子昂的時間感及人生觀，也許正因此閱讀感知力，讓陳之藩不禁嘆道童的翻譯與原作皆「詩心與詩筆」，可謂「美俱而難併」（《愛因斯坦的夢》，頁 VI）。

　　作為愛因斯坦的讀者，萊特曼以詩心詩筆再現了愛因斯坦關鍵的 1905年；作為愛因斯坦與萊特曼的讀者，童元方那清麗造句、明快節奏、自然對仗及灑脫譯筆，「如響斯應」地脈合著萊特曼的原文[3]；而作為愛因斯坦、萊特曼與童元方的讀者，陳之藩不僅看出了萊特曼以詩和藝術方法敘說科學中的時間，更讀出了童元方譯文之精采奧妙處──「秋水文章不染塵」，懂科學又懂詩的陳之藩，給予譯者之筆與作者之文同樣讚賞，是童元方的知音。事實上，在更早之前，童元方已是陳之藩的讀者與知音了，童元方的〈我們都是看你的文章長大的〉一文，便細數自己閱讀陳之藩的過往，其中，當她倒回去看自己尚未出生前，大學三、四年級的青年陳之藩寫給胡適的信，「是奇怪的經驗」，彷彿過去未來都攪亂了，「漸漸地我好像進入了他的時代」，同時也是父母的時代，「我的生命所來自的時代。」

---

[3] 以上的形容乃陳之藩對童元方譯筆之讚美，（《愛因斯坦的夢》，頁 VI）。事實上，連作者都稱讚童元方的譯筆，即便不懂中文，萊特曼光聽童元方誦讀便立即肯定她的譯筆一定是各國譯文中最好的；思果亦頗有同感，他指出童元方的譯文甚至留意到平仄，而《愛因斯坦的夢》詩意很濃，「要不是熟讀中國詩，沒有法子譯出氣氛，童女士的譯文可誦，就是因為她的中國詩底子好。」（思果，〈難得的佳譯──童元方譯的《愛因斯坦的夢》〉，頁 46）

（《遊與藝》，頁 217）不同時代的兩人，曾在波士頓的查理河畔誦詩話
夢，任意穿梭於不同科學家與文學家的時代；不同時代的兩人在《愛因斯
坦的夢》中，以譯文、序文的形式深刻體解了愛因斯坦與萊特曼，同時藉
此形式化為讀者又成知音；不同時代的兩人，藉由讀與寫，最初也是最終
進入了同一個時代——生命所源之時代，這似乎亦可用「在夢中說詩」來
將這種時間感予以形象化，由是，筆者欲以「夢」為題，談陳之藩與童元
方對「時間」主題的共同關注與敏銳。

　　筆者欲先從兩人的日常生活互動談起，在〈為什麼沒有莫札特〉一文
中，童元方敘述兩人分隔兩地，表面上看似寫身處異地，其中卻隱含彼此
對時間感的體認差異。別離前，童元方吟誦江淹的〈別賦〉，從詩中別離映
照至眼前分離，不禁嘆道「陝西與江蘇，河北與河南，在江淹的時代已是
不可思議的遠距離了」，何況是香港與波士頓的距離更加迢遠，「人生經得
起幾次春苔之生與秋風之起呢？」面對童的淚眼與心酸，詩心與抒情，陳
之藩卻已展開科學思維，有條不紊地分析從波士頓坐飛機六小時便至溫哥
華，再十小時便到香港；相同地，從香港到洛杉磯不過十二小時，再五小
時就到美東，「不必說江淹的牛車時代十幾小時還到不了鄰郡，就是瓦特的
火車時代，從紐約也到不了芝加哥啊！」（《水流花靜——科學與詩的對
話》，頁 31）對於相隔兩地的時空感，陳之藩以理性思維安撫童元方之詩
心。同樣是分別，陳提供了一個較正向也較能令童寬心的時空感，如同陳
之藩之作品總予讀者正向與向上之力量。

　　筆者留意到兩人的文章常圍繞著時間主題，從日常生活的對談到文章
的鋪陳與特色皆然，以下分述之。如在〈霍金在香港發表學術演講之日〉
一文中，陳之藩先提及某次等童元方打電腦，童說：「只等兩分鐘」，陳描
述童元方對「分鐘的定義是她自訂的」，「有一次變成需要乘以三十倍，等
了一小時。」（《思與花開》，頁 249）家常之景寫來卻饒富情味，在看似平
凡瑣碎又無關宏旨的敘事中，實則含納兩人對時間刻度之細緻感受，從日
常生活開始，進而導出後文中較為廣闊的時間向度。這篇文章從關乎時間

的生活細節起始，接著寫在等待過程中，報社訪員來電詢問陳關於霍金和愛因斯坦的關係，陳在文章中繫聯了兩人關係，進而表示看過霍金的盧卡斯講座，並提出三個問題，最後關注霍金《時間簡史》裡的「生命場」——霍金表示伽利略死的那年是 1642 年，牛頓生，而三百年後，正是自己的生年，陳雖未多加著墨，但其中所含攝的生命場意象，似可與陳的〈橫看成嶺——一九二二那一年〉相互參看。在此文中，陳帶領讀者回溯歷史時間軸，特別聚焦於 1922 年，陳對此年的敏感來自於發現包括孔恩、小玻爾（Aage Bohr）皆生於 1922 年，而後準備了一本名為「一九二二」的筆記本，記載學術上的人與事，此外，陳還挑選了幾則「好玩」的與讀者分享，如徐志摩和張幼儀在德國離婚一事。雖說「好玩」，但文內可見陳認真的考據態度與細緻的思考軌跡，更巧妙的是，陳於文末還扣回每個拋出來的線索。經過對 1922 年的層層析理，文學與科學大師之生命場開始交織牽引，徐志摩與愛因斯坦竟有了繫聯。

在考據與豐富的資料蒐整下，陳推衍出一個饒富興味的論點：

> 大家均知伽利略逝世的那一年，牛頓誕生。愛因斯坦誕生的那一年，麥克士韋逝世。好多人把文學與科學視為一家，那麼也可說普魯斯特逝世之年，楊振寧誕生了。只就科學來看，如說愛因斯坦到上海那一年，楊振寧在懷寧出生，也是很難得的巧合罷。

——頁 27

由是，陳之藩以為楊振寧乃「我國出奇的大人物」，有個關乎特殊時間點的理由，當楊振寧誕生時，一方面愛因斯坦在上海，另一方面則是普魯斯特逝世，藉由開展時間的縱橫向度，讀者從時間座標當中窺見了科學與文學大師生命場的交織。這是陳之藩眼中風起雲湧的 1922 年，而有童元方的陪伴與對話，愛因斯坦和于右任亦有了關係。〈屬兔的故事〉一文開頭便是「元方很細心」，因為童從牆外海報留意于右任與愛因斯坦同歲，都生在

「1897」年，話題由此展開，陳說了關於于右任的軼事，惹得童大笑起來，後又提到另一個童關於 1922 年的新發現：此年，當愛因斯坦經上海至日本，於滬略作停留，而當時在歡迎會致詞的上海校長便是于右任（《思與花開》，頁 205），由是，愛因斯坦不僅與徐志摩的生命有所交會，亦與于右任有了聯繫。這篇文章亦可見對時間敏感的兩人，常從生活中的細微處著眼——尤其關注於時間印跡，而後開展出大幅度的時空對話。藉由陳之藩細緻琢磨與童元方細心注目，歷史與時間來到了兩人對談當下，化為飽滿的生活養分與記敘土壤，讓行走於字裡行間的讀者，彷彿亦漫遊於關鍵的時間渡口。

相較於陳之藩對 1922 年的爬梳，童元方則能細數 1616 年的文學史。回到陳之藩談霍金的那個時空，當陳之藩細細推敲伽利略、牛頓與霍金的生命場之際，童元方則拋擲出另一個時空的生命場——1616 年，圍繞此年前後不僅發生了重大的科學史及文學事件，東西方的文學大師莎士比亞、塞萬提斯與湯顯祖皆死於此年。這篇〈霍金在香港發表學術演講之日〉從時間談起，進而以霍金的研究和講座為核心，在看似即興與隨筆形式的思維和對談脈絡中，卻含攝幅度廣闊的時空主題，藉由「探訪」不同科學家及文學家的生命場，串連起文學史及科學史大師及經典之作。如同不少博學多聞的散文大家，陳之藩與童元方的散文亦穿梭古今中外，悠遊於時間軸，讓讀者一脈跟隨，當讀者以為行旅即將結束，文末又翻出新的作家作品，留予空間，待讀者細細品讀，如童元方〈殘酷的項鍊〉先從翻譯大家楊憲益的詩句談起，接著談其深愛古國文化的妻子戴乃迭，最後則想及莫泊桑的〈項鍊〉；從欣賞「愛因斯坦的戲」到《愛因斯坦的夢》之中譯，最後竟翻出湯顯祖的「夢」與「戲」（《遊與藝》，頁 76），又如談完諾貝爾文學獎得主瓦科特（Derek Walcott）的詩，續以文天祥北上的詩作結（《一樣花開——哈佛十年散記》，頁 208），不僅文末常翻出新樣，文章所含攝的時空向度亦廣。陳之藩的文章亦然，如〈時空之海〉一文從布萊克、小泉八雲、戴森再到愛因斯坦，最後則到陸放翁的詩句，以人物為座標，任思緒

在廣幅的時間向度裡徘徊。在看似即興漫談的敘事基調裡，陳之藩與童元方循著時間軌道行進，讓即便是短篇散文亦像在時間長廊漫步，在夢境中悠遊，「在夢中說詩」。

　　無論是對談抑或書寫，兩人似乎喜愛漫遊於時空之海，並自然地引領讀者穿梭古今中外，或啟發哲思，或帶來驚喜。陳之藩在〈時空之海〉中，先從布萊克的畫《時空之海》開始，進而談及其廣為人知的詩「一砂一世界，一花一天國」，自問自答地拋出了一個問題並隨之解題：即科學家戴森之廣引布萊克的詩，並不同於我們引用「床前明月光」那般地自然而無據，陳之藩以為，這個問題須從愛因斯坦有關時間的「廣義相對論」談起，有別於牛頓時空無盡無限的觀念，愛因斯坦以為過去、現在及未來無差別，「只是幻象」，戴森則以布萊克的詩解釋只有一個式子的廣義相對論。談及此，陳之藩寫到：

> 但這不是常人所能懂的語言。科學家因為口啞得不能說話，在不能傳達他內心的激越予常人時，就借詩的語言來形容了。
>
> ——《陳之藩文集3》，頁43

這段文字不長，但筆者讀來，似能感受此種激越的內心狀態或也在陳之藩心中波濤洶湧。首先，在「不是常人所能懂的語言」中，隱含了一組又一組知音：戴森既是愛因斯坦又是布萊克的知音，以後者之詩與前者之方程式相互參照；而能看出戴森引布萊克奧妙的陳之藩，則同時是愛因斯坦、布萊克及戴森的知音，方能從看似分別獨立或表面上理所當然的詩與公式中，讀出其統一性：「如果說只許用詩來說明愛因斯坦的時空觀，也很難找出比布萊克這幾句再神似的了。」（頁44）而在「時間」知音環墟中的陳之藩，最後以陸放翁關乎時間的詩作結——「三十萬年如電掣，斷魂幽夢事茫茫」，讓陸放翁加入這個時間續流與生命場。

　　對時間具敏感度和省悟力的陳之藩，在1995年的臺南，將以上的思考

軌跡寄予一位知音和讀者，因陳之藩深知這位收信者是懂的，能從短短的話語中了解科學和詩學下的時間奧妙，雖然這位知音／讀者／收信者的身分在出版中是隱匿的，但不令人意外地，這位收信者的確是童元方。[4]也許因為翻譯《愛因斯坦的夢》，童元方對時間的各種面向和可能皆有所思維；換言之，時間似已內化成她思考與視角的一部分，在她看來，人、事、物無不隱含時空線索，於是莫札特並非一個人名，「是一個空間的名字，比奧地利大得多；莫札特更是一個時間的名字，比萬古要長得多。」（《水流花靜——科學與詩的對話》，頁 33）在她的細緻感受下，莫札特輝煌的藝術成就須以時空單位計量，個人姓名拓延為時空象限，正因童元方對時間、詩、科學和藝術有獨到的體會，陳之藩將這封集合跨時空知音與生命場融會的信寄予童元方——他的知音。倘若從這個角度再重讀陳之藩所說的「這不是常人所能懂的語言。科學家因為口啞得不能說話，在不能傳達他內心激越予常人時，就借詩的語言來形容了」，便似乎蘊含了幽微的深意。

二、遊與詩

> 我們沿著查理河，從波士頓大學往哈佛大學的方向一路散著步，一路聊著天。這樣的沿河散步，尤其在春、夏及初秋，已經有好多年了。聊天的題目俯拾即是，範圍則是漫無邊際。……像這樣晴朗的天，澄明的水，溫柔的風，在這河邊不知重複了多少次，我們的談話，卻沒有一次是相同的。
>
> ——《水流花靜——科學與詩的對話》，頁 129

童元方如是憶往。對陳之藩和童元方而言，在查理河散步顯然是兩人共存的溫暖回憶，陳之藩不僅以此為書名，在童元方的數篇文章中，亦常

---

[4] 經筆者和童元方通信確認，童元方表示「陳先生 1995 年寫於臺南的這封信，的確是寫給我的」，因公開發表而刪去了姓名。筆者與之通信時間為 2011 年 9 月 14 日。

見散步談話之記敘，童元方近年的散文集《遊與藝》翻用了孔子的「游於藝」，將「游」化作「遊」，表面上指過去幾年的行旅點滴，筆者則以為「遊」與「散步」應合，於是乎在序中，童提及陳之藩不僅是散步時的伴，同時也是她看戲、電影、小說時的傾訴對象，因而書名所謂的「藝」，便捕捉了與陳先生相伴談話的時刻，「在流轉的風光中留住蝴蝶的蹁躚。」（《遊與藝——東西南北總天涯》，頁 2）筆者以為，「遊」與「藝」兩個關鍵字將陳之藩和童元方的談話說書予以形象化，並精準捕捉了兩人悠遊詩與科學殿堂之情景，然就筆者觀察：兩人所談多以詩為中心——即便所談為科學，對談最終總應和著詩之節拍[5]——故以「遊」與「詩」來看兩人散步談詩之情景。

（一）散步與對話

散步與談話成為陳之藩和童元方的共同記憶，儘管童元方的《水流花靜》與陳之藩的《散步》各有主題，但兩人不約而同地提供了日常生活的談話場景，如童在〈在五月十日想起了六月十六〉一文中提及：

> 相識了這麼多年了，而結婚才剛四十天，但我們幾乎無日不交談。比如我在美，他在臺；或者他在美，我在港；兩人總要在電話上絮絮私語。有時則是一室之內。促膝談心，似乎永遠有說不完的話。
>
> ——《遊與藝——東西南北總天涯》，頁 267

這篇文章從題目便可見童對「時間」的關注，文中描述兩人對談幾個 6 月 16 日的生命場交會。此外，上述的引文充分表露兩人「絮絮私語」的形象，然當兩人的談話以出版的形式呈現，「絮絮私語」不再僅局限於兩人，更好似對讀者述說，尤其童元方常以對話而非單一敘事的形式還原兩

---

[5]尤其是「一路讀詩」、又看科學史著作與科學家傳記的童元方，總能讀出科學家的詩心，因此她才研究麥克士韋的詩，並以為麥氏的科學散文「燦爛如畫，悠揚似詩」。（《遊與藝——東西南北總天涯》，頁 238）

人談話的內容與氛圍，讓讀者彷彿親臨了談話現場──不獨兩人私語，更是詩與科學的壯闊對談，深化了「談話」這一日常生活瑣事；換言之，從兩人「絮絮私語」出發，卻往往引出文學、歷史、科學的精采對話，這令筆者想及林文月曾提過「宇宙全人類的關懷固然很值得入文，日常生活的細微感觸也同樣可以記敘」（《午後書房》，頁 1），巧妙的是，兩人的散文往往從日常生活的對談著眼，最終卻因論及文學和科學而「達到宇宙全人類的關懷」。

對談的軌跡在童元方的《水流花靜》中多有著墨，不時可見兩人無話不談之情景[6]，在此以〈科學與詩的對話〉為例，文章一開頭便以簡潔字句勾勒談話現場：

> 在波士頓時，每天回到小屋，他如果在家，一定會問這類的話：「今天，你讀了些什麼詩？誰的？怎麼講？為什麼好？」我不知為什麼，很愛給他講詩。他聽了，有時納悶，有時納罕，也有時不解，等我講明白了，他又有時大笑，有時感動得像個小孩。
>
> ──《水流花靜──科學與詩的對話》，頁 175

童鮮活地再現談話場景，讀者不僅能一窺科學與文學大師陳之藩日常而真實的一面，更自然而然地跟隨著輕鬆氛圍，進入／浸入詩與科學的殿堂，以上述的引文為例，兩人從冒辟疆給董小宛的詩，談到劉禹錫、文天祥、陸游和杜甫，談及用字之美、「俗極而雅」的詩句，童元方寫道「兩人所感，不必全同，但真有搔到癢處的快樂」（頁 175）；又言「與所愛的人亂談所愛的詩，像在半畝方塘中一起涵泳，一起悠遊；有說不出的歡喜。」（頁 177）除了文學與詩，兩人的散步談話內容亦包含科學，即便所談為科學，最終仍舊轉回詩上，如當陳之藩談模型轉換，童元方則聯想起詩領

---

[6]如童元方寫到「又說了一夜」，又如「這一夜，我們真是沒有合眼，我為什麼這麼喜歡聽他講模型呢？」（《遊與藝──東西南北總天涯》，頁 38、205）

域的「比」、「興」之演變；從李白的〈長干行〉一路談到李商隱的「無題」，兩人愈談愈興奮，尤其童元方能找出李商隱詩中「比喻之為模型」的視覺意象與嗅覺氣息，讓陳之藩讚嘆不已，並勾連出更多模型與比喻的對話（頁 209），以童元方《水流花靜》的副標題「科學與詩的對話」來概括此夜談場景，真是再恰當不過了，而此書之所以能激盪出豐富的科學與詩之對話，正出自於陳之藩和童元方日常生活的對談。

　　和童元方「你講我聽，或我講他聽」的「生動的方法」相同，陳之藩亦留意「學術發展上最老的方法」──即「對話法」，這可說從蘇格拉底起始的（《愛因斯坦的夢》，頁 20）。談及蘇格拉底與對話，便自然地想到蘇格拉底與柏拉圖這對師生的對話錄，藉由師生一來一往的提問及論辯，許多關鍵且影響深遠的思想與概念便以最傳統卻也最深刻的對話形式保留下來，然有趣的是，當蘇格拉底和柏拉圖一一論究詩人的罪狀，不允許詩歌闖入理想國之際，陳之藩和童元方卻大談詩，涵泳並悠遊於詩之堂奧；更精確地說，即便所談物事並非以詩為主，但卻以詩為註，將日常與學術生活的時時刻刻繫聯著詩，同時體現了如何將「精確」、「生動」的方法學鍛鑄合一。

　　透過童元方的回憶，我們可以將兩人「談話」的軌跡從查理河畔再往前追溯，往更早也更特殊的時空尋覓。童元方在〈我們都是看你的文章長大的〉一文裡，便提及高中時代的自己已開始閱讀陳之藩的《在春風裡》與《旅美小簡》，邊讀邊像眉批那般，將感觸寫在書本空白處，「可以看作見了好詩，居然應和起來」（《遊與藝》，頁 205），在童元方猶以為陳之藩是古人之際，便以閱讀和書寫的方式與作者應和、悠遊。這兩本原要送給妹妹的書，後因捨不得而帶到美國，與她同遊。仔細追索，此文有兩條相互交織的敘事線：一是童元方的個人成長生命史，再者則是閱讀陳之藩作品到兩人相伴談詩的歷程，生命與閱讀互滲互融，尤其遭逢磨難及憂苦，閱讀似能淡化苦痛，如 16 歲的童元方面對長期臥病的父親、甫動完乳癌手術的母親；同時背負照護三個年幼妹妹之責，陳之藩的〈寂寞的畫廊〉中

的寂寞、荒涼，讓童深感「痛苦之餘彷彿得到了一些慰藉」（頁 202），閱讀陳之藩之作更成為一種儀式，適足以淨化心靈。

　　陳之藩的經典之作不僅撫慰了少女童元方的心，同時更給予無數青年學子力量，鏗鏘的字句撼動了青年讀者，溫柔的詩行則照亮了青年讀者的心，這正是陳之作多年來入選兩岸三地教科書的原因[7]，然透過童元方深情而細膩的敘事，讀者更能深切了解陳之藩的作品不僅陪伴青年讀者成長，更促發了正向的改變：

> 我好像比以前更投入地隨著他的眼光看周遭的一切，又隨著他的思考琢磨所啟發的問題。我很高興自己在成長的過程中，看了陳先生的書，那年少的氣焰，才沒有燃燒成野火；而那蓄勢待發的雷暴，才轉去追尋生命的意義。
>
> 　　　　　　　　　　　　　　　　　　　　——《遊與藝》，頁 206

　　這便是陳之藩作品內蘊的正向價值：適時轉化年少氣焰，將之導引至光明處所。由此可知閱讀能產生既深且廣的力量，當讀者隨其目光檢視周遭，又隨其思考脈絡省察問題，讀者與作者似乎不再是兩個單獨而不相屬的個體，而是化為一體，同往同遊。

（二）漫遊與談詩

　　對懂詩且愛詩的童元方來說，「遊」很難不與詩發生關聯，如〈在懷古的金陵〉便從韋莊的〈金陵圖〉、文天祥的詩、劉禹錫的〈石頭城〉到吳梅村，透由童元方的詩心串連，眼前的臺城與中國「金陵懷古」的詩題傳統接續在一起，而後回歸到自身的生命史中，她不禁懷想在哈佛的最後幾

---

[7]參詳潘步釗〈觀劍與識器——香港預科中國文學課程選文的〈寂寞的畫廊〉〉，收入《陳之藩教授國際學術研討會暨文物特展會議論文集》，文中表示陳之藩的〈寂寞的畫廊〉「知性和感性兼具，既有濃濃的抒情文字，也有對人生無奈困惑的思考」，雖然所寫的內容為半世紀前的留學生活，但「少年情懷、寂寞獨處、生命的疑惑，以至和老人家的相處，對於年輕學生，這些既易有共鳴，也不難體味」，因此為一篇理想的教材。（頁 91～92）

年，「浸在古人的歌聲與自己的淚水中」，回憶過往，「那時的時間是梅村之後多少年，那時的空間是哈佛之路多少里，不只是身的飄零與漂泊，更是心的無著與無依。最後，只剩詩人的一些句子，想忘卻忘不了。」（《遊與藝》，頁 28）筆者以為，童元方似將個人生命史與學術研究放在更廣闊的時空座標中，藉由讀詩，研究詩以及與古人對話，與詩人同遊，增拓了空間與時間向度，同時也藉由「詩」的象限來度量自身存在，尤其最末一句話更深切地展現了詩標記於自身的刻度，彷彿詩已銘刻進身體與記憶中。因此，對童元方而言，詩與遊密不可分，彷彿每個當下行跡，皆能脈合中國古典詩之抒情傳統，個人生命史與詩之歷史同遊同往。

　　以詩為個人生命史作註也內化為陳之藩的一部分，在陳的〈日記一則〉中，他與楊振寧話往昔，談及戰時坐火車逃難，從華陰以後的各站，陳皆以詩句代敘，個人的生命記憶呼應著古典詩的意境；或說陳以古典詩為個人生命憂苦作註，個人生命與文學、歷史所展構出來的大時空接軌。作為科學大師與散文名家，自謙「不會作詩，學作詩也來不及」的陳之藩對詩充滿熱情[8]，所思所念皆是詩，如陳曾於美國伯朗工程公司擔任工程師期間，同事間常有「該把什麼人送上太空」之話題，最後討論該送詩人上太空，「人們悟出的竟是詩與詩人才是太空事業之所需」（《陳之藩文集3》，頁 297）。因為詩人方能細緻描摹感受，由此，陳之藩的思緒從美國太空奔躍至中國文革，思考應唯有詩人才能讓人一窺文革究竟，遂以詩來形容當時氛圍並引領讀者同遊。又如〈老嫗能解〉一文，陳便將諾貝爾生物醫學得獎者納斯（Paul Nurse）的一席話「科學家的語言要淺白到像與老祖母談天，這是科學家的責任！」並與白居易的詩觀「老嫗能解」互為對照（《陳之藩文集 3》，頁 430），可見詩亦已銘刻進思維，從日常生活細微處到科學宇宙大哉問，無處所見不是詩，起心動念皆是詩，這不禁令筆者想

---

[8]雖陳之藩如此說自己，但在給童元方的信中卻寫到自己作詩，童則形容是因陳之藩將「寫文章當作詩」，同時在童看來，散文〈失根的蘭花〉「朗誦起來誰說不是詩？」（《遊與藝——東西南北總天涯》，頁 236）

及楊牧曾說「詩是我們用以詮釋宇宙的一份主觀的,真實的紀錄。」(頁72)陳之藩體現了如何以詩巧妙而靈活地詮釋事件及審思宇宙。

如此愛詩之人,邂逅了另一個愛詩並懂詩之知音,兩個「全愛念舊詩」的人攜手相伴,私生活似成了「詩」生活,因此當捧讀漏了兩個字的何其芳的七言律詩,竟開始玩起詩的「填字遊戲」,並「反覆討論了十來天」,後因見得完整的詩稿才暫時結束(《思與花開》,頁 241)。由此可見,生活即詩,詩即生活,有女同行即有詩同行,當兩人同遊,所見風景遂成詩篇,並盡綴疊著個人記憶。童元方於〈旅途私語——過英法海峽〉寫兩人從南特到巴黎的車廂上相對而坐,面對此情此景,童不禁吟到「相看兩不厭,只有敬亭山」,而陳則對曰:「我見青山多撫媚,料青山見我應如是」,後來陳將「應如是」改成「不如是」,令童憶及了陳「自己不作詩,可是誰的詩他都敢改」(頁 48)。此文最末,兩人抵達英國劍橋,於聖約翰報到後,陳之藩欲找中國餐館,童元方立刻告知方位,並指出餐廳名稱為「萬里晴樓」,陳訝異童記性好,童則娓娓道來因由,原是陳過去訪童的景美舊居,看到客廳掛著童二妹所寫的字「千江有水千江月,萬里無雲萬里晴」,遂說前句甚好,後一句卻是廢話,童則說景美與劍橋有何干係,卻偏偏記住了「萬里晴」這家餐館的名字(頁 62),聊及此,兩人笑得前仰後合,「萬里晴樓」則因詩和個人記憶的編織而讓「遊」有了不同的焦點。由此可見,「詩」在兩人同遊的過程中扮演了關鍵性的角色,因此在童元方的行旅散文裡,較少見風景之描述,多半是與陳之藩的對談,而所談內容又以詩和科學居多,由是構成了具特色的行旅書寫,對愛詩、譯詩也懂詩的陳之藩和童元方而言,詩與記憶交織構築了行旅地圖,與其說兩人同「遊」外在世界,不如說悠遊於內心風景,而其中,詩是重要媒介。

有童元方的相伴,「遊」不僅是身體移動,即使片刻,又即便只是一幅畫作,卻已讓陳之藩「遊」歷穿梭詩之國境。某回,陳之藩與童元方應成大醫學院之邀演講,在朋友的研究室中,陳對一幅簡單卻有力量的海天畫

作有所感，童元方一看，便指出此畫出於羅斯科（Mark Rothko）之手，自殺的畫家卻讓觀者內心平靜，在童若有所思後，「忽然天外飛來地、順口背出東坡被貶多少次以後從海南島歸來的詩句」，只記得最末兩句的陳之藩原從《徐霞客傳》或《丁在君傳》知曉此詩，看童「背誦得那麼自然」，方知此詩原句出自蘇東坡，接著說「她真是學對了行，讀了藝術史後又讀線裝書，才能夠細說蘇東坡在那些霉透了的歲月裡，竟作出『天容海色』如此安詳的詩。」（《思與花開》，頁 223）對童元方能從羅斯科海天畫作翻想至蘇東坡「天容海色」詩行，陳之藩的字裡行間透露讚賞，筆者似能感受他對於擁有如此兼具詩心與靈光的人生旅伴／伴侶之欣喜。

　　他倆的生活處處可見詩之蹤跡，不禁令筆者想及波赫士（Jorge Luis Borges）曾說：

　　我們嘗試了詩；我們也嘗試了人生。而我也可以很肯定地說，生命就是由詩篇所組成的。詩並不是外來的——正如我們所見，詩就埋伏在街角那頭。他可是隨時都可能撲向我們的。

　　　　　　　　　　　　　　　　　　　　——《波赫士談詩論藝》，頁 8

　　對陳、童二人來說，也許生命正由詩篇組成，因此當筆者悠遊於兩人的文字中，確實能感受到「隨時撲向我們的」詩風詩情。於是，當童元方無法相伴，陳之藩便透過寫信與知音同遊。童元方在〈理還亂與悶無端——陳之藩的信〉中，提供數則陳之藩的信，其中一則是陳某次從臺北到波士頓首日所寫，當時童元方正從香港飛往舊金山，前者剛結束飛行，後者仍在路上，陳則於童西飛途中，閱讀童元方的《文天祥與吳梅村：兩組北行詩的比較研究》，接著於信中談詩，從文天祥、吳梅村、杜甫、李白談到陶潛、李商隱，最後到孔子的「不學詩，無以言」，寫完這段詩話，陳特別記下時間，「他想我距離舊金山只有三小時半了罷。」重讀此信，童元方「無法想像陳先生大清早起身，什麼都不幹，先坐在桌前繼續寫半夜未竟的那

封信。」（《遊與藝》，頁 233）即使童元方無再多加著墨，但這短短的文句
不禁讓筆者浮想聯翩：那不再是讀者所仰望的科學大師與散文名家，而是
邊寫信、邊聊詩、邊看錶（時時留意她是否已到舊金山）的陳之藩，藉此
與既是女伴、又是旅伴、更是知音的童元方同「遊」話「詩」，相思之情溢
於言表。

　　這還不夠，透過童元方的提醒，陳之藩在信中巧妙轉換人稱，將稱童
元方的「你」改為「我」，試圖以書寫與童化為一體，不僅以她的口吻和思
緒來書寫，甚以她來觀看陳之藩自己。對此，童元方寫道：

> 我發現只要我不在現場與他對話，他寫信給我，有時會以想像中的對話
> 自娛，或者說在跟我玩。
>
> ──頁 234
>
> 這裡的陳先生是活潑而調皮的，一封信倒成了一臺戲了，有一種說不出
> 的性感，我想只能用「有甚於畫眉者」來解釋。
>
> ──頁 236

　　若無童元方節錄陳之藩書信的片段，讀者很難看到陳先生「活潑而調
皮」的一面，或者該說：若無童元方的相伴同遊，或也不易開啟陳之藩
「活潑而調皮」的一面？此外，即便童元方不在場，「活潑而調皮」的陳之
藩則透過書寫形式與之對話，套一句波赫士對柏拉圖《對話錄》的形容：
「柏拉圖主要的目的就是要營造出蘇格拉底還在他左右的幻象。」（頁 12
～13）藉由信箋中的角色扮演與對話，陳之藩似乎也讓童元方常在其左
右。

　　童元方曾以眉批形式與陳之藩「應和」，並試圖以陳之藩的眼光閱讀世
界，當讀者成為伴侶／旅伴，陳之藩不自覺以書信方式與童元方「對談」，
同時以童的口吻和思緒反觀自身。無論眉批或書信，兩人的「談話」早已
開始並連緜相續，如此一「遊」業已消弭了時間界線與空間隔閡，甚至超

越了身體，已達詩境，恍如夢境，「在夢中說詩」。

結語：讀者與知音

> 他一看是我，不論手上拿著的是什麼書，都會談起他的問題或感想。比如：「你快來看這位錢基博，也就是錢鍾書的父親，是怎麼解釋語言的？」還有英文書，他說：「你看霍金從前的妻子珍，把一生都葬送了。真是慘！」我因為站在門口，跟他有一點距離，看見那孩子般憨傻的神情，只覺感動。我想：什麼是自由呢？大概就是這種隨興表達的自由。什麼是幸福呢？大概是兩個獨立的人，互相了解的幸福。
>
> ——《遊與藝——東西南北總天涯》，頁 223～224

　　童元方如是說。少女時代的童元方已是陳之藩的讀者，且受陳的文詞激勵，從讀者成為作家。[9]而彷彿命定，幾年之後，當童元方拿起了筆，陳之藩倒成了童元方的讀者，讀到仍是臺大中文系學生的童元方的作品[10]，早在兩人邂逅前，已互為對方的讀者，冥冥之中的巧妙因緣。當兩人相遇，場場關乎詩與科學、生活與生命、時間與空間的對話沿著查理河畔展開；當童元方翻譯《愛因斯坦的夢》，陳之藩既是萊特曼又是童元方的讀者（同時三人都是愛因斯坦的「讀者」）。而當兩人成為伴侶，無論對話的內容是詩或科學，皆透露了兩人共同扮演的讀者身分，正因兩人廣博的閱讀經驗與深刻思維，那些曾經閱讀的詩篇悉皆化為旅途風景與生命母土，共享閱讀美好，互為彼此知音。[11]

---

[9]童元方在〈我們都是看你的文章長大的〉中提到，閱讀〈叩寂寞以求音〉一文後，有感「蚌的夢當年對我曾振聾發聵，於今逐漸演變為雷聲：我也要拿起我的筆來。」（《遊與藝——東西南北總天涯》，頁216）

[10]陳之藩第一次看到童元方的名字，是因為看到童元方獲得臺大文學獎的作品〈從聯考到放榜〉，有感「這小女孩寫得真不錯。」（蘇惠昭，〈攜手漫步共餘生——陳之藩與童元方〉，頁13）

[11]童元方受訪時曾表示她和陳之藩是「在智慧的層面上可以互相交流，是彼此的知音。」（陳敏婷，〈陳之藩散文藝術特色研究〉，附錄頁3）

　　於是，經由童元方的描述，我們看到了兩人「搶讀」小書過程中「且笑且讀」的即景[12]，藉此想像陳之藩與童元方兩個寫作者成為讀者、互為知音的生活片段。於是，我們也看到童元方欲了解何以陳之藩對麥克士韋方程式從「心曠神怡」到「心迷神亂」，當陳以「聚散無常」和「迴旋無已」來概括時，童將此悟道比擬成水之於海倫凱勒的感覺，實有「震撼後的快樂（《水流花靜——科學與詩的對話》，頁 182），由此可見童一方面欲深入科學堂奧，一方面則想參與知音的閱讀世界和視界。同樣地，相當留心於用字遣詞的陳之藩，和童元方琢磨、討論「笑傲」、「嘯傲」之差別後，卻勾連出童元方為吳梅村所流的眼淚，陳既是心疼又是體解地說「她的心事我知道」[13]，筆者揣摩陳之藩所知道並疼惜的不單是作為伴侶的童元方，更是那一再從現實中歸返詩國、流連詩境；並對詩人體貼入微的讀者／知音童元方。由此再來看上述引文中童元方所謂的自由和幸福，似可從閱讀與知音的層次切入，雖童說「隨興表達」，但因兩人早已長期浸潤於文學和科學中，即便隨興，似乎仍以閱讀經典大師為經，以成為彼此知音為緯——且看上文「不論手上拿著的是什麼書」的陳之藩，流露出迫不及待地要與童元方分享讀後感的「孩子般憨傻的神情」——兩個獨立的人卻能相互了解，似乎亦基於共通的閱讀經驗，又即便閱讀經驗和感受有異，但這種「震撼後的快樂」似乎是共有的。正因陳之藩與童元方深知對方，兩人皆了解閱讀之美，了解生命中的諸種美好與閱讀有關，並有詩為註。

　　筆者不禁想及《詩經》中「執子之手，與子偕老」的靜態畫面，同時

---

[12]童元方在〈追溯天才之源——有關愛因斯坦的情書之中譯本印行一年後〉中，形容她將楊振寧推薦的《彼得羅叔叔與哥德巴赫猜想》讀成《笑林廣記》，並描述她和陳之藩將這本小書「搶著看完了。」（《水流花靜——科學與詩的對話》，頁 129）

[13]陳之藩以為『「嘯」與「笑」原不是一種文化。「嘯」是抗議的文化，「笑」是迎合的文化。招隱之下，不敢抗議，就只有迎合了。」當陳說完，再看童元方時，發現她正「為梅村的窩囊正哭著。原來梅村連個嘯字也不敢用，她的心事我知道。」（〈笑與嘯〉，《陳之藩文集 3》，頁 398）此外，陳之藩對用字的留心亦可見於童元方之描述，在〈理還亂與悶無端——陳之藩的信〉文中，童以「誌謝」和「致謝」之例，來說明「陳先生對文字的敏感與尊重。」（《遊與藝——東西南北總天涯》，頁 239～240）

又想到另一幅《詩經》中的動態場景：「有女同行，顏如舜英。將翱將翔，佩玉將將。」有女同行即有詩同行，當陳之藩、童元方穿梭時空之海，漫遊於詩之洋與科學之境，傳來的不是佩玉的聲響，而是兩人的詩話與私語。

引用書目

- 《陳之藩教授國際學術研討會暨文物特展會議論文集》，臺南：成功大學，2010年。

- 宋雅姿，〈散步在波士頓的春風裡——專訪陳之藩教授〉，《文訊》第 216 期，2003 年 10 月，頁 75～79。

- 林文月，《午後書房》，臺北：洪範書店，1986 年。

- 波赫士，Jorge Luis Borges，《波赫士談詩論藝》，臺北：時報文化出版公司，2001年。

- 思果，〈難得的佳譯——童元方譯的《愛因斯坦的夢》，《精湛》第 29 期，1996 年 10 月，頁 45～46。

- 陳之藩，《散步》，臺北：天下遠見出版公司，2003 年。

- 陳之藩，《陳之藩文集》，臺北：天下遠見出版公司，2006 年。

- 陳之藩，《思與花開》，香港：牛津大學出版社，2008 年。

- 陳敏婷，〈陳之藩散文藝術特色研究〉，香港：香港大學中文學院碩士論文，2009年。

- 童元方，《一樣花開——哈佛十年散記》，臺北：爾雅出版社，1996 年。

- 童元方，《水流花靜——科學與詩的對話》，臺北：天下遠見出版公司，2003 年。

- 童元方，《為彼此的鄉愁》，香港：牛津大學出版社，2005 年。

- 童元方，《遊與藝——東西南北總天涯》，臺北：三民書局，2011 年。

- 萊特曼，Alan Lightman 著，童元方譯，《愛因斯坦的夢》，臺北：純文學出版社，1995 年。

- 楊牧，《一首詩的完成》，臺北：洪範書店，2006 年。

・蘇惠昭，〈攜手漫步共餘生──陳之藩與童元方〉，《出版情報》第 185 期，2003 年 9 月，頁 12～15。

──選自賴俊雄主編《筆的力量──成大文學家論文集》
臺北：里仁書局，2013 年 2 月

文學與科學交會的光芒
論陳之藩前期的散文風格

◎陳信元[*]

前言

　　陳之藩是科學家，精通數學、物理、電子等，他也是位散文家，作品集在兩岸三地出版，並選入教科書、各種選集裡。外國的大散文家都是跨行而學有專精的學者，甚至是某方面的權威。打開外國散文史，法國文藝復興後期的蒙田（Michel de Montaigne, 1533-1592），是位散文家，也是人文主義思想家，他開創了絮語散文（familiar essay），以平易的語言，質樸的述說，恰當的引用，使人頓生誠摯親切之感，自成一種絮語漫談之風。他的《隨筆集》三卷（1595 年增訂本）的卷首開宗明義告訴讀者：「這是一部坦白的書」，「我要人們在這裡看見我的平凡、純樸和天然的生活，無拘無束亦無造作，因為我所描述的乃是自我。」從陳之藩在大陸、旅美時期致胡適的書信，《旅美小簡》、《劍河倒影》等書中，除了具備蒙田絮語散文的風格，也兼具英國培根（Francis Bacon, 1561-1626）隨筆體（Essay）散文簡潔奇警的文風及哲學思辨的色彩。陳之藩的散文廣徵博引，順手拈來的比喻，恰似蒙田；寓意深刻，說理透澈，有如培根。英國詩人雪萊（Percy Bysshe Shelley, 1791-1851）稱讚培根的文字「有一種優美而莊嚴的韻律，給感情以動人的美感，他的論述有超人的智慧和哲學，給理智以深刻的啟迪」。這段話用來形容陳之藩的散文再貼切不過。

[*]陳信元（1953～2016），發表文章時為佛光大學中國文學與應用學系副教授。

　　蒙田之後，法國出現一位兼具科學家、思想家、散文家身分的巴斯卡
（Blaise Pascal, 1623-1662）。他是計算機的發明人，大氣壓力理論與流體靜
力學「巴斯卡定律」的創立者，也是或然率的創立者之一。不過，大家都
喜歡讀他的散文集《思想錄》（1670 年）。巴斯卡以數學家嚴格的邏輯思維
方式來談人的精神和文風問題，他認為「人是會思考的蘆葦」，「人的全部
尊嚴就在於思想」。1984 年 1 月 17 日，陳之藩在香港中文大學講「科技時
代的思想」[1]，推崇《沉思錄》「精美深沉而光華內斂，舉世因而公認他是
思想界的翹楚」。前段話頗有「夫子自道」的意味，後段話用來形容陳之藩
「思想的導師」胡適，誰曰不宜？

　　千禧年前夕，筆者受邀為「臺灣文學經典研討會」撰寫〈探索人性的
藝術──論梁實秋《雅舍小品》〉一文，主辦單位要求不要加太多的註釋，
不要「學術論文化」，果真寫來十分順暢，但該參考的文獻，還是洋洋灑灑
蒐集一堆。在臺灣有關陳之藩散文的報導、書評、書介倒是不少，較具學
術研究價值的卻寥寥可數，如張曉風〈日色中亦冷亦暖的青松──評陳之藩
的散文〉（1991 年）、陳昌明〈智者的故鄉──論陳之藩《劍河倒影》〉（1999
年）、簡宗梧〈惟有聖賢多寂寞：陳之藩散文〈寂寞的畫廊〉〉（1985 年）、王
文進〈漢魏古詩式的散文──析論〈失根的蘭花〉〉（1985 年）、思果〈餘力
的輝煌──談陳之藩的散文〉（1995 年）等。另有兩部碩士論文，一是林佩
瑾〈吳魯芹、陳之藩散文研究〉（2007 年）、施秀琴〈陳之藩及其散文研
究〉（2008 年）。

　　思果曾批評 1985 年版《陳之藩散文集》編的不算理想，陳之藩對某些
散文集的編印也有微言。本文撰寫時採用 2006 年天下遠見出版公司精校精
印的《陳之藩文集》（三冊）。立論大致以《大學時代給胡適的信》、《蔚藍
的天》、《旅美小簡》、《在春風裡》、《劍河倒影》為主，也參考《一星如
月》的幾篇文章。研究主軸，重在呈現戰後陳之藩苦悶的源頭及思欲解決

---

[1]陳之藩，〈時代的困惑──在香港中文大學校外課程部講「科技時代的思想」〉，《陳之藩文集 2．
一星如月》（臺北：天下遠見出版公司，2006 年 1 月），頁 380。

的矛盾與阻礙；與「思想導師」胡適的通信與論辯；旅美時期的寂寞；劍橋二年的思想轉變、劍橋精神的特色等，套用大陸學者劉登翰的一本書名「雙重經驗的跨域書寫」[2]，是將陳之藩的散文置放於 1950、1960 年代的「留學生文學」的文化精神譜系中，觀察漂泊異邦兼具感性、理性的思考，以及揮之不去的家國之思與懷鄉情結。

一、苦悶的大學知識青年

　　中國對日抗戰方告結束，國內政爭紛起，國家前途未定之際，青年學子有感於時局動蕩，苦悶之情油然而生。1948 年 6 月 13 日，北洋大學學生陳之藩在雷海宗所編的《周論》第 1 卷第 23 期發表〈世紀的苦悶與自我的徬徨——青年眼中的世界與自己〉，談及抗戰勝利後青年苦悶問題。在前一年，他曾在《大公報》發表〈我們為什麼苦悶？〉，他自我反省，認為「那已經承繼了抗戰末期犬儒思想的餘緒，……與處士清談橫議的作風。因而許多地方恕人有餘，自責不足。」[3] 1948 年這篇文章，充滿對世界局勢的關心與思考，他對胡適在 1947 年 8 月廣播稿「眼前文化的動向」中特別對共產主義所說的「在民主的大潮流中，三十年的專制獨裁，不過是小小逆流，小小波折而已。」[4] 不了解這樣的看法，於是寫信請教胡適，後來欲罷不能就有了《大學時代給胡適的信》這本書。不過，陳之藩對所謂「新民主主義」，還是感到困惑和苦悶。他舉捷克政潮的變化與英國工黨執政後的自由、民主作為對照，指出英國共產黨認為罷工可以救英國，但「有誰能擔保不變成捷克第二，使英倫陸沉呢！」[5] 談的是世界局勢，指向

---

[2] 劉登翰，《雙重經驗的跨域書寫——20 世紀美華文學史論》（上海：上海三聯書店，2007 年 6 月）。

[3] 陳之藩，〈代序：世紀的苦悶與自我的徬徨——青年眼中的世界與自己〉，《陳之藩文集 1・大學時代給胡適的信》（臺北：天下遠見出版公司，2006 年 1 月），頁 13。

[4] 陳之藩，〈代序：世紀的苦悶與自我的徬徨——青年眼中的世界與自己〉，《陳之藩文集 1・大學時代給胡適的信》，頁 14。

[5] 陳之藩，〈代序：世紀的苦悶與自我的徬徨——青年眼中的世界與自己〉，《陳之藩文集 1・大學時代給胡適的信》，頁 17。

的是共產黨在中國的胡作非為，所以，「誰能擔保共產黨不是利用自由的旌旗作為掩護自己身影的工具；藉民主的溫床，變為繁衍『主義』的沃土。」[6]陳之藩長期堅持反共立場，源自他深刻認識共產主義的問題。這篇文章，在當時得到胡適、金岳霖、馮友蘭、沈從文等人的注意。

此時的陳之藩放眼國際，指出舉世的人很少不苦悶的，深睿如愛因斯坦，樂觀如蕭伯納，進步如拉斯基，博學如羅素，也都要苦悶，中國人很難不受這種全球化苦悶氣息的感染。但外國人縱然精神苦悶，步伐從不亂，精神再徬徨，始終不投降於強暴。而中國在苦悶中，不察病象，而亂找成藥方子。他特別批判魯迅所說：「一要生存，二要溫飽，三要發展，苟有阻礙前途發展者，無論是古是今……一律踏倒它。」[7]他認為「一律踏倒」的口氣，十足代表了自亂步伐的中國特有精神。反對魯迅的思想，也就成為他後來作品的基調。1967 年 1 月，他的懷舊散文〈垂柳〉中，藉由小學老師之口大罵魯迅的〈秋葉〉裡以贅筆寫牆外有兩株棗樹為「兩次屁」。1988 年 6 月，在中央大學畢業典禮上，還批評魯迅思想的空洞。[8]

對時局苦悶的問題，該如何解決，社會是將希望託付給青年，但陳之藩在已經奮鬥的努力中感受到重大精神的矛盾與阻礙。第一，覺解與實用中的矛盾。人不能只在聽其自然的狀態下生活，必須對人生有所覺解，才有活的興趣與活力。

第二，凌亂與統一間的矛盾。文化應該多元發展，才是進步的根基，他以英國保守黨與工黨不同的訴求為例，說明「在凌亂中不難謀求統一，在統一中不難存在差異」。可是，「中國需要以落後三百多年的民族學習法治，以龐大數十倍的國土學習統一，以十多種的民族而學習協和，先天上

---

[6]陳之藩，〈代序：世紀的苦悶與自我的徬徨——青年眼中的世界與自己〉，《陳之藩文集 1・大學時代給胡適的信》，頁 18。

[7]陳之藩，〈代序：世紀的苦悶與自我的徬徨——青年眼中的世界與自己〉，《陳之藩文集 1・大學時代給胡適的信》，頁 27。

[8]陳之藩，〈進步與保守〉，《陳之藩文集 3・時空之海》（臺北：天下遠見出版公司，2006 年 1 月），頁 20～21。

已難，後天上更不易。」[9]所以必須給民眾一個明確的說明與宣傳。當時國民黨政府就欠缺強而有力政策性說法，民眾也看不到國家的願景，所以正如陳之藩所擔心的「流向專橫與野蠻」的統治。第三，遠在與近存的矛盾。羅素、武者小路實篤都曾稱讚中國的生活方式，陳之藩引歌德所說：「遠了的事事物物都是美的。」喜歡遠的事情成了人類的習性，他以「盧梭唱著自然，老子唱著往右，共產者唱著烏托邦，湖邊詩人唱著原始社會」[10]，來說明人類不是向回顧發出無限依戀，就是向前瞻發出無限熱望，這個矛盾，影響當代青年。作為時代的知識青年，陳之藩不無豪情的宣告：「我們要披負枷鎖，飲下酒汁，手攜手的從夜裡出發，醒在黎明的眩光裡！那已是新世紀的曙色，新世紀的春天！」[11]他並沒有等到新世紀的曙光，而是提早遠離戰亂的祖國，遠渡重洋來到臺灣，落腳高雄臺灣碱業公司當工程師。

二、「思想醫師」胡適的啟發

　　陳之藩對時局的關懷不僅在政治問題上，也旁及科學思想所能發揮的效益。在 1947～1948 年間，他寫給胡適 13 封信，當時胡適是北京大學校長，陳之藩是天津北洋大學電機系三、四年級學生。1947 年 8 月間，胡適在「眼前文化的動向」中，提到人生三大目標，其中提到「用科學成果解除人生苦痛」，讓陳之藩疑惑，他不贊同胡適使用的方法：「一點一滴的工作，與一尺一寸的進步。」而提出自己的見解：「點滴的進軍，常不如一個思想的飛躍，也就是科學點滴的工作，有時確實不如科學思考所學的獲益較多。」他舉原子能的發明為例，「愛因斯坦並不是由化學成分提出來，也

---

[9]陳之藩，〈代序：世紀的苦悶與自我的徬徨——青年眼中的世界與自己〉，《陳之藩文集 1・大學時代給胡適的信》，頁 31。

[10]陳之藩，〈代序：世紀的苦悶與自我的徬徨——青年眼中的世界與自己〉，《陳之藩文集 1・大學時代給胡適的信》，頁 32。

[11]陳之藩，〈代序：世紀的苦悶與自我的徬徨——青年眼中的世界與自己〉，《陳之藩文集 1・大學時代給胡適的信》，頁 34。

不是由原子構造試出來的；他卻是用數學去想出來的。……也就是哲學報告給他的。」[12]《旅美小簡》〈智慧的火花〉一文，就提到愛因斯坦在「智者的旅店」普林斯頓高等研究所，唯一的工作就是上天下地的思想。費城的賓州大學也有一個類似的「富蘭克林中心」，陳之藩凝望著中心裡愛因斯坦的塑像，寫道：「愛氏所以成為愛氏，不僅是因為他是數學家、物理學家，而且也是哲學家。」[13]在給胡適的第一封信，他就提出不同的見解：「一個哲學的思考要比科學的劬力重要得多，人類的文明在於不斷的互相交流，倒不在一點一滴的工作下去會有多少進步。」[14]胡適在 1947 年 8 月24 日寫了一篇〈我們必須選擇我們應走的方向〉，在全國四十多家日報發表，也是回答陳之藩的來信。

　　1948 年 2 月 28 日，陳之藩致胡適第二封信，稱胡適為「思想的醫師」[15]，他在牆外響著槍聲的夜晚，以沉重的心情寫下對時局的擔心：「時局愈來愈壞，中共鬥爭愈來愈瘋狂，已經無法以一種溫和的思想去理解他。」「我要呼救。我不惜沖倒淹溺，也要發揮一些力量來挽救這末世的狂流。」他向胡適提出六個問題，胡適在 1948 年 3 月 3 日回信中有所答覆。其一是，陳之藩提出「盡量壓下心去把自己造成一塊小而堅的石材，努力的學我的技術，但我反覆體味這件工作，有些不中用，至少是緩不應急」。胡適回信指出這是「任重而道遠」的事，不可小看了自己。其二，陳之藩指出「想救國先得有決心，決心的培養又受環境的影響，如此往復循環，究竟從何插手？誰做？」胡適的回答借鑑歷史：「一切『惡連環』，當用齊國君王后的解法。她用鐵錐一敲，連環自解了。從你能做的做起。」其三，陳之藩問胡適「五四」時打倒孔家店的想法現在是否有些商榷，有所

---

[12]陳之藩，〈信一〉，《陳之藩文集 1．大學時代給胡適的信》，頁 36～38。

[13]陳之藩，〈智慧的火花〉，《陳之藩文集 1．旅美小簡》，頁 285。

[14]陳之藩，〈信一〉，《陳之藩文集 1．大學時代給胡適的信》，頁 39。

[15]陳之藩，〈信二〉，《陳之藩文集 1．大學時代給胡適的信》，頁 41～46。胡適在 1948 年 3 月 3 日致陳之藩的信，及 3 月 16 日寫在一張便條紙上，黏在信稿上面的答信，見《胡適來往書信選（下冊）》。

修正，又加上一句「如馮友蘭先生似的」。胡適提出辯解：「關於『孔家店』，我向來不主張輕視或武斷的抹殺。你看見了我的〈說儒〉篇嗎？那是我很重視孔子的歷史地位的。但那是馮友蘭先生不會了解的。」陳之藩對馮友蘭抗戰時期出版的《新世論》、《新事論》、《新理學》、《新原人》、《新原道》（後來加上《新知言》，稱為「貞元六書」），評價很高，即使在 1951 年為《文摘》撰寫〈哀一位哲人——五十年代談馮友蘭〉，也不忍苛責「向唯物主義投了降」的「一代賢哲」馮友蘭，還比較胡適與馮友蘭的《中國哲學史》，指出胡適「是用科學方法整理中國哲學史的第一人，他顯然是因為無法處理玄之又玄的時代，下冊一直寫不出來」，而馮友蘭「卻把佛老與理學整理得那麼楚楚有則與井井有條，使愛對竹枯坐的人有思維的安排。成帙的經典，於此定的定，註的註了。」[16]對兩人的評價判然有別。陳之藩在臧否當代政治人物、思想家，好惡分明，常以主觀評斷，以致欠缺客觀的學術衡量標準。他還請教胡適所說的「善未易明，理未易察」的意思。胡適回答：「就是承認問題原來不是那麼簡單容易。宋人受了中古宗教的影響，把『明善』、『察理』、『窮理』看的太容易了，故容易走上武斷的路。呂祖謙能承認『善未易明，理未易察』，真是醫治武斷病與幼稚病一劑聖藥。」胡適貼在信稿上還有一張便箋：「也許『善未易明，理未易察』是我近年不大說話的大原因。」「也許發現一個英年的陳之藩可以打掉一點暮氣。誰曉得？」對陳之藩有頗多的期許，但陳之藩並未走上以思想救國的道路，反而在留美期間所寫的文章流露悲觀的色彩，失根的悲痛。胡適致陳之藩信中，最在意的問題是陳之藩引用金岳霖的一段話：「今日哲人似無一移風易俗者，哲學成宗教始有力，但既為宗教不復為學矣。」這是 1947 年，陳之藩就讀北洋大學二年級時，忽然考入清華大學哲學系一年級，他在清華園與金岳霖的對話。胡適算是間接回應金岳霖的看法，他說：「思想切不可變成宗教。變成了宗教，就不會虛而能受了，就不思想了。我寧可

[16]陳之藩，〈哀一位哲人——五十年代談馮友蘭〉，《陳之藩文集 1．蔚藍的天》，頁 206。

保持我無力的思想，絕不肯換取任何有利而不思想的宗教。」1955 年 3 月
4 日，陳之藩在美國寫〈童子操刀〉，3 月 9 日寫〈並不是悲觀〉，還提到金
岳霖的一席話。

　　陳之藩收到胡適的來信，深受感動，哭了，也決定了他畢生的路程，
他在 1948 年 3 月 6 日的回信寫道：「當羅曼羅蘭讀到托翁的信後，而決定
了他畢生的路程，而甘地讀過了托翁的信因而發揚了曠古未有的道德的力
量。」[17]以此比喻胡適的諄諄教誨對他的影響劇烈。這一些信表達了對抗戰
時期知識分子悲觀、偏執言論的不滿，也憂心中共煽動青年學生的憤慨，
種下了堅定反共的立場。3 月 17 日致胡適信中，形容「在生命中流」的胡
適是「一個深沉的智者」，「一個謙虛的靈魂烘托著一個聖潔的軀體」，讓他
耳邊不禁浮現「高山仰止，景行行止」的聲音。他也寄望胡適能從歷史找
到藥方，力挽狂瀾。陳之藩在 6 月 7 日致胡適函中，再度感謝先生的教
誨，使他「由悲觀孤獨的懸崖上，跳入白浪翻天智慧知識的海中。現在已
由黑暗的夜裡出發，在波濤的起伏中浮沉。未來，也許醒在黎明的眩光
裡。」[18]1962 年 3 月，在紀念胡適的系列文章中，他推崇胡適的心胸，「山
高水長已不足以形容，完全變成了天無私覆，地無私藏，日月無私照的朗
朗襟懷了。」[19]

　　1948 年 8 月 4 日，陳之藩乘金剛輪由上海轉赴臺灣當日，他寫了一封
信給胡適，有推崇也有期待：「『承百代之流，會當今之變』，先生有哲學的
底蘊，有科學的訓練，有足跡遍天下的眼界，有古今數千年學識的素養；
先生應該以青年時的勇猛精神，創造當今中國思想的道路。」[20]8 月 22 日
發自高雄的信中，他引用胡適說過的：「以筆報國在經緯萬端的事業中」，
要胡適放下學校的行政工作、《水經注》的工作，拿起筆來，「將二十年來
中國思想斷了線的風箏拉回來」，「把這一群無告的青年從河這邊搬到那邊

---

[17]陳之藩，〈信三〉，《陳之藩文集 1・大學時代給胡適的信》，頁 47。
[18]陳之藩，〈信七〉，《陳之藩文集 1・大學時代給胡適的信》，頁 84。
[19]陳之藩，〈第四信——紀念適之先生之五〉，《陳之藩文集 2・在春風裡》，頁 115。
[20]陳之藩，〈信十〉，《陳之藩文集 1・大學時代給胡適的信》，頁 98。

去」，他認為這種事是「緩不立待的」，只有胡適自己能做。[21]11 月 12 日的信中，卻暗批胡適的消極，他舉三十年前，胡適曾說過的「不朽主義」：「一個人的『小我』終要毀滅的，一個大我卻是不亡的。那個大我便是古往今來一切『小我』的紀功碑、彰善祠。這個大我是永遠不朽的，故一切小我的事業、人格、一舉一動、一言一笑、一個念頭、一場功勞、一椿罪過也都永遠不朽，這便是社會的不朽。」這段談話諷刺了三十年後的事實。他稍帶責怪的語氣，指陳胡適「近十年來在消極方面確實做到了不屈服，不盲從，未辜負過去，遺害未來。但是，在這個歷史的大決中，在積極方面顯然先生的力量不僅為不遺害而已。」[22]在 1948 年 11 月 25 日寄出的、收入集中的最後一封信，胡適引用羅蘭的名句裡有一句話：「為什麼要給我們生命？」堅定的回答是「為要征服它！」他認為這個征服的力量是「先生的聲音的賜予，是先生清明的心地與堅忍的笑容。」[23]

　　1948 年 8 月 15 日，陳之藩經 11 日航程抵達高雄，隨即正式到臺灣碱業公司報到，名義上當工程師，其實是帶領二十多位女工教修馬達。後來，經由前北洋大學院長李書田介紹，進入國立編譯館，負責科學方面的翻譯。任職期間認識了出身旗人世家的王節如，並結了姻緣。陳夫人頗通俄文，能票京戲，還能做一手好菜，在陳之藩散文中「如姐」出現的次數不多，余光中〈沙田七友記——陳之藩〉[24]倒有較詳細的描述，桂文亞的〈細雨・白雲・綠楊——陳之藩先生訪問記〉[25]，也有陳夫人的身影。當時的同事梁實秋在人文科學組，後來當上館長，對陳之藩照顧有加，還為他調薪一倍。在臺北的五年中，梁實秋成了陳之藩的「芳鄰」，陳之藩幾乎每天晚上都在他家談天，當然脫離不了文學的話題。陳之藩在《劍河倒影》

[21]陳之藩，〈信十一〉，《陳之藩文集 1・大學時代給胡適的信》，頁 104～105。
[22]陳之藩，〈信十二〉，《陳之藩文集 1・大學時代給胡適的信》，頁 107、110。
[23]陳之藩，〈信十三〉，《陳之藩文集 1・大學時代給胡適的信》，頁 113。
[24]余光中，〈沙田七友記——陳之藩〉，《文學的沙田》（臺北：洪範書店，1981 年 8 月），頁 26～31。
[25]桂文亞，〈細雨・白雲・綠楊——陳之藩先生訪問記〉，《聯合報》1977 年 1 月 20 日，12 版。

的代序〈如夢的兩年〉中說：他到劍橋後，才發現當時的聊天正是不折不扣的「劍橋精神」。

　　陳之藩同時也結交了一群學文、學史、學哲學的朋友，大家商量創辦一份青少年刊物《學生》，陳之藩自告奮勇提供一些譯詩，並從借來的小泉八雲的《文學講話》節譯詩人的介紹，當然，詩也是小泉八雲挑選的。包括英、美、俄詩人朗費羅、丁尼生、布萊克、華茲華斯、柯勒律治、雪萊、濟慈、普希金、伍立曼等人的詩作。這些作品後來結集成《蔚藍的天》（臺北：遠景出版公司，1977 年）。陳之藩因譯詩，結識了《自由中國》文藝欄主編聶華苓，旅美後也成為該刊的作者。

三、寂寞旅人的書簡

　　1950 年代起，臺灣與美國密切的政治、軍事、文化、經濟關係，出現了第一波留學和移民潮。它一方面反映臺灣社會普遍崇洋的文化意識，另一方面突出不滿臺灣的教育制度，對臺灣政治前途和經濟發展的憂慮。但留美的陳之藩將視野推及上一代的歷史，下一代的未來，留意異國社會的各個層面，尤其是人文與科學思想，並常推向自己所來自的故土。

　　1955 年，陳之藩在胡適、楊家駱等人資助下，赴美留學，進入賓州大學研究院就讀，一面打工，閒暇時為《自由中國》寫稿。收入《旅美小簡》的 23 篇散文，陳之藩稱之為「一個寂寞旅人在荒村靜夜中的嘆息聲」，他一落筆，「似乎就落在憂鬱的影子裡；即使是笑聲也是寂寞的，即使是笑容也是蒼白的。」[26]陳之藩從小在父親的督促下，奠下深厚的古文根柢，在第一篇小簡〈月是故鄉明〉中，他在機上想起兩句詩：「鶴以青松為世界，鷗將白水作家鄉。」青松、白水都是他欣賞的豁達之境界，但為何又要遠渡重洋去尋找呢？他不禁思索留學的意義，想到當年清華學校一批批留學生所用的是「血淚」庚款，但回國後，有當買辦，有當洋奴，對國

---

[26]陳之藩，〈前記〉，《陳之藩文集 1・旅美小簡》，頁 252。

家有貢獻的不多。他選擇留學，一來在國內是念不成書，做不成事的；二來是不看看人家，永遠不明白自己。寂寞，是《旅美小簡》揮之不去的基調，〈哲人的微笑〉寫胡適送陳之藩上車後寂寞的身影；〈出國與出家〉，想起美國哲人所說的「人之常情，是在高山或海濱，在森林或沙漠裡感到寂寞，而我，卻在人聲鼎沸的十字街頭，感覺不可抑止的孤獨。」[27]這種寂寞感，從太平洋彼岸傳至此岸，不少臺灣的青年學子也都感染到紅塵中的寂寞。

　　陳之藩在旅美期間，常去探訪胡適，也有書信往返。陳之藩稱胡適是「一個不可救藥的樂觀者」，而他卻是一個「不可救藥的悲觀者」，兩人的交往見於《在春風裡》的〈序〉，以及集中九篇紀念胡適的文章、書信。陳之藩坦言：「從 1955 年我去美國到 1960 他到臺灣，正是胡適之先生在紐約最是冷清、最無聊賴的歲月，我才有可能與他聊天、談心、說短、道長的幸運。」「所談的天是天南地北，我所受之教常出我意外，零碎複雜得不易收拾。」[28]陳之藩在〈第一信〉中，引用胡適詮釋自由主義的名言：「有人說自由主義可以沒有自由，自由主義裡如果沒有自由，正如〈長坂坡〉裡沒有趙子龍，〈空城計〉裡沒有諸葛亮，有些叫不順口罷！」[29]〈第二信〉寫胡適與丁文江深厚的情誼，丁文江之死，胡適「不只是失去朋友的哀痛，而是真正觸到人世的荒涼。他無以自釋，又無以自遣。……他變成一個熱鬧場中最寂寞的人。」[30]陳之藩以白居易悼元微之的詩句「自元亡後滅詩情」來形容胡適的情緒。

　　陳之藩對胡適作不出他心中的好詩，始終耿耿於懷，認為是中國文學界的一大損失，在〈第三信〉寫道：「一個性情最柔的詩人，受了嚴酷的考證訓練，把一個最配作詩人的胡先生給扼殺了。這是胡先生的悲劇。」[31]

---

[27]陳之藩，〈出國與出家〉，《陳之藩文集 1‧旅美小簡》，頁 268。
[28]陳之藩，〈序〉，《陳之藩文集 2‧在春風裡》，頁 9。
[29]陳之藩，〈第一信——紀念適之先生之一〉，《陳之藩文集 2‧在春風裡》，頁 86～87。
[30]陳之藩，〈第二信——紀念適之先生之二〉，《陳之藩文集 2‧在春風裡》，頁 92。
[31]陳之藩，〈第三信——紀念適之先生之三〉，《陳之藩文集 2‧在春風裡》，頁 104。

1984 年 11 月，陳之藩在香港中文大學任教時還堅持：「胡先生愛歐陽修、司馬光、趙明誠等科學考據那一面，我卻喜歡歐陽修的詩文、司馬光的史筆、李清照的詞風這一面。誰也改變不了誰。」[32]其實，何不退一步思考，社會上既有詩人，又有考據學家，各有貢獻，何悲劇之有？至於說：「沒有詩人的國家，是沒有星光的夜」也言重了，即使沒有詩人胡適，也還有詩人徐志摩、聞一多、余光中、洛夫等人，星光不會黯淡的。陳之藩的神來之筆，常在讀了胡適的一段文字後被牽引出來，如胡適的《儒林外史》序裡引用裁縫荊元的生活哲學：「每日作工有餘下的工夫，就彈琴寫字，也極喜歡作詩。」自得其樂的學習，「又不貪圖人的富貴，又不伺候人的顏色，天不收，地不管，倒不快活！」這種適意的生活態度，胡適應是藉此一吐胸中塊壘。陳之藩聯想起普希金詩筆下的〈尤金・奧涅金〉，他曾在收入《蔚藍的天》集中的〈一所荒園與一架書〉譯過這首詩，描寫鄉村純情少女達姬雅娜受盡奧涅金的傷害，後來嫁給一位老將軍，躍至高層社會，奧涅金瘋狂愛上她，她當面告訴奧涅金，她不留戀眼前的奢華，她情願捨棄這一切，而換上他們初見的地方，「那裡的房舍是那樣寒傖，／裡面有一架書，供我們瀏覽：／周匝有一所荒園，供我們徜徉……。」[33]荊元與達姬雅娜的生活境遇不同，但胡適與陳之藩都是歌頌自由的文人。陳之藩在〈儒林外史——紀念適之先生之四〉寫出他心目中的胡適「能感覺到人類最需要的是博愛與自由，最不能忍受的是欺凌與迫害，最理想的是如行雲在天，如流水在地，自由自在的生活。」[34]

四、家國之思與鄉愁情結

　　德國哲學家赫德曾說：移居者（流亡者）的鄉愁是「最高貴的痛苦」，民族的想像與個人無可選擇的事物如出生地、膚色、母語等密不可分。飄

---

[32]陳之藩，〈序〉，《陳之藩文集 2・一星如月》，頁 246。
[33]陳之藩，〈一所荒園與一架書——普希金的奧涅金〉，《陳之藩文集 1・蔚藍的天》，頁 202。
[34]陳之藩，〈儒林外史——紀念適之先生之四〉，《陳之藩文集 2・在春風裡》，頁 108～109。

零海外的境遇並未改變他們的家國認同，異己的環境反而強化了他們的鄉愁情感，1940 年代以來的陳之藩：「傷時憂國」的言論，充斥在致胡適的書信。旅美後，他首先感受到「飛離祖國越遠，思緒越起伏，月光越黯淡，我模糊中還看到一群朋友微笑的影子與祝福的淚光」。家國之思，親友之念，油然而起，想起杜甫的「月是故鄉明」。在陌生的國度，陌生的學習環境，難免回首殘破的國家，讓他「感覺自己像一片落葉似的在這個時代飄零。不僅生活的環境，是國破家亡，舉目有河山之異，就是思想的園地，也是枯枝敗葉，無處非凋殘之秋。」[35]1970 年代中，有人為文責怪他作品流露的「亡國意識」，立論並不公允。但與鹿橋的散文集《市廛居》相較，鹿橋把「客居」異鄉理解為「天地者萬物之逆旅」，是心智上蘊藏著中國文化及生活習慣的逆旅，顯然較陳之藩灑脫。

　　1955 年 5 月 15 日，陳之藩應友人一家之約去費城郊隅一個小的大學看花，寫下膾炙人口的〈失根的蘭花〉[36]，陳之藩似不經心地呈現「像首詩，也像幅畫」的校園，寫出花圃裡有白色的牡丹、白色的雪球、閃爍著如星光的丁香，這些原應根生中國的花種，讓陳之藩自然而然的想起北平公園的花朵，與此地簡直沒有兩樣。「我總覺得這些花不該出現在這裡，它們的背景應該是來今雨軒，應該是諧趣園，應該是宮殿階臺，或亭閣柵欄。因為背景變了，花的顏色也褪了，人的感情也落了。淚，不知為什麼流下來。」陳之藩從十幾歲就在大半個中國漂泊，從未因異鄉的事物而想到家，但到了美國，故鄉的人事，母親漸白的頭髮常在夢中出現，才讓他恍然悟到，「我所謂的到處可以為家，是因為蠶從未離開那片桑葉，等離開國土一步，即到處均不可以為家了。」所以，「花搬到美國來，我們看著不順眼；人搬到美國來，也是同樣不安心。」在異國異鄉，只要觸及自中國移植的事物，陳之藩總不免遙想童年的記憶：金黃的麥穗、牛郎織女的故事、竹籬茅舍、拙重的老牛、祖國的山河、可吟可咏的詩歌等。從對花的

---

[35]陳之藩，〈到什麼地方去〉，《陳之藩文集 1・旅美小簡》，頁 291。
[36]陳之藩，〈失根的蘭花〉，《陳之藩文集 1・旅美小簡》，頁 297～300。

複雜的心緒，轉到親情的想念，再轉到對家鄉故土的眷戀，最後，收束在宋朝畫家鄭思肖畫蘭，連根帶葉，均飄於空中，「沒有國的人，是沒有根的草，不待風雨折磨，即形枯萎了」。陳之藩引用鄭思肖畫蘭，寄寓亡國之音，但風雨飄搖的臺灣卻有如油麻菜籽，風吹落地，堅強地挺立下來。

陳之藩寫美國山水，常會描上人物，展現豐富的學養、見聞。〈山水與人物〉[37]中，寫靜湖邊山坳裡住著一位棉產大王，寫距此不遠的山巒上，住著《金銀島》的作者史蒂文生；離靜湖二、三小時車程的喬治湖，是電學發明大家亞歷山大創作靈感的源頭。紐約北部有很多小湖，但不知道每一個小湖上是否都有一個故事，「但在我所經歷的路上的小湖，似乎總有個動人的故事，賦予年輕的山水以活潑的生命」。陳之藩從展讀美國地圖聯想到中國地圖的形狀像桑葉，「十年前我所經過的山山水水，又湧現於心頭」。他回想起十年前在陝西鳳翔當兵，看過不少名人古蹟，差不多都是千年以前的，難道是「千年以來人物，沒有值得他們（人民）稱道的，也就同時證明，這千年中竟是些文化衰亡途中滾滾而來的飯桶」。這段話聽來總覺太武斷，江山代有才人出，只要對國家、地方有貢獻，為何一定要建廟祭祀，奉若神明？以「飯桶」罵遍千年來的文化人，雖然淋漓盡致，卻有失儒家「溫柔敦厚」的詩教。

陳之藩與原配夫人王節如（書中的如姐，研究普希金和雷蒙托夫）都是京戲迷，但在臺灣，卻「連一個長班唱戲的都沒有了」，陳之藩在〈惆悵的夕陽〉[38]中指出：「挽救京戲，恐是不大有希望的事，因為它不能離開時代而生存，它必受時代的影響。」這種情景對戲班、演員都有些殘酷，「卻是令人惆悵，無可如何的事」。他還舉出大砲發明以後，唐吉訶德的惆悵，磁盤發明以後，洞開的海禁，令義和團惆悵，日耳曼民族，抵不過雷達的成就優秀，日本自殺飛機，抵不過原子彈的作為，「時移了，事易了，惆悵唯有惆悵而已。」陳之藩反思中國的國學、國劇與國醫，感慨道：「日趨式

---

[37]陳之藩，〈山水與人物〉，《陳之藩文集1‧旅美小簡》，頁228～331。
[38]陳之藩，〈惆悵的夕陽〉，《陳之藩文集1‧旅美小簡》，頁352～355。

微的，是我們自己的文藻；日趨衰竭的，是我們自己的聲音；日就零落
的，是我們自己濟世救人的仁術。我們欲挽狂瀾於既倒，憤末世而悲歌，
都是理有固然的事。」要如何力挽時代的狂瀾，陳之藩倒不全然悲觀，在
〈河邊的故事〉，他列舉三位先知者，甘地、托爾斯泰、史懷哲為無助的奴
役生活向人間乞求人道憐憫的「傻行」，印證湯恩比所言；「一個文化之免
於死亡，只有自我的覺醒與努力。」我們需要更多的先知、人道主義者
「使這個垂危的文明，有一線回生的希望」。如何自我覺醒，是他從 1940
年代末以來一貫的思考方向，但文化的保存與發揚，端賴主政者積極的作
為與提倡，也有賴現代化科技與傳統文化的緊密結合。

　　從《旅美小簡》、《在春風裡》到《劍河倒影》，共收錄 56 篇作品，陳
之藩指出它們有一個共同的地方，「那就是在寂寞的環境裡，寂寞地寫成
的。」古今中外文人在寂寞中留下傳世之作，「在永州的寂寞中，柳宗元寫
出他的清新遊記；在江州的寂寞中，白居易唱出他的動聽歌聲。到了寂寞
的異地印度，福斯特悟出的故事才洞徹人事的疏離；住在寂寞的異國巴
黎，屠格涅夫寫出的說部才烘托出祖國的荒涼」[39]。寂寞，是一個作者創作
時必須付出的代價嗎？每個人的寂寞有不同的背景，不同的故事，並以不
同的心態去面對它，但唯有脫離原先擾嚷的環境，人事的紛爭，才能在異
國異地，重新照見自己澄澈的心思。陳之藩自述創作的動機，三句不離對
時局的憂慮，時代的落寞，也即是上文所提「傷時憂國」。他覺得對不起萬
里河山，對不起祖宗的千年魂魄，更對不起「經千錘，歷百煉，有金石聲
的中國文字」，所以，「屢之荒唐的，可笑又可憫地，像唐吉訶德不甘心地
提起他的矛，我不甘心地提起我的筆來」[40]。陳之藩是以一份旅人的寂寞，
讓他筆下的一景一物，無不濡染寂寞的色調。

　　〈寂寞的畫廊〉是陳之藩到密西西比河的曼城教書的第一篇文章。靜
謐有如寺院的大學，「穿黑衫的修士們在草坪上靜靜的飄動，天上的白雲在

---

[39]陳之藩，〈叩寂寞以求音〉，《陳之藩文集 2・在春風裡》，頁 145～146。
[40]陳之藩，〈叩寂寞以求音〉，《陳之藩文集 2・在春風裡》，頁 148。

池中靜靜的優遊」。有紅紅面龐的校長「掛著寂寞的微笑」,「一席黑黑的衫影,掛著寂寞的白領」。剛離開的一位教師,走的原因是因為這裡寂寞。獨居的房東老太太的寂寞,是在陳之藩搬進的當晚,就每天陪她回憶一遍她的過去:「我複習一遍她的過去」。陳之藩從這個安靜的房子,與它主人的昔日,不難編織出一個既溫馨,結局卻蒼涼的故事。當兒女都搬離,丈夫撒手人寰,陳之藩以簡筆想像老太太回顧一生的情景:「在鏡光中,她很清楚的看到如霧的金髮,漸漸變成銀色的了。如蘋果似的面龐,漸漸變成不敢一視了。從樓梯上跑下來的孩子,是叫媽咪;從門外走來的孩子,叫起祖母來了。而逐漸,孩子的語聲也消失了。」[41]宛如電影拍攝的手法,映現人事滄桑,老太太的故事只能告訴我們「無邊的寂寞」。東西方都有不朽的說法,胡適曾提出「不朽主義」,陳之藩處在陌生又寂靜的新環境,他體會到的不朽,「只有風聲、水聲與無涯的寂寞而已。」王國維在《人間詞話》詮釋「有我之境」,是「以我觀物,故物物皆著我之色彩」,陳之藩以旅人的寂寞,遍觀校園的靜謐,也沾染上寂寞的色調,其中,難免攙雜著揮之不去的家國之思。

　　1958 年仲夏,任教於孟斐斯大學的陳之藩,在「寂寞的黃昏」送走了一批畢業生,他從學生的影子裡,看到自己的過去,不禁回想十年前北洋大學畢業的往事。他畢業那天的前夕,校牆外「人海浪潮的捲地滔天與子夜裡創痛的呼聲之此起彼伏。然而古今中外人士的荒涼,又有什麼不同呢?」他的畢業文憑,是在傳達室領的,他默唸王國維的詩句:「天末彤雲暗四垂,失行孤雁逆風飛,江湖寥落爾安歸!」十年的漂泊,這闋詞記憶猶新,在異鄉感受卻更深刻,他學著李白的瀟灑走出校門,「右有明月,左有身影,三人手挽手的回到宿舍」,縈繞在腦際的是中國人耳熟能詳的《三國演義》開場詩:「滾滾長江東逝水,浪花淘盡英雄。是非成敗轉頭空:青山依舊在,幾度夕陽紅。」[42]既悲壯,又蒼涼,陳之藩的散文總能勾起一代

---

[41]陳之藩,〈寂寞的畫廊〉,《陳之藩文集 2‧在春風裡》,頁 25。
[42]陳之藩,〈幾度夕陽紅〉,《陳之藩文集 2‧在春風裡》,頁 32～33。

人思古懷舊的情懷，從「對影成三人」到「是非成敗轉頭空」，亙古的寂寞，令人低迴不已。不過，1961 年聖誕節寫於曼城的〈春聯〉，卻隱隱透露出「落地生根」的念頭，他寄回給夫人的三副對子，是由白居易的一首詩拆成：「不論海角與天涯，大抵心安即是家」、「路遠未能念鄉曲，年深兼欲忘京華」、「忠州且作三年計，種杏栽桃擬待花」[43]。陳之藩大半輩子在美國、香港教書，回臺任教時間也不算短，但總被定位為「旅外學者」，留在讀者記憶中的，收入各種教科書、散文選集的，大抵以 1990 年代前的散文為主，或許，距離遠的，總是美的。

外國家庭出於宗教信仰，吃飯前總要感謝上天賜飯，有一次，陳之藩見到主人家的祖母帶頭謝飯，令他想起兒時的祖母，總是在開飯時，提醒小之藩「飯碗裡一粒米都不許剩，要是糟蹋糧食，老天爺就不給咱們飯了」。這一段話讓許多讀者內心深受觸動，同樣的場景在臺灣，何嘗不是我們父母、長輩諄諄告誡的，來自農家的一代人，有很多不吃牛肉，對耕牛默默的付出，他們視同家人，心懷感激不忍食之。陳之藩懷舊的筆鋒一轉，回到愛因斯坦身上，對他的不居功，把成就與同事朋友共享，至為推崇。但他忘了補上一筆，胡適的「但開風氣不為師」的謙沖氣度，不也是「立大功而不居」？本文的立意宗旨，在提醒大家，任何先人的遺愛與遺產並非首要，卻是需要眾人的支持與合作，還要等待機會的到來。他留下醒世箴言：「創業的人，都會自然而然的想到上天，而敗家的人卻無時不想到自己。」[44]

五、「自由學習，獨立思考」的劍橋精神

1999 年，舉辦票選「臺灣文學經典」活動，陳之藩散文集《劍河倒影》入選。陳昌明在研討會論文〈智者的故鄉──論陳之藩《劍河倒影》〉稱「這是一本藉由劍橋探索西方精神與文明的導覽，其中閃爍著智慧的光

---

[43]陳之藩，〈春聯──祝適之先生七十生日〉，《陳之藩文集 2・在春風裡》，頁 72。
[44]陳之藩，〈謝天〉，《陳之藩文集 2・在春風裡》，頁 77。

芒」[45]。可謂觀察入微，一語見的。而陳之藩在書中所謂的「劍橋精神」，
「就在各人想各人的，各人幹各人的，從無一人過問你的事。找你愛找的
朋友，聊你愛聊的天。看看水，看看雲，任何事不做也無所謂」[46]。陳之藩
以「科學之眼」看劍橋，並不同於徐志摩以詩筆描繪如詩如畫的劍橋（康
橋），但他敏銳的發現：「培養這麼多人在這裡做好奇的夢，卻不是一蹴可
幾的。」[47]

　　或許，源於紀念愛因斯坦的相對論，《劍河倒影》的題目，大多是相對
的，如：實用與好奇、理智與感情、明善與察理、一夕與十年、圖畫式的
與邏輯式的、羅素與服爾泰等。陳之藩大學時代致胡適的信中，請教過
「善未易明，理未易察」的道理，胡適並沒有給明確的答案，但在劍橋的
草地上，他想通了。他並未從「察理」的知名人物中列出事例，反而舉出
推剪劍橋草地的赫伯特、阿伯特兩個老頭的身體力行，同甘共苦，不改其
樂的勞動。他們在劍橋可歌可頌的人物與故事中，微不足道，但他們卻做
到人生的目的：「見到受餓的人，分給他一塊麵包；見到受凍的人，送給他
一件衣服。……凡是自己覺得善的就直截了當的做出來。」赫伯特從公園
撿來阿伯特，願意把他的床、麵包分成兩半，把阿伯特從人生的孤崖上挽
回來。這件明善之事，與劍橋風雲人物的價值與意義不相軒輊，陳之藩若
有所悟：「幾百年來，不知有過多少劍橋人注視著這片草地在那察理，在那
窮天；而赫伯特、阿伯特呢？卻是草剪平、掃淨，並灑上自己一些謙遜的
夢想。」[48]平凡的人，平凡的事，持之以恆，既明善，又體現出察理的睿
智，胡適地下有知，也當頷首以對。

　　劍橋有個傳統，一天三頓飯、兩次茶，大家穿著黑袍正襟危坐，各路
英雄人物盡在其中。劍橋精神多半建立在共同吃飯、一塊喝茶的既博大又

---

[45]陳義芝主編，《臺灣文學經典研討會論文集》（臺北：行政院文建會、聯經出版公司，1999 年 6
　月），頁 362。
[46]〈如夢的兩年──代序〉，《陳之藩文集 2・劍河倒影》，頁 156。
[47]陳之藩，〈實用呢，還是好奇呢？〉，《陳之藩文集 2・劍河倒影》，頁 164。
[48]陳之藩，〈明善呢，還是察理呢？〉，《陳之藩文集 2・劍河倒影》，頁 175。

堅實的基礎上,「一個聖人來了,也不會感受委屈;一個飯桶來了,正可以安然的大填其飯桶」[49]。不過,「天生我才必有用」,不同學科訓練的學者,在此綻放互會的火花。陳之藩就十分誇讚創造出劍橋這種制度的人,「這種制度是無時無地不讓你混合,天南的系與地北的系混合,他們以為更是理所當然的事」[50]。陳之藩何嘗不是一個中西文化混合、文學與科學混合,新與舊混合的人物,他在劍橋適得其所,「寂寞」也就不常掛在嘴邊了。〈王子的寂寞〉也就事不關己了。

　　陳之藩筆下的查理斯王子,在劍橋念書,卻比別人沒有自由,一舉一動都受別人另眼相待,「劍橋的學生,差不多是上一半課,曠一半課,而查理斯因為是王子,所以上三分之二課,只曠三分之一課。」好像皇室的身分注定要受到寂寞的包圍,「寂寞像濕了的衣服一樣,穿著難過已極,而脫又脫不下來」[51]。主筆寫查理王子,側筆則以中國末代皇帝溥儀學騎腳踏車及打電話的新鮮經驗,對比同為皇室,自由受到約束的同一命運。

　　陳之藩寫景,用筆精簡,常是兩三筆就勾勒出一幅山水畫。在美國費城下工後,坐在「靜湖」邊遐想,這個環境美得像幅畫,「當初造物的大匠畫這個『靜湖』時,用的全是藍色。第一筆用淡藍畫出湖水,第二筆加了一些顏色用深藍畫出山峰,第三筆又減去一些顏色,用淺藍畫出天空來。」[52]如果說這是幅水彩畫,陳之藩參觀劍橋大學邱吉爾學院途中,描寫典型的半陰不雨的英格蘭天氣,更像一幅水墨畫:「先用有墨的筆沾點水,在上面一抹,那是天;然後再加點綠在下邊一抹,那是地;這幅灰、暗、冷、清的畫面差不多就算完了。……在這兩抹之間,偶爾有些家樹,像八大山人之筆所畫的,乍看起來很笨的樹;偶爾有些老屋,給人的印象,正似英國人的言談與神色,低沉又暗淡。」[53]文章是以邱吉爾為核心,而對景

[49] 陳之藩,〈理智呢,還是感情呢?〉,《陳之藩文集 2・劍河倒影》,頁 166。
[50] 陳之藩,〈一夕與十年〉,《陳之藩文集 2・劍河倒影》,頁 180。
[51] 陳之藩,〈王子的寂寞〉,《陳之藩文集 2・劍河倒影》,頁 185。
[52] 陳之藩,〈哲學家皇帝〉,《陳之藩文集 1・旅美小簡》,頁 307~308。
[53] 陳之藩,〈自己的路〉,《陳之藩文集 2・劍河倒影》,頁 189。

物之簡單幾筆,卻連結上英國人的性格,與曾經輝煌但已褪色的大英帝國對話。但從邱吉爾家八世祖傳下來的漢宮,分明又是榮耀的象徵,陳之藩一掃灰暗冷清的畫鋒,覺得「草坡是明媚的,草坡下的湖水是明媚的,湖水中的島是明媚的,島上的樹是明媚的。不像是自然的,不像是畫的,而像湘江少女一針一針繡出來的」[54]。境由心生,眼前情景宛如湘繡般的精緻、明媚,也繡入了陳之藩的鄉愁。至於,邱吉爾與史達林、羅斯福簽訂雅爾達密約,出賣中國的利益一事,似乎已被拋出九霄雲外。

陳之藩好用比喻來說明對事物的看法,如他引用朋友的話來說明牛津和劍橋這兩個歷史悠久的老大學:「似乎把學生當成生物,讓生物生長;別的所謂『大學』,似乎把學生當成礦物,讓礦物定型。」當晚,他在床上似睡不睡之際,彷彿看見窗前桌上有兩隻古瓶,瓶口插滿花。「窗外是日夜在循環;晦明在交替;風雨在吹打。窗內只有這麼兩隻古瓶沉重的立在褐色的桌上,瓶口的花放著幽香。」[55]幾百年來,牛津和劍橋,以其不同的傳統,培育無數世界級的大師,在看似亂無章法組織,學生「自然學習,獨立思考」,成為一流的學府。陳之藩在《劍河倒影》中,不再寂寞,他沉浸在劍橋的文化、環境和制度裡,對於「在風雨中談到深夜的學院生活都有一種甜蜜的回憶」。[56]在一個教師要尊重學生不上課自由的大學,牛津、劍橋學生之所以好,是得益於淵遠流長的導師制度,而非林語堂所說的:「牛津劍橋的學生所以好,是導師坐在那裡噴煙,噴得你天才冒火。」[57]劍橋匯聚一流的學者,一流的學生,自由的學風,都讓臺灣讀者羨慕不已,開闊了視野。

結語

陳之藩作為 1950 年代臺灣第一批的留美學生,他背負的個人歷史的生

---

[54]陳之藩,〈自己的路〉,《陳之藩文集 2・劍河倒影》,頁 191。
[55]陳之藩,〈古瓶〉,《陳之藩文集 2・劍河倒影》,頁 211～212。
[56]陳之藩,〈風雨談到深夜〉,《陳之藩文集 2・劍河倒影》,頁 221。
[57]陳之藩,〈噴煙制度考〉,《陳之藩文集 2・劍河倒影》,頁 225。

存現實，與「兩個故鄉」中國與臺灣存在密不可分的聯繫。身處異國異鄉，就已注定他的人生形態、專業學養和文學創作擁有兩個主軸：一是與自己有著深刻歷史聯繫的故土，一是與自己存在現實密切聯繫的新地。陳之藩的散文往往與童年的鄉土記憶、抗戰至大陸淪陷的思想起伏有諸多牽連；旅美旅英及教書時期，又切入多元文化，中西文學與科學的對話與感悟，在異國飄零的生活背景下，去探索民族、文化的前途，人類的未來。

思果曾開列散文家必備的條件：「敏於感受、深於思想、學問淵博、文章精純。」[58]他列舉古今中外出色的散文家，大都具備上述的條件。中外有不少散文家不但淵博，而且精通某些學科，如法國蒙田是思想家，英國培根是哲學家、政治家，美國愛默生是哲學家，法國巴斯卡是哲學家、科學家。陳之藩與這幾位跨界的散文家，氣味相投，風格近似。他結合蒙田的「人生隨筆」和培根的「社會隨筆」，不囿於淵博的中西學識，而能結合個人的生活體驗，時代的風雲變幻，哲人的諄諄教誨，融會貫通，抒發內心的所思所感，語言親切生動，形成了獨特的意趣和藝術風格。他的散文熔敘述、描寫、議論、抒情於一爐，既有深沉的哲理思考，殷殷致意的科學精神，又有綿綿的情韻，頻頻回首故園家國，放眼兩岸三地文壇，如此奇才，如此視野，堪稱獨一無二。

參考文獻

- 陳之藩，《陳之藩文集》（共三冊），臺北：天下遠見出版公司，2006 年 1 月。
- 傅德岷，《外國散文流變史》，重慶：重慶出版社，2008 年 12 月。
- 劉登翰，《雙重經驗的跨域書寫——20 世紀美華文學史論》，上海：上海三聯書店，2007 年 6 月。
- 思果，〈餘力的輝煌——談陳之藩的散文〉，《現代中文文學評論》第 4 期，1995 年 12 月，頁 85～92。

---

[58]思果，〈餘力的輝煌——談陳之藩的散文〉，《現代中文文學評論》第 4 期（1995 年 12 月），頁 85。

・陳昌明，〈智者的故鄉──論陳之藩《劍河倒影》〉，《臺灣文學經典研討會論文集》，臺北：行政院文建會、聯經出版公司，1999 年 6 月，頁 362～375。

・王文進，〈漢魏古詩式的散文──析論〈失根的蘭花〉〉，《國文天地》第 4 期，1985 年 9 月，頁 90～91。

・簡宗梧，〈唯有聖賢多寂寞──陳之藩散文〈寂寞的畫廊〉〉，《師友》第 214 期，1985 年 4 月，頁 56～57。

・余光中，〈沙田七友記──陳之藩〉，《文學的沙田》，臺北：洪範書店，1981 年 8 月，頁 26～31。

・桂文亞，〈細雨・白雲・綠楊──陳之藩先生訪問記〉，《聯合報》，1977 年 1 月 20 日，12 版。

──選自陳昌明主編《花開的樹──陳之藩先生學術研究會論文集》
臺北：里仁書局，2012 年 3 月

陳之藩散文與創造性思維
以獨創思維、組合思維、類比思維為例

◎張高評[*]

一、科學與文學的對話

　　陳之藩教授，河北霸縣人，生於 1925 年 6 月 19 日（農曆）。十歲，父親教背唐詩，[1]暑假年假時再請童生老師啟蒙，教背《孟子》、《千家詩》。[2]陳教授在文集中，十分欣賞文言的簡潔。文言小說如《聊齋誌異》、《閱微草堂筆記》，甚至魯迅的《中國小說史略》，也推崇為「簡潔」、「簡淨」。[3]古典文學的薰陶與濡染，對於陳教授理念之表達、思路之開展、文筆之洗練、音節之諧調，大有助益。[4]因此，畢業北洋大學電機系時，已能寫出〈世紀的苦悶與自我的徬徨──青年眼中的世界與自己〉一文，22 歲的大學生也有自信、敢寫 13 封信給北大校長胡適之。[5]胡適答信，欣慰「發現一個英年的陳之藩，可以打掉一點暮氣」。

　　其後，前往美國進修，1957 年獲賓州大學科學碩士；1969 年赴英國深造，獲劍橋大學哲學博士。1948 年來臺，其後任職國立編譯館，譯著《馬

---

[*]成功大學中國文學系名譽教授。
[1]陳之藩，〈熊〉，《一星如月》（香港：牛津大學出版社，2004 年），頁 12。
[2]陳之藩，〈日記一則〉，《散步》（香港：牛津大學出版社，2003 年），頁 126。
[3]陳之藩，〈序〉，《在春風裡》（香港：牛津大學出版社，2003 年），頁 xix～xx。
[4]楊振寧中學讀洋學堂，其父楊武之為清華大學數學系名教授，唯恐學不到中國文化，請人為他補習古文，以至於楊會背誦全本《孟子》。《左傳》一書，既為古文範本，自然也在授讀之列。同時又補習《四書》、《五經》。西南聯大時，國文又受教於朱自清、聞一多、沈從文。因此，楊振寧教授能文能詩如此。陳之藩教授〈日記一則〉引述楊〈父親與我〉，類比如此，可視為古代文學的沾溉，中華文化的洗禮。
[5]陳之藩，《大學時代給胡適的信》（香港：牛津大學出版社，2005 年）。

克士威爾傳》、《閃電與避雷》、《光的原理》等科普讀物近二十種。先後任教普林斯頓大學、休士頓大學、香港中文大學、波士頓大學，皆以電機工程專業受聘。撰有電機工程論文 103 篇，著《基本自動控制：組織及分析》、《LISP 程式設計初階：人工智慧常用語言》專書兩冊。1993 至 2002年間，前後來成功大學擔任講座教授，也是借重他在資訊與電機方面的專業。以散文作品享譽文壇，乃其專業之餘事。

　　陳之藩教授從大學、碩士、博士，專業都是電機工程，任教科目也是資訊電機。但在華文文學世界中，最稱有口皆碑的，贏得桂冠文學家榮銜的，卻是他的業餘嗜好，散文成就極高：如《旅美小簡》、《在春風裡》、《劍河倒影》、《一星如月》、《時空之海》、《散步》、《看雲聽雨》、《思與花開》等文學作品，皆可以傳世不朽。[6]

　　電機工程，是科學；散文作品，是文學。科學與文學的論爭，是五四以來學界的重大議題。在四分之一世紀以前，陳之藩與胡適之通信，往來筆仗，就已經觸及有關科學與文學之爭。胡先生欣賞宋朝歐陽脩、司馬光、趙明誠的科學考據；陳教授卻喜歡歐陽脩的詩文、司馬光的史筆、李清照的詞文。[7]雖經胡適之的責備和訓斥，卻也改變不了陳教授對詩、詞、文、史的喜歡。電機工程的科學專業，加上九部文集創作的文學表現，科學與文學的融通與對話，會通化成於陳之藩教授一人身上。教育部五年五百億期許一流大學：「人文社會與自然理工，必須均衡發展」，陳教授在電機工程的學術成就，散文創作的文學造詣，並行不悖，相得益彰，真可作為這方面的標竿與表率。

　　在電機資訊專業教學研究之餘，陳教授所以熱衷個人寫作散文，照他自己的話說，是「在享受創作的喜悅」，其中自有「創作思維」在。他在〈煩惱與創作〉中說：

---

[6]陳先生文集海內外出版極多，以新近版本言，有臺北天下遠見出版公司、香港牛津大學出版社、南京江蘇文藝出版社、合肥黃山書社，以及新加坡八方文化創作室等五種。牛津大學出版社分為九冊，較齊全。

[7]陳之藩，〈序〉，《一星如月》，頁 xi～xiii。

所以，大至於學術上、藝術上的成就，小至於社會上、學校裡的生活，
如果沒有個人創作的成分存乎其間，都是半死不活的。人生與狗生或貓
生所不同的就在這些極細微的地方。

小孩在沙灘上堆沙，並不只是堆沙而已，主要是他創作的想像；一如牛
頓在蘋果樹下拾蘋果，並不只是蘋果而已，還有牛頓的思維。從小孩到
牛頓，他們在享受創作的喜悅。而這種創作，是人類所獨有，是在狗生
貓生中所不見的。[8]

　　學術研究追求創發，藝術作品表現創意，都有「個人創作的成分存乎
其間」。所以，小孩堆沙，是他「創作的想像」；牛頓撿拾蘋果外，應該有
牛頓的思維。總之，小孩與牛頓，「他們在享受創作的喜悅」。實現這種創
作的喜悅，其過程應有若干「無所定，卻有所顯」[9]的創作思維。這，應該
是人生不同於狗生貓生的地方。陳教授的散文，最常見人與人之間透過語
言進行平等交流，人與自然、人與歷代作品、東西文化、人文與科學，也
時時進行溝通、融合、對話。[10]

　　陳之藩教授的散文作品，廣受讀者歡迎，筆者以為其中自多創造性思
維。創造思維的特性之一，為思維成果之獨創性，以新穎與唯一為主要標
誌。特性之二，為思維過程之辯證性，體現為創造性思維的綜合性。特性
之三，為思維空間的開放性：從多角度、多側面、全方位述說問題，不再
局限於邏輯的、單一的、線性的思維，於是形成了旁通思維、發散思維、
類比思維。這固然是他的文學思維，應該也是科學思維。

---

[8]陳之藩，〈煩惱與創作──答一位小朋友〉，《一星如月》，頁 68～69。
[9]陳之藩，〈時間的究竟──序《愛因斯坦的夢》〉，《時空之海》（香港：牛津大學出版社，2004 年），
　頁 14。
[10]有關「對話」，可參考滕守堯，〈自序〉，《對話理論》（*Dialogue*）（臺北：揚智文化公司，1995
　年），頁 10。

二、獨創思維與詩及科學

獨到與創新，是文學的生命，藝術的靈魂。一切創造與發明，大抵多是不可思議、匪夷所思，無中生有，挺拔不群的。文學藝術的獨到，科學的發現，乃至於一切產品的開發，都是獨創思維的體現。陳之藩教授的文集中，談到科學、詩、講學、研究四者，在在都見獨創思維的凸顯。

《在春風裡》有篇文章，提到科學與詩的異中之同，以為從上下求索到匠心獨運，科學與詩有異曲同工之處，即是獨到與創新的追求。陳教授說：

> 最好的詩句，只有一個，如被人唱出，別人只有罷唱。真理，也是只有一個，如被人先說出，別人也只有不必再說了。
>
> 科學界的研究科學，與詩人踏雪尋梅的覓句差不太多。大家在同時想一個問題，有人想出來以後，大家又想另一個問題。研究科學的一個很大的特點，即是全世界的人共同唱和一首詩，有一首最好的出來，大家就另找一個題目。[11]

陳教授專業為科學人，雅好文藝，尤其喜歡古典詩。他曾經跟提倡白話的胡適之論辯，堅持主張「律詩是不能廢的！」甚至不惜招惹胡適生氣，誤以為「故意和他搗亂」。[12]陳教授現身說法，濡染悠遊兩者之間，方能作此融通與對話。的確，「最好的詩句，只有一個，如被人唱出，別人只有罷唱。」古今中外皆然！就算詩仙李白，登黃鶴樓詩興大發，看到崔顥〈黃鶴樓〉詩已寫得格高意超，精采絕倫，也不得不擱筆歎賞說：「眼前有景道不得，崔顥題詩在上頭。」[13]科學發現，真理提出，也都追求獨到創

---

[11]陳之藩，〈科學與詩〉，《在春風裡》，頁31～32。
[12]陳之藩，〈序〉，《在春風裡》，頁 xix。
[13]元・辛文房撰，傅璇琮主編，〈崔顥〉，《唐才子傳校箋（卷一）》（北京：中華書局，1987 年 5月），頁 202～203。參考黃永武、張高評，〈崔顥〈黃鶴樓〉鑑賞〉，《唐詩三百首鑑賞・下冊》

發，「如被人先說出，別人也只有不必再說了！」研究科學，就好像「全世界的人共同唱和一首詩，有一首最好的出來，大家就另找一個題目。」如此類比，生動而傳神。

　　類比，是陳教授散文特色之一，將科學與詩作類比，兩者共相正是獨到與創發。陳教授〈約瑟夫的詩──統一場論〉一文，再次提示詩與科學的相似處：

> 詩這東西真奇怪，也像科學，第一個「唱」出來的就是傑作，第二個「學」出來的就成練習題了。[14]

　　有關黃鶴樓之美景抒寫，崔顥既已「第一個唱出」，而且是傑作，即使是詩仙李白也覺悟：「眼前有景道不得」，於是哲匠斂手，無作而去。約瑟夫寫了一首〈統一場論〉的詩，是以詩歌語言來談科學史，主要講量子物理（Quantum Physics），從亞里斯多德，寫到牛頓（Sir Isaac Newton, 1643-1727）、愛因斯坦、玻爾（Niels Henrik David Bohr, 1885-1962），最後歸結到弗之蓀的統一場論。陳教授堅持「第一個唱出來的就是傑作」的標準，發現約瑟夫的〈統一場論〉詩，很可能是「看到蒲柏的詩後，才引出來的作品」，既已不是原創，就不是傑作，價值就要打折了。

　　「最好的詩句，只有一個」，「第一個唱出來的就是傑作」；科學與真理亦然，注重「第一個說出」。牛頓，為現代科學之父。由於倫敦黑死病蔓延，回鄉下老家避災，而發現了「萬有引力」定律。其實，萬有引力的概念，早就有人發現，都想證明，只有牛頓利用數學原理證明適用於一切物體。牛頓不是第一個「說」出的人，卻是第一個「證明」出的人，所以「萬有引力」定律的專利，登記在他名下。達爾文（Charles Robert Darwin, 1809-1882），不是第一個提出「進化論」的科學家；在他誕生前 1809 年，

（臺北：黎明文化公司，2004 年 5 月），頁 553～555。
[14]陳之藩，〈約瑟夫的詩──統一場論〉，《散步》，頁 109。

就有拉馬克（Jean-Baptiste de Lamarck, 1744-1829）在《動物學哲學》中提出了生物進化的學說；1858 年也有一位年輕科學家華萊士（Alfred Russel Wallace, 1823-1913），考察物種，論文內容與達爾文竟然不謀而合。但是，達爾文的貢獻，在於為進化論的信念提供理論基礎，而且指出進化的動力，在生存競爭和自然選擇。他的成就不是只有來自生物學的領域，直接促成者，還借用社會哲學家斯賓塞（Herbert Spencer, 1820-1903）「適者生存」的術語，參考經濟學家馬爾薩斯（Thomas Malthus, 1766-1834）《人口論》「競爭的選擇」作用，再得亞當斯密斯（Adam Smith, 1723-1790）《國富論》經濟競爭的啟示，領悟統計學家奎特勒（Adolphe Quetelet, 1796-1874）「個體特性與環境適應」曲線。於是會通化成，新奇組合，而提出《物種原始》「進化論」的學說。[15]誠如陳教授所言，研究科學的特點，「即是全世界的人共同唱和一首詩」，顯然，達爾文唱出了「最好的詩句」，別人就只有罷唱了。

　　科學的發現，文學的創作，都追求「第一個唱出來」的傑作，所謂慧眼獨具，指出向上一路。推而至於學術研究，道理亦相通。《漢書‧藝文志》所謂「天下同歸而殊途，一致而百慮」，學科整合如此，學術研究亦然。陳教授曾言：

> 作研究如作詩，如第一個說出，就是大詩人或高斯，如第二個說的人，即是家庭作業的一題了。[16]

　　學術研究追求原創，期許研究心得「不經人道，古所未有」；獨到心得，創新成果，等於是「第一個說出」，數學天才高斯（Carl Friedrich Gauß, 1777-1855）即是代表人物。約瑟夫〈統一場論〉詩所提，科學史上建立里

---

[15]E‧M‧羅杰斯（E. M. Rogers）著，殷曉蓉譯，《傳播學史：一種傳記式的方法》（上海：上海譯文出版社，2005 年 7 月）。

[16]陳之藩，〈敲門聲〉，《散步》，頁 147。

程碑的科學家，如牛頓提出「慣性定律」，愛因斯坦提出「相對論」，玻爾
提出「量子原理」，弗之蓀提出「統一場論」，當時都是石破天驚，曠古所
未有，都是「第一個說出」的高斯。如第二個說的人，就是因襲模仿，了
無創意，如同家庭作業一般，只供初學練習，既未升堂，遑論入室？作詩
亦然，齊‧蕭子顯《南齊書‧文學傳論》稱：「若無新變，不能代雄」；
晉‧陸機《文賦》云：「謝朝華於已披，啟夕秀於未振」；唐‧李德裕〈文
章論〉謂：文章當如「日月常見，而光景常新」；宋‧歐陽脩《六一詩話》
揭示「創意造語」、追求「意新語工」等等，都在標榜「第一個唱出來」的
傑作，必須獨到與創新。

　　研究、作詩如此，講學融合教學與獨創心得而一之，也貴在有創見、
可開拓與能發明。陳教授為《時空之海》一書作序，提到「使人動容的演
講」，如 1979 年數學家陳省身在普林斯頓的主講，楊振寧 2004 年在「愛因
斯坦一百二十五周年誕辰紀念會議」的特約主講。令人動容的精采演說，
絕對是「接著講」，不是「照著講」，他說：

　　（陳省身和楊振寧）他們兩人都是「接著講」愛因斯坦學說的向前發
　　展，而不是「照著講」愛因斯坦學說的按本宣科。「接著講」，就是大
　　師，「照著講」只是背書而已。[17]

　　馮友蘭在《新理學‧緒論》中強調：新理學的系統，「是『接著』宋明
以來底理學講底，而不是『照著』宋明以來底理學講底」；〈三松堂自序〉
談哲學史的「怎麼說」，和哲學創作的「怎麼想」，二者之差異，也如同
《新理學》所謂「照著講」和「接著講」的不同。[18]陳教授談演說之精采與
否，取決於「接著講」和「照著講」，顯然受馮友蘭影響。「照著講」，就是

---

[17]陳之藩，〈一百與一百二十五──談愛因斯坦致羅斯福的一封信〉，《時空之海》，頁 viii。
[18]馮友蘭，《新理學‧緒論》（鄭州：河南人民出版社，1988 年），頁 4；〈三松堂自序〉，《三松堂全
　　集（卷一）》，頁 201～210。

依樣葫蘆、準方作矩；亦步亦趨，唯恐不切題，唯恐溢出題外。「接著講」，是戮力開展，有所新拓，能承先啟後，發揚光大。繼往與開來並重，而更致力於啟後；是一種「站在巨人的肩膀上」，所以必然「看得遠些」的論述法。孔子號稱「述而不作」；「照著講」，無所發明，就是「述」；「接著講」，是傳承前人之外，又有「自成一家」之心得創「作」，可說「述」少而「作」多之體現。如果只有「述而不作」，那「只是背書而已」。《禮記·學記》稱：「記問之學，不足以為人師」；又曰：「善歌者使人繼其聲，善教者使人繼其志」，[19]接著唱、接著教、接著講，道理也是相通的。

　　陳之藩教授的獨創思維，體現在詩與科學的類比上。他所謂的「詩」，當然是指古典詩，絕對不是新詩。本校「陳之藩文獻搶救計畫」，成果之一《名家書信》中，陳教授給成功大學湯銘哲教授、香港中文大學黃坤堯教授的信函，一致表達不喜歡新詩，甚至引用毛澤東的話說：「給我一萬元，我也不讀新詩。」[20]他對古典詩詞情有獨鍾，可能來自童蒙教育的背誦唐詩、《千家詩》，從他散文注重結構對稱，平仄諧調，可以知道淵源有自。與名家書信中，切磋討論古典詩詞者不少，他年結集出版，讀者可窺一斑。陳教授為《看雲聽雨》作序，談到美國太空中心有個話題，就是「該把什麼人送上太空？」因為太空人返回地球後，「說不出什麼來」，或者「好似無新意可言」，或者「說不出來他們所感的」；因此，陳教授主張：「應送一詩人到太空」，他說：

　　……尤其挑戰者號出了慘事，大家不忍之餘，許多人議論出個一致的想法：反正是冒險，既然有感而說不出來，就應送一詩人到太空。不是攜回月亮上的岩石或土塊，而是帶回幾句詩來。也就是說只有詩人才能說出他們的感覺。人們所悟出的竟是詩人與詩才是太空事業之所需。其他

---

[19] 漢·戴聖編，清·孫希旦集解，《禮記集解·學記第十八》（臺北：文史哲出版社，1990 年 8 月），頁 967〜970。
[20] 2007 年 7 月 21 日，給湯銘哲的信，〈又及〉。

貴重的繁複設備，奇巧的機構措施都是打雜，幫忙，或是湊熱鬧，看熱鬧的。如無詩人出場，大家所看所演的太空戲，豈不成了沒有哈孟雷特的哈孟雷特了。[21]

　　由於太空人「說不出他們所感的」，「只有詩人才能說出他們的感覺」；若把詩人送到太空，可以「帶回幾句詩來」，因此悟出：「詩人與詩才是太空事業之所需」。歐陽脩《六一詩話》稱美詩人之難能，在「狀難寫之景如在目前」，繪聲繪影，巧構形似，本來就是詩人之能事。《一星如月》書中曾云：「無詩的時代是最可憐的時代，傷春悲秋因無以名狀，而天翻地覆也不會形容。」[22]所言正可以相互發明。詩人的敏銳、直覺、獨到、創新，往往有感而發，巧構形似之餘，猶能遺貌取神，匠心獨運，有筆補造化之功。因此，如無詩人出場，難寫之景，將莫能名狀；說不出之感受，將更加混沌不清。太空事業之需要詩與詩人，以此。

　　獨到新創，是文學的生命，藝術的靈魂。因此，「忌隨人後，務去陳言」，是詩人必經之淬煉；而「自得自到，自成一家」，方是換骨成仙之極致。[23]換言之，自得自到之獨創思維，亦即詩人與科學家之所同。陳教授散文集中體現此種創作觀，發用為寫作，文學成就自然不同凡響。

三、組合思維與跨學科之會通

　　發明創造之道有二：其一，無中生有，全新發現：其二，會通既有，新奇組合。發明晶體管的蕭克萊（William Shockley）說：「所謂創造，就是把以前的獨立發明組合起來。」[24]舊元素的新奇組合，能創造發明新產品。有所謂「梅迪奇效應」者，注重不同領域、不同學科、不同文化間之

---

[21]陳之藩，〈序〉，《陳之藩文集3》（臺北：天下遠見出版公司，2006年1月），頁297。
[22]陳之藩，〈四月八日這一天〉，《一星如月》，頁334。
[23]張高評，〈評《詩人玉屑》述推陳出新與自得自到：兼論印本寫本之傳播與接受〉，《文與哲》第18期（2011年6月），頁295～332。
[24]張永聲主編，〈組合法〉，《思維方法大全》（南京：江蘇科學技術出版社，1991年1月），頁16。

交流對話，由於現有觀念之隨機組合，於是造成了異場域碰撞，而生發大量傑出的構想。[25]這種跨際思考的技術，重視合併重組，是創造性思維方法之一。[26]

　　陳之藩文集中，《在春風裡》，描繪場景，抒寫情懷，多以畫境比擬文境，表現文中有畫之特色。至於敘事傳人評論，亦多體現跨學科、跨領域之會通化成。尤其《一星如月》（1985 年出版）以後之文集，如《時空之海》、《散步》、《看雲聽雨》、《思與花開》等等，字裡行間，較多強調跨學科、跨領域之會通與整合。如此分野，是否如錢鍾書〈詩分唐宋〉所云：「少年才氣發揚，遂為唐體。晚節思慮深沉，乃染宋調」？[27]感性與知性二分，雖失之籠統，不妨姑妄言之，待後細考。

　　〈寂寞的畫廊〉一文，從形形色色的人間畫廊中，抽樣挑選出一個老太太，作為人生寂寞的縮影，並不刻意形容，而形象躍然。從幸福到寂寞，從贏得到失去，用速寫表出：

　　　　以後女兒像蝴蝶一樣的飛去了，兒子又像小兔似的跑走了。燕子來了去了，葉子綠了紅了。時光帶走了逝者如斯的河水，也帶走了沉痾不起的丈夫。
　　　　在鏡光中，她很清楚的看到如霧的金髮，漸漸變成銀色的了。如蘋果似的面龐，漸漸變成不敢一視了。從樓梯上跑下來的孩子，是叫媽咪；從門外走來的孩子，叫起祖母來了。而逐漸，孩子的語聲也消失了。
　　　　這是最幸福的人的一生，然而我卻從她每條蒼老的笑紋裡看出人類整個的歷史，地球上整個的故事來。[28]

　　將詩情與畫意，作完美的結合，繪聲繪影，典範集成，是〈寂寞的畫

---

[25]約翰森（Frans Johansson）著，劉其如譯，《梅迪奇效應》（臺北：商周出版社，2005 年 10 月）。
[26]張永聲主編，〈組合法〉，《思維方法大全》，頁 16～18。
[27]錢鍾書，〈詩分唐宋〉，《談藝錄》（臺北：書林出版公司，1988 年 11 月），頁 2～4。
[28]陳之藩，〈寂寞的畫廊〉，《在春風裡》，頁 7～8。

廊〉一文的特色。〈幾度夕陽紅〉，則以顏色妝點文章，亦具「文中有畫」
之效果，如：

> 我左右看一看，只有兩個顏色。西邊全是紅的，那是夕陽；東邊全是綠
> 的，那是校園。噴泉處處如金絲銀縷，在繡一幅紅綠各半的披錦。[29]

　　紅夕陽、綠校園，金絲銀縷，紅綠各半的披錦，這些都以繽紛色彩構
築的大千世界，可謂文中有畫。陳教授所作早期散文，以畫法為文法，最
典型者，莫過於對布蘭姆「永恆之城」怪畫之摹繪形容，如：

> 遠處是藍色的天，褐色的山，山下的城廓，城廓中的廣場，廣場上的廢
> 柱，廢柱旁的人馬，人馬旁的樹，樹旁的樓，樓下的殘垣，殘垣下的地
> 道。這些由遠而近，由小而大。由廢柱及地下走廊看來，這是羅馬。但
> 在最近處，是一堆殘石斷柱，圮牆旁坐著一個乞丐。在這堆垃圾中，卻
> 有一個比例特大的紙造玩具，……一抬手即伸出個大的人頭來。這個人
> 頭之大約占全畫十分之一。顏色之不協調，看了使人起雞皮。頭是翠
> 綠，嘴是血紅，眼是銀灰，珠是烏暗，一個橫眉豎目的墨索里尼的頭。
> 乍看起來使人戰慄，細看起來是個紙的。[30]

　　如果我們讀過唐朝杜甫〈韋諷錄事宅觀曹將軍畫馬圖〉[31]、韓愈〈畫
記〉[32]、宋蘇軾〈韓幹馬十四匹〉題畫詩[33]，理解類聚群分之方，以賦為詩

---

[29]陳之藩，〈幾度夕陽紅〉，《在春風裡》，頁110。
[30]陳之藩，〈永恆之城〉，《在春風裡》，頁38～39。
[31]唐‧杜甫撰，清‧仇兆鰲注，《杜詩詳注（卷十三）》，頁1152～1155。
[32]唐‧韓愈撰，屈守元、常思春主編，〈貞元十一年‧畫記〉，《韓愈全集校注》（成都：四川大學出
　版社，1996年），頁1230～1231。
[33]宋‧蘇軾撰，清‧王文誥、馮應榴輯注，孔凡禮點校，〈韓幹馬十四匹〉，《蘇軾詩集（卷十五）》
　（臺北：學海出版社，1985年9月），頁767～768。

之法，以及九馬分寫之格[34]，就不得不佩服陳教授「再現畫面」的功力，讓讀者能夠「見文如見畫」，簡直可以跟杜甫、韓愈、蘇軾諸大家相媲美。畫面的內容「由遠而近，由小而大」，作極有層次之呈現，最後特寫「比例特大的紙造玩具──大的人頭」。接著以色彩映照：翠綠頭、血紅嘴、銀灰眼珠；加上「橫眉豎目」的線條勾勒，於是凸顯出一個「使人戰慄」的墨索里尼的頭來。由此觀之，散文寫作融合了繪畫手法，有助於表現歷歷如繪的描寫效果。

　　跨領域、跨學科的會通整合，真是談何容易！具體實際操作，需先儲備相關領域或學科之專業，然後進行交叉綜合，如此乃有利於移植、轉化、改造、創新。[35]陳教授為電機工程專業，熟悉豐富而多元的科學史掌故，加上讀萬卷書，行萬里路，見多識廣，於是交互融通，新奇組合，自然形成科學與文學的對話。除上文所引，約瑟夫以詩歌語言述說〈統一場論〉，而陳教授將之譯為中文，撰文介紹外，《思與花開》文集〈背誦與認識〉一文，亦以杜牧〈清明〉詩起興，申說二十四節氣，用最通俗的語言，來說清楚楊振寧教授有關「相」（Phase）的物理意義。詩與科學間，居然可以相互觸發借鏡如此。千里達詩人瓦科特（Derek　Walcott）獲得諾貝爾文學獎，陳教授推崇道：

> 他是既畫一筆好畫，又編一手好戲，更寫出如珠似玉的好詩。可以說是藝術全才。倒很像近來才囂塵上的高行健之亦畫亦戲且亦文。他們的不同之點，是一個寫詩，一個寫小說。[36]

　　瓦科特與高行健兩位諾貝爾文學獎得主，都不只是「單科獨進」，而是

---

[34]清・李香巖手批，〈韓幹馬十四匹〉紀昀批語，《紀評蘇詩（第伍冊卷十五）》（成都：四川大學出版社，2007 年 4 月），頁 104。

[35]徐僖〈重視學科交叉，善于概念遷移〉、秬汝運〈改造以啟創新，交叉有利綜合〉，《院士思維》（合肥：安徽教育出版社，2003 年 11 月），頁 1013～1020、1195～1202。

[36]陳之藩，〈桂冠詩人與桂冠學人〉，《散步》，頁 102。

本行之外,又兼擅繪畫與戲劇。多元領域兼擅,贏得陳教授讚賞,可見其創造性思維之一斑。再看楊振寧教授演講「物理與對稱」,觸類旁通,整合為一,也運用比類與合併之創造思維,如:

> 也是十年前罷,也是香港,有一次聽楊振寧的演講。他講的是「二十世紀物理與對稱」。卻是從雪花的對稱形狀講起,講到音樂的對稱,畫的對稱,麥克士韋方程的對稱,以及他自己的規範場的對稱,但沒有涉及黃金分割。[37]

演講的主題是物理學,談及對稱,卻旁通到音樂、繪畫、方程、規範場,就近取譬,由淺入深,深得演說之妙。楊振寧教授接受傳統文化之薰陶頗深,一如陳之藩教授。數學天才陳省身教授那個時代的科學家亦多如此:

> 陳省身那個時代的科學家,不論中外,幾乎每個人都有藝術的嗜好,有愛拉提琴的,有愛彈鋼琴的,有愛下棋的,有愛打鼓的!他們在這些嗜好上,都有相當的造詣。不幸的是陳省身的小學、中學、大學、博士後,無一不跳級,數學以外的科目均未得全面自然地發展。[38]

科學家都有藝術嗜好,也都達到相當造詣,這既是事實,也是期許。陳省身教授因故不能,故陳教授遺憾其「不幸」。這種跨領域接觸,是極有必要的。通識教育規畫的本意,就是企圖實現這種理念像數位內容之提倡,也應該朝跨學科、跨領域會通整合。因為,數位是科技;內容是人文或文化。陳之藩教授與李國鼎資政關於科學園區的對話,從而可見陳教授會通整合之思維:

---

[37]陳之藩,〈閒看黃金分割〉,《散步》,頁169。
[38]陳之藩,〈疇人的寂寞〉,《看雲聽雨》(新加坡:八方文化創作室,2008年8月),頁352。

我繼續說：「我有個香港同事，他是哈佛的博士廖約克。他說：『寫軟體不是技術上的了不得的問題，而是一個文化問題。讓香港的軟體工程師寫美國的足球遊戲，或讓美國軟體工程師寫中國的《紅樓夢》的戀愛，他們都需要分別從美國足球規則和賈寶玉是誰開始學罷！中國人總覺得軟體容易，你做出來我抄抄就可以了，遂把大好光陰蹉跎了。』」李國鼎深有感慨地說：「是各行各業的人學電腦而搞軟體呢？還是會軟體的人學各行各業的內容呢？」[39]

　　說工程師寫軟體，「是一個文化問題」，可謂一針見血之論！文化問題千絲萬縷，而會通整合可以得到最大公約數，此即李國鼎資政所稱：資訊工程師「學各行各業的內容」。就像前文所言，科學家兼有藝術造詣，文學涵養一般。民國以來，大學教育學習美國，往往淪為「單科獨進」的流弊，理工自然學科間，往往各自為政，不相往來，遑論與人文社會之互動？陳之藩教授在《一星如月》文集中，曾略說數學和科學發展的密切關係，申明物理學家、自然科學家「不可能沒有數學的訓練」。[40]到了《時空之海》文集，論述更加詳盡明白：

有精湛數學訓練的物理學家，像馬克士威爾，像愛因斯坦，以數學作工具，來做物理的問題，也產生出偉大的、新鮮的觀念來。
但還有些物理學家，工具不夠用了，就自己發明起數學來。比如牛頓之於微積分，楊振寧之於規範場。牛頓是一邊發明微積分，一邊應用在物理上；楊振寧卻是擴建規範場，而規範場就是數學裡的纖維叢。這固然是他們自己始料所不及，也常常為數學家們所驚訝不止的。[41]

---

[39]陳之藩，〈潮頭上的浪花──李國鼎與科學園區〉，《看雲聽雨》，頁 343。
[40]陳之藩，〈時代的困惑──在香港中文大學校外課程部講「科技時代的思想」〉，《一星如月》，頁153。
[41]陳之藩，〈數學與電子〉，《時空之海》，頁 47。

　　「以數學作工具，來做物理的問題」；物理學家「工具不夠用了，就自己發明起數學來」，數學與物理學間，作跨際思考，容易產生異場域碰撞；因為將現有觀念作新奇組合，往往生發大量傑出的新創構想。總之，扭轉假設，容易發現不同世界；跳脫舊有，才能開創新局。[42]馬克士威爾、愛因斯坦之卓越，牛頓、楊振寧之傑出，全得力於跨際思考。陳教授有見於此，特為文表出。

　　科學史的記載，也證實跨際思考的效益，可以引導不同領域和文化的想法互相碰撞，而引爆新構想，而出現突破性和創新性。陳教授津津樂道科學史上的事例，可見其創造性思維之一斑：

> 我的講演內容是圍繞在他們當年的深入閱讀與日後的細密思考上，……科學史是門新興的學問，即以哈佛大學為例，比如孔恩（Thomas Kuhn）、蓋利森（Peter Galison）以及荷頓（Gerald Holton）……等結論新穎而成績顯明。孔恩是由於科學史的研究而創出科學革命的新說，蓋利森是把科學史與藝術史並列研究；而荷頓在 2000 年的一篇文章中，可以說專寫科學家的散步，比如愛因斯坦與海森伯的散步等。[43]

　　陳教授在上述引文前，提到愛因斯坦與人共組「奧林匹亞研究院」，閱讀名著，思索問題。當時所讀作品，除力學、幾何學、心理學外，尚有邏輯學、人性論、哲學論文。出乎常人慣性思維之外的，愛因斯坦等還閱讀「與數理完全不沾邊的戲劇、小說等，比如狄更斯的《聖誕頌歌》、塞萬提斯的《唐吉訶德》等」。[44]或許，就因為如此的跨際接觸，引領不同領域和文化的想法互相碰撞，才可能促成創意勃發的成果。孔恩研究科學史，而創出科學革命的新說；蓋利森最有組合思維，將科學史與藝術史並列研

---

[42]張高評，〈創造性思維與宋詩特色──以組合思維、開放思維、獨創思維為例〉，第四屆「實用中文寫作學術研討會」論文，頁6。
[43]陳之藩，〈愛因斯坦的散步及其他〉，《散步》，頁8。
[44]陳之藩，〈愛因斯坦的散步及其他〉，《散步》，頁6。

究；荷頓專寫科學家的散步，如愛因斯坦、海森伯的散步。科學家之於散步，猶歌者之於跑步，看似無關，其實大有觸發與助益。《禮記・學記》稱：「鼓無當於五聲，五聲弗得不和；水無當於五色，五色弗得不彰」[45]；同理，散步無當於科學，科學弗得則不新穎，不卓越。陳教授謂哈佛大學孔恩等三位學者研究科學史，「結論新穎而成績顯明」，或許得力於此。

《左傳・昭公二十年》載齊晏嬰論和同，宣稱：「若以水濟水，誰能食之？若琴瑟專壹，誰能聽之？」單科獨進，慣性思維，抱殘守缺，猶膠柱鼓瑟，就是「以水濟水，琴瑟專壹」。《淮南子・氾論訓》稱：「東面而望，不見西牆；南面而視，不睹北方。唯無所向者，則無所不通。」組合思維，為創造思維之一，「唯無所向者」，不執一以廢百，能會通而一之，遂無所不通。由此觀之，只有異質交叉，跨際融通，盡心致力不同文化，不同學科間之「異場域碰撞」，才有可能促成創造與發明。

美國科學家 L・托馬斯（L. Thomas）在其《頓悟生命與生活》中指出：「有生命的事物傾向於聚合，相互之間建立聯繫」；而所謂創造，就是將已有的，但又相互分離的要素、事物、概念、事實等結合、合併和重新洗牌。[46]由此看來，陳教授之散文，融合科學與人文，交流對話，正暗合當代文化之走向。陳寅恪治學，打通文史；錢鍾書治學，打通中西，學術研究固然注重跨際整合、交叉研究[47]；即詩詞文學之創作，亦以打破體制、創意組合為改造、新變之策略。[48]研究與創作之優勝，百慮一致，要以新奇組合為依歸。

四、類比推理與創造性思維

觸類旁通，舉一反三，是謂類比法，或稱旁通思維法。此法之運用，

---

[45]漢・戴聖編，清・孫希旦集解，《禮記集解》，頁971。
[46]滕守堯，〈走向對話的自然科學〉，《對話理論》，頁29～33。
[47]張高評，〈研究視野與學術創新〉，《書目季刊》第44卷第3期（2010年12月），頁29～48。
[48]張高評，〈破體與創造性思維──宋代文體學之新詮釋〉，〔廣州〕《中山大學學報》（社會科學版）第49卷第219期（2009年3月），頁20～31。

只注意兩者之相似度和相關性，而忽略彼此之差異性。[49]科學研究建立假說，有效推測；文學內容富贍豐厚，廣博多元，多有得於旁通（類比）思維。[50]

在中國傳統思維中，類比思維之體現，豐富而多元。如《周易》，即是人類最早之類比推理系統，見諸《左傳》、《國語》引《易》，最見類比推理之說服效果。《九章算術》總結戰國、秦、漢之數學成就，以實際應用為目的，有一套推理程序和方法，堪稱科技推類的代表作。[51]其他，如古代天文理論之取象比類，中醫理論之模式類比推理，都是中國傳統思維中之類比方法。[52]類比思維由於開放性強、橫向跨度大，在建立新的知識鏈接上，頗具重要作用，往往蔚為創造性思維之關鍵因素。[53]

陳之藩教授是科學家，濡染傳統文化頗深，散文作品之謀篇布局，運用類比思維，展現創造性思維者極多。如《一星如月》文集中，類比述說了兩個熊的故事，在化干戈為玉帛之後，說：

> 仔細想來，人類的好多思想，都是藉這種模糊的比類方式來傳達，來發展的。[54]

比類作為一種思維傳達的方式，存在許多或然性，雖不是很精確，但卻極具形象性與說服力，陳教授應用頗多。比類的類，大抵有三個來源：其一，得自知識的啟示，從多讀書來；其二，緣於自然的散發，從觀察

---

[49]歐文·M·柯匹（Irving M. Copi）等著，張健軍等譯，〈類比與或然推理〉，《邏輯學導論》（北京：中國人民大學出版社，2007 月），頁 489、496～497。

[50]田運主編，〈類比〉，《思維辭典》（杭州：浙江教育出版社，1996 年 3 月），頁 459～460；張永聲主編，〈旁通思維法〉，《思維方法大全》，頁 48～49。

[51]劉徽注，李淳風注釋，《九章算術》（北京：中華書局，1985 年）。

[52]周山主編，〈中國傳統類比思維與創造性思維的相關知識鏈接論〉、〈論推類〉、〈《周易》：人類最早的類比推理系統〉，《中國傳統思維方法研究》（上海：學林出版社，2010 年 4 月），頁 113～122、123～144、147～159。

[53]周山主編，〈論類推邏輯與中國古代天文學〉、〈論中醫理論的模式類比推理〉，《中國傳統思維方法研究》，頁 160～167、215～222。

[54]陳之藩，〈熊〉，《一星如月》，頁 17。

來；其三，得自工作的啟迪，從實踐來。陳教授閱讀廣博，行遍天下，又身為科技學者，因此就學養、見聞、經驗進行觸類旁通，故無往而不自得。《一星如月》以後出版的文集，運用旁通類比謀篇安章者不少，已形成作品一大特色。就謀篇安章來說，如：

《一星如月》〈垂柳〉一文，從眼前香港垂柳，想到美國柳樹、中國柳樹；再回憶小學河邊柳樹、小學老師教古代柳詩，老師死於柳樹下；再旁推到中學水邊柳樹、柳樹畔女孩，贈送柳枝筆與詩等等。「方以類聚，物以群分」，類比旁推，能引發聯想，擴大認知範圍，正是文章能一線貫通之法。

《散步》〈敲門聲〉中，由當下臺南的敲門聲，跨越時空，類敘旁通到四十年前費城的敲門聲；再由萍水相逢，聯想起幸運的遭遇作收結。〈現代的司馬遷——談今日的資料壓縮〉一文，從信息傳遞，談到信息載體、信息儲存，資料壓縮，多以類相從。其次，則分別敘述資料壓縮的種種，依序舉司馬遷《史記》的信息系統，莫爾斯漢字電報系統（Morse telegraph system），電影動作之失真壓縮，歸結到儲存與傳遞的思想「並沒有改變很多」。旁通思維，可使思維「精騖八極，心游萬向」，作多方觸類，古今類比，中外並置，引爆靈感，文思活絡，而又不即不離。

《看雲聽雨》文集中，〈遠見與危言〉一文，由南亞地震引發海嘯起興，銜接「等同一萬五千枚原子彈的爆炸威力」作類比，於是「因這個形容詞而想起了思想家波普爾（Karl Popper）」，以及所論前蘇聯物理學家沙卡諾夫（Sakharov）。再因「波普爾是經濟學家海耶克的朋友」，於是談到海耶克；而以波氏海氏之遠見危言作結。由震災而類推到戰禍，再由形容詞聯想到思想家、物理學家、經濟學家，純用類比經營本文。

《看雲聽雨》文集，〈米勒與老舍〉一文，亦用類比。由於英若誠擔綱製作老舍《茶館》及中譯米勒《推銷員之死》，因而由米勒想起老舍。而且從米勒與老舍自家創作中，成敗有差，優劣懸殊，「情況頗為類似」，故可以類比而揮灑成章。〈兄與弟〉一文，由於蘇軾、蘇轍兄弟相互唱和的「二

難併」,「因而想起了古今的許多兄與弟的故事來」,如白居易、白行簡;魯迅、周作人,是以知識見聞為類比的。文章脈絡,亦自貫串。

　　《看雲聽雨》文集,〈奇蹟年的聯想〉一文,更是浮想聯翩,類比旁通為文。首先,由愛因斯坦奇蹟年 ,「很像兩三年前鬧 SARS 時,我們想到牛頓的那個奇蹟年」作提綱,起興類比。1666 年牛頓發現萬有引力,這就是牛頓的奇蹟年,「中國是什麼情狀呢?」1905 年是愛因斯坦的奇蹟年,愛因斯坦推出開天闢地的論文,如狹義相對論、光的量子假說,布朗運動,「中國那一年又是什麼?」中西一經類比,反差極大,激盪觸發自在言外。接寫牛頓、愛因斯坦的謙遜有加;連類「想起」《荀子‧勸學》嘉言,作為二氏之品題。

　　《思與花開》文集,〈齊如山的著述〉一文,談到齊如山「死得其所」,於是聯類提到吉星文、傅斯年、胡適之等人,亦皆「死得其所」,是以類相從。〈屬兔的故事〉一文,由于右任、愛因斯坦同歲,連類而及「北京大學卯字號」屬兔的陳獨秀。以下再類敘有關于右任的所見所聞,最後迴龍顧主,再談愛因斯坦、居禮夫人都屬兔作結。《墨經》有言:「辭以類行者也,立辭而不明于其類,則必困也。」陳教授行文知類、明類、察類、推類,故文章可以浮想聯翩,而又一氣貫注;移步換景,卻又不即不離。猶重巒疊嶂,不失雲蒸霞蔚之妙。

　　由此觀之,旁通類比之法,有如傳統類書之逞博炫奇,設非腹有詩書,見聞廣博,專業沉潛,人情練達,如何能觸類而有所啟益?旁通而有所開拓?觀陳教授文集之旁通類推,實無異於學養、見聞、專業、經驗之綜合體現。

五、結語

　　2009 年上半年,筆者前往香港中文大學擔任訪問教授,有此機緣,遂受命執行本校「陳之藩教授文獻搶救計畫」,得以三次造訪陳之藩教授家,不時與童元方教授商討有關計畫事宜。陳教授文集已出版九冊,講學香江

時，曾拜讀一過。對於命意之新奇，結構之勻稱，觸類之廣博，以及節奏之和諧，均給人深刻的印象。不同凡響處，多在科學與文學的對話及融通；引人入勝處，則在鍛字煉句，新創獨到方面。而總體閱讀印象，則在創意無限四字。

陳教授以科技人而從事文學創作，因為「有個人創作的成分存乎其間」，是以其能「享受創作的喜悅」，故樂此不疲，老而不輟如此。就科學與文學之對話，現身說法，而標榜獨到與新創，其嘉言頗富啟示性，如云：「最好的詩句，只有一個；如被人唱出，別人只有罷唱！」研究科學，「即是全世界的人共同唱和一首詩；有一首最好的出來，大家就另找一個題目」。學術研究追求原創與自得，所以他說：「做研究如作詩，如第一個說出，就是大詩人或高斯；如第二個說的人，即是家庭作業的一題了！」何等剴切明白，發人深省。這些，就是陳教授散文中凸顯的獨創思維。

陳教授早期散文描景抒懷，或將詩情與畫意作完美的結合，或以色彩線條裝飾文章，或以畫法為文法，頗見「文中有畫」之特色。中晚期後之散文，知性理性增多，往往體現跨領域、跨學科之會通整合，尤其科學與文學之對話，形成主體特色。如譯介詩歌以說統一場論，藉杜牧〈清明〉詩述說二十四節氣。文學藝術創作，則主張多元兼擅，如此可以觸類旁通。即使是科學家，也都應有藝術的嗜好，以及跨際會通的思維。如此，「才能產生偉大而新鮮的觀念來」。又認為工程師寫軟體，「是一個文化問題」。換言之，不只是照應數位科技而已，還要能含攝人文內容。這些，都是陳教授散文中體現的組合式創造性思維。

觸類旁通，揮灑成篇，是陳教授散文中謀篇安章主要手法之一。用來類比的素材，或得自書卷之啟示，或緣於自然之啟發，或仰賴經驗之啟迪，陳教授腹有詩書，見聞廣博，加以專業沉潛，故信手拈來，類聚群分，多成妙文。類比古今，旁通中外，或促成脈絡貫串，或有助意象浮現，或因對比而成諷，或藉類比以推理，其文學效用不一而足。如談資料壓縮、南亞海嘯、奇蹟年、齊如山各文，推類觸發，開放性強，橫向跨度

大，都是陳教授散文中運用的旁通式創造性思維的名篇。

　　陳教授文集中的創造性思維，除獨創、組合、類比外，尚有求異思維，從全方位、多面向、多角度、多層次進行思考與表述，亦屬於創造性之思維方式。如關於黃金分割，《散步》文集中，前後撰寫五篇文章，除答覆讀者一篇外，如〈閒看黃金分割〉、〈再談黃金分割〉、〈令人失眠的數〉、〈細說黃金分割〉四文，多層層遞進，精益求精；富於獨創性、探索性、靈活性。蘇軾〈題西林壁〉所謂：「橫看成嶺側成峰，遠近高低各不同」，差堪比擬。辭賦寫作手法，有所謂橫向生發刻劃，縱深開掘剖析，面面俱到、層見迭出者，亦足以相互發明。由於篇幅所限，未能暢言，他日再議。

——選自陳昌明主編《花開的樹——陳之藩先生學術研究會論文集》
臺北：里仁書局，2012 年 3 月

科學與人文
陳之藩散文的語言

◎童元方[*]

前言

　　陳之藩在〈科學與詩〉中曾說，科學與詩很相近，科學界的研究科學，與詩人踏雪尋梅的覓句差不太多。研究科學即是全世界的人共同唱和一首詩，最好的出來了，大家就另找一個題目。在陳之藩的腦海裡，科學與詩，並沒有什麼分別，均在覓句。用陳氏自己的話說：「科學原來像詩句一樣，字早已有之，而觀念是詩人的匠心所促成的。」（《在春風裡》，頁34）這裡面只是對真的好奇與對美的欣賞。

　　縱閱陳之藩的散文，亦當作如是觀。我們從他的文章裡知道他愛詩，卻遺憾自己不會作詩。實際上他表達自己的工具有二，一是數學，一是散文。他所寫超過一百篇的科學論文，我絕大多數不可能理解，但時常看見他對著方程式寫成的文章讚歎：「這結果真是太美了。」我頓有所悟：不論他是寫科學論文，還是一般的散文，其實都是在作詩。人皆以為陳氏以科學家的身分寫散文是一令人驚訝的事，好像科學與人文互不相干。實則他是以兩種工具在覓句。陳氏近二十多年來的散文，這兩種工具的使用越見圓融。所以此篇論文以《時空之海》、《散步》、《看雲聽雨》、《思與花開》為主要的研究內容。

[*]發表文章時為東海大學文學院院長，現為東海大學外國語文學系客座教授。

一、從米列娃的信到脈衝函數

科學論文屬專業範疇，本可以不論，但陳先生有一篇論文居然是從一封私信的內容激發出來的。

現世所存米列娃給愛因斯坦最早的一封信，是 1897 年她在海德堡大學當旁聽生時寄到蘇黎世的。米列娃在信中告訴愛因斯坦奈卡谷的景色迷人，但那幾天總是裹在濃霧中。她什麼都看不見，除了霧，還是霧。對這鋪天蓋地的霧，米列娃的形容是：「荒涼到無限；灰暗到無窮」。但從只有霧的世界聯想到「無限無窮」的觀念，是洋溢著青春活力的米列娃所併發出來的逼人聰慧。她說：

> 我認為人之無能了解無限無窮這一觀念，不能歸咎於人類頭顱結構之過於簡單。人是一定可以了解無限的，如果在他年輕正發展感知能力的時候，容許他冒險進入宇宙，而不是把他禁錮在地球上，甚至局限於窮鄉僻壤的四壁之中。如果一個人可以想像無窮的快樂究竟是多大快樂，他就會了解無限的空間究竟是多大空間──我想空間比快樂應該容易理解得多。
>
> ──《情書：愛因斯坦與米列娃》

這段話激盪出陳先生 2002 年在美國麻州劍橋所發表的一篇科學論文："Poetic and Scientific Representation of Infinity：A Wavelet Approach to the Impulse Function"大概可以譯成：〈詩與科學在「無窮大」上的表現方式：以小波方法看脈衝函數〉。

這是由米列娃信中的哲學思考與文學描述，所帶出來的一篇科學論文；而陳先生一般散文的語言更是反映了同時使用兩種工具作詩的特色。在覓句的過程中，這兩種語言可以互相補足。

二、廣義相對論與中外詩歌

先從〈時空之海——布萊克的一幅畫〉說起。這篇文章本身也是一封信，陳氏從布萊克的畫說到他的詩，再從他的詩中摘出四句，並自譯如下：

一粒砂裡有一個世界，
一朵花裡有一個天堂，
把無窮無盡握於手掌，
永恆寧非是剎那時光。

——《時空之海》，頁 47

這幾句詩是戴森（Freeman Dyson）最愛引的。他之所以愛引，陳先生以為並非因為詩美，而是因為戴森了解愛因斯坦的語言。廣義相對論只有一個式子，陳在這篇散文裡特別列出來：

$$R_{\mu\nu} - \frac{1}{2}Rg_{\mu\nu} = 8\pi G T_{\mu\nu}$$

他接著說，若不用數學，而用詩句來說明愛因斯坦的時空觀，沒有比布萊克這幾句更神似的了。牛頓的時空觀以為時間是無盡的長流，空間是無限的延展。而愛氏的則是：「過去、現在及未來並無區別，只是幻象而已。」〈時空之海〉最後以陸游的兩句詩作結：

三十萬年如電掣
斷魂幽夢事茫茫

八百多年前的中國詩是不是暗合了愛因斯坦宇宙的祕密？陳之藩也可以引惠勒（John Wheeler）的兩句話來說明廣義相對論，而這兩句話即使沒有詩的形式，卻有詩的內容：

> 空間作用於物質，告訴它如何運動；
> 物質作用於空間，告訴它如何彎曲。

——《散步》，頁7

　　陳先生曾告訴我，愛因斯坦形容他自己建立的方程式，左邊堅實如鑽石，右邊軟弱如蘆葦。由此他想到已隨風而逝的故友巴壺天。巴壺天說，「『魚戲藻』該對什麼好呢？應該對『鼈爬沙』。因為『魚戲藻』這麼美而巧的句子只能對像『鼈爬沙』那樣又笨又拙的。」陳先生接著說，「『魚戲藻』就是廣義相對論等號左邊的鑽石，而『鼈爬沙』就是右邊的蘆葦了。」

　　廣義相對論從數學式子到布萊克的詩，再到惠勒的佳句；從愛因斯坦對自己方程式的形容再到巴氏戲言，陳先生逍遙而遊，從不同的方向與角度在覓句，已不是他年輕時所說最好的出來了，其他的人就罷唱，而是不斷會有新的佳句出現，他也就繼續享受覓句的過程。

三、從文史探索黃金分割、費曼怪數與資料壓縮

　　《散步》這本散文集裡有一輯很特別，收的文章主要是有關科學的題目。除了說「黃金分割」的四篇外，一篇說費曼（Richard Feynman）「1/243=0.004,115,226,337,448」的怪數；一篇談資料壓縮，是為成大電機系戴顯權教授的書所作的序。

　　論「黃金分割」的那幾篇，說明由十進位來表示的 0.382 與 0.618 兩個數字，若以二進位來表示，會得到「對稱」的圖形。換言之，黃金分割以二進位來表示時，呈現出對稱之美，兩數之間是鏡面對稱，而一數發展開

來是平移對稱。(《散步》，頁 151～196) 這幾篇文章發表的時候，曾引起極為熱烈的討論，而對一些質疑，陳先生又很幽默地引出列子「取金之時，不見人，徒見金」的故事來自嘲。(《散步》，頁 159～161) 對陳先生而言，任一問題在他思考、探索的過程中，不論是古是今，是中是外，是科學，是人文他都能予取予求，自由運用。譬如講費曼那個怪數的文章卻是從何其芳的詩句開始的：

> 上帝既然創造了夜令人安息，
>
> 就不該再創造令人無眠的月光。

——《散步》，頁 175

把失眠的原因從費解的數字轉為天宇的月光，給乾枯的話題立時點染出詩意。其實何其芳的原句是這樣的：

> 神啊，你創造黑夜是為了睡眠，
>
> 為什麼又創造這月亮，這群星，
>
> 這飄浮在唇邊的酒樣的空氣？

——何其芳，〈夜歌（二）〉

陳先生少年時欣賞其詩中意象，不知不覺記住了，但卻在無意間替人改了文字，只是這改動竟比原詩更精鍊、更簡潔。

　　說明資料壓縮的必要，陳先生可以從今日信息的頻繁傳遞與大量堆存回溯到《史記》的寫作方式。書寫的過程是信息的傳遞，而儲存則在於「藏之名山」的竹簡。資料壓縮的方法是以精純的文字來節省竹簡的空間，而後人閱讀的工具則是對古文的認識與理解，所以讀史可以視為編碼解碼的程序，而竹簡如晶片，所寫的字則是位元了。(《散步》，頁 145～146) 這樣貫通古今的思考方式，可以從電腦的科技發展追究到上古史的寫

作,因而悟出竹簡到晶片是工具在變,而傳遞與儲存的思想其實並沒有改變太多。陳先生散文的語言縱浪大化之中,並沒有什麼科學與人文的區別。

四、單衝函數與人生

又有一次,陳之藩帶著電腦數據與圖表,特地從臺南到香港來看楊振寧,為的是討論與狄拉克(Paul Dirac)的單衝函數有關的一個問題。他想到單衝函數之為工具,帶我們走向相對的量子世界,而電腦的出現,坐實了狄拉克發明的各種符號。陳先生想知道在電腦世界中,單衝函數是否還有增益的可能?

那一天是 1999 年的 12 月 8 日。陳先生為當天與楊振寧的見面寫了一篇日記,發表時的題目就叫做〈日記一則〉。整個討論似乎應專注於單衝函數的,陳氏卻以楊先生的一句話帶過了:「單衝函數在量子力學上應用的並不多」(《散步》,頁 129);轉而以自己的青少年時期來反襯楊先生的,背景則是對日抗戰大時代的漫天烽火。這一篇散文帶著自傳的性質,也是第一次我看見他形容楊為「天上的彩虹,漂漂亮亮的」;而自己為「地上的溪水,曲曲折折的」。(《散步》,頁 131)陳氏這比喻非指成就的高低,而是指彩虹環境的單純與溪水遭遇的複雜。這複雜二字是他對自己人生的感慨,蘊藏著千般未曾言說的坎坷與辛苦,但也僅止於此二字了。這篇文章是這樣結束的:「掛上電話,並未拉上窗簾,外面是萬點晶瑩;不是繁星在天,就是燈火在地。時與空已化為混沌,夢與醒漸分不開。狄拉克的圖線又襲來腦際。睡了。」(《散步》,頁 132)

從香港沙田旅館小屋這一定位,視野拉開了、拉遠了,至於無窮無盡,讓人忘卻自身。然而單衝函數的圖與線卻在萬點晶瑩中出現,撞擊小屋中人的腦袋。而他卻睡了,再也不去想那個科學問題。從開頭的單衝函數,畫了一個圓,到結尾的單衝函數,中間是兩人的一生。起伏跌宕之處,有如神來之筆。

五、用文學語言論物理世界

陳之藩早期的散文，比如《旅美小簡》，語言華麗多姿，而情感澎湃，沛然莫之能禦。問題思考的層次分明，表達的手法漂亮，展露出陳氏在文學創作上的才華。但後期的作品，尤其是《思與花開》中的文章，一如滿天的華采隱隱收攏在浩渺的煙波之中，清光凝定的氣派，令人想起「餘霞散成綺，澄江靜如練」。

有一篇文章，題目叫〈背誦與認識〉，如此不具特色的標題，很難想像會是什麼樣的內容。但絕對想像不到的是，陳先生從杜牧的一首詩說到「相」（Phase）的物理意義，竟是一個認知上的大問題。這首詩是大家從小即朗朗上口的：

> 清明時節雨紛紛，路上行人欲斷魂；
> 借問酒家何處有，牧童遙指杏花村。

如此眾所周知的一首詩，又有人不明白季節既曰清明，又怎麼會雨紛紛呢？多年後有香港中文大學電子系的學生聽了楊振寧的講演，說楊所講的「相」他會算，但是不懂，求教於老師。陳則想出來用這首詩去解釋「相」：

> 本該天氣清而明的，卻雨紛紛了；也就是下一個節氣的「穀雨」超前到了。在中國的醫學或科學上，不論超前（phase lead）或落後（phase lag）都是時令不正，會有災變發生。該冷時不冷，該熱時不熱，生物不能適應，植物可能枯死，動物可能鬧起瘟疫來。而我們控制學上常以改換「相」為利器來糾正系統以利正常運行。

——《思與花開》，頁 144

　　所謂「認識」，不是一件簡單的事。對一首詩作多層次的解釋，已令人覺得不可思議；為詮釋物理的叫「相」，而聯想到用詩來解，其覓句方式的神奇，更是天外飛來。

　　又如〈奇蹟年的聯想〉，陳先生以 1905 愛因斯坦的奇蹟年來對比 1666 牛頓的奇蹟年。1905 年的奇蹟是愛因斯坦開天闢地的三篇大作：布朗運動、狹義相對論與光的量子假說。而 1666 年的奇蹟則是微積分的發明與萬有引力思想的形成。從二人奇蹟般的成就，陳先生說到二人的謙遜，牛頓說自己站在巨人肩上，而愛因斯坦更是絕不居功。陳先生總括二人的貢獻，竟想起荀子〈勸學篇〉上的句子：「登高而招，臂非加長也，而見者遠；順風而呼，聲非加疾也，而聞者彰。」（《思與花開》，頁 129）上句指牛頓，而下句指愛因斯坦。陳先生的思考方式跨越時空，自在飛翔。不論今古，不計東西，為他散文的園圃開出奇葩與異卉。

六、科學家的故事：跳躍式及公案式語言

　　陳先生自己絕對不寫傳記。他以為傳主作傳，選擇事件本身已放大或縮小了事件在人生中的比重，尤其自傳是為自己作辯護的，觀點既有所偏，何來真相？但他卻非常喜歡看傳記，尤其是西方人的傳記。也許因為中國人有一「諱墓」的文化，而西人有一「懺悔錄」的傳統，許多自傳、傳記、回憶錄乃多少還原了一些文字背後的事實。所以他特別喜歡看西人的傳記。

　　也許因為愛讀傳記，陳之藩的散文中有一類是關乎科學家的。比如他寫科學家的成就，也寫他們的苦悶；寫他們的貢獻，也寫科學發展在文明演進上對人類的衝擊。這衝擊的結果不一定是正面的，但你也無法阻止其發展的速度與所帶來的能量。陳氏曾引京戲名武生李還春的話說：「戲者，細也。」亦即在細節之中才見戲。陳氏看科學家的傳記，每能從細節中認識其人，而自己寫科學家的故事，也每能以小見大。比如牛頓在三一學院時代的筆記，反映出他的胸襟狹隘，但也透露出他清教徒式的自我鞭笞。

看泰勒（Edward Teller）的回憶錄，書前的獻詞，獻給來自匈牙利，後來歸化為美籍的四位朋友。他們全是大科學家：房卡門（Theodore von Kármán）、西拉德（Leo Szilard）、維格納（Eugene Wigner）、馮紐曼（John von Neumann）。房卡門是錢學森的老師，航天專家。馮紐曼是歐本海默在原子能委員會遭拒後，遞補主任一職的計算機大家。愛因斯坦寫給羅斯福總統要求研製原子彈的那封著名的信，是西拉德與維格納出的主意，而由西拉德與愛因斯坦共同起草的。這本回憶錄在 2005 年出版時，泰勒的四位故人都已不在人間。陳先生認為垂垂老矣的泰勒獻此書予四位逝世的朋友，「不只是以他們的科學成就為榮，而且以他們的政治立場為傲」（《思與花開》，頁 122）。即以在全美瀰漫著靠左的氣氛中，他們反共，預示並呼應了日後匈牙利革命的怒潮。這一部傳記不啻是泰勒的，也是那四位科學家的，正如書的副題所示：一部廿世紀科學與政治的日記。

回憶錄呈現了泰勒的政治立場，而泰勒是楊振寧的論文指導教授，楊的尊師重道從他對吳大猷、王竹溪的態度上看得出來，但因親近費米、歐本海默而避談泰勒，在在反映了政治理念上的分歧在學術承傳上的影響。陳先生的〈三山五嶽〉從一個特別的視角為楊振寧的人生做一小注，而這小注的大背景——二戰的風雲與炮聲正是泰勒的回憶錄所見證的大時代。是在陳先生的文章裡，這些大科學家從書本中靜態的知識中跳躍而出，還原成活生生的人。1930、1940 年代的中國留學生，除了楊振寧以外，亦多有與他們直接互動者。20 世紀下半葉的世界地圖因這些留學生的去留而整個動了起來。李白、杜甫雖是千年前的古人，我因為讀詩而與他們熟稔，彷彿朋友似的；然而這些科學家雖是近人，我卻是因陳之藩的文章而生平第一次對他們有感覺。

在《劍河倒影》中，陳先生介紹開溫第士實驗室，知道第四任主持實驗室的教授是分裂原子的盧瑟福（Ernest Rutherford）。但直到〈潮頭上的浪花〉，說到李國鼎與張文裕在 1930 年代去劍橋師從盧瑟福，才由李國鼎帶出盧瑟福與卡比查（Pyotr Kapitsa）之間牽涉英蘇兩國的傳奇。

　　陳健邦在 2010 年成功大學舉辦的「陳之藩教授國際學術研討會」中口頭發表了〈科學家的人間情懷：歷史、傳統、風格的思索〉。他提到陳先生的散文有公案的特色，機鋒處處，反襯出作者跳躍性的思考。他以一個四十年讀者的身分，強調出版陳之藩散文集插圖本與註釋本的必要，因為陳氏散文豐富的內容加上跳躍性的思考，對現今的讀者而言，所有陳先生認為「大家都知道」的事情，其實大家都不知道。他現場舉一例，即是卡比查。卡比查是誰？與盧瑟福的關係為何？都不清楚。換句話說，陳之藩認為可能使行文累贅的部分，即陳健邦以為註釋本應該補上的部分。由跳躍式的思考所形成的跳躍式的語言，是陳之藩散文的另一特點。

　　我們再來看錢德拉塞卡（S. Chandrasekhar），這也是陳健邦在研討會上舉出的例子。不過點到即止，沒有深究。《思與花開》裡〈難堪的挫折〉和〈求真與求美〉兩篇是從李政道對白矮星的研究，直接切入錢德拉塞卡的故事的。

　　李政道 1950 年的博士論文在天文學方面，寫的是白矮星，所以他先到白矮星理論的創建人錢德拉塞卡工作的天文臺與其共事過幾個月。錢德拉塞卡 1983 年獲得諾貝爾獎。得獎原因據陳先生說是他半世紀前對恆星的研究，主要內容是對白矮星的結構和變化的精確預言。是 1935 年年初在英國皇家天文學會的大會上發表的。就在他宣讀論文之後，當時最炙手可熱的天文學大師愛丁頓反駁了他的觀點，且立時把他的論文當眾撕成兩半。這篇論文實是黑洞的萌芽，經此震天撼地的一撕，不只黑洞的研究停頓多年，而錢氏遭此公然侮蔑，在英國再也無法立足，只有橫跨大西洋落腳美國。然而他不但忍受了屈辱，而且理解愛丁頓的火氣是來自他自己根深柢固的成見，而未予以反擊。

　　這兩篇散文均寫得清楚，卻不易明白，因為所牽涉的背景知識太複雜。陳健邦所謂的跳躍式的語言，至少有部分理由可能是讀者追不上陳先生在知識上的苟日新、日日新、又日新。註釋本的出版似乎有其必要。

七、超越科學與人文的語言：科學史

　　在《散步》一書關乎科學家的文章中，有一組陳氏環繞著楊振寧與李政道而寫。楊、李二人不能不說是中國近代科學史上出類拔萃的人物。而他們早年的相知與日後的決裂也幾乎成了公眾的話題。可能當時中港臺為慶祝楊氏八十大壽，一口氣出了許多楊振寧的傳記，內容類似，只是篇幅不同，繁簡有異而已。既為統一口徑，又何必勞師動眾，浪費讀者的時間？而楊李之間的瓜葛，不論誰是誰非，均屬片面之詞。陳之藩對此千人一面的寫作現象，甚感無味。

　　陳之藩既博覽群書，從各種傳記材料中於不疑處有疑，一些原屬朦朧的影子遂逐漸清晰地浮現出來。於是陳氏自己提起筆來，在比興之外，以賦體描摹這些人生片斷。而在細節的表達之上總有一綜合性的看法，陳先生特別喜歡用詩來概括。

　　〈橫看成嶺〉宏觀楊氏出生的 1922 年「世界大事」的橫切面，也就是楊氏成長的語境。陳先生在敘述與科學家有關的歷史事實時條分縷析，清楚明白；但最後仍舊以東坡的兩首名詩做結以表明自己的立場。一為〈題西林寺壁〉：

　　　橫看成嶺側成峰，

　　　遠近高低各不同；

　　　不識廬山真面目，

　　　只緣身在此山中。

以此總結他所描述的橫切面；一為〈廬山煙雨〉：

　　　廬山煙雨浙江潮，

　　　不至平生恨不消；

　　既至到來無一事，

　　廬山煙雨浙江潮。

以此綜論中國人在科學史上的進展太慢，相對論的立說與規範場的立論還沒有人用人文的語言作較佳的詮釋。我們發現欲表達綜合的概念，陳氏屢屢用詩。與數學相比，詩的語言似乎不夠精確，然而以其比喻的性質反而更加貼近作者想要表達的真義。

　　再看〈側看成峰〉，陳先生對此一詞語所下的定義是：「觀察一事在時間中的發展，或者一人從昔至今的行藏」(《散步》，頁 81)。全文起於莎士比亞戲劇《如願》(*As You Like It*) 開頭的一場獨白，也就是從搖籃到墳墓的人生七幕。這是莎翁的戲裡非常有名的一段臺詞，但以七個階段中第五段的「法官」時期來解釋自己的立場則是陳先生的天才所在：

　　然後是法官，腆著便便的大腹，

　　凜然的眼，整飾的鬚，滿口犀利的大言與堂皇的談吐。

——《散步》，頁 80

　　這一段所顯示的不是陳先生的藉口，而是他的謙虛。無人有資格評論他人，因為信息不足，批評即成妄斷。陳先生的本意是：楊李事件，只是他「一時一地一人的側看」(《散步》，頁 90)，是比較誠實而客觀的探索，但不敢自認所見即真相。最後他用《三國演義》的兩個回目來總結楊李事件，第一回是「宴桃園豪傑結義」，臨近結尾的一百一十八回是「入西川二氏爭功」，以從結義到爭功來反襯從合作到分手的不幸，同時照應了天下事合久必分的道理。

　　這篇文章作於 2003 年 7 月，秋天陳氏因收到李政道的打字書《宇稱不守恆發現之爭論解謎》，又從李方的角度看此爭論。陳先生認為李視 1955 年他與楊的〈宇稱不守恆〉論文為楊和密爾斯 1954 年〈同位旋守恆和同位

旋規範不變性〉論文的「改正」（correction），而楊自己的解釋卻是「延伸」
（extension），究竟是改正，還是延伸呢？這兩人的解釋差距太大了。原來
的科學問題，經過五十多年的爭論，已成歷史問題。這一個楊振寧常費口
舌而李政道也有三百頁的自我辯護，陳先生一如往日以一言而蔽之，即王
夫之所愛引的《正蒙・太和》中的名句：「兩不立，則一不可見」。此中有
惋惜，也有遺憾。這類文章既不是單獨的科學，也不是單獨的人文。反而
在司諾（C. P. Snow）所說的科學與人文兩種文化之外，指出了第三條路，
也就是歷史。

　　陳先生自己不寫傳記，也不願別人寫他。這固然有些極端，但看賈桂
琳、蔣夫人、童冠賢的例子，他們顯示自己至死維護沉默的自由，倒是今
人尊敬。除了抄襲與剽竊的不計，由傳主授權的傳記也不知有多少。我有
時覺得傳記作者在採訪傳主之後，往往不識剪裁、不作分析，而把傳主之
言直接寫進傳裡。如此，傳記就成了長篇墓誌，而傳記作者也就成了傳主
的傳聲筒了。〈雕不出來〉用雕刻一事作比喻，正是曲線表達了此意。

　　這篇散文的語言最精采之處，在於用四座雕像來表示四位頂天立地的
大人物：舊金山的孫中山、費城的印刷小工富蘭克林、麻州塞倫的霍桑，
以及華爾騰湖畔的梭羅。不論大小，都雕出了或謙抑、或神氣的內在精
神。熊秉明也想為楊振寧雕一座像，把二人自小在清華園一起長大的感情
全雕進去，但熊直到去世，也未能把楊的像雕出來。陳先生說：「豈止雕刻
如此，科學也如此，最珍貴的也許均不可求」（《散步》，頁 37）。所以陳之
藩繼之又說：「有些像雕不出來，也許不是壞事；有些傳寫不出來，也許也
不是壞事」（《散步》，頁 40）。不意四年之後，有一位南京的雕刻師為楊雕
了一座像，放置在香港中文大學的校園中，面對著人來人往的百萬大道。
楊說〈雕不出來〉可以有後記了，意思是像終於雕出來了。是嗎？就算雕
了出來，當然也絕對不會是熊秉明的作品。

八、數學家的人文一面：從詩歌看疇人

　　〈疇人的寂寞〉寫陳省身，不談他的數學，而談他的詩。最早在中學時發表過兩首白話詩，時間是五四運動後七年，可以見到五四在中國文學傳承上的衝擊與影響是多麼大。陳之藩引其中一首〈紙鳶〉，我這裡先抄一段：

　　　　紙鳶啊紙鳶！
　　　　我羨你高舉空中；
　　　　可是你為什麼東吹西蕩的不自在？
　　　　莫非是上受微風的吹動，
　　　　下受麻線的牽扯，
　　　　所以不能干青雲而直上，
　　　　向平陽而落下。

　　　　　　　　　　　　　　　　　　　——《陳省身文集》，頁 337

　　陳先生以為少年陳省身有作詩的興趣，也有詩的內容，但文字上表達不出感情，所以不是很好的詩，自然更談不上藝術了。陳先生說得客氣，〈紙鳶〉作於 1926 年，雖說剛剛脫離舊時代，但語言實已貧乏若此。

　　讀這首詩，自然想起曹雪芹為寶釵所作的一闋詞，李紈評為第一的〈臨江仙‧詠柳絮〉：

　　　　白玉堂前風解舞，東風捲得均勻；
　　　　蜂圍蝶陣亂紛紛，幾曾隨逝水，豈必委芳塵；
　　　　萬縷千絲終不改，任他隨眾隨分；
　　　　韶華休笑本無根，
　　　　好風憑借力，送我上青雲。

——《紅樓夢》，第七十回

　　陳省身追求獨立與自主，直想逃離束縛，寶釵則不免於世故與俗氣。但就語言而言，一闋舊詞有白話的明白曉暢，一首新詩卻失去了舊體的精鍊優雅。不知是否有所覺悟，還是受到 1960、1970 年代風靡各地華人的毛澤東詩詞影響，陳省身後來改作舊詩。陳之藩引了半首：

> 牛刀小試呈初篇，
>
> 垂老方知學問難；
>
> 四十一年讀舊作，
>
> 荷花時節傳新知。

——《看雲聽雨》，頁 43

頷聯兩句顯然套的是毛詩，但陳先生不屑提起，只說是近人：

> 三十一年還舊國，
>
> 落花時節讀華章。

——《毛澤東詩詞選》，頁 70

　　看來陳省身的舊詩也因為不曾受過訓練，而不能掌握其語言。現代的數學家，即古代的疇人。疇人的語言自然是數學了。陳先生卻說平常人不大懂數學這種語言，所以疇人求音，還是要寄情於文字。陳省身的情況是借助於詩，又因不曾學會詩的語言，難以表達，所以寂寞。

九、「看」的觀念與「摸」的觀念：從火車的平行軌道對中學生說明相對論

　　香港的朗文出版社，曾在某年的中學教科書裡請陳先生寫一篇短文介

紹黃金分割,並在同期的語文教科書裡選用了《旅美小簡》中的兩篇散文。靈活運用兩種文字,是一種特殊的才能,而陳先生優為之。不久,朗文又請陳寫一篇短文,以說明何謂說理文字。

這樣的文章本已難寫,要求篇幅短小而至於精悍,字數經濟而意到筆隨,就更難了。尤其想說的理,不是普通做人的道理,更不是平時生活中會遇到的事理。但陳之藩卻從觀察日常現象起筆,態度是科學的,文字卻是詩。這與我們一般的認知也有所不同:好像詩這樣濃縮精審的文字只宜用來談情,說理還是用大白話罷。

可是一如我歷來所強調的,陳之藩可以掌握數學與文字兩種語言,特別是詩。科學與人文在他的思考中,並不是分開的兩回事,而是一件事。就算是說理文字,陳先生的詩意也會在樸素的鋪陳中,開出清麗的小花來。

就這一篇〈說理文字〉而言,對象是中學生。陳先生顧及讀者,開筆說到科學的觀察,引的是老嫗都識的白居易的詩與素喜用詩說理的理學家朱熹的詩。由此逐漸引入一個說理的大問題,所舉之例更是有使天雨粟、鬼夜哭那樣大力量的相對論。所謂說理,是針對普通人的。愛因斯坦的聰明在他出盡法寶,為不同的人解說相對論,不論程度深淺,內行外行,總無法說得到家,最後得由哲學家羅素來說,才傳達出相對論的真義。

陳之藩不以中學生年少而敷衍,反用普通人的語言來解釋羅素對相對論的看法。即:「如要了解相對論,就是要拋卻這些『摸不著的東西就認為不實在』的觀念」(《思與花開》,頁 258)。其中有後生可畏的期許,顯出先行者的風範。

陳以羅素的看法是解釋特殊相對論的,故再以火車的平行軌道為例,來說明廣義相對論:

　　我們知道火車的鐵軌是平行的,永不相交,那是從「摸」的觀念所引伸的;但如用「看」的觀念來說,兩條鐵軌在遠方是相交的。也就由此引

出非歐幾何與歐氏幾何的不同來了。往日的成見，我們從歐氏幾何所學的，於是因而消除了。

──《思與花開》，頁 259

羅素的說明，陳之藩認為最重要的是破除自我的成見。我讀了真是震憾不已。破除成見是多難的事。比起來，學問上是否有所增益反而不是最重要的。這樣我們理解愛丁頓的火爆，雖然不無遺憾，同時更佩服錢德拉塞卡的謙遜與堅持。

　　陳之藩近二十多年來的散文，其純淨澄明一如朱熹的詩句，不假外求，不需尋覓；而兩種工具交錯使用，其水乳交融，已臻化境，又如水天一色涵泳在鑑開的半畝方塘。

引用書目

・毛澤東，《毛澤東詩詞選》，北京：人民文學出版社，1986 年。

・何其芳，〈夜歌・二〉，《大公報》，1940 年 7 月 13 日，文藝版。

・曹雪芹、高鶚，《紅樓夢》，北京：人民文學出版社，2004 年。

・陳之藩，《在春風裡》，香港：牛津大學出版社，2005 年。

・陳之藩，《思與花開》，香港：牛津大學出版社，2008 年。

・陳之藩，《看雲聽雨》，新加坡：八方文化創作室，2008 年。

・陳之藩，《時空之海》，臺北：遠東圖書公司，1996 年。

・陳之藩，《散步》，臺北：天下遠見出版公司，2003 年。

・陳省身，《陳省身文集》，上海：華東師範大學出版社，2002 年。

・宇根・雷恩、羅伯特・舒曼合編，童元方譯，《情書：愛因斯坦與米列娃》，臺北：天下遠見出版公司，2000 年。

──選自賴俊雄主編《筆的力量──成大文學家論文集》
臺北：里仁書局，2013 年 2 月

終極的對稱

陳之藩散文中的「詩」

◎樊善標*

一

　　陳之藩以散文創作享譽文壇，但他對詩的鍾情似乎更有過之。十部散文集幾乎全部序言都提到詩或詩人，[1]在全部散文中，用詩來點染、修辭的不知凡幾，中國古代的作品尤多。解詩、論詩、譯詩的文字隨處可睹，歷六十多年而不變。陳氏喜歡讀詩，敏於感受，[2]對欣賞的事物也愛以詩為喻，[3]有些言論甚至令人驚訝，例如「詩人與詩才是太空事業之所需」[4]，身為科學家而這樣說，實出人意料之外。不僅如此，眾所周知陳氏敬慕胡適，但他發現徐志摩曾在《晨報》駁斥胡適對蘇聯的厚望，竟說「我們對詩人的直覺的識見與勇敢的擔當不能不深感欽佩」。[5]陳氏向來反對共產主義，站在徐志摩一邊不足為奇，重要的是他把徐志摩的正確見解歸因於詩人身分。此外，陳氏早年譯過好些西洋詩，余光中還特意請人介紹相識。[6]

---

*香港中文大學中國語言及文學系教授。

[1]十部散文集按寫作年分排列，是《大學時代給胡適的信》、《蔚藍的天》、《旅美小簡》、《在春風裡》、《劍河倒影》、《一星如月》、《時空之海》、《散步》、《看雲聽雨》、《思與花開》。其中《在春風裡》和《思與花開》無序，但作者在 1973 年把《旅美小簡》、《在春風裡》和《劍河倒影》合為《陳之藩散文集》時有一總序，後來改題為〈叩寂寞以求知音〉，收入牛津大學出版社 2005 年的《在春風裡》。按篇名中「知」字當刪，此用陸機〈文賦〉句子，臺北天下遠見出版公司 2006 年《陳之藩文集 2》無「知」字。

[2]〈閒雲與亂想〉：「隨便看一首詩，就可以坐在那裡想半天。」《時空之海》（香港：牛津大學出版社，2004 年），頁 82。

[3]〈時間的究竟〉：「萊特曼以雕刀刻出的、畫筆繪出的、琴弓拉出的優美詩句，寫就這部天外行雲風格迥異的小說（引者按：指萊特曼（Alan Lightman）著、童元方譯《愛因斯坦的夢》(*Einstein's Dreams*))，我們實在可以當作長詩來讀。」《時空之海》，頁 16。

[4]陳之藩，〈看雲聽雨〉，《思與花開》（香港：牛津大學出版社，2008 年），頁 245。

[5]陳之藩，〈實驗與正名〉，《一星如月》（香港：牛津大學出版社，2004 年），頁 126。

[6]這些詩的譯介收入《蔚藍的天》（香港：牛津大學出版社，2003 年），另參該書〈序〉頁 xix～xx。

陳氏最少發表過一首新詩，[7]不過他對大部分新詩並無好感。他以不懂作詩為憾，[8]是指舊體詩。他一再提到的詩人是白居易、陸游、易實甫、王國維，最得他青睞的體裁是律詩，其次是絕句和詞——都屬於廣義的格律詩。

　　古雅的詩句是陳氏賞心寄情之物，對詩歌價值的認定，透露了他怎樣設想個人與民族和世界的關係，舊體詩的美學轉化成陳氏簽名式一般的散文風格——這是指他前期的作品。從 1970、1980 年代起，陳氏好詩如故，但詩歌在他的價值系統裡移動了位置，舊體詩的對稱表現手法似乎消失了，卻開啟了新的文風，另一種對稱赫然呈現。詳細說明以上變化前，宜先了解陳氏的知識背景。

　　陳氏說過好幾次不擅長背詩，[9]其實他能背的詩文很多。幼年熟誦祖父論申包胥的文章，長大後仍倒背如流，[10]二十多歲時在臺灣國立編譯館工作，與同事背古書、古詩為樂。[11]最有趣是〈在春風裡〉所記與胡適的交往。他說胡適與人談天，一定要知道這人對這事下過工夫，才肯和他談，不然寧可聊別的。「當我背了兩段勸學篇以後，他才跟我談荀子」，可是「談到白話文學，他的程度就不如我了」——真是令人吃驚的話——，「因為他提周作人，我就背段周作人，他提魯迅，我就背段魯迅，他提老舍，我就背段老舍，當然他背不過」。[12]可見能不能背，原是相對的。[13]除了中國文學，陳氏由中學起就醉心於屠格涅夫，嗜好蒐集屠氏作品的英譯本，[14]又曾根據小泉八雲的《文學講義》（Interpretation of Literature）譯介布萊

[7]見於〈垂柳〉，《一星如月》，頁 8～10。另參桂文亞〈細雨‧白雲‧綠楊——訪問記〉，《蔚藍的天》（臺北：遠景出版公司，1977 年），頁 13～14。
[8]陳之藩，〈看雲聽雨〉：「我根本不會作詩，學作詩也來不及了。」《思與花開》，頁 247。本文原是《看雲聽雨》的序，此書後來全部收進《思與花開》中。
[9]見《散步》（香港：牛津大學出版社，2003 年）的同名自序，頁 xi，又見〈東湖與西湖〉，《思與花開》，頁 116。
[10]陳之藩，〈自己的路〉，《劍河倒影》（香港：牛津大學出版社，2003 年），頁 37。
[11]陳之藩，〈池邊吟思與花開〉，《思與花開》，頁 88。
[12]陳之藩，《在春風裡》（香港：牛津大學出版社，2005 年），頁 130～131。
[13]前面兩處說背詩不行，都是和妻子、翻譯系教授童元方比較。
[14]陳之藩，〈談風格〉，《一星如月》，頁 107。

克、華茲華斯、濟慈等的詩。[15]文學以外，他對中國歷史的熟悉，讀過〈談忠藎〉的人當不會懷疑，[16]科學史在各本散文集裡更是不勝枚舉。他有一篇文章寫案頭上的書，正好反映早年的閱讀範圍和取向：

> 拿起一本數學，看不下去；又換一本電磁波，看不下去；再換一本《紅樓夢》，看不下去；又換一本白樂天，看不下去。最後拿起一本勞倫斯的《查特萊夫人的情人》來。……我把這本書放在案頭已兩年了，它也有其類別。我把它併入老子的《道德經》、華茲華斯的詩集、盧梭的《懺悔錄》、普希金的《奧涅金》與陶淵明的集子。……這一堆書，都是我的偏好。它們是同類。這個類可以叫做「憤怒的反抗與微弱的呻吟」。[17]

1947 年陳氏在有名的北洋大學電機系升上二年級，卻想轉到清華大學哲學系，家人朋友紛紛反對。幾經艱難，他用這番話說服了父親：「我為愛國而學哲學，我要移風易俗而學哲學」。可是在拜訪心儀的金岳霖教授時，卻得到這樣的回應：「哲學是不能救國的！哲學是學問。……哲學變成了宗教才有力量，可是既成宗教，就不是學問了！……今之哲人，似無一移風易俗者！」[18]於是他留在電機系。不過他對民族、世界的困局，始終無法息懷。他閱讀和寫作，在很大程度上是要消解這些困惑和焦慮。從陳氏的散文可以看到，早年的閱讀心得和前輩的教導薰染一再迴響重現。他在 1973 年重校過去所寫的散文，發覺 18 年來「觀念竟然沒有太大的改變」，「如果不是由於自己泥步不進，則必是這個時代的故態依然了」。[19]「泥步不進」意思太負面，「自其變者而觀之，則天地曾不能一瞬；自其不變者而觀之，則物與我皆無盡也」，——借用他熟悉的〈赤壁賦〉名句——時代的變與不

---

[15]收於《蔚藍的天》。
[16]陳之藩，《時空之海》，頁 53～62。
[17]陳之藩，〈週末〉，《在春風裡》，頁 50～52。
[18]陳之藩，〈哲學與困惑〉，《蔚藍的天》，頁 98～99。
[19]陳之藩，〈叩寂寞以求（知）音〉，《在春風裡》，頁 146。

變視乎從何處著眼，[20]我們無妨說陳氏的基本價值觀念很早就成形了。讀者不難察覺胡適、金岳霖、愛因斯坦的聲音在他的散文中一再迴盪，但可能沒有注意，小泉八雲穩健通達的思想——而不只詩歌分析——也成為了他的思想根柢，例如他在〈迷失了的靈魂——雪萊〉裡說：

> 一個宗教的一些教義與教條可能是不真實的，但這並不是說這個宗教即是要不得。一個宗教並不僅說些超自然的東西，宗教的意義是一個種族的全部道德經驗，是使社會得以保持的一種力量，是幾萬萬人在幾千年的經驗中所體會出來的正與誤的通則。所以，甚至對些不信教條教義的人，這些東西也是一件值得尊敬的事實。但是，雪萊太年輕了，不能理解這些，他一本他的思想要向基督教宣戰。[21]

這一觀點後來在〈鐘聲的召喚〉扼要重述，並聲明是小泉八雲的話。[22]從這個例子可以推想，陳氏採用小泉八雲《文學講義》，不僅由於此書「講得最淺」[23]，也因為對小泉的世情觀照心有同感。

二

　　陳氏讀書和讀詩，以至後來的寫作，有一通貫的情意，用他眾口傳誦的句子來概括，就是：

> 找不到心，是這個時代的大悲哀，也是每個人的大苦痛；我不滿足於這些學殖萬卷的「經師」，還要去尋求立命安心的「人師」，為輕舟激水的

---

[20]陳氏批評毛澤東「以為對稱只不過是靜的狀態而已，連蘇東坡早已說過的『變與不變』的對稱定義也未想到」，見〈老嫗能解？〉，《思與花開》，頁 131。

[21]陳之藩，《蔚藍的天》，頁 42。此文譯介雪萊的詩。

[22]陳之藩，《旅美小簡》（香港：牛津大學出版社，2003 年），頁 71。

[23]陳之藩，〈序〉，《蔚藍的天》，頁 xviii。

人生找一住腳；為西風落葉的時代找一歸宿。[24]

我想我在國外還在自我流放的惟一理由是這種不甘心。我想用自己的血肉痛苦地與寂寞的砂石相摩，蚌的夢想是一團圓潤的回映八荒的珠光。[25]

「經師」和「人師」是科學與哲學、文學、政治的對比：

科學像秋風一樣，漫天蓋地而來；人類像殘葉似的在秋風中戰慄。我繞了半個地球，到此地來，學習的不是安心立命的哲學；不是山光水色的詩歌；不是治國安邦的經要；而是乍看起來，可以戡天縮地，解除人類痛苦，細看起來，是使人類臨風戰慄，不知所從的科學。這樣的學習心情，個中滋味是很難道出的。[26]

　　儘管他早就打消了轉讀哲學的念頭，在科學上也已獲得了成績，但仍是一再痛陳科學的不足。他憂慮科學發展太快，威力太大，人類沒有足夠的智慧駕馭，這種想法在《旅美小簡》裡表達得格外強烈。同書〈科學家的苦悶〉寫愛因斯坦晚年後悔向美國總統羅斯福建議製造原子彈。身為科學家，愛因斯坦自然以研究為生命，但科學發展對世界的影響科學家卻無法控制，所以愛氏憤然說「寧願作一個修理水管的工人」。[27]愛因斯坦的苦悶，大抵也是陳氏的苦悶，在科學的範圍裡是無法解決的。「大的創造性思想，大的政治理念，大的文藝作品，是現在人類最需要的東西」。[28]「愛氏所以成為愛氏，不僅是因為他是數學家、物理學家，而且也是哲學家」，「馬氏〔馬克士威爾〕所以成為馬氏，不僅因他是電學家，也因為他是詩人。就以富蘭克林本人而論，在電學上有那樣的成就，而他是政治家、教

---

[24] 陳之藩，〈童子操刀〉，《旅美小簡》，頁 25～26。
[25] 陳之藩，〈叩寂寞以求（知）音〉，《在春風裡》，頁 148～149。
[26] 陳之藩，〈童子操刀〉，《旅美小簡》，頁 25。
[27] 陳之藩，《旅美小簡》，頁 56。
[28] 陳之藩，〈成功的哲學〉，《旅美小簡》，頁 49。

育家」。[29]在陳之藩看來,「與其說需要繁重的科學建設,不如說需要虔敬的科學精神,與其說需要虔敬的科學精神,不如說需要篤實的人生態度」。[30]

秋風殘葉的意象值得注意。在上引的〈童子操刀〉裡,那是科學威脅下人類的處境,但對陳氏本人來說,還有另一重意味:「我感覺自己像一片落葉似的在這個時代飄零。不僅生活的環境,是國破家亡,舉目有河山之異;就是思想的園地,也是枯枝敗葉,無處非凋殘之秋。」[31]即〈失根的蘭花〉所說:「我十幾歲,即無家可歸,並未覺其苦,十幾年後,祖國已破,卻深覺出個中滋味了。不是有人說,『頭可斷,血可流,身不可辱』嗎?覺得應該是,『身可辱,家可破,國不可亡』。」[32]在國家和世界的雙重危機下,個人儘管無法挽回狂瀾,「至少要像在鐵蹄踐踏下的沙土,發出些微弱可聞的聲音,給這個無以名之的年代作一無可奈何的腳註」,就像索忍尼辛「毅然決然的以舍我其誰的精神作寧死不屈的努力,以雷霆萬鈞的氣魄,寫出天風海雨的詩篇」,所以他也「不甘心的提起我的筆來」。儘管寫的不是詩,但也有蚌病成珠的自信。[33]陳昌明評論《旅美小簡》,敏銳地指出書中感情和冷戰形勢的關係,而那個年代已「逐漸的隨風飄逝」。[34]1950 年代起美蘇兩個超級大國以毀滅性的武器互相威脅,維持恐怖平衡,幾乎把全球國家都捲進它們的對立裡,大陸臺灣國共兩黨之爭也是美蘇對立的一個側面。陳氏的感受自有其時代因素,而這種焦灼於文明將崩、國家瀕危的一介知識分子,正是陳氏散文當年傾倒大眾的作者形象。

陳氏的反抗不走現實主義批判之路,而是張揚個人情感,以審美轉述、轉化時代的苦難。〈理智呢,還是感情呢?〉記下了他在劍橋和一個

---

[29]陳之藩,〈智慧的火花〉,《旅美小簡》,頁 36。
[30]陳之藩,〈泥土的芬芳〉,《旅美小簡》,頁 100。
[31]陳之藩,〈到什麼地方去〉,《旅美小簡》,頁 43。
[32]陳之藩,《旅美小簡》,頁 54。
[33]陳之藩,〈叩寂寞以求(知)音〉,《在春風裡》,頁 148。緊接著「不甘心的提起我的筆來」,是本節開始時引用的「蚌的夢想」比喻。
[34]陳昌明,〈智者的故鄉──論陳之藩《劍河倒影》〉,《臺灣文學經典研討會論文集》(臺北:行政院文建會、聯經出版公司,1999 年),頁 372。

「披頭」學者的談話。那學者說他研究有血有肉的人,「研究方法是用詩來鼓舞他,用戲來烘托他,用夢來勾畫他」。陳氏質疑他「把藝術當成哲學,或者說,把哲學看成藝術」,那學者說人最重要的兩件事,一是「人是如何為爭取自身的不朽而掙扎」,二是「人是如何為顯示自己的存在而奮鬥」,「是這兩件事,是這兩種動力,在創造文明」。[35]兩人沒有討論下去,但陳氏應該是同意那學者的。他說過好幾次和胡適「談不來」,「因為我特別注重詩與情感,他特別注重考證與理智」[36],又說胡適是個詩人,「純良的心靈是詩人必須的素質」,但「在折衝樽俎中耗盡了精力,在輾轉流徙中蠶食了餘年」,最後「作為一個時代的代言人的胡適之先生,卻在一個啞巴的社會中,啞然的逝去了」。[37]

陳氏對錢穆也有相似的遺憾:

> 錢穆當時的辦學(引者按:指 1949 年在香港創辦新亞書院),以及後來的離開香港,是既悲壯又瀟灑的。可是我們卻看不到他任何心情的有力描述。為什麼沒有幾首詩留下來?也許他並不會作詩。錢穆離開新亞書院時,卻引蘇東坡的詩:「老僧已死成新塔,壞壁無由見舊題。」這種句子如果由他自己寫出來,該多悲壯、多瀟灑,可惜只是引用東坡的。[38]

於是只能說這是「無詩的時代」了:「無詩的時代是最可憐的時代,傷春悲秋固無以名狀;而天翻地覆也不會形容。」[39]陳氏說無詩的時代,卻不是說不可能有詩的時代,他期待詩人為世界發言,說出對時代的感受。當然,詩人以詩傳史,所傳的自然是充滿個人情感的抒情化歷史了。

---

[35]陳之藩,《劍河倒影》,頁 11~12。
[36]陳之藩,〈第三信〉,《在春風裡》,頁 92。另參同書〈在春風裡〉。
[37]陳之藩,〈儒林外史〉,《在春風裡》,頁 104~106。
[38]陳之藩,〈四月八日這一天〉,《一星如月》,頁 101。其實錢穆所寫的新亞校歌非常感人,如「手空空,無一物,路遙遙,無止境,亂離中,流浪裡,餓我體膚勞我精,艱險我奮進,困乏我多情,千斤擔子兩肩挑,趁青春,結隊向前行」,不妨當詩來看。
[39]陳之藩,〈四月八日這一天〉,《一星如月》,頁 102。

　　我們必須馬上補充，陳之藩說胡適是詩人，並非就胡適的新詩而言。[40]
實際上他看得上眼的新詩只有徐志摩〈再別康橋〉和何其芳〈夜歌〉的片
段，兩者「不是在意境上與傳統相近；就是在形式上與傳統相連」。[41]儘管
他譯介過 18、19 世紀的西洋詩，[42]這裡所說的傳統，顯然是中國的傳統。
胡適和錢穆未能成為時代的代言人，陳氏捨我其誰。雖然他說不懂寫詩，
但他的散文浸潤了舊體詩的美學。

三

　　陳氏不喜歡新詩，他認為新詩與傳統斷裂了。但傳統並非可視可觸之
物，新詩繼承傳統還是背棄傳統，未嘗沒有討論餘地。這裡無意商榷陳氏
的斷裂說是否恰當，而只關注他珍惜、推崇古典詩歌的態度。近年不少學
者探究中國文學的「抒情傳統」。所謂「抒情傳統」，簡要而言是在西方文
學傳統對照下，逐漸體現或建構出來的中國文學特質。[43]這一理論是現代的
產物。但試圖說明中國文學自古以來的特色。談論「抒情傳統」必須提到
陳世驤 1972 年發表的英文論文〈中國的抒情傳統〉。[44]該文的論點，如中國
文學的代表是抒情詩歌（相對於西方文學的代表是史詩和戲劇）；以字的音

---

[40]陳氏認為胡適有詩人的潛質，但作品中只欣賞他的一首〈瓶花詩〉（新詩）和幾句舊詩。見桂文
　　亞〈細雨‧白雲‧綠楊──訪問記〉，《蔚藍的天》，頁 16～17；陳之藩〈第三信──紀念適之先
　　生之三〉，《在春風裡》，頁 89～90。
[41]陳氏認為〈再別康橋〉「我輕輕的去了／正如我輕輕的來，／我輕輕的招手／作別西天的雲彩」，
　　「讀起來，在音韻上在形式上太像律詩了」；何其芳〈夜歌〉之一「上帝既然創造了夜，令人安
　　息，／就不該再創造令人無眠的月光」，與「燕子樓頭霜月夜，秋來只為一人長」「意境這樣相
　　近」。〈序〉，《蔚藍的天》，頁 xiv～xv。陳氏的引用與原詩略有出入，徐詩原作：「輕輕的我走
　　了，正如我輕輕的來；我輕輕的招手，作別西天的雲彩。」何詩原作：「神呵，你創造黑夜是為
　　了睡眠，／為什麼又創造這月亮，這群星，／這飄浮在唇邊的酒一樣的空氣？」見梁仁編《徐志
　　摩詩全篇》（杭州：浙江文藝出版社，1990 年），頁 317；何其芳，《夜歌和白天的歌》（北京：人
　　民文學出版社，1953 年），頁 21。
[42]《蔚藍的天》譯介了八位外國詩人，除了美國的朗費羅和俄國的普希金之外，都是英國人，包
　　括：布萊克、華茲華斯、柯利治、雪萊、濟慈、丁尼生，這六位都是 18、19 世紀的浪漫主義或
　　維多利亞時期作家，朗費羅和普希金也是 19 世紀的人。
[43]陳國球，〈「比興」與「抒情」──談「中國抒情傳統」論述與「比興」研究〉，《情迷家國》（上
　　海：上海書店，2007 年），頁 332。
[44]刊於 *Tamkang Review*, 2.2/3.1(Oct. 1971/Apr. 1972), pp.17-24。楊銘塗的中譯收入《陳世驤文存》
　　（臺北：新潮出版社，1972 年），頁 31～37。

樂作組織和以內心自白作意旨是抒情詩的兩大要素；中國文學批評以抒情詩為對象，關注意象和音響挑動萬有的力量（而不像西歐的文學批評強調張力和衝突），得到很多學者接續闡發。陳世驤討論的雖然是中國古代文學，但結合他處身的時世來觀察，王德威認為「他對抒情傳統的頻頻觀照，彷彿就是救贖歷史的方式」。[45]王氏列入抒情傳統論譜系的其他人，例如沈從文、高友工，甚至捷克學者普實克，也「都是在時間『惘惘的威脅』下，有感而發」。[46]在危機逼近時回顧傳統尋求心靈寄託或解決之道，無論古今中外都不罕見，本文並不是說陳之藩有意識地闡述或實踐抒情傳統論，但他與此一論述的確有些相合之處，我們可以借助抒情傳統論述的某些看法，映照陳氏散文的特點。

臺灣學者呂正惠延伸了陳世驤的論點，提出中國抒情傳統由「感情本體主義」和「文字感性」交織而成。「感情本體主義」認定感情是人生中唯一的「其實」，詩人把他的感情本質化、本體化，這種世界觀在律詩中有最完美的表現。「文字感性」則指作者把文字功夫放在第一優先的地位，看得比文字背後的意義更重要。[47]呂氏為了凸顯中西文學傳統的不同，說來或許有點誇張，中國古代的詩人和文人未必如此自視。同樣，我們認為陳氏的散文有上述兩方面的傾向，也不是說需要強調到這一程度。

陳氏早說過胡適重理智，他重感情，一再慨嘆胡氏本有詩人的性情，卻沒有寫出好詩為當世的苦難留聲，這和「感情本體主義」的立場相近。陳氏寫的雖是哲理散文，但抒情意味濃厚，常通過形象和韻律來說理、抒情，與呂正惠的「文字感性」和陳世驤的用「意象和音響挑動萬有」頗為

---

[45]王德威，〈「有情」的歷史──抒情傳統與中國文學現代性〉，《中國文哲研究集刊》第 33 期（2008 年 9 月），頁 85。王德威是就陳世驤整個抒情傳統論述而言，不僅是〈中國文學的抒情傳統〉一文。王氏又說陳國球考察陳世驤的《文賦》研究，也有類似看法。參陳國球〈「抒情傳統論」以前──陳世驤與中國現代文學及政治〉，《現代中文學刊》第 3 期（2009 年 12 月），頁 64～74。

[46]王德威，〈「有情」的歷史──抒情傳統與中國文學現代性〉，頁 89。

[47]呂正惠，〈中國文學形式與抒情傳統〉，《抒情傳統與政治現實》（臺北：大安出版社，1989 年），頁 167、199～200。

相似。童元方曾說：「大學時讀了許多駢體文後，覺得陳先生的文風最近六朝小賦。」[48]以下是童氏所引的一例：

> 夕陽黃昏，是令人感慨的；英雄末路，是千古同愁的。更何況日漸式微的，是我們自己的文藻；日趨衰竭的，是我們自己的歌聲；日就零落的，是我們自己濟世救人的仁術。我們欲挽狂瀾於既倒，憤末世而悲歌，都是理有固然的事。[49]

這段文字由三組排偶組成，銖兩悉稱，音響的力量明顯可感。本文第二節開首引用的〈童子操刀〉是另一組漂亮的排偶，它的收結「為輕舟激水的人生找一住腳，為西風落葉的時代找一歸宿」，更有鮮明的視覺印象，與古典詩歌通過意象來描述感覺和感情的常用手法若合符節。[50]陳氏散文中意象化的排偶句子可謂紛見迭出，鏗鏘瑰麗，如寫馮友蘭《中國哲學史》的成書：

> 全世界的人對馮先生浮起欽慕的笑容。他能擔起歷史的重負，把一堆如麻的糟粕織紋成錦，而著色成章。在國難日殷的年代中，人們因了這一線曙曦而嚮往一個陽光絢爛的春季，人們用夢一樣的眼睛矚望著馮友蘭先生。[51]

又如對胡適的感念：

> 並不是我偏愛他，沒有人不愛春風的，沒有人在春風中不陶醉的。因為有春風，才有綠楊的搖曳；有春風，才有燕子的迴翔。有春風，大地才

---

[48]童元方，〈我們都是看你的文章長大的〉，《思與花開》，頁 274。

[49]陳之藩，〈惆悵的夕陽〉，《旅美小簡》，頁 117。

[50]呂正惠，〈中國文學形式與抒情傳統〉，《抒情傳統與政治現實》，頁 175。

[51]陳之藩，〈哀一位哲人——五十年代談馮友蘭〉，《蔚藍的天》，頁 81。

有詩；有春風，人生才有夢。春風就這樣輕輕的來，又輕輕的去了。[52]

這一組排句，兩個「沒有人」開首的句子長短不同，但句式相似，接著四個「有春風」開首的句子，兩兩相對，後一對的字數比前一對少，造出急管繁絃的節奏，然後稍作停頓，另起一段仍以帶排偶意味的形象化句子暗示胡適已逝。

下面這一組句式不成排偶，但意思仍是相對的：

古人說：人生如萍，在水上亂流。那是因為古人未出國門，沒有感覺離國之苦。萍總還有水流可藉；以我看，人生如絮，飄零在此萬紫千紅的春天。[53]

陳氏把人生的喻體由浮萍改為飛絮，水和風相比總算尚有形體，飛絮的無所依附就更可憐了。春天看似繽紛燦爛，但繁花的熱鬧何補於飛絮的飄零，反令別有懷抱者更難釋然。這不是傳統詩話早就說過的「以樂景寫哀，以哀景寫樂，一倍增其哀樂」？[54]

對偶不但在句式層面運作，也可以上升至篇章結構甚至主題層面。大陸學者葛兆光認為，古代的中國人對任何事物都習慣了用正反、尊卑、輕重、抑揚等「二元」的觀念去解釋與接受，「也許，這種『二元』對立和諧的觀念在中國古代詩人那裡沉積太深，所以不僅語音序列，就連意義結構與句型規範，也在詩人的心中與筆下向著對稱與和諧的美學原則與外形結構靠攏，漸漸形成詩歌的圖案或建築」。[55]另一位大陸評論者吳作橋則在陳氏〈寂寞的畫廊〉裡發現了「很明顯的對稱之美」，包括環境描寫、人物設

---

[52]陳之藩，〈在春風裡〉，《在春風裡》，頁 136。
[53]陳之藩，〈失根的蘭花〉，《旅美小簡》，頁 54。
[54]王夫之著，戴鴻森箋注，《薑齋詩話箋注》（北京：人民文學出版社，1981 年），頁 10。
[55]葛兆光，《漢字的魔方——中國古典詩歌語言學札記》（上海：復旦大學出版社，2008 年），頁 122～123。

計、色彩等。[56]吳氏只簡約地分析了一篇文章，但他的說法頗有意思，我們在陳氏的散文裡還可以找到類似的例子，如〈幾度夕陽紅〉一開始就是鮮明的對稱描寫：

> 我左右看一看，只有兩個顏色。西邊全是紅的，那是夕陽；東邊全是綠的，那是校園。噴泉處處如金絲銀縷，在繡一幅紅綠各半的披錦。[57]

當天是大學畢業典禮，作者以老師身分出席，一面向學生和家長道賀，一面「在學生們的影子裡，看到我的過去；在家長們的叮嚀中，看到我的未來」。「我」與學生、「我」與家長是兩組對稱，這兩組對稱又構成一組新的對稱：過去與未來。「在時間的長流中，往日的記憶與來日的夢想，似乎同時呈現在這校園的空間裡」。文章轉入十年前陳氏畢業時的校園，那時沒有畢業典禮，他的家長也沒有到校，他領了文憑，「走出校門，四顧茫然」；時間回到當下，「觀眾的掌聲呼應著，學生的行列蜿蜒著，神父將學位披肩一個一個為年輕的孩子們披上」。但從經歷了十年離散的作者看來，「前程如錦」的祝福，「它的真義，恐怕是『往事如夢』而已」，於是所有對稱又以感傷的方式統一起來：「是的，這就是人生。人生的寂寞是不分東西的，人世的荒涼是不分今古的！」[58]

像〈幾度夕陽紅〉以多重對稱作為全篇架構的雖然不多，但二元對立思維在陳氏散文裡可謂俯拾即是。表現在題目上的如〈出國與出家〉、〈實用呢，還是好奇呢？〉、〈理智呢，還是感情呢？〉、〈明善呢，還是察理呢？〉、〈圖畫式的與邏輯式的〉、〈知識與智慧〉、〈天堂與地獄〉、〈進步與保守〉、〈興趣與成就〉等；他關注的問題，如科學與人生、自由與專制、民主與極權等——後二者是冷戰時代的議題；他對世界、人生的感受，如

---

[56]劉菊香、石翔主編，《臺港名家散文精品鑒賞》（瀋陽：春風文藝出版社，1992 年），頁 118～119。
[57]陳之藩，《在春風裡》，頁 11。
[58]陳之藩，《在春風裡》，頁 11～16。

繁華與寂寞、有詩的古代與無詩的現代等。

〈釣勝於魚〉是二元對立思維與文學手法巧妙結合的佳例。文章由一位美國老者釣魚不問收穫，說到愛因斯坦忘了兌取大學給他的薪水支票，他們在工作或活動的過程裡得到無窮樂趣，其他事情都不放在心上。道理一清如水，今天看來甚至有點陳套，但文末作者加了一句：

> 我在想：其實，人生不過是在幽靜的水邊空釣一場的玩笑，又哪裡來的魚！[59]

氣氛頓然逆轉，本來的樂觀一掃而空。生命的真相竟是一片虛無，只為了應世才強裝務實？前面的故事裡完全沒有伏線，這句話像破空而來，但充實的人生和虛無的人生不也是一種對稱？說這一面的時候，作者早就知道另外那一面了，留到最後才用不對稱的篇幅點破，只是為了最大的震撼效果。

四

隨著時代轉變，世局荒涼的感慨和駢儷精緻的文句漸漸少見──兩者消失先後不同，前者延續至《一星如月》，後者在《劍河倒影》之後極為少見。[60]只有意象化的寫法在近年結集的《散步》和《思與花開》中仍然保留，但運用方式與前不同。

陳氏早年一再強調科學的不足，[61]這種觀點從 1970 年代中開始轉變。寫於 1976 年的〈知識與智慧〉把知識分為累積性和非累積性，前者如科

---

[59]陳之藩，《旅美小簡》，頁 84。

[60]《一星如月》大部分寫於 1976 至 1984 年之間，兩篇寫於 1966 年。《劍河倒影》寫於 1969 至 1971 年。

[61]在前期的文章裡也說過科學和詩是同一件事情或兩者相似，見《在春風裡》的〈科學與詩〉、〈第三信〉、桂文亞〈細雨‧白雲‧綠楊──訪問記〉。但與本文第二節所引的言論相比，輕重相差很遠。

學，後者如文學、藝術、哲學，兩種知識無優劣之分。陳氏又說，「知識本身是一回事，從中引發出教訓是另一回事」，兩種知識引發的教訓也都可以令人世天翻地覆。題目中的「智慧」在正文裡沒有明確解釋，大概是指怎樣引伸知識的教訓。[62]1982 年的〈談風格〉由楊振寧說「物理研究，也自有風格」談起——楊氏本來用的是 taste。陳氏說，「風格或味道可以說是一種綜合的價值觀念」，也是「真正的智慧」。[63]至此，文學、藝術等不再獨占智慧的角色，科學也自有——姑且這樣說——形而下和形而上兩部分。不過陳氏的興趣並不在於勸說科學家善用知識，而似乎因為科學也具有形而上的世界，而致力描摹其中的精神、意趣。

物理學家惠勒（John Wheeler）有兩句解說相對論的話：

> 空間作用於物質，告訴它如何運動；
> 物質作用於空間，告訴它如何彎曲。

兩個「告訴」本來可用「影響」，「空間與物質都不說人間的話，而惠勒偏使它們說起話來」，因而得到陳氏激賞。[64]陳氏自己也用元稹的詩句「才見嶺頭雲似蓋，已驚岩下雪如塵」，形容量子物理學家海森伯（Werner Heisenberg）的學說，[65]又用平行的火車鐵軌來說明愛因斯坦的廣義相對論。[66]如果這還只是用生動的形象解說科學，下面這段話則是認定科學和文學、藝術、宗教的最終境界是相通的：「楊振寧一生事業就是『對稱』，更

---

[62]陳之藩，《一星如月》，頁 31。
[63]陳之藩，《一星如月》，頁 104、115～116、125。
[64]陳之藩，〈散步〉，《散步》，頁 xiii～xiv。
[65]陳之藩，〈約瑟夫的詩〉，《散步》，頁 108～109。
[66]陳之藩，〈說理文字〉：「我們知道火車的鐵軌是平行的，永不相交，那是從『摸』的觀念所引伸的；但如用『看』的觀念來說，兩條鐵軌在遠方是相交的。也就由此引出非歐氏幾何的不同來了。往日的成見，我們從歐氏幾何所學的，於是因而消除了。」《思與花開》，頁 259。在童元方〈科學與詩的對話裡〉記錄了另一個例子，陳氏說：「世間只有兩種現象：一種是聚散無常，一種是迴旋無已。麥克士韋方程就是形容這兩種現象的。而且這兩種現象可以併在一起。」見童元方《水流花靜——科學與詩的對話》（香港：牛津大學出版社，2003 年），頁 165。

精確一些說是『隱藏的對稱』（hidden symmetry）。他先見到形象的美麗，逐漸深入到理路的莊嚴，最後感到的竟是宗教的悚懼！」又說神祕詩人布萊克（William Blake）的〈經驗之歌〉可「與楊振寧的宗教的悚懼互扣而共鳴」。[67]

在前期的散文裡，陳氏念念不忘人生問題，現在他確認「歷來的人生觀總是根據宇宙觀而來，而宇宙觀常是因當代的知識而定。……為了嘆人生，總愛探宇宙，而探宇宙只有基於當時的科學」。[68]但由科學得來的宇宙觀需要用語言表達，送一詩人到太空，帶回幾句詩，說出他人說不出的感受，這是陳氏主張「詩人與詩才是太空事業之所需」的原因。[69]科學與詩、理智與感情最終取得平等互補的地位。

從五十多年前的《旅美小簡》，到最近的《思與花開》，陳氏如常脫口吟出詩句，但與舊體詩美學相通的二元對立修辭手法，已經不聞嗣響三十多年了。憂世之情──也是冷戰時期的感受──與六朝小賦似的文筆，並非同時消失，所以我們只能說昔年兩者相得益彰，而不敢斷言兩者有共同的根源。在陳氏近作中，舊體詩的對稱美學的確不存在了，但絕不表示這些作品變得平庸。像〈散步〉和〈日記一則〉流露的夫妻感情和朋友交誼，其作者形象是專注民族和人類命運的前期文章裡不曾見過的；〈橫看成嶺〉和〈敲門聲〉的主題若有若無，由此帶出的遊戲意味，較之前期的嚴肅整飭，別有一種風趣。[70]無論如何，在陳氏後期的文章裡有一種更切合他畢生成就的對稱：科學與詩。

──選自陳昌明主編《花開的樹──陳之藩先生學術研討會論文集》
臺北：里仁書局，2012 年 3 月

---

[67]童元方〈隱藏的對稱〉引陳之藩給她的信，《水流花靜》，頁 253。
[68]陳之藩，〈探宇宙與嘆人生〉，《思與花開》，頁 200～202。
[69]陳之藩，〈看雲聽雨〉，《思與花開》，頁 245。
[70]四篇散文都收於《散步》。〈橫看成嶺〉以 1922 這個年份連起一些人和事，〈敲門聲〉顧名思義以敲門聲連起兩件不大相干的事情。其實本書的同名序言，也用同樣的寫法，舒徐如意。

「陳之藩散文」做為「戰後臺灣散文史」一個章節

◎應鳳凰*

一、嘗試第三種文學史敘述類型

　　「文學史著」的懷胎與生產，比一般人想像的還要複雜。「文學歷史」雖存在於過去時空，但「史著」卻是由眼下「現代人」來撰寫。也因此，不同地方不同人士，懷著不同意識觀點「敘述歷史」的時候，即使面對同一時期或相同作品，可能做出全然相反的詮釋。海峽兩岸學者「各自表述」的「臺灣文學史書寫」，便是其中明顯的例子。一旦「文學」存在即有「文學歷史」。文學歷史固源遠而流長，但「文學史」的生成與書寫，走向一門有理論有類型的學科，卻是晚近的事。第一本《中國文學史》還是由外國人撰寫的。而第一本由中國人撰寫的中國文學史，則是 1904 年由林傳甲在晚清「京師大學堂」編寫的授課講義。[1]

　　學堂原是清末中國被迫「接受西學」而設，說明「中國文學史」誕生不但與「西風東漸」有關，還是「文學」在學府裡「立科」的開始。[2]

　　更切身的例子：最早一本「臺灣文學史」也不是臺灣人自己寫的。葉石濤完成《臺灣文學史綱》[3]之前，大陸早已出產了好幾種版本，儘管當時兩岸互不往來，大陸在資料極度匱乏之下，不免錯漏百出。香港情形與臺

---

*發表文章時為臺北教育大學臺灣文化研究所教授，現已退休。

[1]陳國球，〈「錯體」文學史──林傳甲的「京師大學堂國文講義上」〉，《文學史書寫型態與文化政治》（北京：北京大學出版社，2004 年），頁 45～66。

[2]陳國球，〈文學立科──「京師大學堂章程」與「文學」〉，《文學史書寫型態與文化政治》。

[3]葉石濤，《臺灣文學史綱》（高雄：春暉出版社，1987 年）。

灣類似，九七回歸前後，中國學者一口氣推出好幾種「香港文學史」，至今由香港人自己撰寫的文學史尚未面世。動機各異的「文學史書寫」既不能免其高度政治性，以此為基礎，有利於下面兩種常見「文學史書寫」類型的討論。

類型之一，強調「藝術至上」的文學史書寫類型。

此一類型標舉的史觀：「文學史應以文學為本位」，文學史敘事不能受制於社會變遷，文學作品或文學史不應該是社會經濟或政治史的註腳。此類型敘事表面上看，強調文學主體性，認定「藝術性高的作品才能寫進文學史」，提倡文學發展有其「內部動力」，能推動自身美學形式的變遷與發展。只是理論雖堂皇，實踐起來卻難以達到理想。

「文學史敘事」與作品背後「社會環境」脫鉤，寫出來的「文學史」，上焉者，或是一篇接一篇的文學批評與流派研究，做為史著的「歷史性」全然消失，更別說藝術品味因人而異，各有偏差名單。換句話說，「文學史」與「文學批評」有其本質上的差異，正如韋勒克所說：「文學作品的價值不能通過歷史的分析來把握，而只能是通過審美判斷來把握。」

類型之二，強調「文學乃社會產物」的文學史書寫類型。

有別於前者，此一史觀類型認為文學史是「文化史」的一部分。文學作品的內涵主題，與土地上人們的政治、經濟、思想、生活脫離不了關係。例如葉石濤的文學史有這樣的敘述：「臺灣新文學一向和臺灣的反日民族解放運動聯結，以反抗日本殖民地的統治為目的。」[4]

就因為「文學」是這個民族生活的一部分，把特定時段豐富多采生活面記錄下來的，便是「文學」，也是文學史重要意義之所在。如此一來，研究文學不能不認識其背後的歷史與文化。此一類型的文學史敘事，在詮釋作品時必先弄清其社會背景，也因此文學作品不能不成為社會集體意識型態的背景說明或註腳。此一類型固有其理論根據，實踐起來困難重重。由

---

[4]葉石濤，《臺灣文學史綱》，頁170。

於材料龐大難以掌握，不是突出文學史作者個別鮮明的意識型態色彩，文學主體性偏低，便是各段章節「社會背景」與「文學作品」皆分別敘述，一部文學史變成分段敘述社會背景，接著是作品點名簿，兩者之間各自獨立，看不出有何關係。

第三種類型，加入「接受理論」的概念。把作品、作者、讀者三者的因素聯合在一起觀察。

文學史不只是作者的歷史，同時是讀者的歷史：一部文學作品應加入讀者的因素，才算真正完成。此一理念試圖涵蓋文學、文學性以及背後的社會因素，後者即以作品的讀者及市場為代表。討論讀者大眾便需討論作品的市場，關注文學作品的生產與消費。延伸所及，必須討論一個時期的文學生態、文學場域、政治經濟因素皆在其中，包括文學作品的市場性與政治性。此一文學史敘述的優點，可解決上述「社會背景」與「文學作品」各自獨立、互相脫鉤的問題。以下試以第三類型文學史書寫理念為基礎，將「陳之藩散文」做為討論對象，看「文學史即文學接受史」的理論觀念本地是否適用，以釐清陳氏散文在臺灣文學史的位置。

二、「陳之藩散文」內緣與外緣

「陳之藩散文」加上引號，代表著「總稱」的意思。

陳之藩的散文集當然不只一部，每部也不只一種版本。

與早期文壇作家一樣，完成單篇作品，先寄到報紙或雜誌上發表，等累積到一定數量則結集出書。陳之藩出版歷程也不例外。比較特別的是，陳之藩各版文集因暢銷而盜印猖獗，為杜絕後患，作者不得不介入原不必作家操心的整編與出版事務。於是巧合地，「陳之藩散文」的總稱，無需外人置喙，剛好由作者為自己「定名」。

（一）「旅美小簡系列」發表與出版

第一部文集《旅美小簡》開始發表的 1955 年，既標誌「陳之藩散文」的起步，也做為本文討論讀書市場的起點。

　　「旅美小簡」既是書名，也是《自由中國》半月刊發表的專欄名稱。這份橫跨 1950 年代，維持了十年，於臺灣知識社群大有影響力的雜誌，由雷震創辦，小說家聶華苓擔任文藝欄主編。諷刺的是，這份叫「自由中國」的刊物，因推動民主觀念被國民黨查禁，本身就是具體實例，證明國民黨管轄的「自由中國」言論半點也不自由。

　　「旅美小簡」系列散文首篇〈月是故鄉明〉刊於 1955 年 3 月 1 日，除了極少數，幾乎一期接著一期連續刊載，直到 1957 年 6 月，由臺北「明華書局」集印出版。此為陳之藩生平第一本文學書，出書時 32 歲，人在美國留學。

　　第二本散文集《在春風裡》形式內容皆延續前書，差別只是「小簡」寫作地點在美國「費城」，此書在「曼城」，寫作時間從 1957 年秋到 1962 年春。此書另一特色是寫至一半，遭逢作者敬愛的胡適先生去世，此書後半部於是收入九篇紀念胡適的文章。同樣是書信體，篇名且直接冠以「第一信，第二信……」，到第八篇「在春風裡」，即以此篇做為書名，書名及內容都表達著對胡適的敬仰與懷念，由臺北「文星書店」初版。此書完成期間，《自由中國》雜誌於 1960 年 9 月因雷震被捕停刊，原掛名此刊發行人的胡適於 1962 年 2 月去世。

　　1962 年 9 月「文星」初版《在春風裡》，同時再版了《旅美小簡》，以風格一致的封面設計，讓兩書像雙胞胎般同時面世。雙書比單書，於讀者市場自然更有吸引力與號召力。值得一提的，「文星書店」此時不單只經營出版社，旗下《文星》雜誌正從穩定而進入顛峰期。特別是 1961 年秋到 1963 年底，被稱作「文化頑童」的李敖，以及徐復觀、胡秋原、居浩然、余光中等人正在《文星》雜誌上展開一場「中西文化論戰」，而中西文化參照對比原是「陳之藩散文」的主題之一，只不過出之以感性的、柔軟的散文形式而已。

　　到了第三本散文集《劍河倒影》，書名已顯示，作者這次從美國到了英國。「劍河倒影系列」第一篇刊登在臺北中央日報副刊，時間是 1967 年 10

月 9 日，距離上一本書最後文章，整整五年半的時間。

《劍河倒影》第一版成書，於作者言，是一樁不愉快的「強迫出書」經驗，[5]於今天的眼光回顧，一則看到 1969 年臺灣落後的出版生態，二則顯現陳之藩確實站在暢銷作家的位置。依據作者書序，這系列文章才寫了十篇左右，他人在劍橋方休筆，臺北一家「仙人掌出版社」未經同意，將作者早期文章合為一冊，於 1969 年 10 月以《劍河倒影》書名上市出版，還在報上大登廣告，一年內銷出三版。

為杜絕市面猖獗的盜印風，陳之藩只好「又繼續寫了三篇，表示倒影尚未寫完。該集顯係盜印」。一面將完稿「劍河倒影」交給「遠東圖書公司」印行之外，1973 年更將過去不同時段印行的單行本散文集，三冊合而為一厚冊，改名《陳之藩散文集》也由遠東重新出版。

歸納起來看，將三冊散文：《旅美小簡》、《在春風裡》以及《劍河倒影》合成一冊印行並無不妥，三書不但題材性質相近，寫作時間心境也相同。陳之藩自己也說，這些書寫作時間其實很集中：

> 而這幾十篇文字，寫作的時間，卻是集中在兩三個月裡。……所以他們有一個共同的地方，那就是在寂寞的環境裡，寂寞的寫成的。[6]

值得注意的是這整個過程的時間——從 1955 年發表第一篇散文開始，中間三書分別在三家或四家不同出版社出版，等到收攏成一冊，叫做「陳之藩散文集」的時候，整整經歷了 20 年。雖然這之後的陳氏散文市場上依然暢銷，之後陳之藩也出版了少量一些文章，但如果需要為「陳之藩散文集」這個總稱找一個最適合討論的時空背景，那麼 1955 年到 1975 年，這

---

[5]序裡的原文是：「不經同意替我出書，倒在其次；使人看來很不舒服的，是還寫了一段很輕浮的廣告，書裡面又是數不清的錯字別字，使我對那種無法無天的作風難過了好幾天。」見《劍河倒影》〈如夢的兩年——代序〉。

[6]陳之藩，〈序〉，《陳之藩散文集》（臺北：遠東圖書公司，1974 年）。以下引文頁碼以此版本為準。

20 年間的臺灣讀書市場、文學生態，正好與其散文風格的形成與完成，可以密切搭配起來。

（二）修辭與結構

從讀書市場的角度看，散文做為一種文類形式，從上世紀 50 與 60 年代起，便一直是臺灣書市寵兒。雖然國家機器強力運作的戒嚴初期，對此一文類並不熱衷更不鼓勵。1950 年代國民黨政府主辦「中華文藝獎金委員會」徵文獎項，歷年設有新詩、小說、劇本，甚至歌詞、漫畫、版畫等五花八門，卻獨獨不徵「散文」獎項可略知一二。相對於此，市場上散文集銷路卻高居榜首，歷久不衰，尤其這時期文壇出現一群大陸來臺女性作家如艾雯、張秀亞、鍾梅音、琦君等在散文創作上表現亮眼，大受書市歡迎。散文集如此叫好且叫座；除了題材形式好掌握，與報禁時代副刊大量需求散文不無關係。

陳之藩散文正是出現在讀書市場接納性良好的 1950 年代中期。與他同一舞臺亮相，即同一時段也在《自由中國》雜誌寫稿的作者，如張秀亞、余光中、聶華苓、林海音、梁實秋、吳魯芹等，無不熟練於散文形式，長於白話文創作。然而於眾多散文作家中，陳之藩散文於修辭及藝術手法上，仍有其獨到之處。

評者早已經指出，陳氏散文時常在開頭或結尾引用古典詩詞，研究者也注意到，除了詩詞，他還愛用對話或名人語句做為文章的起始與收結。[7] 這些同時說明著他於散文結構上的講究。

他也擅長疊句的修辭技巧，尤其用於寫景、狀物。不論以一連串字數的長句，修飾形容同一景色物件，或疊句當形容詞，以加強語氣、效果，都能渲染氣氛，使得散文敘述更加嫵媚多姿。例如形容他眼前所見賓大校園的古色古香，便用了一連串五字的疊句形容詞：「廣闊的院落，崢嶸的樓頂，石板（版）的甬路。」[8]

---

[7] 陳敏婷，《陳之藩散文藝術特色研究》（香港：香港大學中文學院碩士論文，2009 年）。
[8] 陳之藩，〈智慧的火花〉，《旅美小簡》，頁 23。

同一個意思，同一種情懷，但他能指揮文字的音符，使之如交響樂般凝聚成一股澎湃的感情，以下這段，引自〈惆悵的夕陽〉：

> 日漸式微的，是我們自己的文藻；日趨衰竭的，是我們自己的歌聲；日就零落的，是我們自己濟世救人的仁術。我們欲挽狂瀾於既倒，憤末世而悲歌，都是理有固然的事。

——頁82

寫胡適的〈在春風裡〉結尾一段，也是以疊句的敘述，更仿徐志摩筆意，讓懷念文章更添三分詩意，濃濃感性瀰漫字裡行間：

> 並不是我偏愛他。沒有人不愛春風的。……因為有春風，才有綠楊的搖曳。有春風，才有燕子的迴翔。有春風，大地才有詩。有春風，人生才有夢。春風就這樣輕輕的來，又輕輕的去了。[9]

這類散置於各篇章，在在處處看得見的修辭技巧，同是散文家也是翻譯家，住在香港的思果，曾總結其散文風格為「雅潔上品」、「氣味醇正」，評語尤深入而具體：

> 我看得出他在遣詞造句上用了功夫，平反的協調尤其注意。這種文章讀起來，像吃爽口的菜，喝有味的湯。他的句子，長短正好，用的字總很得當。這和他小時讀了舊詩文大有關係。[10]

(三)題材與內容

「去國十八年」（遠東版序語）三段落的文集合成一部《陳之藩散文

---

[9]陳之藩，〈在春風裡——紀念適之先生之八〉，《在春風裡》。1962年3月9日寫於曼城。
[10]思果，〈《一星如月》讀多時〉，《文訊》第18期（1985年6月），頁156～160。

集》很好的理由，是三書風格的一致性：環境、心境皆有相同之處。連每部文集寫作時間，同樣集中「在兩三個月裡」完成。合集的序上，作者寫道：

> 《旅美小簡》是在剛到美國費城時寫的；《在春風裡》是在剛到曼城時寫的；《劍河倒影》是在剛到英國劍橋時寫的。《在春風裡》中的九篇紀念胡適之先生的文字，是在胡先生剛逝世後寫的。

雖說風格一致，都是飄零於海外的文章。但寫作時間既不相同，作者身分也跟著改變。例如寫第一部《旅美小簡》時剛到美國，環境還陌生，住處尚簡陋，猶是打工的學生身分，思鄉情緒濃厚。到了《在春風裡》，身分從學生轉為老師，所思所寫更海闊天空，〈科學與詩〉、〈方舟與魚〉，開始討論科學與文學如何互通，理性與感性怎樣攜手。第三部《劍河倒影》從美國到了英倫，這次已是訪問學者身分，沒有教學負擔，鎮日與劍橋各方學者「喝酒聊天」，天南地北天馬行空，除了西方學術傳統的描述，也思考更多東西文化差異。

換句話說，在寧靜安定的異國校園裡，一篇篇寄回臺灣發表的散文，雖不外寫情、寫景、寫思慮心得，從學生、教授到訪問學者，三個階段三種身分其實各有側重，可粗略歸納成思鄉情懷、異國校園與東西文化比較三大類。從接受者的角度，也可以這樣問：1950、1960 年代，廣大臺灣讀者接收到陳之藩提供自海外的哪些訊息，得到什麼樣的異國想像？

1. 寂寞異鄉・家國情懷

離家思鄉心緒，於第一部《旅美小簡》最為濃厚。首篇人才在飛美班機上，「飛離祖國越遠，思潮越起伏」的時候，題目以及結論，已忙著表示：「月是故鄉明！」讀者當然明白，「故鄉月亮」雖明，「美國月亮」還是比較圓，否則怎能千里迢迢跑去吃苦，孤獨忍受思鄉的折磨。

異鄉是寂寞的，作者也說一整部散文集是「寂寞環境裡寂寞寫成的」。

離家故而飄零，失鄉所以寂寞。

「寂寞」在陳之藩散文裡一點也不抽象，他用眼前的景物，身邊相伴的人物，用鮮明的譬喻，邀讀者共同感受異鄉的寂寞。

失鄉者是什麼感覺？他說：「我感覺自己像一片落葉似的在這個時代飄零。」

「異鄉人」也長著一雙不一樣的眼睛。他不僅看到中國人的寂寞，也看到：「美國人幾乎全是在臉上浮著寂寞的微笑。向你打著親切的招呼。」[11]

他肉眼看到的美國街道，明明「交織著一片噪音與速率的畫幅」，然而用他特殊第三隻眼透視之後，便指出其「靈魂深處，卻是一片寂寞與空虛」。[12]

讀者也弄不清，到底是觀看的人還是被觀看的對象，更顯出靈魂的寂寞與空虛？

其次，在同屋房東太太身上，他看到美國老人的寂寞。跟其他老年人一樣：

> 在每一年盼望著有一天兒子的聖誕卡片可以和雪花一起飛到房裡來。一年只這麼一次。而有時萬片鵝毛似的雪花，卻竟連一個硬些的卡片也沒有。[13]

作者從房東太太「每條蒼老的笑紋裡看出人類整個的歷史，地球上整個的故事來」──而這個故事的答案是：無邊的寂寞。

他到曼城任教第一天，進入學校校長室報到。如此描述人物的初次印象：

---

[11]陳之藩，〈出國與出家〉，《旅美小簡》，頁11。
[12]陳之藩，〈出國與出家〉，《旅美小簡》，頁13。
[13]陳之藩，〈寂寞的畫廊〉，《在春風裡》，頁4。

　　我面前是一個紅紅的面龐，掛著寂寞的微笑；是一襲黑黑的衫影，掛著
寂寞的白領。[14]

　　陳氏散文擅長疊句之外，也巧於用顏色作形容與對比，如紅顏、黑衫
及白領。

　　異鄉人何止看到景色的寂寞、人的寂寞，更深更遠的，還看到「時代
的寂寞」。

　　離鄉人像飄零的柳絮，像失根的蘭花，「舉目有河山之異」。此外，回
顧所來的家國，也有反省與批評。他痛感自己這一代青年，若非在「小室
裡鑽牛角尖」，便是「行屍走肉的過日子」。思想園地有如「枯枝敗葉」般
殘破：

　　在歷史上悲哀到底的時代，總還有新亭對泣的哭聲；最可怕的是死寂。
我們這一代，真如死一般的寂下來了。[15]

　　在異鄉而用「我們這一代」，當然不是說美國，而是父祖之國。而「如
死一般的寂下來了」，既適用於大陸，也適用於臺灣，在兩邊都有極權政府
控制著的「這一代青年」如何能不「沉寂下來」。

　　若要深一層解讀「陳之藩散文集」最好從他的生平與時代背景著手。
河北人的他，1948 年亦即 23 歲時來到臺灣。不像當時文壇許多軍中作
家，或是身不由己，或是長期在軍隊裡未受學校教育。陳之藩來臺前獲得
北洋大學電機系學士，是被派到臺灣碱業公司來當實習工程師的。早在胡
適當北大校長的時代，他就給胡適寫過信，來到臺灣後，也因在國立編譯
館工作受到梁實秋的賞識。

　　以上簡單資歷告訴我們他的理工學歷背景，也顯示他年紀輕輕便有很

---

[14]陳之藩，〈寂寞的畫廊〉，《在春風裡》，頁 4。
[15]陳之藩，〈到什麼地方去〉，《旅美小簡》，頁 30。

好的文筆，對國事關心。他是在大三時聽了胡適一段題為「眼前文化的動向」的廣播，主動寫了一封長信寄去，此後才成了忘年之交。

來到美國之後，思鄉情緒高漲的時候，想念的家鄉，大概是「童年的家鄉」而不是短暫停留的臺灣罷。但他去美國飛機，卻是從臺灣松山機場起飛的，口袋裡還有敬愛的胡適以及親友資助的美金。正因如此，流離異鄉的寂寞裡遂多了一層「國破」的傷痛。

那篇著名散文〈失根的蘭花〉裡，提到某宋朝畫家所畫的蘭，總是連根帶葉，飄於空中，也給了一句「國土淪亡，根著何處」的回答。對這句名言，陳之藩文中加以引申：

> 國，就是土，沒有國的人，是沒有根的草，不待風雨折磨，即形枯萎了。[16]

作者自比蘭花，寫出人在異鄉流離失根的痛苦與焦慮。值得注意的是此時的「家國之痛」於臺灣文學而言，非常具有「代表性」。如果不是他有過短時期的「臺灣經驗」，從大陸來到臺灣而後美國，不至於產生「國破山河亦不在」的飄零心情。如果早幾年，如果大學一畢業他直接留美，應該產生不了「國破」的感慨。

一般人未注意的是，作者自喻「沒有國的人」時，潛意識裡，似乎感受倉皇逃到臺灣島的蔣介石政府，已經國不成國，或不再是「中華民國」。就因國已滅亡，才使他在異鄉成了「沒有根的草」。

失根滋味，難以筆墨形容，所以他自述：

> 我十幾歲，即無家可歸，並未覺其苦，十幾年後，祖國已破，卻深覺出個中滋味了。[17]

---

[16]陳之藩，〈失根的蘭花〉，《旅美小簡》，頁37。
[17]陳之藩，〈失根的蘭花〉，《旅美小簡》，頁37。

「祖國已破」四字，可謂道盡 1950 年代在臺大陸文人的流離心情。

2. 校園景色・如詩如夢

透過陳之藩的眼睛，美國校園常入讀者眼簾。他筆下的校園寧靜如天堂，也美得像一幅畫。用他自己的形容詞是：「像一個夢，一個安靜的夢。」

他受邀到費城郊區，進入一家小的大學校園，接觸的景象是：

> 依山起伏，古樹成蔭，綠藤爬滿了一幢一幢的小樓，綠草爬滿了一片一片的坡地，除了鳥語，沒有聲音。[18]

很巧的，到了南方的曼城，同樣進入一家「綠色如海」的小大學裡教書。他住在校園一幢石頭疊起的小樓，從外面看，「像一白色的船在綠海藍天之間緩緩前行」。

短短一句話出現三種顏色形容詞。他掌握散文之筆有如一位天才畫家的畫筆，對顏色的敏銳度高，且能準確用在最合適的地方。且看他如何用具體形象，比喻、描繪他所住一棟安靜、柔和而潔淨的房子：

> 我的房子很像一個花塢，因為牆紙是淺淺的花朵，而窗外卻是油綠的樹葉，在白天，偶爾有陽光經葉隙穿入，是金色的。在夜晚，偶爾有月光經葉隙洩入，是銀色的。[19]

學校畢業典禮當天，他穿戴整齊來到校園。同樣地方不同排場，他的五彩筆是另一種敘述方式：

> 我左右看一看，只有兩個顏色。西邊全是紅的，那是夕陽；東邊全是綠

---

[18] 陳之藩，〈失根的蘭花〉，《旅美小簡》，頁 35。
[19] 陳之藩，〈寂寞的畫廊〉，《在春風裡》，頁 2。

的，那是校園。噴泉處處如金絲銀縷，在繡一幅紅綠各半的披錦。[20]

敏銳於顏色之外，前面提過他善用譬喻。走進另一座校園，對一般人看不出什麼特別的「草」或「草色」，譬喻之精采，讀之若身歷其境，匱乏年代的臺灣讀者更是大開眼界。

劍橋校園草地很大，綠草「細得如絲，柔得如絨」已夠讓人豔羨。陳氏筆下拉開的一幅校園畫卷，字字珠玉尤令人嘆為觀止：

> 聖約翰學院的草像一片海，而那堆樓倒像海上航行的古船；克萊爾學院的草像一片雲，而那座橋像雲堆裡浮出的新月。耶穌學院的草地像一個鋪滿了綠藻的湖面；艾德學院的草地又像一個鑑開半畝的方塘。[21]

不過是一片草地，竟有多重面貌：可以像海、像雲、像湖，或像一片如鏡的水塘。原來劍橋寬大的草地是專門給人出神、發呆用的，書呆子們可以直接踩上去，陳之藩給半個地球外的臺灣讀者，掀開一角陌生的，也是全新的學府舞臺。

3. 東西文化比較

《劍河倒影》寫於劍橋。即使描述日常生活起居，很自然也介紹了西方傳統菁英養成的背景與方式。這對於生活在黨國教育制度下的臺灣讀者而言，陌生、新奇、充滿異國情調。這是他筆下的校園生活：「劍橋的傳統，一天三頓飯，兩次茶，大家正襟危坐穿著黑袍一塊吃。」

呈現劍橋傳統與制度的同時，穿插出現各色人物，彼此談話內容，個人讀書心得等等。這裡那裡不免出現東方與西方文化的比較與思考。例如讀完一本西方人談中國科學的書，心中生出這樣的疑問：「為什麼古老中國那麼多發明，卻沒有導出像歐洲近五百年的科學發展？」作者得到的領悟

---

[20] 陳之藩，〈幾度夕陽紅〉，《在春風裡》，頁8。
[21] 陳之藩，〈明善呢，還是察理呢？〉，《劍河倒影》，頁15。

是：

> 中國科學在整個發展過程中主要是為了「實用」，而……歐洲近五百年的
> 科學發展主要是為了「好奇」。

其中一篇散文題目〈河邊的故事〉，內文借用西方生活故事告訴東方讀者，什麼是「人道主義」。換做一般學者給這四字下定義，恐怕是枯燥的長篇大論，他卻拿文學的筆，以一精短小故事作解說，讀者很容易領悟。

> 一個人於河中快淹死，一百個人跳入河中相救，這一百個人也許會因而
> 淹死，而仍救不上那個人來。以一百比一，是件不理智的行動，我們把
> 這種行動叫做人道主義，因為救的不是那個「一」，而是救的那個
> 「人」。[22]

他娓娓敘述西方人道主義傳統，列舉西方人道主義實踐者，像甘地的摩頂放踵，紡線曬鹽；托爾斯泰的棄家擯產，史懷哲的獻身瘴疫，行醫非洲。然後直指「人道主義的昂揚，是人類文明一大進程」。這種「進步」思想行為模式對於東方人或東方生活文化而言可能是一劑良方：

> 由於人道主義的出現，率獸食人的社會才絕跡於人間。由於人道主義的
> 覺醒，以人祭天的犧牲才消弭於人世。

在美國各地旅遊，除了山水勝景，他對景點裡的人物——那些為社會做出貢獻，受人景仰的人物更有興趣。認為這些動人故事，「賦予年輕的山水以活潑的生命」。關於山水與人物之間，他筆鋒一轉，拿中國作比較：

---

[22] 陳之藩，〈河邊的故事〉，《旅美小簡》，頁87。

　　在我們中國，儘管在秀媚的山水上，總有自命不凡的大人物題上幾個寫
的並不見佳的字，人民的口裡卻依然傳不出他們的名字，更不屑於道出
他們的故事來。石頭上的刀痕，最終依然與草木同朽。[23]

　　這篇文章的結尾只有一行：「我們中國的山水，千年來是太寂寞了。」

　　他山之石可以攻錯，人在異國容易想起母國的一切；來到西方很自然
拿東方作比較，比較之後多少看出雙方的優點與缺點。

三、「陳之藩散文」與臺灣讀書市場

　　何以陳之藩各版散文集當年在書市能那麼暢銷？不只正版的出版社大
賣，連不計其數的盜印版都跟著賺錢。即使今天書的通路改變，進二手書
拍賣網站，還看得到花花綠綠各種合法非法版本，價錢超低，想見當年書
市風行的盛況。

　　「散文集」放進 1955 到 1975 這 20 年的臺灣社會背景一起觀察，不難
找到文集風行於讀書市場幾個重要因素。做為一種文學形式，相較於「小
說」與「新詩」，它是最平易近人，親切容易入手的文類。作者出身書香門
第，有很好的國學根柢，與其他文藝作家不同的是，作者兼有理工背景、
科技專長，筆下多了思辨能力與理性思考。他的散文寫得乾淨明白，絕不
用怪異扭曲的文字。這與 1960 年代臺灣文壇興起的「晦澀現代詩」、「往內
心世界挖掘的現代小說」大異其趣。

　　陳之藩散文另一特色是，承襲五四以降如徐志摩、朱自清，具感染力
的抒情風格。如前述引文，即使討論哲學內容、作理性分析，仍出之以感
性的、抒情的文筆。引用古典詩詞，重視文氣舒緩與韻律，所謂美文，一
直是戰後主流文壇歷久不衰的「抒情傳統」，女作家如艾雯、張秀亞、琦君

---

[23]陳之藩，〈山水與人物〉，《旅美小簡》，頁63。

等，散文文類長期占領戰後文學市場，陳之藩散文即屬此一傳統。

長期占領書市的女作家們雖一樣寫濃濃的鄉愁，淡淡的童年回憶，陳之藩散文風格大不相同之處，一是他那帶有思辨色彩，卻又平易質樸的書信體散文。二是他的文稿篇篇寄自遙遠的黃金國度；他也懷鄉，可他的「鄉」還包括海島臺灣，敬仰的人除了胡適，還有梁實秋——兩個著名的右翼自由主義文人兼學者。

說是「旅美小簡」其實涵蓋面不小，「旅美」所見，東西方文化、哲學、宗教無所不包，提供給讀者一個氣氛寧靜、建築堂皇，物質上不虞匱乏，精神上自由自在的異國想像。

仔細閱讀陳氏散文的「懷鄉」情結，可以分出兩種來：不妨這樣問，他懷念的故鄉，是哪個「鄉」，島嶼還是大陸？他在臺灣生活的時間雖然不長，從 1948 到 1955，七年不到。但他終究是從「松山機場」起飛，前往美國。經過這麼一個「臺灣經驗」的轉折，同樣思鄉，他與其他大陸文人最大不同處，是他的離散飄零，多了一層「國破」的傷痛。隨蔣介石政府來到臺灣的忠黨愛國之士、文人作家，呼口號之不暇，寫「戰鬥文藝」之不暇，哪有「國破」的心情？就算心有所感也不可能形之於文字。

「飄零流離，國破家亡」的傷痛，恐怕是所有來臺大陸人共有的心情。陳之藩懷想思念的家鄉，是大陸也好，臺灣也罷，「如一片落葉似的」，「柳絮一般的」飄零之感，讀者必然全盤認同。失了根、離了土的蘭花意象，以及很快將枯萎的焦慮，他們不但深刻理解也感同身受。換句話說，在美國「懷臺灣」之鄉，或在臺灣「懷大陸」之鄉，互相可以代換。來臺大陸人，透過陳之藩的感性文字，於家國情懷能產生一種移情作用。這應是陳氏散文暢銷於讀書市場，被臺灣讀者充分接受的一大原因。

除了揮之不去的家國之思、懷鄉之情，他在美國也描述、報導身邊的人事物，有種種感想與心得。不論寫寧靜的校園、如絨如絲的草坪，還是介紹西洋自由學術傳統、劍橋喝酒聊天的「師徒學制」，無疑給封閉在海島出國不得的臺灣學子開了一扇大窗。他也敘述西方典範人物的故事，如律

師丹諾、如電學發明家「湖上漁翁」亞歷山大等，都不是臺灣讀者熟悉的人物典型。此外，他暢談西方自由思想、民主制度，借西方哲人的故事言行，闡揚人道主義、自由主義。這些或具體或抽象的美國「人文景觀」，透過他流暢如水的文體，不只替讀者「開了窗」，也吹進一股清新空氣，讓讀者大眾對西方世界有了不一樣的想像。

陳氏散文雖寫於美國，市場與讀者卻在臺灣。留意這時期臺灣文學風潮走向，不難發現其書暢銷的時段，正是臺灣引進「現代主義」──紀弦成立現代派於 1950 年代末，白先勇、王文興等辦起《現代文學》在 1960 年代初。簡言之，正是臺灣島處於全球冷戰，隨著美援與美元而吹起一陣西風的時刻。主流文壇「美風是尚」的時候，《旅美小簡》席捲書市，可說不足為奇。

出版《在春風裡》的「文星書店」及旗下《文星雜誌》，便是這一波「西潮」下的重要媒體。1960 年代初期臺灣文化界正展開一場「中西文化論戰」，《文星雜誌》即是主要戰場之一。主張「全盤西化」，在文化界鬧得沸沸揚揚的李敖，便一度是文星雜誌總編輯。「比較東西文化」原是《陳之藩散文集》其中的內容，作者雖未搖旗吶喊參與論戰，不過作品暢銷於書市，等於在這場論述裡並沒有缺席。其抒情文字，透過另類軟性訴求，說不定比生硬的論述文章更具有影響力。

1950 年代末、1960 年代初，臺灣文壇反共文學低迷，同時是「留學生文學」逐漸興起，蔚為風潮的時段，如於梨華的留學生小說《歸》、《也是秋天》、《又見棕櫚，又見棕櫚》即出版於 1963 至 1965 年之間。就「留學生文學」系譜來看，論暢銷程度與影響力，《陳之藩散文集》是最先升火發動的火車頭，既開「留學生文學」的先河，在藝術成就上尤領先群英。

四、文學史不一定是「文學接受史」

目前，「陳之藩散文」無法成為「戰後臺灣散文史」一個章節，原因何在？一個可能是，臺灣目前雖有小說史、新詩史面世，卻見不到一部「散

文史」出現。

　　如果真有一部散文專史出現，做為被讀書市場充分接受的「暢銷作家」，加上陳之藩散文風格上承襲五四抒情傳統，且能發揚光大，於潮流上更開臺灣「留學生文學」先河。而海外飄零、懷鄉的家國情懷，其具備相當「臺灣特性」已如前述。然而，這些特性都不足以成為「進入文學史」的良好條件。

　　文學史家一般有兩個標準——其一，文學性或藝術性。其二，社會性，或作品主題是否描寫或代表了這塊土地與人民。

　　以現有的「文學史書寫」而言，或許因「散文」文類定義模糊，重藝術性的文學史書寫類型，很容易把陳之藩這類「市場性高的散文作家」略而不論，如陳芳明《臺灣新文學史》[24]，在其八百餘頁的書裡，只占約十行，半頁不到的篇幅，還排在吳魯芹之後；將兩人置於「聶華苓與《自由中國》文藝欄」一節的尾端。

　　彭瑞金的文學史，倒有一節論述「五○年代散文」，其中第二類「遊記散文」，被彭瑞金批評為「不自覺地吐露外國月亮圓的媚外心態」[25]，舉的例子是三位女作家：蘇雪林、謝冰瑩、徐鍾珮，甚至不特別舉陳之藩的名字。

　　葉石濤的《臺灣文學史綱》認為 1950 年代的「鄉愁文學」和本地民眾的生活脫節，「讀起來好像是別的國度裡的風花雪月。」[26]陳之藩也未能進入他的文學史裡頭。

　　不論藝術至上的敘述類型，或強調「社會性」的文學史敘述類型，史家似乎不大在意「讀者接受度高」的暢銷作家。本文雖有心借用姚斯「接受理論」運用於文學史書寫的概念，也想藉此呈現：於文學史家眼中，「陳之藩散文」雖然暢銷，其藝術性卻不一定受到史家肯定。至於其與臺灣這

---

[24]陳芳明，《臺灣新文學史》（臺北：聯經出版公司，2011 年 10 月）。
[25]彭瑞金，《臺港新文學運動 40 年》（臺北：自立晚報社，1991 年 3 月），頁 97。
[26]葉石濤，《臺灣文學史綱》，頁 89。

塊土地的關係：他的「失根的、離鄉的」，以及呈現孤獨寂寞的書寫主題，更與臺灣本地民眾的心境相隔遙遠。散文集雖然吸引嚮往美國民主自由的年輕人的目光，但 1950 及 1960 年代國民黨治下臺灣大眾，具備留學條件者有幾人？難怪在本土文學史書寫裡，只能占據很小或幾乎沒有篇幅。

　　──選自應鳳凰《文學史敘事與文學生態：戒嚴時期臺灣作家的文學位置》
　　臺北：前衛出版社，2012 年 11 月

智者的故鄉
論陳之藩《劍河倒影》

◎陳昌明*

一、刻畫劍橋的兩種筆法

　　以文學之筆，描繪英國劍橋大學，令臺灣學子心嚮往之的，當首推二位著名作家，一位是 1920 年代的徐志摩，一位是 1970 年代的陳之藩。徐志摩本想到英國劍橋追隨羅素，有意進入劍橋「三一學院」。結果進了「王家學院」成為特別生，因為那時羅素已離開了「三一學院」，徐志摩由於這個因緣，於是寫下了膾炙人口的〈我所知道的康橋〉、〈再會吧康橋〉、〈再別康橋〉等詩文。徐志摩讚嘆康河是世界上最秀美的河，在此處散步，「大自然的優美、寧靜、調諧在這星光與波光的默契中，不期然的淹入了你的性靈」，「說也奇怪，竟像是第一次，我辨認了星月的光明，草的青，花的香，流水的殷勤」，「看一回凝靜的橋影，數一數螺細的波紋；我倚暖了石欄的青苔，青苔涼透了我的心坎；……那妙意只可去秋夢邊緣捕捉」（〈我所知道的康橋〉），至於〈再別康橋〉，則是讀者們早已琅琅上口的詩句。

　　可是臺灣的讀者們很少將徐志摩的「康橋」與陳之藩的「劍橋」聯想在一起，譯名的差異是主要原因，如「康橋」與「劍橋」；「三清學院」與「三一學院」等，除此之外，陳之藩在《劍河倒影》中的筆法，亦與徐志摩全然不同，徐志摩寫康橋，一路的寫景抒情，充滿了對康橋山川風物的讚嘆，情溢辭華，文字駢驪，音韻動人，儼然是美文的代表。陳之藩在

*成功大學中國文學系教授。

《劍河倒影》中，語言簡潔生動，寫景物淡雅溫和，且總別有所指，例如：

> 從樓上望出去，劍橋就在眼前，劍河的水也並不是格外清澄；橋旁的樹也不是特別碧綠；崢嶸的樓頂，我們可以建；如茵的草地，我們可以鋪，我們同樣有不朽的藍天，同樣有瞬逝的雲朵。但培養這麼多人在這裡作好奇的夢，卻不是一蹴可幾的。
>
> ——〈實用呢，還是好奇呢？〉

有時也會充滿了排比的句法，但依然有著濃厚的省思，例如：

> 聖約翰學院的草像一片海，而那堆樓倒像海上航行的古船，克萊爾學院的草像一片雲，而那座橋像雲堆裡浮出的新月。耶穌學院的草地像一個鋪滿了綠藻的湖面；艾德學院的草地又像一個鑑開半畝的方塘。如果沒有草地，那麼多孩子的那麼多樣的夢，何處寄託呢！
>
> ——〈明善呢，還是察理呢？〉

陳之藩散文的重點，顯然不在於對藍天綠野的詠讚，他面對這眼前的美景，反而進一步提問：「這麼大的草地，誰來剪呢？」因此推出了「明善呢？還是察理呢？」的主題。

抒情與探理，代表著徐志摩與陳之藩不同的兩種思路。陳之藩行文雖是筆鋒處處飽含情思，歸結處總別有所悟，文辭雖亦修飾，但總平淡的不著痕跡，王文進說陳之藩的散文「有點像漢魏古詩，一片混沌，難以句摘。但是其撼人心弦的方式，往往是從蒼茫四方處圍來」（王文進〈漢魏古詩式的散文——析論〈失根的蘭花〉〉）。說得不錯，陳之藩散文的動人處不在「句法」，而在「章法」，其歸結處則有其理趣。

陳之藩與徐志摩不僅寫作的筆法不同，心態上也有頗大的差異，徐志

摩當年到劍橋，是帶著夫人張幼儀在康橋附近租下幾間小屋住下，一副富家子弟行徑，宜乎吟弄風月，抒寫山川。陳之藩到劍橋時，雖是透過電機系到控制部門任訪問學人（學生），然而其骨子裡仍有著流亡學生的悲苦心境，「失根蘭花」的心結隱藏其中，他筆下積極探索的問題則是，如何為悲苦的土地與民眾立命立心，為中國的未來尋找出路。按說：徐志摩與胡適之、梁實秋等人為《新月雜誌》時期的摯友，而胡、梁二人則是陳之藩筆下念念不忘提攜愛護的前輩，有這樣的因緣交會，加上故地重遊，陳之藩竟無一語提及徐志摩，也許正是因為這種心態上的不同。

　　因此陳之藩在劍橋，心情上並無多少餘裕去賞弄風月，他心中念茲在茲的，是要探尋培育智者的制度與環境，追索時代進步的啟示。

二、智者的搖籃

　　整部《劍河倒影》，是以人物為核心，而所有的人物都與劍橋聯繫在一起，陳之藩處處證明劍橋是智者的搖籃，而劍橋之所以成為出拜倫、牛頓、培根、懷海德、維根斯坦、馬克斯威爾、湯姆蓀、凱因斯的地方，背後有人才養成的特殊環境和因素，陳之藩要帶領讀者一窺其堂奧。

　　在《劍河倒影》中，陳之藩散文無意成為美文，他要討論的是文化、是環境、是學校的制度，是人與人互相激盪的理念。因此他處處總能夠「悟理」，悟出劍橋所以為劍橋之理。例如從休士頓搭機到倫敦，從倫敦搭火車到劍橋，那火車車廂極為破爛，卻爛而不髒，於是他說：「無論多窮多破而不髒，是一種特有的文化。」進一步討論到尼丹約瑟的書，歸結為：中國科學在整個發展過程中，主要是為了「實用」，歐洲近五百年的科學發展主要是為了「好奇」。其實同樣的論題，蔣夢麟在《西潮》中已反覆論證（《西潮》，頁 264～295），唯蔣夢麟是長篇大論，論證推理，陳之藩只是引重他人之言，略作感想引申而已，可是震撼似乎更大。從〈實用呢，還是好奇呢？〉第一篇開始，陳之藩就在探討這些人才陶鑄的方法，於是〈理智呢，還是感情呢？〉、〈明善呢，還是察理呢？〉、〈一夕與十年〉、

〈王子的寂寞〉、〈自己的路〉、〈圖畫式的與邏輯式的〉、〈勇者的聲音〉、〈古瓶〉、〈羅素與服爾泰〉、〈風雨中談到深夜〉、〈噴煙制度考〉、〈不鑄大錯〉，一個一個篇名，似乎都與劍橋的制度，劍橋的精神息息相關。

這些探理，顯然頗有「借鏡」的味道，然而借鏡容易，真要以現實來比較，則令人感慨，陳之藩不得不感嘆：「我們中國如果有個劍橋，如果出個凱因斯，也許生靈塗炭不至於到今天這步田地。因為沒有真正陶鑄人才的地方，所以沒有真正人才出現，因為沒有澄明清澈的見解，所以沒有剛毅果敢的決策與作為。」（〈勇者的聲音〉）問題的解決也許沒有陳之藩說的那麼簡單，太強調個別人才不免又落入「人治」的窠臼，但是陳之藩討論的是教育，是培育人才，那麼劍橋真可謂得天獨厚：

> 由倫敦乘火車到劍橋車站，我如果散步回到住處，只過兩條街，也不過十幾分鐘的路。路上先經過王家學院，是出凱因斯出弗斯特的地方；然後經過三一學院，是出牛頓出拜倫的地方；然後是基督學院，是出密爾頓出達爾文的地方，你看，是不是劍橋的出品與我們經常製造零件批發零件的學校所看到的出品有著基本上的不同？
>
> ——〈勇者的聲音〉

如果拿牛津與劍橋相比，似乎這兩個老大學，有著一些共同的特色：「這兩個老大學，似乎把學生當成生物，讓生物生長，別的大學，似乎把學生當成礦物，讓礦物定型。」（〈古瓶〉）讓人可以自由發展，生命潛力可以充分發揮，這是大家都了解的教育原理，然而真能做得到的地方幾希？

劍橋所以為劍橋，不只是有一群學生埋首書堆，在課堂上認真的思考，在實驗室中埋首尋理，這些條件也許別的大學都具備，劍橋的生動，在其學術氣氛的「醞釀」，是行住坐臥，無所不在。導師制度是一種聊天的噴煙制度，喝咖啡、吃飯則又是另一種腦力激盪，長夜漫談，則更是心智交會的溫床：

很多有成就的劍橋人，對於在風雨中談到深夜的學院生活，都有一種甜蜜的回憶。比如懷德海、羅素、吳爾夫、莫爾、凱因斯、富瑞，這些是在一室中聊過多少夜的一堆人。他們的行，全不相干，但他們卻有一種相同的味道。甚至那種味道影響到他們的名著的書名。懷德海與羅素的書叫數學原理，莫爾的書叫倫理原理，吳爾夫的書叫政治原理，凱因斯寫貨幣原理，富瑞寫藝術原理。不是一行，而味道如此相同，多半是因為晚上聊天彼此影響出來的。

——〈風雨中談到深夜〉

各個不同科系，不同研究領域的學者，透過彼此「聊天」，形成一種學術的氛圍，因此到餐廳吃飯，不止是肚子飽了，連頭腦都有豐富的收穫：

我走進飯廳時與走出飯廳時，除了肚子有所不同外，腦筋似乎也有所不同。好像有好多觀念在輻射你，有好多想法在誘引你。不知是哪位聖人創出劍橋這種制度，這種制度是無時無地不讓你混合。比如教授與學生混合，喝茶與講道混合，吃飯與聊天混合，天南的系與地北的系混合，東方的書與西方的書混合。至於行與行間的混合，他們以為更是理所當然的事。生物化學家忽然變成了考古，工程科學家忽然搞起經濟學，搞抽象數學的到實驗室作起實驗來，連女祕書都變成權威教授，你就知道這個學校之怪了。

——〈一夕與十年〉

劍橋之所以成為劍橋，成為智者的搖籃，與這種知識的溝通，不同領域的開拓，與不自我設限有相當大的關係，於是在劍橋，總有好話題，激盪人心，總有好天氣，可與青山共舞，總有杯中酒，可與長夜相伴，總有一些智者，可以促膝長談，可以摩擦出智慧的火花，更可以建構出適合求知的美好制度。

三、科學與人文的跨越

陳之藩由於專研電機，又曾編寫譯著過如《感應電動機的實際》（正中書局）、《電話與電報的演進》、《電子學的發展》、《閃電與避雷》、《電力的利用》、《光的原理》[1]、〈羅素論科學對於社會的衝擊〉等作品，在正中書局出版的「現代科學」文庫中，編著有《電影的奇蹟》、《電話與電報的奇蹟》等，另外翻譯有《宇宙與愛因斯坦》（中華文化出版事業委員會），著有《高中物理學》（世界書局）等系列推廣科學知識的通俗性著作。許多人提到陳之藩的散文，總會以「科學散文」來稱呼（王炳炎〈學寫散文——陳之藩與司馬長風散文讀後〉），不過如果以陳之藩的散文代表作：《旅美小簡》、《在春風裡》、《劍河倒影》、《蔚藍的天》、《一星如月》等散文集來看，似乎有待商榷。陳之藩身為一位電機工程學者，每以科學論文所要求的「創見」來作為寫作的準則，因此文章不僅簡潔生動，而且具有自己的風格、面貌（《中國現代散文選析》），其中雖偶然夾有對現代科學的議論，然而對於中西方古典文學經典的著墨更多，對於當代人文關懷與世途的發展，實深刻著意，也正是因為這份用心，陳之藩的散文絕不應視為純粹的科學散文，他是由科學的領域跨越到人文的領域，著力處反而是在人文。因此當他描述科學研究者的偉大貢獻時，他不是歷數其重要的成就，而是側寫其「形象」（image），而人物與環境山水亦因此聯繫在一起，例如他到了喬治湖，在欣賞湖光山色之餘，他心中想的卻是「這樣美的山水不知藏著些什麼人物」，於是人物由山水引申了出來：

> 這個湖我是久已聞名了。並不是因為山水，而是由於人物。電學發明大家亞歷山大森年年到此地來，他必須划動小艇航入湖心，仰望天空，俯賞雲影，創作的靈感才油然而生。他有一百多個專利，而二次戰爭的硬

---

[1]以上均收入正中書局現代科學叢刊。

仗，他的貢獻最多，他是雷達的主要發明及發展的人。誰也難以想到，
太平洋大西洋兩洋天空與海上的風雲變幻，卻取決於這個一泓秋水中的
一葉扁舟。

——〈山水與人物〉

　　這不止是傳統「地靈人傑」的引申，他要探討的是偉大的發明者往往
有其人文的涵養，有山水性靈的孕育。因此儘管「劍橋有的是可歌可泣的
故事：牛頓樹的艱難移來，拜倫像的進退維谷，培根的手澤，羅素的巨
帙，馬克士威的論電波以通鬼神，盧森弗德的裂原子而驚天地……等，都
是有光、有電、有色、有聲。」（〈明善呢，還是察理呢？〉）可是陳之藩卻
寧願花費巨幅文字描寫劍橋的推草工人像赫伯特、阿伯特的傳奇，像打字
女祕書安茲克的故事，他要說明的是那些偉大的智者不是憑空而生的，其
背後有一份對眾生的尊重，有一份對自然與人文的敬意，因此每個人都可
以充分發揮其潛能，不論天生是圖畫式的或是邏輯式的思維，都可以各得
其所。

　　陳之藩散文有一份對自由精神的堅持，凱因斯痛斥鐵幕中馬克斯及他
的信徒：

　　「我怎麼能夠接受一種教條，像本《聖經》似的，高高在上，不許批
　　評！我怎麼能夠接受一個過了時、落了伍的經濟教科書，那上面不僅科
　　學上的錯誤，比比皆是；而且對近代世界根本應用不上！我怎麼能夠接
　　受寧要泥沙，不要魚，把粗野的勞動階級提到知識階級之上。」

——〈勇者的聲音〉

陳之藩大加讚嘆，讚美凱因斯是智者，才有這樣清澄如水的見解，是勇
者，才有這樣響徹雲霄的聲音，更是不折不扣劍橋所培養出來的人。又如
讚美邱吉爾抵禦侵略，領袖群倫，安然應變，使英國免於極權的荼毒，對

自由世界的貢獻可謂蓋世功勳與瀰天文采，令人崇敬。又如羅素的由反戰而擁護應戰：「第一次戰後，羅素抱著希望去看革命後的蘇聯時是一種心理狀態，但由蘇聯失望而歸又是一種心理狀態，他竟能在幾個禮拜之中，完成了他那著名的對布爾什維克的痛罵」（〈羅素與服爾泰〉），陳之藩肯定羅素是合乎仁心的道德與價值的判斷。陳之藩散文中的反共態度是無庸置疑的，他文中心儀胡適之與共產黨的鬥爭，對於索忍尼辛，他說：

> 看一看索忍尼辛，他的本行是中學數學，卻毅然決然的以舍我其誰的精神作寧死不屈的努力，以雷霆萬鈞的氣魄，寫出天風海雨的詩篇。我們不是與他所處時代差不多嗎？生在一個多危疑的時代，不是與他所生國度差不多嗎？生於一個更苦難的國家，為什麼卻作不出一樣像樣的東西來？
>
> ——《陳之藩散文集·序》

對蘇聯反共作家的高度評價中，也透露了陳之藩自己寫作的意念，也解釋了他自己流放多年的心理背景：「我想我在國外還在自我流放的惟一理由是這種不甘心。我想用自己的血肉痛苦地與寂寞的砂石相摩，蚌的夢想是一團圓潤的回映八荒的珠光。」（《陳之藩散文集》，頁 4）陳之藩散文跨越了純粹理性的科學描述，筆鋒常有其不可自己的感情，其中隱隱然有其家國之痛，他行文融合了科學與人文的精神，堅持著自由的理念，卻又有著孤獨流放的創傷，這一切都要放在一個時代背景，一個危疑的年代，他迫切的在尋找時代的出路。

四、如風飄逝的年代

蔣夢麟先生在《西潮》一書中說：

> 在美國時，我喜歡用中國的尺度來衡量美國的東西，現在回國以後，我

把辦法剛剛顛倒過來，喜歡用美國的尺度來衡量中國的東西，有時更可能用一種混合的尺度，一種不中不西，亦中亦西的尺度，或者游移於兩者之間。

因此李歐梵在《西潮的彼岸》中提到自己那一代的留學生，許多人成了「不中不西，亦中亦西」的處世態度，東西方文化的交流，的確有一段適應的困難期，西潮的影響，亦何其大（《西潮的彼岸》，頁 3）。陳之藩雖然引介大量歐洲人物與文明，卻不會有「不中不西」的譏評，也不會遭人質疑有「媚外」的意味，因為其中一直有其「定見」，他踏著碧綠如海的草地，看著澄清的河水，嫵媚的垂柳，優游於劍橋的古典建築之中，卻一直在發問，問如何可以為時代尋求出路，問如何可以給國家的未來一條康莊大道，因此散步的姿態或許悠閒，行文或許簡潔明快，卻一直隱藏著急切的探問，心中似乎透露了有著一份「焦慮」，在《陳之藩散文集》序文中，他說：

時局如此荒涼，時代如此落寞，世人如此鹵莽，吾道如此艱難。我們至少要像在鐵蹄踐踏下的沙土，發出些微弱可聞的聲音，給這個無以名之的年代作一無可奈何的腳註。

屈原放逐而著《離騷》，左丘失明厥有《國語》，陳之藩發憤為文，蓋意有所鬱結，希望能為時代盡一份心，出一份力，身處其時的知識分子，共感其情，共體其意，共讀其書的同時，內心自有其澎湃的熱情與難以抑止的哀痛。

然而，陳之藩散文由市面盜印猖獗，同時間有六、七種版本，到今天青年學子少有人閱讀，主要的原因，當然是臺灣出版事業日新月異，新作不斷推陳出新，新一代的讀者已無暇回顧舊作，另一方面，陳之藩散文中的那個冷戰年代已經過去，今天臺灣面臨的是新的問題，共產國家與我們

的關係，也已經脫離反共抗俄的年代，臺灣面臨的生存問題，顯然非昔日所可預想者。至於當代的科學或人文研究的核心，也悄悄的由歐洲移至美洲新大陸，歐陸的科學與人文雖仍有其閃耀光芒，但也漸漸失色，可以說，陳之藩散文中所反映的那個年代，逐漸的隨風飄逝。

引用書目

・《中國現代散文選析・第二輯》，臺北：長安出版社，1985 年。

・王文進，〈漢魏古詩式的散文——析論〈失根的蘭花〉〉，《國文天地》第 4 期，1985 年 9 月。

・王炳炎，〈學寫散文——陳之藩與司馬長風散文讀後〉，《出版與研究》第 10 期，1977 年 11 月。

・李歐梵，《西潮的彼岸》，臺北：時報文化出版公司，1975 年。

・徐志摩，〈我所知道的康橋〉。

・陳之藩，《陳之藩散文集》，臺北：遠東圖書公司，1984 年。

・蔣夢麟，《西潮》，臺北：世界書局，1971 年。

——選自賴俊雄主編《筆的力量——成大文學家論文集》

臺北：里仁書局，2013 年 2 月

那追尋真與美的跫音
我讀陳之藩《散步》

◎高大威[*]

> 科學原來像詩句一樣，字早已有之，
> 而觀念是詩人的匠心所促成的。
>
> ——陳之藩

　　中國古老傳統裡，詩自是最璀璨奪目的文類，有謂中國人是「詩的民族」，彼時，詩是文士的信仰，近於一種用文字鍛造的神祕符咒，透過它，人得以進入神聖、莊嚴的另個世界。過於現實或務實的人進不去，他們也不屑進去，那是誤入歧途，假的怎麼也不能當真，春只是春而秋只是秋，傷之者、悲之者，只是自我耽溺，像希臘神話中的納希瑟思（Narcissus）顧影自美而墜入深淵，在屈原身上，也領略得出類似的生命況味，絕望於現實，因此上下求索古典版的虛擬實境，孰因孰果難說，所可知者，詩之域，無異於詩人的 the City of God。詩人眼中，眾人皆醉我獨醒，現實反而多屬虛幻，詩方能觸及世界的本真。胡適說：「你不能做我的詩，正如我不能做你的夢！」彼此各有「文本」。注定老死相忘於江湖，世界，永遠是「讀者反應論」的。

　　詞賦之興、駢文之起，只是詩的小小變形，到了唐、宋，古文清醒，一種另類的「建設的文學革命論」登場，典範轉移了，於是詩界與人間有了橋樑，橫跨兩岸而半夢半醒，像是占夢者、解籤人，傳譯著凡眾不解的

[*]發表文章時為暨南國際大學中國語文學系副教授，現為暨南國際大學中國語文學系教授。

神諭。解咒,但不除魅,神山聖殿依然巍峨,詩人李白固是天上謫仙,文起八代之衰的韓愈亦然,否則,東坡為什麼說他「公昔騎龍白雲鄉」、「下與濁世掃粃糠」呢?

詩、文並立而互補,直到一個世紀前,西力東漸,小眾的廟堂沒落,群眾的廣場形成,重新洗牌的結果,小說與戲劇進入核心,詩與文則邊緣化了,但,有趣的是:寫詩、讀詩的人凋零;寫散文、讀散文的人群起。大概是白話取代文言。在「我手寫我口」的認知下,寫手如過江之鯽,寫家呢?不是沒有,只是在喧嘩的眾聲中,難以辨識。散文成了最寬泛、也最難論究的文類,難怪有人乾脆以「雜文」名之。

儘管寫手眾多、喧聲四揚,中國現代散文史卻不會、也不能忽略陳之藩。《旅美小簡》、《在春風裡》、《劍河倒影》幾已成為「國學常識」,〈失根的蘭花〉、〈哲學家皇帝〉、〈釣勝於魚〉、〈謝天〉的發抒則成了兩岸三地讀者的集體記憶。近些年,他的散文固於報刊偶現,但,仍讓人有歛跡息影之感。如今,他的《散步》問世,彷彿是風雨故人來。

陳之藩出身工程,實事求是、注意細節為其本色,專業背景對他的散文如果有什麼影響,除了豐富的科學話題外,就屬那精審的思致。董橋曾說其思想「一絲不苟」、其文章「清楚明白」,而且,「筆下透著古今中外若隱若現的花拳繡腿,文章有趣,品味顯得清雅得很」,套句老話,這些都算「的評」。值得玩味的是:專攻科技的陳之藩,文章竟有著令人成癮的「花拳繡腿」,而影響陳之藩的前輩──胡適,學的是人文,依董橋之見,則是「故意洗清肚子裡花拳繡腿的修養」,以致風格「乾而清淡」。是的,陳之藩的筆尖帶有民國二十來年的「美文」情調,話雖白,詩意與哲思則繽紛如花。同樣清楚明白,胡適抒情像敘事,陳之藩則敘事如抒情。

《散步》仍然一派陳氏風度,娓娓而道,雋永清新。「輯一」是讀者熟悉的「陳體文」,內容談及楊振寧者獨多。「輯二」比較特別,文章的話頭都直接取諸數理,大多討論「黃金分割」,也有「費曼怪數」什麼的,而且附有注釋,此鮮見於陳氏過去的作品,有趣卻略顯「乾而清淡」。「輯三」

除了一篇「後記」，餘皆作者 1947 年前後，即其大學時代寫給胡適的 13 封信，性質不屬文學，算是頗有價值的史料。藉由它，可一窺青年陳之藩的身影。熱情而不激情，在共產神話席捲之際，他所確立的卻是自由主義的立場。返回歷史現場，是皆乖於時風。內心熱情而頭腦冷靜得出奇，這是他與胡適的一致之處，可是就讀北洋大學電機系的陳之藩反倒向討厭「玄學鬼」的胡先生表達了自己對形上學的嚮往、依戀，並直陳「又不傷春，更不悲秋」既是胡先生的「特色」，亦是「缺點」。人的信念各異，是非高下很難論定，但書札中透露了一些訊息，或可解釋胡、陳風格異同之底蘊。二人都對科學充滿信心，文字皆力求清楚明晰，不過，胡適極力要把聖殿中不科學、非實證的東西逐出去，由科學接手、鎮殿、掌門，陳之藩念茲在茲的則是如何結合「對真的好奇」與「對美的欣賞」。讓人想到，自稱私淑於胡先生的梁實秋說過──胡適喜歡引述「善未易察，理未易明」的話語，梁氏認為可再加上一句「美未易賞」。是啊，浪漫如胡適，對美的克制或壓抑，委實過了些，在社會不朽、歷史考證之外，人生畢竟也另有價值歸趣。「神」不同則「諭」異，則靈媒「傳譯」的話語以及韻調自然有別，或許正是這個分別使得兩人文風一「乾而清淡」、一「潤而清雅」。似乎，影響文章風格的因素中，不可說的「性情」終究遠勝有形的「知識」。

──選自《文訊》第 215 期，2003 年 9 月

漢魏古詩式的散文
析論〈失根的蘭花〉

◎王文進[*]

讀陳之藩〈失根的蘭花〉，如果你也兼讀其他名家散文的話，應該會想起葉珊那棵拒絕被移植的小紅木吧！

谷裡有一棵小紅木，屬於內陸種，專家把它自尤西米提公園移植到海岸來，它即刻拒絕生長，悲感地立在斜坡上，任自己枯黃、凋萎，旁邊豎了一座碑，記述它年輕的悲劇。

這是葉珊在〈金山灣的夏天〉中傳誦一時的名句，那時候他正閃爍著極年輕時的銳利。像雕刻刀一般鑿出一塊逼視著人的塑像。挾著希臘果決式的劇痛。

同樣是寫移植的悲哀，〈失根的蘭花〉用的卻是水墨畫法，當陳之藩最後把筆意一點，作畫的宣紙，早已四面八方地被滲透過了，湧上來的卻是儒者的淒楚，畫蘭不畫根地接受長期心靈的嚙噬，執拗地來作歷史的見證。

所以說陳之藩的散文有點像漢魏古詩，一片混沌，難以句摘。但是其撼人心弦的方式，往往是從蒼茫四方處圍來。這句話的意思，並非指漢魏古詩式的散文無章法結構可談。相反的，漢魏氣象不在「句法」而在「章法」。

*發表時為臺灣大學中國文學研究所博士生，現為東華大學中國語文學系榮譽教授。

　　第一段就「鍊句」來說，極為鬆散，尤其「校園美得像首詩，也像幅畫」這一句，近乎熟爛。但是學古詩的人都知道：「虛筆」比「實筆」還難。既然全文點睛之筆在鄭思肖處，這一段當然要淡色落墨，以免喧賓奪主。此處要看作者抑制的功夫：只是給主題一個朦朧的背景，交代一件「花事之約」而已。但完全不知道要看什麼花。

　　第二段「花」字出場了。仍然不是「蘭花」。是不著邊際的牡丹、是雪球是丁香，卻開始伴隨著作家對花兒們因何作客他鄉的質詢。

　　而後墨色漸濃，筆意漸露，拈出「背景」二字。遙點題意：什麼樣的花，應有什麼樣的背景，要不然花色會殘褪；什麼國的人，應踩在什麼樣的泥土上，要不然會飄泊無根。要注意：「背景」與「根」是同一屬性的意象語，全文的結構重點，就在於怎樣將「背景」逐漸凝結成「根」。「背景」二字幅度較寬，顏色較緩，還可以容納許多發展和變化。「根」字的幅度較窄，顏色較逼切，必須等到劇力萬鈞的時刻，才能用力揮出。作者至此，仍然蓄意抑制著逐漸激動的感情。

　　接著開始由「花事」轉到「人事」了。原來年輕時候的流浪只是溫暖的擺盪；風箏飛得再高，也還有她的線頭，大江南北再遙遠，也還是自己的國土。那時候勇於流浪的豪語，其實只是對真正無根流浪的痛苦尚未覺知而已。於是人的流浪和花的移植這兩個影像，逐漸疊合了起來。

　　再來是人花雙寫。將前面數段糾纏的文路作一收束：「花搬到美國來，我們看不順眼，人搬到美國來，也是同樣不安心」。但這還不是真的收題。是大手筆的欲放故收。後面還有一段極精采的吞吐。「在沁涼如水的夏夜中，有牛郎織女的故事，才顯得星光晶亮；在群山萬壑中，有竹籬茅舍才顯得詩意盎然。在晨曦的原野中，有拙重的老牛，才顯得純樸可愛……」居然重又回過頭來就「背景」的脈絡加以細筆疊描。但這絕不是重複，因為到了這一段，筆意已經由花的背景這一據點上擴展開來：不僅是花，一切東西都不能孤立存在的，一切東西都要有廣厚的背景來烘襯，才有意義。而人呢？人怎能沒有故土呢？筆韻至此，已接近飽滿酣暢的界野了，

就等著鄭思肖畫蘭不畫根的悲憤來作最後的總收束。這種手法的確是漢魏詩的一氣轉旋，極難辨認其來龍去脈。

葉珊那篇〈金山灣的夏天〉，用力以小紅木的悲劇作為主題意象，迭有佳句可摘；而〈失根的蘭花〉，用的卻是這種古拙的筆意。我們並不準備在這裡論其優劣，因為漢魏古詩和唐宋近體，本就不應該強分高下的。

——選自《國文天地》第 4 期，1985 年 9 月

〈哲學家皇帝〉

◎蕭蕭*

　　陳之藩的散文，在中學教科書裡，是最為學生所喜愛的篇章。國中課本曾選入他的〈謝天〉、〈失根的蘭花〉，高中第一冊第一課即選入〈哲學家皇帝〉，可以看出陳之藩散文魅力之所在。

　　陳之藩前前後後只出版四本散文集：《旅美小簡》、《在春風裡》、《劍河倒影》、《一星如月》，每冊散文集都是薄薄百頁左右，卻是暢銷久長，影響深遠，值得我們深入探討陳之藩散文到底如何形成旋風，如何引人注目。

　　以〈哲學家皇帝〉為例，我們試著用微觀的方法，仔細分析這篇文章的章法、情境，地毯式的掃瞄，或許也可以作為一般白話散文教學的參考。

　　白話散文如何教學？字句說解、課文誦讀，通常很快就完成了！接下來，該談一些什麼，往往困擾著熱心教學的老師。如果改用師生共同討論的方式，說不定反而可以激盪出一些火花，引起學生思考的樂趣，豐富了課文原有的內涵；或許也可以藉此指導學生觀摩寫作技巧，一舉數得，何樂而不為？

　　〈哲學家皇帝〉第一段，陳之藩說：「到此作工已半月，不像是作工，像是恢復了以前當兵的生活。」為什麼作者要提到「當兵」？──當然是為了「緊張」兩個字。如何描寫「緊張」？陳之藩在第四段以三個形象化的語句來敘述，「緊張面孔」、「急促步伐」、「脈搏加速跳動」，這時，應該提醒學生注意仿學，甚至於讓學生談談自己的緊張經驗，說說緊張時的生

*本名蕭水順。發表文章時為南山中學教師，現為明道大學中國文學系副教授。

理現象（手心冒汗、耳根燥熱、兩腳發軟等等），更進一步，讓學生形容心跳如何快速、步伐如何急促，學生可以從此學會使用意象語，栩栩生動的畫面自然會從學生的文章中跳出。或許，有當兵經驗的老師，也可以暢談軍中生活緊張而有樂趣的一面，為陳之藩的散文做一個活生生的註腳。當然更不可忘記第一段最後的一句：「這裡可能是最清閒的。」以一個悠閒的句子，襯托出此後所描寫的美國青年如何勤奮，容易使人信服。日光下推八小時的草、小雨中漆八小時的牆，竟然是最清閒的工作，因此，「從生硬的現實上挫斷足脛再站起來，從高傲的眉毛下滴下汗珠來賺取自己的衣食」，如此帝王訓練，令人欽敬；如此的對比力量，不可忽視。

陳之藩的散文不以描寫景物為專擅，但在這篇以說理為主要目的文章中，寫景之美也令人激賞。哪些段落寫景最美？

（一）大匠畫成這個靜湖，用的全是藍色。第一筆用淡藍畫出湖水；第二筆加了一些顏色，用深藍畫出山峰；第三筆又減去一些顏色，用淺藍畫出天空來。

（二）我很欽佩在綠色的大地上，金色的陽光中，一個個忙碌得面頰呈現紅色的青年。

這兩個段落的描寫文字有著什麼共同的特色？又有什麼不同的特殊地方？老師與學生一起討論，說不定我們也可以成為大匠。以第一則而言，只有陳之藩這樣的大匠才能看出上帝造物的層次之美，淡藍、深藍、淺藍，掌握了藍色之中有著淡深淺的區別，淡深淺的不同卻又呈現出藍色的統一色系，不變之中有變，變之中又有不變，文學與藝術的美學原理，盡在其中。師生共同討論，發現了陳之藩應用了修辭學中的「層遞法」，使句子與句子之間有著不同的比例變化，發現大師，當然也是大師。以第二則而言，短短三句，顏色卻有三種變化：綠色、金色、紅色，與前一則的寫作方法，顯然採取了相異的手段。前一則在同一色系中變化層次，後一

則，以不同的顏色表現了美國青年．在沉靜裡勤苦自立的可愛；綠色屬冷色系統，給人安定、優美、寧謐、悠遠的感覺；金色、紅色，屬暖色系統，充滿了熱切、光明、積極、奮發的希望。顏色的安排與文章中感情的發展，貼切而能相互輝映，即使是小處，大匠也不忽略。

聲色之美，是白話散文所追求的；白話散文期望開放各種感官系統，視覺、聽覺、觸覺、味覺、嗅覺，都能在文章中具體呈現。因此，欣賞新文藝作品，必須提醒學生注意散文家這方面的努力，讓學生也能在欣賞的過程中，享受聲色香味具備的立體感。

〈哲學家皇帝〉這篇文章，以不同的顏色描寫了靜湖景物之美之後，陳之藩也沒忘記以聲音作為表達的工具；雖然，這篇散文以靜湖之靜為背景，不好以眼前景物裡的聲音為描述對象，陳之藩卻轉而以心底的聲音為書寫的客體。請問學生：〈哲學家皇帝〉裡，何處以聲音之美做為表意的輔助？

> 我們試聽他們的歌聲，都是鋼鐵般的聲響的：
> 人生是一奮鬥的戰場，
> 到處充滿了血滴與火光，
> 不要作一甘受宰割的牛羊，
> 在戰鬥中，要精神煥發，要步伐昂揚！

陳之藩以鋼鐵的聲音形容朗費羅的詩，形容美國青年的歌聲，其實也就是以這樣的聲音讚頌美國青年精神煥發、步伐昂揚。

當然，在這裡，陳之藩以「引用」的方式來加強權威感，因此，我們何妨繼續探討：在這篇文章中，他到底使用了幾回引用法？

1. 同事的話：這裡可能是最清閒的。
2. 柏拉圖的辦法：從生硬的現實上挫斷足脛再站起來……。
3. 耶魯大學學生的話：我有兩隻手、一個頭已夠了。

4. 報紙的評論：父親是個成功的創業者，兒子真正繼承了父親的精神。

5. 朗費羅的詩：人生是一奮鬥的戰場……。

6. 愛因斯坦的話：專家還不是訓練有素的狗？

7. 美國第三任總統傑佛遜的話：民主，不只是一群會投票的驢。（暗用）

　　不論是明引或暗用，都可以增強真實性、說服力，陳之藩的散文中引用名句、好詩，使焦點集中，使語言精鍊，已經是一個重要的特色，欣賞陳之藩作品，不能不注意這種技巧的應用。因此，應該提醒學生記誦嘉言、名篇，儲備資材，否則會有「書到用時方恨少」的感嘆！

　　文學應與生活相關，〈哲學家皇帝〉中提到：「中學生送牛奶、送報，大學生作苦力、作僕役。」不妨問問學生：自己或家人有沒有工讀的經驗？引導學生報告這類經驗，體會什麼是生活，什麼是人生，文學教育不僅可以欣賞文字之美，也可以認識人生，協助生活教育的推展。這樣的文學教育才是活的教育。以這樣的方式欣賞〈哲學家皇帝〉，更貼近作者創作的本意。

　　即使是數字遊戲，也不妨與學生一起玩玩，譬如說，民國 44 年（陳之藩寫作此篇散文的那一年），美金 30 萬元折合新臺幣多少錢？44 加 44，88 年的今天，那 30 萬元又該是多少新臺幣，可以做一些什麼事？如此換算數字，學生更能了解父祖兩代艱辛度日，值得緬懷；耶魯學生不恃外力以成事功，值得敬佩。文學不外乎生活，也不外乎人性，新文藝教學比起文言文可以更活潑，其理在此。

　　當臺灣欣喜迎接 21 世紀，準備邁向世界舞臺，如何培養學生的國際觀，自是刻不容緩之事。陳之藩此文寫於美國紐約州，引述希臘哲學家柏拉圖的理想，文中多次提及西方科學家、文學家，因此，應以下列各個名詞：柏拉圖／理想國／耶魯大學／富蘭克林／富蘭克林自傳／朗費羅／愛因斯坦／傑佛遜，要求學生分組，課前查閱相關資料，撰寫心得，適時上臺報告。一則訓練學生分工合作，查找工具書；一則訓練學生組織能力，表達能力；還能藉此認識西方文化，開拓視野。新世紀的國文老師該有這

樣的胸襟與氣魄。如果學生程度不錯,印發郎費羅原詩,事先要求學生中譯,再比較學生各家譯本與陳之藩譯本之差異,也能磨練學生語文能力,其間說不定趣味橫生,增加課堂許多歡樂。

經過這些訓練,師生之間可以互相討論:民主,並不是一群會投票的「驢」。為什麼是驢?可以是別的動物嗎?猴子,豬,或者螞蟻?

了解美國政治生態的人知道,美國的兩大政黨:民主黨與共和黨,分別以驢和象作為政黨的象徵,因此,「驢」就是民主黨的標幟,此處不宜改用其他動物。作家寫作應該如此嚴謹。

回歸到文學結構上來,也應該如此嚴謹。這篇文章先揚後抑,先談美國青年獨立、勇敢、自尊,再說他們缺乏人文素養,中間有一個重要的轉折詞「然而」,使文章區隔成兩大截,一得一失,脈絡清楚。前面四段說自己下工後,在靜湖邊對著遠天遐想,景色靜美;最末一段,則以湖水清澈如鏡,青山恬淡如詩呼應;而且,清澈如鏡者何只是湖水,恬淡如詩者何只是青山,「我的思想也逐漸澄明而寧靜。」小小一篇散文,也向天人合一的美好境界升騰,散文大家自是不同凡響!

——選自《國文天地》第 165 期,1999 年 2 月

輯五◎
研究評論資料目錄

作家生平、作品評論專書與學位論文

專書

1. 童元方　　閱讀陳之藩　香港　牛津大學出版社　2012 年　106 頁

本書集結童元方討論陳之藩作品的文章。全書共 5 篇：1.我們都是看你的文章長大的；2.理還亂與悶無端——陳之藩的信；3.科學的語言、人文的語言、生活的語言；4.陳之藩散文的語言；5.花語。正文前有童元方〈無題〉，正文後有童元方〈舊事已過——陳之藩信主的見證〉。

2. 陳昌明編　　花開的樹——陳之藩先生學術研討會論文集　臺北　里仁書局　2012 年 3 月　318 頁

本書為「陳之藩教授國際學術研討會」的會議論文集，收錄文學性論文、專題演講、師友因緣小品、陳之藩不同時期的照片等。全書共 17 篇文章：馬森〈文學與科學：五四精神的繼承與傳遞——陳之藩教授學術研討會開幕式主題演講〉、樊善標〈終極的對稱——陳之藩散文中的「詩」〉、陳信元〈文學與科學交會的光芒——論陳之藩前期的散文風格〉、陳敏婷〈陳之藩散文的開首及結尾形式初探〉、張高評〈陳之藩散文與創造性思維——以獨創思維、組合思維、類比思維為例〉、童元方〈理還亂與悶無端——陳之藩的信〉、黃坤堯〈無詩的時代——跟陳之藩談詩〉、釋永芸〈科學思辨與文學傳情的交會——談陳之藩的理性與感性〉、朱心怡〈敲響時代的警鐘——陳之藩的亂世織夢〉、林佩瑾〈陳之藩的散文成就〉、王基倫〈陳之藩散文的段落結構與文理脈絡〉、何光誠〈胡適與陳之藩：風雨飄搖中自由主義者的呼喊〉、張高評等〈綜合座談〉、童元方〈閉幕式致詞〉、董橋〈在春風裡——陳之藩研討會上的閑談〉、董橋〈胡適還是回臺灣好〉、潘步釗〈觀劍與識器——香港預科中國文學課程選文的〈寂寞的畫廊〉〉。正文前有湯銘哲等〈開幕式致詞〉、陳昌明〈序：花開的樹〉、湯銘哲〈陳之藩教授的生命力〉。

學位論文

3. 林佩瑾　　吳魯芹、陳之藩散文研究　中興大學中國文學系　碩士論文　陳芳明教授指導　2007 年 1 月　200 頁

本論文首先以作家生平、文藝美學角度、自由主義的角度三個面向著手探討，分析散文文本，構築其文學成就，開拓美學新版圖；探究五四新文化運動建立「人的文學」的精神及「個性解放」主義等概念，重新評價 1950 年代的散文。全文共 6 章：1.緒論；2.兩位散文作家的文學生涯；3.吳魯芹的創作意念與實踐；4.陳之藩的散文

成就；5.自由主義文學書寫的特質與意涵；6.結論。正文後附錄〈吳魯芹、陳之藩著作年表與五〇年代藝文大事〉。

4. 施秀琴　　陳之藩及其散文研究　南華大學文學研究所　碩士論文　黃文成教授指導　2008 年 5 月　173 頁

本論文以陳之藩散文為論述範圍，研究方法從作品文本作深入考察，自作家的人生經歷與創作背景談起，再就其作品內在關注的主題著手，勾勒出其散文內蘊的寶藏，接著分析作品的獨特風格和所代表的時代意義。全文共 7 章：1.緒論；2.陳之藩的人生經歷；3.陳之藩的文學生涯；4.陳之藩散文的理性書寫；5.陳之藩散文的感性書寫；6.陳之藩散文的特色；7.結論。

5. 陳敏婷　　陳之藩散文藝術特色研究（A Study of the Aesthetic Features of Chen Zhifan's Prose）　香港　香港大學中文學院　2009 年　108 頁

本論文以當代散文理論，分析陳之藩的散文美學。全文共 7 章：1.緒論；2.陳之藩的生平；3.陳之藩的創作生涯；4.陳之藩散文的辭采之美；5.陳之藩散文的結構之美；6.陳之藩散文的風格之美；7.結論。正文後附錄〈童元方教授訪問稿〉。

6.〔國立成功大學〕　　陳之藩教授國際學術研討會暨文物特展會議論文集　臺南　成功大學主辦；成功大學教務處、文學院、電資學院協辦　2010 年 11 月 5—6 日　305 頁

本論文集為「陳之藩教授國際學術研討會——文學與科學的對話」會議論文集。全書共 17 篇：樊善標〈終極的對稱——試論陳之藩散文中的詩〉、陳信元〈文學與科學交會的光芒——論陳之藩前期的散文風格〉、陳敏婷〈陳之藩散文的開首及結尾形式初探〉、潘步釗〈觀劍與識器——香港預科中國文學課程選文的〈寂寞的畫廊〉〉、黃坤堯〈「無詩的時代」——跟陳之藩談詩〉、釋永芸〈科學思辨與文學傳情的交會——談陳之藩的理性與感性〉、朱心怡〈敲響時代的警鐘——陳之藩的亂世織夢〉、林佩瑾〈陳之藩的散文成就〉、王基倫〈陳之藩散文的段落結構與文理脈絡〉、彭宗平〈在新竹高中與元智大學校園遇見陳之藩先生〉、彭台光〈亦師亦友：我心目中的陳之藩教授〉、陶長興〈我所認識的陳之藩老師〉、湯哲銘〈The Renaissance Man——談我的忘年之交陳之藩教授〉、吳俊霖 "The Operation Matrix of Orthogonal Functions and Its Applications"（正交函數運算及其矩陣）、蔡聖鴻 "Dr. C. F. Chen's Research Contributions on Automatics Control---2010"、陳建邦〈科學家的人間情懷：歷史、傳統、風格的思索〉、蘇美雅〈春風大雅能容物・秋水文章不染塵——陳之藩〉、童元方〈理還亂與悶無端——陳之藩的信〉、張高評〈陳之藩散

文與創造性思維——以獨創思維、組合思維、類比思維為例〉、何光誠〈胡適與陳之藩：風雨飄搖中自由主義者的對話〉。

作家生平資料篇目

自述

7. 陳之藩 《旅美小簡》前記 文學雜誌 第 1 卷第 6 期 1957 年 2 月 頁 83—84

8. 陳之藩 前記 旅美小簡 臺北 明華書局 1957 年 6 月 頁 1—4

9. 陳之藩 前記 旅美小簡 臺北 文星書店 1962 年 9 月 頁 1—3

10. 陳之藩 前記 旅美小簡 臺北 大林書店 1969 年 頁 1—4

11. 陳之藩 前記 陳之藩散文集 臺北 遠東圖書公司 1974 年 2 月 頁 1—3

12. 陳之藩 前記 旅美小簡 臺北 遠東圖書公司 1974 年 3 月 頁 1—3

13. 陳之藩 前記 陳之藩散文集 臺北 遠東圖書公司 2000 年 1 月 頁 1—3

14. 陳之藩 前記 旅美小簡 臺北 遠東圖書公司 2001 年 5 月 頁 1—4

15. 陳之藩 前記 旅美小簡 香港 牛津大學出版社 2003 年 頁 ix—xiii

16. 陳之藩 《旅美小簡》前記 寂寞的畫廊 南京 江蘇文藝出版社 2007 年 6 月 頁 59—60

17. 陳之藩 前記 陳之藩散文・卷一 香港 牛津大學出版社 2012 年 頁 221—224

18. 陳之藩 周末讀書記 聯合報 1961 年 11 月 14 日 6 版

19. 陳之藩 叩寂寞以求音——寫在散文集前面[1] 中國時報 1974 年 1 月 22 日 12 版

20. 陳之藩 《陳之藩散文集》序文 在春風裡 臺北 遠東圖書公司 1974 年 2 月 頁 1—3

---

[1]本文後編為《陳之藩散文集》、《在春風裡》、《旅美小簡》三書之序。

21. 陳之藩　　《陳之藩散文集》序文　旅美小簡　臺北　遠東圖書公司　1974 年
　　3 月　頁 1—3

22. 陳之藩　　序　陳之藩散文集　臺北　遠東圖書公司　1980 年 4 月　頁 1—4

23. 陳之藩　　序　在春風裡　臺北　遠東圖書公司　1995 年 8 月　頁 1—5

24. 陳之藩　　序　陳之藩散文集　臺北　遠東圖書公司　2000 年 1 月　頁 1—4

25. 陳之藩　　序　旅美小簡　臺北　遠東圖書公司　2001 年 5 月　頁 1—5

26. 陳之藩　　叩寂寞以求知音[2]　在春風裡　香港　牛津大學出版社　2005 年　頁
　　145—149

27. 陳之藩　　叩寂寞以求音　陳之藩文集 2　臺北　天下遠見出版公司　2006 年
　　1 月　頁 145—148

28. 陳之藩　　叩寂寞以求音　陳之藩散文・卷一　香港　牛津大學出版社　2012
　　年　頁 452—454

29. 陳之藩　　《蔚藍的天》序　中國時報　1977 年 3 月 4 日　12 版

30. 陳之藩　　序　蔚藍的天　臺北　遠景出版公司　1977 年 3 月　頁 23—34

31. 陳之藩　　序——何以譯起詩來　蔚藍的天　香港　牛津大學出版社　2003 年
　　頁 ix—xxii

32. 陳之藩　　序——何以譯起詩來　陳之藩散文・卷一　香港　牛津大學出版社
　　2012 年　頁 105—116

33. 陳之藩　　如夢的兩年——代序　劍河倒影　臺北　遠東圖書公司　1972 年
　　10 月　頁 1—5

34. 陳之藩　　如夢的兩年——代序　陳之藩散文集　臺北　遠東圖書公司　1974
　　年 2 月　頁 1—5

35. 陳之藩　　如夢的兩年——代序　陳之藩散文集　臺北　遠東圖書公司　1983
　　年 8 月　頁 1—5

36. 陳之藩　　如夢的兩年——代序　陳之藩散文集　臺北　遠東圖書公司　1995
　　年 8 月　頁 1—5

---

[2]「叩寂寞以求音」之勘誤。

37. 陳之藩　　　如夢的兩年——代序　劍河倒影　臺北　遠東圖書公司　2003 年 4 月　頁 1—5

38. 陳之藩　　　如夢的兩年　劍河倒影　香港　牛津大學出版社　2003 年　頁 vii —xiii

39. 陳之藩　　　如夢的兩年　陳之藩散文・卷二　香港　牛津大學出版社　2012 年　頁 3—7

40. 陳之藩　　　序　一星如月　臺北　遠東圖書公司　1985 年 1 月　〔6〕頁

41. 陳之藩　　　序　一星如月　香港　牛津大學出版社　2004 年　頁 vii—xiv

42. 陳之藩　　　序《一星如月》　寂寞的畫廊　南京　江蘇文藝出版社　2007 年 6 月　頁 191—194

43. 陳之藩　　　《一星如月》序　萬古雲霄・陳之藩集　香港　中華書局　2012 年 5 月　頁 26—31

44. 陳之藩　　　〔《一星如月》〕序　陳之藩散文・卷二　香港　牛津大學出版社　2012 年　頁 79—84

45. 陳之藩講；連文萍記　　　兩個小故事——陳之藩教授演講記錄　國文天地　第 81 期　1992 年 2 月　頁 76—79

46. 陳之藩　　　序　時空之海　臺北　遠東圖書公司　1996 年 1 月　頁 1—3

47. 陳之藩　　　散步〔序〕　散步　臺北　天下遠見出版公司　2003 年 8 月　頁 3 —11

48. 陳之藩　　　序《散步》　寂寞的畫廊　南京　江蘇文藝出版社　2007 年 6 月　頁 253—257

49. 陳之藩　　　後記　散步　臺北　天下遠見出版公司　2003 年 8 月　頁 281— 283

50. 陳之藩　　　後記　大學時代給胡適的信　香港　牛津大學出版社　2005 年　頁 127—129

51. 陳之藩　　　後記　陳之藩散文・卷一　香港　牛津大學出版社　2012 年　頁 100—101

52. 陳之藩　　　代序：世紀的苦悶與自我的徬徨——青年眼中的世界與自己　大學時代給胡適的信　香港　牛津大學出版社　2005 年　頁 1—28

53. 陳之藩　　　代序：世紀的苦悶與自我的徬徨——青年眼中的世界與自己　陳之藩文集 1　臺北　天下遠見出版公司　2006 年 1 月　頁 12—34

54. 陳之藩　　　代序：世紀的苦悶與自我的徬徨——青年眼中的世界與自己　陳之藩散文・卷一　香港　牛津大學出版社　2012 年　頁 7—26

55. 陳之藩　　　序　在春風裡　香港　牛津大學出版社　2005 年　頁 ix—xxiii

56. 陳之藩　　　〔《在春風裡》〕序　陳之藩文集 2　臺北　天下遠見出版公司　2006 年 1 月　頁 8—19

57. 陳之藩　　　〔《在春風裡》〕序　陳之藩散文・卷一　香港　牛津大學出版社　2012 年　頁 325—334

58. 陳之藩　　　一百與一百二十五——談愛因斯坦致羅斯福的一封信（序）　陳之藩文集 3　臺北　天下遠見出版公司　2006 年 1 月　頁 8—14

59. 陳之藩　　　序　看雲聽雨　新加坡　八方文化創作室　2008 年 8 月　頁 v—vii

60. 陳之藩口述；童元方記錄　　蕭規曹隨與房謀杜斷　陳之藩散文・卷三　香港　牛津大學出版社　2012 年　頁 424—428

他述

61. 林海音　　　中國作家在美國（1—6）〔陳之藩部分〕　中華日報　1966 年 3 月 2—7 日　6 版

62. 林海音　　　中國作家在美國——陳之藩　作客美國　臺北　大林書店　1969 年 6 月　頁 179—180

63. 張佛千　　　記陳之藩　中國時報　1975 年 11 月 17 日　12 版

64. 孟　瑤　　　再記陳之藩　中國時報　1975 年 11 月 26 日　12 版

65. 盧申芳　　　陳之藩邁步科學文學兩領域　成功者的畫像　臺北　中華日報社　1978 年 4 月　頁 152—156

66. 一友人　　　「刷子」陳之藩　純文學書訊　春季號　1981 年 4 月　頁 9

67. 余光中　　　沙田七友記——陳之藩　文學的沙田　臺北　洪範書店　1981 年 8

月　頁 26—31

68. 余光中　沙田七友記——之一：陳之藩　洪範雜誌　第 4 期　1981 年 10 月
4 版

69. 余光中　沙田七友記——陳之藩　余光中幽默文選　臺北　天下遠見出版公
司　2005 年 6 月　頁 121—128

70. 思　果　「沙田宿」管窺——幾顆星的素描：陳之藩　文學的沙田　臺北
洪範書店　1981 年 8 月　頁 53—55

71. 思　果　「沙田宿」管窺——幾顆星的素描：陳之藩　沙田隨想　臺北　洪
範書店　1982 年 6 月　頁 69—71

72. 劉龍勳　陳之藩（1926—）　中國現代散文選析 2　臺北　長安出版社
1985 年 3 月　頁 721—722

73. 劉　枋　哲人微笑否？——記陳之藩　非花之花　臺北　采風出版社　1985
年 9 月　頁 141—147

74. 劉　枋　哲人微笑否？——記陳之藩　非花之花　臺北　采風出版社　2007
年 8 月　頁 141—147

75. 金聖華　多一隻碟子　橋畔閒眺　臺北　月房子出版社　1995 年 1 月　頁
158—159

76. 黎家慶　寂寞的旅者——陳之藩側記　中央日報　1997 年 10 月 23 日　21
版

77. 陳維信　臺灣文學經典名家特寫——陳之藩　聯合報　1999 年 3 月 10 日
37 版

78. 陳維信　陳之藩特寫——嚮往文學的「空靈」境界　臺灣文學經典研討會論
文集　臺北　行政院文建會，聯經出版公司　1999 年 6 月　頁 374
—375

79. 游雅婷　踩碎一地寂寞跫音的陳之藩　板中學報　第 3 期　2000 年 2 月　頁
171—176

80. 江才健　人間重晚晴　聯合報　2003 年 7 月 13 日　7 版

81. 王景山　　陳之藩　臺港澳暨海外華文作家辭典　北京　人民文學出版社
　　2003 年 7 月　頁 81

82. 羅小微　　科學與詩的對話──看陳之藩《散步》與童元方《水流花靜》　中
　　華日報　2003 年 9 月 16 日　8 版

83. 蘇惠昭　　攜手漫步共餘生──陳之藩與童元方　出版情報　第 185 期　2003
　　年 9 月　頁 12─15

84. 林　芝　　作家小傳──陳之藩　漫卷詩書：伴你我成長的現代作家　臺北
　　正中書局　2005 年 2 月　頁 37─38

85. 宋雅姿　　見證時代的文學交響曲──深秋，向資深作家致最敬意──陳之
　　藩，生生不息的人生利息　中華日報　2006 年 10 月 28 日　23 版

86. 陳嘉恩　　他‧說起魯迅就生氣──曾為胡適忘年小友，說到他就感激，周日
　　公開演講　聯合報　2006 年 12 月 14 日　C6 版

87. 童元方　　我們都是看你的文章長大的（上、下）　聯合報　2007 年 2 月 25
　　─26 日　C7，E7 版

88. 童元方　　「我們都是看你的文章長大的」　萬象　第 93 期　2007 年 5 月
　　頁 13─25

89. 童元方　　我們都是看你的文章長大的　寂寞的畫廊　南京　江蘇文藝出版社
　　2007 年 6 月　頁 298─309

90. 童元方　　我們都是看你的文章長大的　思與花開　香港　牛津大學出版社
　　2008 年　頁 271─300

91. 童元方　　我們都是看你的文章長大的　閱讀陳之藩　香港　牛津大學出版社
　　2012 年　頁 1─26

92. 張夢瑞　　陳之藩把作品搬進教室　中華日報　2007 年 9 月 5 日　C5 版

93. 〔封德屏主編〕　　陳之藩　2007 臺灣作家作品目錄　臺南　國立臺灣文學館
　　2008 年 7 月　頁 845

94. 〔鹽分地帶文學〕　　前輩作家寫真簿──陳之藩　鹽分地帶文學　第 22 期
　　2009 年 6 月　頁 10─11

95. 亞　菁　　二○○五年三月三日這一天〔陳之藩部分〕　書海浮生錄　臺北　文史哲出版社　2010 年 1 月　頁 190—192

96. 亞　菁　　乍見陳之藩　書海浮生錄　臺北　文史哲出版社　2010 年 1 月　頁 206—209

97. 亞　菁　　周夢蝶的無字天書及其他〔陳之藩部分〕　書海浮生錄　臺北　文史哲出版社　2010 年 1 月　頁 75—76

98. 陶長興　　我所認識的陳之藩老師　陳之藩教授國際學術研討會——文學與科學的對話　臺南　成功大學主辦；成功大學教務處、文學院、電資學院協辦　2010 年 11 月 5—6 日　頁 199—204

99. 彭台光　　亦師亦友：我心目中的陳之藩教授　陳之藩教授國際學術研討會——文學與科學的對話　臺南　成功大學主辦；成功大學教務處、文學院、電資學院協辦　2010 年 11 月 5—6 日　頁 197

100. 彭宗平　　在新竹高中與元智大學遇見陳之藩先生　陳之藩教授國際學術研討會——文學與科學的對話　臺南　成功大學主辦；成功大學教務處、文學院、電資學院協辦　2010 年 11 月 5—6 日　頁 195—196

101. 湯銘哲　　The Renaissance Man——談我的忘年之交陳之藩教授　陳之藩教授國際學術研討會——文學與科學的對話　臺南　成功大學主辦；成功大學教務處、文學院、電資學院協辦　2010 年 11 月 5—6 日　頁 205

102. 童元方　　理還亂與悶無端——陳之藩的信　陳之藩教授國際學術研討會——文學與科學的對話　臺南　成功大學主辦；成功大學教務處、文學院、電資學院協辦　2010 年 11 月 5—6 日　15 頁

103. 童元方　　理還亂與悶無端——陳之藩的信　花開的樹——陳之藩先生學術研究會論文集　臺北　里仁書局　2012 年 3 月　頁 115—127

104. 童元方　　理還亂與悶無端——陳之藩的信　閱讀陳之藩　香港　牛津大學出版社　2012 年　頁 27—48

105. 何光誠　　胡適與陳之藩：風雨飄搖中自由主義者的呼喊　陳之藩教授國際學術研討會暨文物特展會議論文集　臺南　成功大學主辦；成功大學教務處、文學院、電資學院協辦　2010 年 11 月 5—6 日　9 頁

106. 何光誠　　胡適與陳之藩：風雨飄搖中自由主義者的呼喊　花開的樹——陳之藩先生學術研究會論文集　臺北　里仁書局　2012 年 3 月　頁 239—261

107. 應鳳凰，傅月庵　　陳之藩——《在春風裡》　冊頁流轉——臺灣文學書入門 108　臺北　印刻文學生活雜誌出版公司　2011 年 3 月　頁 36—37

108. 林黛嫚　　從一封長信開始——憶陳之藩教授　聯合報　2012 年 2 月 28 日 D3 版

109. 林清富　　跨文理典範‧陳之藩之後　聯合報　2012 年 3 月 4 日　A17 版

110. 馬　森　　文學與科學：五四精神的繼承與傳遞——陳之藩教授學術研討會開幕式主題演講　花開的樹——陳之藩先生學術研究會論文集　臺北　里仁書局　2012 年 3 月　頁 13—18

111. 董　橋　　在春風裡——陳之藩研討會上的閑談　花開的樹——陳之藩先生學術研究會論文集　臺北　里仁書局　2012 年 3 月　頁 305—309

112. 董　橋　　胡適還是回臺灣好　花開的樹——陳之藩先生學術研究會論文集　臺北　里仁書局　2012 年 3 月　頁 311—314

113. 童元方　　閉幕式致詞　花開的樹——陳之藩先生學術研究會論文集　臺北　里仁書局　2012 年 3 月　頁 283—301

114. 湯銘哲　　陳之藩教授的生命力　花開的樹——陳之藩先生學術研究會論文集　臺北　里仁書局　2012 年 3 月　頁 3—4

115. 張高評等　　綜合座談　花開的樹——陳之藩先生學術研究會論文集　臺北　里仁書局　2012 年 3 月　頁 263—281 [3]

---

[3] 與會者：張高評、封德屏、董橋、陳昌明、任德盛、毛齊武、湯銘哲、潘浙南。

訪談、對談

---

[4]本文後改篇名為〈陳之藩先生訪問記〉。

日　12 版

131. 桂文亞　　細雨・白雲・綠楊——訪問記　蔚藍的天　臺北　遠景出版公司　1977 年 3 月　頁 1—22

132. 桂文亞　　陳之藩先生訪問記　現代中國文學家傳記　臺北　大人出版社　1978 年 10 月　頁 108—126

133. 桂文亞　　細雨・白雲・綠楊——陳之藩先生訪問記　墨香　臺北　皇冠出版社　1979 年 11 月　頁 55—76

134. 陳燕齡　　人類正坐著快車，而又迷失了方向——陳之藩談片　中國時報　1978 年 6 月 23 日　12 版

135. 蕭錦綿　　春風又來的時候——探訪陳之藩　聯合報　1987 年 7 月 22 日　8 版

136. 林清玄　　與寂寞的砂石相摩——陳之藩越洋筆談　林清玄人物集　臺北　光復書局　1987 年 12 月　頁 367—376

137. 連文萍整理　　陳之藩教授答學生問　國文天地　第 81 期　1992 年 2 月　頁 79—81

138. 林　芝　　不刮鬍子的陳之藩[5]　望向高峯：速寫現代散文作家　臺北　幼獅文化公司　1992 年 12 月　頁 220—227

139. 林　芝　　理路清晰、文思泉湧的陳之藩　漫卷詩書：伴你我成長的現代作家　臺北　正中書局　2005 年 2 月　頁 27—36

140. 陳姿羽　　戴口罩也要散步——訪陳之藩談《散步》　聯合報　2003 年 9 月 7 日　B4 版

141. 宋雅姿　　散步在波士頓的春風裡——專訪陳之藩教授　文訊雜誌　第 216 期　2003 年 10 月　頁 75—79

142. 陳宛茜，張幼芳，梁玉芳　　詩與科學——陳之藩童元方交會出光亮　聯合報　2006 年 2 月 21 日　A10 版

143. 陳敏婷（Man-ting Chan）　　童元方教授訪問稿　陳之藩散文藝術特色研究

---

[5] 本文後改篇名為〈理路清晰、文思泉湧的陳之藩〉。

（A Study of the Aesthetic Features of Chen Zhifan's Prose）　香港　香港大學中文學院　2009 年　〔12〕頁

144. 陳敏婷　童元方教授訪問稿　花開的樹——陳之藩先生學術研究會論文集　臺北　里仁書局　2012 年 3 月　頁 80—92

其他

145. 于國華　人文思想散步步向科學話題——陳之藩今天談愛因斯坦　民生報　2002 年 3 月 7 日　A13 版

146. 王超群　失根的蘭花回來了——陳之藩應邀講「愛因斯坦與散步」　中國時報　2002 年 3 月 7 日　20 版

147. 趙衛民　陳之藩在對話中的靈光　臺灣日報　2003 年 12 月 2 日　23 版

148. 袁世忠　陳之藩，獲元智桂冠文學家獎　自由時報　2006 年 12 月 14 日　A10 版

149. 陳嘉恩　陳之藩：我的書有咒語——老師愛推薦，他笑稱作品有管教功能，獲頒元智「桂冠文學家」　聯合報　2006 年 12 月 14 日　C6 版

150. 王超群　首屆桂冠文學家，元智頒給陳之藩　中國時報　2006 年 12 月 15 日　A9 版

151. 中央社　元智大學桂冠文學家獎——文學家陳之藩獲首屆殊榮　金門日報　2006 年 12 月 18 日　7 版

152. 〔人間福報〕　元智大學設立，桂冠文學家——舉辦第一屆頒獎典禮　人間福報　2006 年 12 月 24 日　14 版

153. 〔人間福報〕　寫作一甲子，文章跨世紀——桂冠文學家陳之藩　人間福報　2006 年 12 月 24 日　14 版

154. 林端貝　陳之藩國際學術研討會　文訊雜誌　第 302 期　2010 年 12 月　頁 158—159

155. 鄭維真　陳之藩・葉石濤・相約成大特展　聯合報　2014 年 2 月 23 日　B1 版

156. 林妏霜　陳之藩與葉石濤特展　文訊雜誌　第 342 期　2014 年 4 月　頁

191

作品評論篇目

綜論

157. 石敏輝　陳之藩的自棄及其亡國意識　夏潮　第 2 卷第 4 期　1977 年 4 月　頁 26—31

158. 盧申芳　楊家駱和陳之藩的故事──一本書的因緣　中華日報　1977 年 5 月 14 日　11 版

159. 王炳炎　學寫散文──陳之藩與司馬長風散文讀後　出版與研究　第 10 期　1977 年 11 月　頁 3

160. John Gannon　The English Occasional Essay and Its Chinese Counterpart〔陳之藩部分〕　Asian Culture Quarterly　Vol. 6 No. 1（SPRING）1978 年　頁 37—38

161. 陳信元　出入科技與文學的陳之藩　中學白話文選　臺北　故鄉出版社　1979 年 7 月　頁 108—109

162. 黃維樑　從幾位朋友的散文說起──寒舍隨筆〔陳之藩部分〕[6]　聯合報　1979 年 12 月 12 日　8 版

163. 林海音　說不盡（之二）〔陳之藩部分〕　聯合報　1983 年 12 月 16 日　8 版

164. 林海音　說不盡〔陳之藩部分〕　剪影話文壇　臺北　純文學出版社　1984 年 8 月　頁 217—219

165. 林海音　說不盡〔陳之藩部分〕　林海音作品集・剪影話文壇　臺北　遊目族文化公司　2000 年 5 月　頁 212—214

166. 張　健　六十年代的散文：民國五十年到五十九年──中年學人的散文〔陳之藩部分〕　文訊雜誌　第 13 期　1984 年 8 月　頁 77—78

167. 王志健　散文論──繁枝豐碩──陳之藩　文學四論（下冊）　臺北　文

---

[6]本文記述何懷碩、余光中、陳之藩、思果四人。

史哲出版社　1988 年 7 月　頁 712—714

168. 張曉風　日色中亦冷亦暖的青松──評陳之藩的散文（上、中、下）　中央日報　1991 年 11 月 20—22 日　16 版

169. 張曉風　日色中亦冷亦暖的青松──評陳之藩的散文　第六屆現代文學討論會　臺北　行政院文建會，中央日報主辦　1991 年 12 月 8 日

170. 樓肇明　臺灣散文四十年發展的輪廓──《臺灣八十年代散文選》〔陳之藩部分〕　臺灣香港澳門暨海外華文文學論文選　福州　海峽文藝出版社　1993 年 3 月　頁 246

171. 楊鴻銘　陳之藩〈哲學家皇帝〉等文演繹論　孔孟月刊　第 376 期　1993 年 12 月　頁 50

172. 張超主編　陳之藩　臺港澳及海外華人作家辭典　江蘇　南京大學出版社　1994 年 12 月　頁 60—61

173. 路　易　在春風前──由《魯拜集》談到陳之藩的信　民眾日報　1995 年 5 月 25 日　23 版

174. 思　果　餘力的輝煌──談陳之藩的散文　現代中文文學評論　第 4 期　1995 年 12 月　頁 85—92

175. 秦　佳　陳之藩──科學家與散文家一身而二任　臺港澳文學教程　上海　漢語大辭典出版社　2000 年 10 月　頁 316—318

176. 阮桃園　從憂傷到浪漫──「心情太沉重」、「恨鐵不成鋼」的五、六〇年代〔陳之藩部分〕　旅遊文學研討會論文集　臺北　文津出版社　2001 年 1 月　頁 167—169

177. 陳芳明　橫的移植與現代主義之濫觴：聶華苓與《自由中國》文藝欄〔陳之藩部分〕　聯合文學　第 202 期　2001 年 8 月　頁 138—139

178. 陳芳明　橫的移植與現代主義之濫觴──聶華苓與《自由中國》文藝欄〔陳之藩部分〕　臺灣新文學史　臺北　聯經出版公司　2011 年 10 月　頁 322—323

179. 陳室如　萌芽與過渡──臺灣現代旅行書寫發展述析（上）1949—1987

〔陳之藩部分〕　出發與回歸的辯證——臺灣現代旅行書寫研究（1949—2002）　彰化師範大學國文學系　碩士論文　王年雙教授指導　2003 年 6 月　頁 30—31

180. 趙衛民　敘事散文——陳之藩在對話中沉思　散文啟蒙　臺北　名田文化公司　2003 年 10 月　頁 100—103

181. 何永清　陳之藩散文的修辭藝術　第五屆中國修辭學國際學術研討會　臺北　臺灣師範大學國文學系，臺灣師範大學文學院，中國修辭學會主辦　2003 年 11 月 1—2 日

182. 何永清　陳之藩散文單句的語法探究　臺北市立師範學院學報　第 35 卷第 1 期　2004 年 3 月　頁 1—19

183. 應鳳凰　《自由中國》《文友通訊》作家群與五〇年代臺灣文學史〔陳之藩部分〕　文藝理論與通俗文化（上）　臺北　中研院文哲所　2004 年 12 月　頁 122—123

184. 范培松　香港散文——陳之藩‧思果　中國散文史（下）　南京　江蘇教育出版社　2008 年 8 月　頁 684—690

185. 藍建春主編　科學與人文的相遇——陳之藩與留學生文學　親近臺灣文學——歷史、作家、故事　臺中　耕書園出版公司　2009 年 2 月　頁 281—287

186. 王基倫　陳之藩散文的段落結構與文理脈絡[7]　陳之藩教授國際學術研討會——文學與科學的對話　臺南　成功大學主辦；成功大學教務處、文學院、電資學院協辦　2010 年 11 月 5—6 日　頁 179—194

187. 王基倫　陳之藩散文的段落結構與文理脈絡　花開的樹——陳之藩先生學術研究會論文集　臺北　里仁書局　2012 年 3 月　頁 219—237

188. 釋永芸　科學思辨與文學傳情的交會——談陳之藩的理性與感性[8]　陳之藩

---

[7] 本文運用不同的角度探索陳之藩散文作品的結構。全文共 5 小節：1.「時間／因果」的結構運用；2.「情節／聯想」的結構運用；3.「線性／塊狀」的結構運用；4.「深層結構」的理想與實踐；5.結論。

[8] 本文透過「科學」與「文學」兩種角度，探討作家作品中的雙重特質。全文共 4 小節：1.前言；2.

教授國際學術研討會——文學與科學的對話　臺南　成功大學主辦；成功大學教務處、文學院、電資學院協辦　2010 年 11 月 5—6 日　頁 115—132

189. 釋永芸　科學思辨與文學傳情的交會——談陳之藩的理性與感性　花開的樹——陳之藩先生學術研究會論文集　臺北　里仁書局　2012 年 3 月　頁 151—167

190. 朱心怡　敲響時代的警鐘——陳之藩的亂世織夢[9]　陳之藩教授國際學術研討會——文學與科學的對話　臺南　成功大學主辦；成功大學教務處、文學院、電資學院協辦　2010 年 11 月 5—6 日　頁 133—150

191. 朱心怡　敲響時代的警鐘——陳之藩的亂世織夢　花開的樹——陳之藩先生學術研究會論文集　臺北　里仁書局　2012 年 3 月　頁 169—188

192. 林佩瑾　陳之藩的散文成就[10]　陳之藩教授國際學術研討會——文學與科學的對話　臺南　成功大學主辦；成功大學教務處、文學院、電資學院協辦　2010 年 11 月 5—6 日　頁 151—178

193. 林佩瑾　陳之藩的散文成就　花開的樹——陳之藩先生學術研究會論文集　臺北　里仁書局　2012 年 3 月　頁 189—218

194. 張高評　陳之藩散文與創造性思維——以獨創思維、組合思維、類比思維為例[11]　陳之藩教授國際學術研討會——文學與科學的對話　臺南　成功大學主辦；成功大學教務處、文學院、電資學院協辦　2010 年 11 月 5—6 日　13 頁

科學熱情；3.文學寂寞；4.結語：科學與文學交會的光芒。

[9]本文整理陳之藩因救國之心而撰寫的文章，探索其觀察見聞。全文共 4 小節：1.前言：傳統的消逝；2.對亂世的洞澈；3.積極的有為；4.結語：煦煦人師。

[10]本文綜覽陳之藩的散文創作，對其寫作精神、技巧進行剖析。全文共 7 小節：1.前言；2.效法科學家偉大的人文涵養；3.在寂寞中履行創作的真諦；4.人性湮滅的時代任務；5.堅持自由獨立的精神；6.「在對話中沉思」的寫作技巧；7.結論。

[11]本文分析陳之藩的電機與資工背景對其創作產生的影響。全文共 5 小節：1.科學與文學的對話；2.獨創思維與詩及科學；3.組合思維與跨學科之會通；4.類比推理與創造性思維；5.結語。

195. 張高評　　陳之藩散文與創造性思維——以獨創思維、組合思維、類比思維
　　　　　　　為例　花開的樹——陳之藩先生學術研究會論文集　臺北　里仁
　　　　　　　書局　2012 年 3 月　頁 93—114

196. 陳信元　　文學與科學交會的光芒——論陳之藩前期的散文風格[12]　陳之藩教
　　　　　　　授國際學術研討會——文學與科學的對話　臺南　成功大學主
　　　　　　　辦；成功大學教務處、文學院、電資學院協辦　2010 年 11 月 5—
　　　　　　　6 日　頁 23—40

197. 陳信元　　文學與科學交會的光芒——論陳之藩前期的散文風格　花開的樹
　　　　　　　——陳之藩先生學術研究會論文集　臺北　里仁書局　2012 年 3
　　　　　　　月　頁 39—61

198. 陳健邦　　科學家的人間情懷：歷史、傳統、風格的思索　陳之藩教授國際
　　　　　　　學術研討會——文學與科學的對話　臺南　成功大學主辦；成功
　　　　　　　大學教務處、文學院、電資學院協辦　2010 年 11 月 5—6 日　頁
　　　　　　　287—292

199. 陳敏婷　　陳之藩散文的開首及結尾形式初探[13]　陳之藩教授國際學術研討會
　　　　　　　——文學與科學的對話　臺南　成功大學主辦；成功大學教務
　　　　　　　處、文學院、電資學院協辦　2010 年 11 月 5—6 日　頁 41—90

200. 陳敏婷　　陳之藩散文的開首及結尾形式初探　花開的樹——陳之藩先生學
　　　　　　　術研究會論文集　臺北　里仁書局　2012 年 3 月　頁 63—92

201. 樊善標　　終極的對稱——試論陳之藩散文中的詩[14]　陳之藩教授國際學術研
　　　　　　　討會——文學與科學的對話　臺南　成功大學主辦；成功大學教
　　　　　　　務處、文學院、電資學院協辦　2010 年 11 月 5—6 日　頁 7—21

202. 樊善標　　終極的對稱——陳之藩散文中的「詩」　花開的樹——陳之藩先
　　　　　　　生學術研究會論文集　臺北　里仁書局　2012 年 3 月　頁 21—37

---

[12]本文分析陳之藩前期散文作品中感性、理性兼具的思考方式，及家國之思與懷鄉情結。全文共 7
　小節：1.前言；2.苦悶的大學知識青年；3.「思想醫師」胡適的啟發；4.寂寞旅人的書簡；5.家國
　之思與鄉愁情結；6.「自由學習，獨立思考」的劍橋精神；7.結語。
[13]本文歸納陳之藩散文作品中的開頭與結尾的形式。
[14]本文探討陳之藩的詩觀，並剖析作者如何將詩的技法運用於散文創作中。

203. 蘇美雅　春風大雅能容物秋水文章不染塵——陳之藩　陳之藩教授國際學術研討會——文學與科學的對話　臺南　成功大學主辦；成功大學教務處、文學院、電資學院協辦　2010 年 11 月 5—6 日　頁293—302

204. 黃坤堯　「無詩的時代」——跟陳之藩談詩[15]　陳之藩教授國際學術研討會暨文物特展會議論文集　臺南　成功大學主辦；成功大學教務處、文學院、電資學院協辦　2010 年 11 月 5—6 日　頁 95—114

205. 黃坤堯　無詩的時代——跟陳之藩談詩　花開的樹——陳之藩先生學術研究會論文集　臺北　里仁書局　2012 年 3 月　頁 129—149

206. 李欣倫　有女同行——陳之藩與童元方的「夢」與「遊」　成大文學家國際學術研討會　臺南　成功大學文學院主辦　2011 年 11 月 18—19 日

207. 李欣倫　有女同行——陳之藩與童元方的「夢」與「遊」[16]　筆的力量——成大文學家論文集（上）　臺北　里仁書局　2013 年 2 月　頁251—272

208. 童元方　科學與人文——陳之藩散文的語言　成大文學家國際學術研討會　臺南　成功大學文學院主辦　2011 年 11 月 18—19 日

209. 童元方　陳之藩散文的語言　萬古雲霄・陳之藩集　香港　中華書局　2012年 5 月　頁 vii—xxviii

210. 童元方　陳之藩散文的語言　閱讀陳之藩　香港　牛津大學出版社　2012年　頁 67—94

211. 童元方　科學與人文：陳之藩散文的語言[17]　筆的力量——成大文學家論文

---

[15] 本文綜論陳之藩其人其作與詩的關聯。全文共 3 小節：1.陳之藩不寫詩；2.「無詩的時代」；3.詩與科學。

[16] 本文探析陳之藩與童元方的生活互動，對二人寫作的影響。全文共 4 小節：1.前言：私語與詩話；2.夢與時間；3.遊與詩；4.結語：讀者與知音。

[17] 本文綜論陳之藩散文中的科學元素。全文共 10 小節：1.前言；2.從米列娃的信到脈衝函數；3.廣義相對論與中外詩歌；4.從文史探索黃金分割、費曼怪數與資料壓縮；5.單衝函數與人生；6.用文學語言論物理世界；7.科學家的故事：跳躍式及公案式語言；8.超越科學與人文的語言：科學史；9.數學家的人文一面：從詩歌看疇人；10.「看」的觀念與「摸」的觀念：從火車的平行軌道

集（上）　臺北　里仁書局　2013 年 2 月　頁 231—249

212. 應鳳凰　「陳之藩散文」做為「戰後臺灣散文史」一個章節　成大文學家國際學術研討會　臺南　成功大學文學院主辦　2011 年 11 月 18—19 日

213. 應鳳凰　「陳之藩散文」做為「戰後臺灣散文史」一個章節[18]　文學史敘事與文學生態：戒嚴時期臺灣作家的文學位置　臺北　前衛出版社 2012 年 11 月　頁 137—163

214. 陳昌明編　序：花開的樹　花開的樹——陳之藩先生學術研究會論文集　臺北　里仁書局　2012 年 3 月　頁 1—2

215. 童元方　好奇與賞美——陳之藩散文的科學心及情詩（上、中、下）　中國時報　2012 年 5 月 9—11 日　E4 版

216. 童元方　科學的語言、人文的語言、生活的語言　萬古雲霄・陳之藩集　香港　中華書局　2012 年 5 月　頁 273—288

217. 童元方　科學的語言、人文的語言、生活的語言　閱讀陳之藩　香港　牛津大學出版社　2012 年　頁 49—66

218. 曾巧雲　陳之藩：用散文的筆見證時代的科學家　2011 年臺灣文學年鑑　臺南　國立臺灣文學館　2012 年 11 月　頁 161

219. 秦　佳　香港學者作家的創作——陳之藩——科學家與散文家一身而二任　臺港澳文學教程新編　上海　復旦大學出版社　2013 年 1 月　頁 223—225

220. 謝孟宗　我，在春風裡　南鵲是我，我是南鵲　臺南　臺南市政府文化局 2013 年 3 月　頁 130—131

221. 朱芳玲　無／失根與放逐——六〇年代的留學生文學——迷失時代裡的寂寞旅人　流動的鄉愁：從留學生文學到移民文學　臺南　國立臺

對中學生說明相對論。
[18]本文從出版的角度探析陳之藩在臺灣文學史的地步。全文共 4 小節：1.嘗試第三種文學史敘述類型；2.「陳之藩散文」內緣與外緣；3.「陳之藩散文」與臺灣讀書市場；4.文學史不一定是「文學接受史」。

分論
◆單行本作品

散文

《旅美小簡》

《在春風裡》

《劍河倒影》

北　行政院文建會　1999 年 3 月 19—21 日

232. 陳昌明　智者的故鄉——論陳之藩《劍河倒影》　臺灣文學經典研討會論文集　臺北　行政院文建會，聯經出版公司　1999 年 6 月　頁 362—372

233. 陳昌明　智者的故鄉——論陳之藩《劍河倒影》　筆的力量——成大文學家論文集（上）　臺北　里仁書局　2013 年 2 月　頁 219—229

234. 陳建邦　又在春風裡，看《劍河倒影》　挑燈人海外：中微子的探索　臺北　未來書城公司　2001 年 9 月　頁 56—61

《陳之藩散文集》

235. 林雨澄　《陳之藩散文集》　改變中學生的書　臺北　前衛出版社　1984 年 10 月　頁 33—40

236. 李豐楙　《陳之藩散文集》　明道文藝　第 198 期　1992 年 9 月　頁 164—165

237. 李豐楙　《陳之藩散文集》　文學星空　臺北　國家文藝基金管理委員會　1992 年 9 月　頁 241—243

238. 林燿德　《陳之藩散文集》　錦囊開卷　臺北　國家文藝基金會　1993 年 6 月　頁 259—261

239. 林燿德　評介《陳之藩散文集》　將軍的版圖　臺北　華文網公司　2001 年 12 月　頁 50—51

240. 盧先志　《陳之藩散文集》　翰海觀潮　臺北　行政院文建會　1997 年 5 月　頁 127—129

241. 楊　明　《陳之藩散文集》　中央日報　1998 年 1 月 6 日　22 版

242. 林貴真　全能讀書人——陳之藩〔《陳之藩散文集》〕　讀書會任我遊　臺北　爾雅出版社　2001 年 7 月　頁 92—94

243. 應鳳凰　陳之藩的《陳之藩散文集》　臺灣文學花園　臺北　玉山社出版公司　2003 年 1 月　頁 160—164

《蔚藍的天》

244. 陳鼎環　　科學的綠葉，文學的紅花——從陳之藩《蔚藍的天》說起　中央日報　1978年1月17日　10版

《一星如月》

245. 思　果　　《一星如月》讀多時　文訊雜誌　第18期　1985年6月　頁156—160

246. 文藝作品調查研究小組　　《一星如月》　書林采風　臺北　國家文藝基金管理委員會　1992年6月　頁77—78

247. 文藝作品調查研究小組　　《一星如月》　心靈饗宴　臺北　國家文藝基金管理委員會　1992年6月　頁59—60

《時空之海》

248. 王基倫　　靈魂的掙扎與起伏——陳之藩《時空之海》讀後　文訊雜誌　第132期　1996年10月　頁17—18

249. 莊　稼　　閒讀書・讀閒書〔《時空之海》部分〕　臺灣日報　1996年11月29日　23版

250. 小　思　　片石叢花俱有情——讀陳之藩的《時空之海》　明報月刊　第465期　2004年9月　頁100—101

《散步》

251. 王藝學　　陳之藩伉儷新書同時問世　中央日報　2003年8月17日　17版

252. 郭士榛　　30年相隔，陳之藩夫婦返國出書　中央日報　2003年8月28日　14版

253. 陳宛茜　　陳之藩和童元方散步說詩　聯合報　2003年8月28日　A12版

254. 賴素玲　　知性對話般科學 vs. 文史夫妻倆出書——陳之藩童元方各有新著聯手問世　民生報　2003年8月28日　A13版

255. 陳希林　　陳之藩散步，童元方水流　中國時報　2003年8月28日　D8版

256. 李奭學　　詩與科學的對話——評童元方與陳之藩的散文新著　中央日報　2003年9月22日　17版

257. 李奭學　　詩與科學的對話——評童元方與陳之藩的散文新著　書話臺灣：

1991—2003 文學印象　臺北　九歌出版社　2004 年 5 月　頁 253 —255

258. 高大威　那追尋真與美的跫音——我讀陳之藩《散步》　文訊雜誌　第 215 期　2003 年 9 月　頁 25—26

259. 張　復　向古典借力　聯合報　2003 年 10 月 5 日　B5 版

260. 洪士惠　陳之藩、童元方伉儷連袂出新書　文訊雜誌　第 216 期　2003 年 10 月　頁 73—74

《花近高樓——科學家的人文思索》

261. 李榮炎　讀陳之藩的《花近高樓》　新文壇　第 31 期　2013 年 4 月　頁 72—77

《陳之藩文集》

262. 張　殿　王鼎鈞、陳之藩、胡品清交出美麗的晚著——王鼎鈞《葡萄熟了》、《陳之藩文集》、胡品清三語唐詩《落花》展示創作火力　聯合報 2006 年 1 月 8 日　E4 版

263. 丁文玲　陳之藩——舊著新作合集《陳之藩文集》　中國時報　2006 年 1 月 15 日　B1 版

264. 洪士惠　陳之藩出版文集　文訊雜誌　第 245 期　2006 年 3 月　頁 137—138

單篇作品

265. 梅　遜　讀陳之藩〈寂寞的畫廊〉　文壇　第 95 期　1968 年 5 月　頁 11 —13

266. 劉龍勳　〈寂寞的畫廊〉簡析　中國現代散文選析 2　臺北　長安出版社 1985 年 3 月　頁 736—737

267. 簡宗梧　惟有聖賢多寂寞：陳之藩散文〈寂寞的畫廊〉　師友　第 214 期 1985 年 4 月　頁 56—57

268. 簡宗梧　唯有聖賢多寂寞——評陳之藩的〈寂寞的畫廊〉　庚辰雕龍　臺 北　三民書局　2000 年 8 月　頁 161—167

269. 張百棟　思想日記・醒世文章——讀陳之藩〈寂寞的畫廊〉　臺灣散文名篇欣賞（第一集）　廣州　中山大學出版社　1993 年 12 月　頁 50—53

270. 洪富連　陳之藩〈寂寞的畫廊〉　當代主題散文的研究　高雄　復文圖書出版社　1998 年 4 月　頁 198—201

271. 黃　梅　〈寂寞的畫廊〉編者的話　那去過的過去　臺北　香海文化公司　2006 年 9 月　頁 30—31

272. 潘步釗　觀劍與識器——香港預科中國文學課程選文的〈寂寞的畫廊〉　陳之藩教授國際學術研討會——文學與科學的對話　臺南　成功大學主辦；成功大學教務處、文學院、電資學院協辦　2010 年 11 月 5—6 日　頁 91—94

273. 潘步釗　觀劍與識器——香港預科中國文學課程選文的〈寂寞的畫廊〉　花開的樹——陳之藩先生學術研究會論文集　臺北　里仁書局　2012 年 3 月　頁 315—318

274. 郎憶梅　陳之藩〈失根的蘭花〉求疵　中華日報　1971 年 11 月 1 日　5 版

275. 秦　童　〈失根的蘭花〉欣賞與作法分析　散文欣賞　臺中　普天出版社　1977 年 1 月　頁 148—155

276. 劉龍勳　〈失根的蘭花〉簡析　中國現代散文選析 2　臺北　長安出版社　1985 年 3 月　頁 726

277. 王文進　漢魏古詩式的散文——析論〈失根的蘭花〉　國文天地　第 4 期　1985 年 9 月　頁 90—91

278. 王文進　漢魏古詩式的散文——評陳之藩〈失根的蘭花〉　豐田筆記　臺北　九歌出版社　2000 年 7 月　頁 168—171

279. 鄭明娳　散文的主要類型〔〈失根的蘭花〉部分〕　現代散文類型論　臺北　大安出版社　1987 年 6 月　頁 86—87

280. 侯吉諒　無根族〔〈失根的蘭花〉〕　臺灣新生報　1989 年 2 月 7 日　3 版

281. 守拙〔張百棟〕　　借「花」抒情血濃於水──讀陳之藩〈失根的蘭花〉
　　　　　　語文月刊　1993 年第 5 期　1993 年 5 月　頁 17─18

282. 張百棟　　借花抒情・情亦殷殷──談陳之藩〈失根的蘭花〉　臺灣散文名
　　　　　　篇欣賞（第一集）　廣州　中山大學出版社　1993 年 12 月　頁
　　　　　　43─46

283. 沈　謙　　玫瑰、蘭、不死花──論現代文學中的象徵〔〈失根的蘭花〉部
　　　　　　分〕　「中國現代文學與教學國際研討會」論文選集　臺北　國
　　　　　　立編譯館　1997 年 4 月　頁 58─61，68─70

284. 〔編輯部〕　　人情觀照〔〈失根的蘭花〉部分〕　階梯作文 2　臺北　三民
　　　　　　書局　1999 年 10 月　頁 142─144

285. 陳室如　　〈失根的蘭花〉賞析　遇見現代小品文　臺北　麥田出版公司
　　　　　　2004 年 1 月　頁 139─142

286. 朱介凡　　自序──陳之藩〈失根的蘭花〉　白話文跟文學創作　臺北　文
　　　　　　史哲出版社　2007 年 10 月　頁 18─20

287. 季　薇　　劍橋秋色──陳之藩的〈劍河倒影〉欣賞　劍橋秋色──精選散
　　　　　　文欣賞　臺北　自由青年社　1973 年 4 月　頁 104─108

288. 劉龍勳　　〈山水與人物〉簡析　中國現代散文選析 2　臺北　長安出版社
　　　　　　1985 年 3 月　頁 729─730

289. 林政華　　陳之藩的〈山水與人物〉　耕情集　臺中　臺中市立文化中心
　　　　　　1995 年 6 月　頁 189─191

290. 沈　謙　　美麗的錯誤與不美麗的錯誤──讀陳之藩〈莫須有與想當然〉　幼
　　　　　　獅少年　第 133 期　1987 年 11 月　頁 105─107

291. 沈　謙　　美麗的錯誤與不美麗的錯誤──評陳之藩〈莫須有與想當然〉　獨
　　　　　　步，散文國：現代散文評析　臺北　讀冊文化公司　2002 年 10 月
　　　　　　頁 55─60

292. 胡露白　　〈謝天〉的鑑賞教學　中國語文　第 66 卷第 2 期　1990 年 2 月
　　　　　　頁 52─55

293. 守拙〔張百棟〕　　深入淺出娓娓而談──簡評〈謝天〉　語文月刊　1992年第 11 期　1992 年 11 月　頁 17

294. 張百棟　　深入淺出‧娓娓而談──簡評陳之藩的〈謝天〉　臺灣散文名篇欣賞（第一集）　廣州　中山大學出版社　1993 年 12 月　頁 29─31

295. 〔鄭明娳，林燿德選註〕　　哲學與困惑　信念　臺北　正中書局　1990 年8 月　頁 62

296. 守拙〔張百棟〕　　寓理於事以事喻理──〈釣勝於魚〉淺析　語文月刊1993 年第 9 期　1993 年 9 月　頁 15─16

297. 張百棟　　寓理於事‧以事喻理──陳之藩〈釣勝於魚〉淺析　臺灣散文名篇欣賞（第一集）　廣州　中山大學出版社　1993 年 12 月　頁35─38

298. 何永清　　〈哲學家皇帝〉修辭賞析　中國語文　第 79 卷第 5 期　1996 年11 月　頁 90─93

299. 葉海煙　　人人都可以是哲學家皇帝──陳之藩〈哲學家皇帝〉賞析　中央日報　1997 年 8 月 7 日　21 版

300. 洪富連　　陳之藩〈哲學家皇帝〉　當代主題散文的研究　高雄　復文圖書出版社　1998 年 4 月　頁 211─214

301. 劉崇義　　〈哲學家皇帝〉之憾──淺說陳之藩文章之瑕疵　中央日報　1998年 10 月 3 日　26 版

302. 蕭　蕭　　〈哲學家皇帝〉　國文天地　第 165 期　1999 年 2 月　頁 95─98

303. 〔編輯部〕　　銜接與照應〔〈哲學家皇帝〉部分〕　階梯作文 2　臺北　三民書局　1999 年 10 月　頁 351

304. 〔編輯部〕　　觀察──出入群我──人文與心靈的觀察〔〈哲學家皇帝〉部分〕　階梯作文 2　臺北　三民書局　1999 年 10 月　頁 29─30

305. 陳惠齡　　現代散文教學情境設計（下）〔〈哲學家皇帝〉部分〕　國文天地　第 185 期　2000 年 10 月　頁 95─96

---

[19]合編者：王基倫、王學玲、朱孟庭、林偉淑、林淑芬、范宜如、高嘉謙、曾守正、黃俊郎、謝佩芬、簡淑寬、顏瑞芳、羅凡晸。

國家圖書館出版品預行編目資料

臺灣現當代作家研究資料彙編. 83, 陳之藩 / 陳信元編
選. -- 初版. -- 臺南市：臺灣文學館, 2016.12
　面；　公分
ISBN 978-986-05-0137-7(平裝)

1.陳之藩 2.傳記 3.文學評論

863.4　　　　　　　　　　　　　　105018729

【臺灣現當代作家研究資料彙編】83

陳之藩

發 行 人　廖振富
指導單位　文化部
出版單位　國立臺灣文學館
　　　　　地　　址／70041 臺南市中西區中正路 1 號
　　　　　電　　話／06-2217201　　　　傳　　真／06-2218952
　　　　　網　　址／www.nmtl.gov.tw　　電子信箱／pba@nmtl.gov.tw

總 策 畫　封德屏
顧　　問　林淇瀁　張恆豪　許俊雅　陳信元　陳義芝　須文蔚　應鳳凰
工作小組　白心瀞　呂欣茹　郭汶伶　陳映潔　陳鈺翔　張　瑜　莊淑婉
編　　選　陳信元
責任編輯　白心瀞
校　　對　白心瀞　陳映潔　陳鈺翔　張　瑜　莊淑婉
計畫團隊　財團法人台灣文學發展基金會
美術設計　翁國鈞・不倒翁視覺創意
印　　刷　松霖彩色印刷事業有限公司

著作財產權人　國立臺灣文學館
　　本書保留所有權利。欲利用本書全部或部分內容者，須徵求著作財產權人
　　同意或書面授權。請洽國立臺灣文學館研究典藏組（電話：06-2217201）

經銷展售　國家書店松江門市（02-25180207）
　　　　　國立臺灣文學館藝文商店（06-2217201*2960）
　　　　　三民書局（02-23617511）　　　　五南文化廣場（04-22260330）
　　　　　台灣的店（02-23625799）　　　　府城舊冊店（06-2763093）
　　　　　南天書局（02-23620190）　　　　唐山出版社（02-23633072）
　　　　　草祭二手書店（06-2216872）

初版一刷　2016 年 12 月
定　　價　新臺幣 370 元整
　　　　　第一階段 15 冊新臺幣 5500 元整　第二階段 12 冊新臺幣 4500 元整
　　　　　第三階段 23 冊新臺幣 8500 元整　第四階段 14 冊新臺幣 5000 元整
　　　　　第五階段 16 冊新臺幣 6000 元整　第六階段 10 冊新臺幣 3800 元整
　　　　　全套 90 冊新臺幣 27000 元整

GPN　1010502244（單本）　ISBN　978-986-05-0137-7（單本）
　　　1010000407（套）　　　　　　978-986-02-7266-6（套）

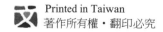
Printed in Taiwan
著作所有權・翻印必究